U0560426

CHONGWENGUAN

读古人书　友天下士

百余年前，崇文书局于武昌正觉寺开馆刻书，成晚清四大书局之一。所刻经籍，镌工精雅，数量众多，流布甚广，影响巨大。为赓续前贤，昌明国学，弘扬文化，本社现致力于传统典籍的出版。既专事文献整理，效力学术，亦重文化普及，面向大众。或经学，或史论，或诸子，或诗词，各成系列，统一标识，名之为"崇文馆"。

崇文馆

中国古典诗词校注评丛书

姜夔词全集 【汇校汇注汇评】

李旭　校注

长江出版传媒　崇文书局

引　论

　　姜夔(1155—1209 或 1221)，字尧章，号白石，江西鄱阳人。他出生的时候，南宋建国不到 30 年，一生经历了高、孝、光、宁四朝，比洪迈、杨万里、陆游、范成大、尤袤、朱熹等小 30 岁上下，比辛弃疾小 16 岁，比张镃小 3 岁(张鉴为张镃之弟，当与姜夔年岁相仿)。

　　其父姜噩任汉阳知县，姜夔幼时随父居汉阳。父死，依伯姊居汉川。成年后往来淮楚湖湘一带，行踪无定，但多数时间还是在汉阳(《探春慢》序:"中去复来几二十年。")。

　　淳熙十二三年间在潇湘遇名诗人萧德藻(时萧先后为湖北参议、长沙别驾)，萧十分赏识其才华(谓"四十年作诗，始得此友"。见《齐东野语》卷十二引《姜尧章自叙》)，把侄女嫁给他，并介绍他谒识杨万里、范成大，受到范、杨的赏识和誉扬(范成大谓其"翰墨人品，皆似晋宋之雅士"；杨万里称其"于文无所不工，甚似陆天随"，并称之为南宋四大诗人之后劲:"尤萧范陆四诗翁，此后谁当第一功? 新拜南湖为上将，更推白石作先锋。")。从淳熙十三年(1186)到庆元初，依萧德藻定居湖州(吴兴)，曾卜居弁山白石洞下，人称白石道人。其间往来苏、杭、合肥、金陵、南昌，都是短期出游做客(如绍熙二年冬应范成大之邀到石湖别墅月余，并作《暗香》《疏影》；绍熙四年春客绍兴、游越中，结识张鉴等)。

　　庆元二、三年时，萧德藻年老(当已七十多岁)依子侄他去，姜夔遂移居杭州。移杭其实也与依靠张鉴兄弟有关。此后近十年，与张鉴交往最密，姜夔自谓"十年相处情甚骨肉"(见上引《自叙》)。

1

在张鉴的资助下,这时生活比较安定(姜夔《昔游诗》序:"数年以来,始获宁处。"),其音乐、书学等著作,多成于此时。庆元三年(1197)43岁时,向朝廷上《大乐议》、《琴瑟考古图》,论当时乐事之失及正乐办法,诏付太常,遭嫉不行。庆元五年,又上《圣宋铙歌十二章》,诏免解参与礼部(进士)考试,落第,于是不再求仕进。嘉泰二年(1202)前后,张鉴去世。姜夔又失依倚,常往浙东、嘉兴、金陵间客游旅食。姜词年代可考者止于开禧三年(1207),其后几无可知之可靠事迹,他的卒年难以确定,夏承焘考在嘉定十四年(1221),陈尚君考在嘉定二年(1209)①。

姜夔卒于西湖西马塍。《履斋诗余》、《砚北杂志》说其家贫无力殡葬,吴潜等相助葬之于钱塘门外。

姜夔一代才人,文学、音乐、书法等皆造诣极高,传在青史。文学方面,有《诗集》一卷,《诗说》一卷,《词集》五卷,杂文若干,骈俪也为时所称;音乐方面,有《大乐议》一卷,《琴瑟考古图》一卷;书学有《续书谱》一卷,《绛帖平》二十卷(实存六卷),《禊帖偏旁考》一篇(存19条),《集古印谱》二卷(佚),早年即卖字资生,今有遗墨留存;另有史学著作《张循王遗事》,今佚。

姜夔名高词坛,传世之作虽只84篇,但从他生前开始,就颇受称赞。历来评赏者,可以百千计,近代以来发表的论文在400篇以

---

①吴潜嘉定十年(1217)进士第一,据其《暗香》序:"犹记己卯、庚辰之间,初识尧章于维扬,至己丑嘉兴再会,自此契阔。闻尧章死西湖,尝助诸丈为殡之,今又不知几年矣。"按:己卯、庚辰为嘉定十二、十三年,己丑为绍定二年(1229),己丑嘉兴相会事或记忆有误,但吴潜出生与进士时间确定,嘉定十二年吴潜虚岁24。若定姜卒于嘉定二年(1209),其时吴潜才14岁,助殡之事似不可能出自这么年幼的少年,何况还在此之前数年结识姜夔呢?据此姜夔卒年当在嘉定二年(1209)之后。

上①，海内外出版的研究著作（不含作品注、选）至少也有 14 部②。其中对白石词作欣赏、赞美的是主流，但不欣赏与贬责的也代有其人。今人对白石词的研究，集中在四个方面：姜夔词的评论及其反映的词学观念；姜夔词在词史发展上的贡献与地位；姜夔词本身的艺术特征和美学价值；一定读者自身的审美个性及其偏好。

一般读者容易认为，作品的好坏和作者的地位，是一种客观存在。实际情况却是很复杂的，决不是这样简单。作品怎样当然是基础，但作者为人怎样常会发生影响。姜夔词作的风格、技法、音律造诣等自然是很出色的，加上范成大、杨万里、陈郁这些人称赞他，说他"翰墨人品，皆似晋宋之雅士"（范）、"于文无所不工，其似陆天随"（杨）、"襟期洒落，如晋宋间人"（陈），这些与他同时生活过的人，对他人品与才华的评价，就成为与其作品同传、后世读者无法忽视的遗产。

对姜夔在词史上的成就与地位，张炎、朱彝尊、宋翔凤、先著、邓廷桢、谢章铤、刘熙载、陈廷焯、冯煦、江藩、陈匪石、王易、唐圭璋、吴熊和等十分欣赏和推崇，而周济、王国维、陈洵、柳亚子、胡

---

① 杜海华《二十世纪全国报刊词学论文索引》（北京图书馆出版社 2007 年版）收集关于姜夔的研析文章 227 篇，其中不无遗漏（如漏收陈尚君发表于 1983/2《复旦学报》的《姜夔卒年考》）；加上各种论文集的文章不在收录之列（如罗忼烈《词学杂俎》一书中的《为姜帛非姜白石添一证》等）；另 21 世纪至今每年以近十篇计，总计 400 是很保守的数字。　② 这 14 部是：1，丘琼荪《白石道人歌曲通考》，音乐出版社 1959；2，陈澧《白石词评》，香港龙门书店 1970；3，何美铃《天涯情味谈姜夔》，台北庄严出版社 1987；4，波阳县文联《姜夔纪念文集》，波阳文化局 1987；5，夏承焘《姜白石词编年笺校》（附"版本考"、"行实考"等重要研究成果），上海古籍出版社 1988；6 吴润霖《姜白石与音乐》，上海音乐出版社 1988；7，刘崇德、龙建国《姜夔与宋代词乐》，江西高校出版社 2006；8，赵晓岚《姜夔与南宋文化》，学苑出版社 2001；9，〔美〕林顺夫《中国抒情传统的转变——姜夔与南宋词》，上海古籍出版社 2005；10，袁向彤《姜夔与宋韵研究》，齐鲁书社 2007；11，姜清水《姜夔文化探秘》，国际文化出版公司 2009；12，《姜夔续书谱研究》，山东大学博士论文 2014；13，陈思思《姜夔的词与情》，石油工业出版社 2014；14，《姜夔与合肥及交游考》，黄山书社 2009。

适、顾随、胡云翼等则不太欣赏,给予了比较严苛的批评。还有一些著名的词学家,很少专门谈他,比如况周颐、龙榆生、郑骞等。

不论推崇的还是批评的,都有其原因。归纳地讲,主要有三个方面:

一者与词体发展和时代风尚有关。

张炎是大词人,也是杰出的词学家,他说姜夔《暗香》、《疏影》这样的作品,"前无古人,后无来者,自立新意,真为绝唱",推崇到无以复加;又列举了其他七八首作品,说其"不惟清空,且又骚雅,读之使人神观飞越",其推崇基于自己阅读获得的真切美感。但张炎推崇姜夔,更与南宋中期以后辛、刘一派豪气词由顶峰趋于没落,以姜夔、王沂孙、吴文英为代表的风雅词屹然崛起形成新的发展高峰有关。张炎自己就是风雅词派的殿军,他对词体创作流派和风格变化的把握,当然就高人一头;而对于自己这一派领头的代表人物,当然也就感受得更准确、更深到——所以他进而推崇姜词的技法,如"句法挺异"、"用事不为事所使"、咏物"了然在目,且不滞留于物"、"有意趣"等。倡导词体尚雅的美学,在南宋立国16年时(1142)铜阳居士《〈复雅歌词〉序略》,和稍后(1146)曾慥《〈乐府雅词〉序》中即已开始(分别早于姜夔出生14年、10年),他们不约而同地标榜"复雅"、"雅词",要求词体上规《诗经》与"乐府","韫骚雅之趣",摈弃夷音俗曲、淫艳慧巧之作,凡"艳曲"、"谐谑"者一概不录。后来张镃、詹傅等,继续提倡风雅,或以周邦彦、贺铸等为楷模①,或揭举避免康伯可诙谐之失、辛稼轩粗豪之失的第三条路子,

---

①张镃《梅溪词序》谓史邦卿"夺苕艳于春景,起悲音于商素,有瑰奇警迈、清新闲婉之长,而无觝荡污淫之失,端可以分镳清真,平倪方回,而纷纷三变行辈,几不足比数"。盖以清真、方回为最终楷模也(引文见张惠民《宋代词学资料汇编》第234页,汕头大学出版社1993年版)。

即"典雅纯正,清新俊逸"①。可以看出,张炎对姜夔"骚雅"、"清空"的推崇,正是南宋中后期词体美学风尚的体现。

朱彝尊推尊姜夔,则与词学在清初的复兴有关。高佑釲说:"明词佳者不数家,余悉踵《草堂》之习,鄙俚亵狎,风雅荡然矣。文章气运,有剥有复。吾友朱子锡鬯出而振兴斯道⋯⋯"(《清名家词·湖海楼词序》)《草堂诗余》是南宋书商为谋利编的一部词选,采择芜杂,多取婉丽流便,以供歌肆演唱与初学模仿。这样一部商业化的书,特性在于应俗,而有明"三百年来,学者守为《兔园册》②"(《词综发凡》)。朱彝尊的《词综发凡》和汪森的《词综序》,都以"一洗《草堂》之陋,而倚声者知所宗"为目的。朱彝尊对明代词学,甚为不满③。他要振兴词学,纠正明代词风之失,采取复雅的路子,重振南宋尚雅的词学传统④。而在他们眼里,辛、刘影响下的豪气词也会失雅。由于"填词最雅无过石帚"(《词综发凡》),所以就对白石格外喜爱,说"吾最爱姜、史"(《水调歌头》),格外推崇:一则说"词莫善于姜夔",再则说"姜尧章氏最为杰出"。姜白石就是这样成了浙西词派的楷模。

反过来说,一个词人能成为某种艺术风格、审美风尚的首要代表,并成为后世新的词学发展与建构的旗帜和榜样,本身就表明他

---

①詹傅《笑笑词序》谓:"近世词人,如康伯可,非不足取,然其失也诙谐;如辛稼轩,非不可喜,然其失也粗豪。惟先生(郭应祥)之词,典雅纯正,清新俊逸。"(见《宋代词学资料汇编》第232页)。 ②《兔园册》为唐杜嗣先(一说虞世南)所著,五代时流行于村塾,盖"乡校俚儒教田夫牧子之所诵"(《新五代史·刘岳传》),后用指读书不多的人当作秘本的肤浅书籍。 ③《词综发凡》说:明代"至钱塘马浩澜以词名东南,陈言秽语,俗气熏人骨髓,殆不可医;周百川、夏公瑾诸老,间有硬语;杨用修、王元美则强作解事,均与乐章未谐。" ④朱彝尊《群雅集序》:"予名之曰《群雅集》,盖昔贤论词必出于雅正,是故曾慥录《雅词》,铜阳居士辑《复雅》也。"可见清初朱彝尊推尊姜夔,与继承南宋尚雅词学有深刻关系。

在文学史上登上了极少数第一流大作家的圣坛①。姜夔在词学史上的地位,既是由他本人的创作成就与风格,也是由词体的历史发展所奠定的。

一者与词学观念和派别之争有关。

对姜夔的评价,也反映了不同词学观的分歧与碰撞。张炎、朱彝尊等推崇姜夔,是出于崇尚骚雅、清雅的词学观念,而周济、胡适等贬责姜夔,则出于不同的词学理想,还有派别之见。

周济是词学领域不多见的理论建构强人,不仅重观念,而且善于表达,加之自少至老,用功颇深,所以在词学批评理论方面成就过人。但周济对白石的批评,有很不好理解的一面。他自谓"年十六学为词"(《词辨自序》),"十年来服膺白石"(《论词杂著·姜夔词》),他对姜夔词是喜欢过、下过功夫的。他在词学上"中更三变"(《宋四家词选目录序论》),结识张惠言的外甥董晋卿后,受其影响,脱离姜夔,不满浙派,这可以理解。他在词学上"识康庄"后,要树立旗帜,强化派别意识②,浙派推南宋,崇姜、张,他就推崇北宋,"纠弹姜、张",这也可以理解。他在《词辨自序》中说:"自温庭筠、韦庄、欧阳修、秦观、周邦彦、周密、吴文英、王沂孙、张炎之流,莫不蕴藉深厚,而才艳思力,各骋一途,以极其致。"南宋骚雅派词人周、吴、王、张都进了这个"各骋一途,以极其致"的名单,而独独拿掉了姜夔! 如果考虑到张惠言《词选序》"渊渊乎文有其质焉"的名单

---

①我认为评判一个作家的历史地位,有三个方面:"第一,作品的艺术水平和数量;第二,对文学发展的贡献和推动;第三,对文学史的影响与被接受的情况。"(拙著《先唐文学十九讲》第217页,上海古籍出版社2012年版)从这三方面看,姜夔无疑是可以全面满足第一流大词人条件的。另,王兆鹏做统计学研究得到的《宋词排行榜》(中华书局2012年版),前100首中姜夔占了7首(周邦彦15首、辛弃疾12首、苏轼10首、李清照10首,其余都在5首以下),前10首中姜夔占了2首(另苏、辛也各占2首,还有4人各占1首),也是可供参考的。 ②参见施蛰存参订《中国古典词学理论史》第284页,华东师范大学出版社2005年版;孙克强《清代词学》第265-266页,中国社会科学出版社2004年版。

里,辛、姜、王、张并列,周济独独拿掉姜夔就更显突兀了。这是针对朱彝尊等"词莫善于姜夔"、"过尊白石"而矫枉过正的故意么?一个"十年来服膺白石"、知道白石词长短的人,这样极端、突兀地对待白石,除了派别意识作怪,别的原因很难解释①。

他对白石词的批评,在基本观念的层面也有较难理解的一面。周济词学观的核心,是提倡"浑厚"或"浑化",其"非寄托不入,专寄托不出",入而出之,才成浑厚;"问途碧山,历梦窗、稼轩,以还清真之浑化"的词统建构,浑化是最终目标。姜夔词的基本面是颇能表现浑厚、浑化的美学风貌的,并非如他所言"惟《暗香》、《疏影》二词,寄意题外,包蕴无穷,余俱据事直书,不过于意近'辣'耳"。后来陈廷焯说白石"每于伊郁中饶蕴藉,清真之劲敌";说玉田等人"能清不能厚",而白石、碧山无此病,乃"纯乎纯者也"(《白雨斋词话》)。白石词与周济提倡浑厚、浑化的词学观绝非是格格不入的,而是大体吻合的。白石词中确有"据事直书"处,但"据事直书"为长调铺叙手法所不免,而白石以此为病者,即使像罗忼烈那样吹求(见本书"汇评"罗氏谓《淡黄柳》"怕梨花落尽成秋色"句"不留余地",《月下笛》下片"词意俱尽"),也不足以因此贬低他,所以罗氏乃言:"据事直书,不留余地者,柳耆卿、李易安其选也,而逊白石不止一筹者,在一'辣'字。"——即是说,白石有"据事直书"者,相应地也有使之不为其病的表现方法。

周济作为一个天分极高的批评家,对白石词也有独具只眼的特识,如说其"脱胎稼轩,变雄健为清刚,变驰骤为疏宕",说"辛宽

①周作人评韩愈或可参考,他说:所谓韩文的"伟岸奇纵"、"曲折荡漾","我却只见其装腔作势,搔首弄姿而已"(《苦茶随笔·谈韩退之与桐城派》)。但他也说:"我们假如不赞成统制思想,不赞成青年写八股,则韩退之暂时不能不挨骂。盖窃以为韩公实系该项运动的祖师,其势力至今尚弥漫于全国上下也。"(《秉烛谈·谈韩文》)即出于理念与现实需求,不完全是客观评价。

姜窄,宽故容秽,窄故斗硬",说白石"手意近辣"等,这些特识,连同他说"白石局促故才小","亦有俗滥处、寒酸处、补凑处、敷衍处、支处、复处"等,也表现了他眼力的刁钻。正因为眼力刁钻,所以他对白石词的批评,论判断精到、目光周至,不如陈廷焯。

胡适并非词学家,但他作为"五四"新文化运动的排头人物,讲论"国语文学史"(1921年起始)、尤其是编辑《词选》(1927年初版)等,对现代人对词的接受与研究影响很大,所以他对姜夔的评论,很有代表性,不可忽视。他对白石词,基本没有好感,说是"实在没有什么文学价值,只可以代表文学史上一个守旧的趋势","毫无意思"。连为周济所肯定的《暗香》、《疏影》,也说其"毫无新意可取,《疏影》一首更劣下"(或"更不成东西")。胡适对白石词的指责,一是为了音律而牺牲内容、意境;二是雕琢,"字面越文了,典故用得越巧妙了"。他是从提倡现代白话文学的观念出发,主张平民性,喜欢通俗浅明,所以取舍以此为标准,要有内容、有意境,还要"不用注解"就能懂。他认为姜夔以下,都是一帮"词匠",词这种来自民间的东西,到他们手里,"学得了形式上的技术,而丢掉了创作的精神……生气剥丧完了,只剩下一点小技巧,一堆烂书袋,一套烂调子"(《词选序》)。"诗到李商隐,可算是一大厄运;词到吴文英,可算是一大厄运。"(《国语文学史·南宋的白话词》)他的这些意见,作为美学批评和科学论断,真的太简单化了。词这种文体,从民间初起,经文人接手发展,在南宋至宋末走到其成熟乃至烂熟,大作家那么多,历来受称道的作品那么多,其间之优劣成败情况十分复杂,是需要具体问题具体分析,细加区别,客观评价的。高居云端往下瞅几眼,以为数百年词史宏观在目,一个从逻辑理念出发的大结论罩下来,这样来认识事物、对待历史,太简单化了。胡适的这种简单化,其实正是"五四"时对待传统文化简单化思维具体而微的体现,也是近代"革命性"所取的简单策略在文化上的表现。

因而，他给姜夔等人戴上"古典主义"的帽子，称为"文人自作文人的古典作品"，如果不受简单化思维的限制，姜夔等风雅派或格律派词人的作品，确乎是提供了一种古典美的风致。现代白话派不喜欢古典派，并不能抹煞古典派的价值——虽然古典派也有它的短处。

胡云翼、顾随等对姜夔的评价，基本是受"五四"新文学观念的影响、受胡适提倡现代白话文学的观念的影响。

一者与审美兴趣和所下功夫有关。

对姜夔词的评价，也与审美兴趣的分野有关：偏好唐五代北宋词的，偏好质朴自然之美，喜欢南宋姜、吴一派的，对艺术锤炼和功力达到的美也很喜欢。

这又牵涉到另一个问题：质朴自然之美如天生丽质，容易让人一见钟情，欣赏者不需太多驻足积累；艺术锤炼和功力达到的美如楼阁玲珑，常须日久生情，欣赏者需要下一番勾留盘桓的功夫。

王国维的《人间词话》在词学和美学上都有突出的贡献，但在具体词人词作的评论方面也有明显的不足。其中对五代北宋词的评价，精彩纷呈；而对南宋词的评价，相形之下就颇失色，说了一些过于主观的话，以至连他自己晚年也颇有悔意，甚或不愿人提起这部著作①。词学界对他的不满、对他的纠正，主要是针对他对南宋词的评价。

这里我们只说其对姜夔的评价。唐圭璋曾专门著文说："王氏极诋白石，不一而足，有谓'白石有格而无情'者，有谓白石'无言外

---

①廖辅叔《谈词随录》："张尔田说过，'先生之论，未为精审，晚年亦颇自悔。'龙榆生也曾亲口对我说过：王先生对他的《人间词话》的广泛流传，颇有驷不及舌的感叹。因为其中的确存在他对于词的不够成熟的见解。"（第112页，广东人民出版社1986年版）王水照《况周颐与王国维：不同的审美范式》："朱东润先生也转述罗根泽先生语：'罗根泽先生曾告诉我，王国维先生晚年在清华教书时，有人询以《红楼梦》及论词主张，王辄瞠目以对，说是从来没有这回事。'"（见《文学遗产》2008/2）

之味、弦外之响'者,有谓'白石之旷在貌。白石如王衍口不言阿堵物,而暗中为营三窟之计,此所以可鄙'者,有谓'白石《暗香》、《疏影》格调虽高,然无一语道着'者。余谓王氏之论列白石,实无一语道着。白石以健笔写柔情,出语峭拔俊逸,最有神味,如《鹧鸪天》云:'春未绿,鬓先丝。人间久别不成悲。谁叫岁岁红莲夜,两处沉吟各自知。'写得何等深刻!何等沉痛!又如《长亭怨慢》写别,词云:'日暮。望高城不见,只见乱山无数。韦郎去也,怎忘得、玉环吩咐。第一是、早早归来,怕红萼、无人为主。算空有并刀,难剪离愁千缕。'亦深情缱绻,笔妙如环。其他自度名篇,举不胜举。"①

《人间词话》论词,标举"隔"与"不隔"之论,认为"妙处唯在不隔",隔则如雾里看花,为作品败笔。就白石词,他举例说:"《翠楼吟》'此地,宜有词仙,拥素云黄鹤,与君游戏。玉梯凝望久,叹芳草、萋萋千里',便是不隔;至'酒祓清愁,花消英气',则隔矣。然南宋词虽不隔处,比之前人,自有深浅厚薄之别。"《人间词话》至少三四处批评白石词"隔","如雾里看花"。唐圭璋针对其所举之例一一反驳说:"白石天籁人力,两臻高绝,所写景物,往往体会入微,而王氏以'隔'少之,殊为皮相。'二十四桥仍在,波心荡、冷月无声',极写扬州乱后荒凉景象,令人哀伤,何尝有隔?'数峰清苦,商略黄昏雨',则写云山幽寂境界,'清苦'、'商略'皆从山容、云意体会出来,极细切,极生动,岂能谓之为隔?'高树晚蝉,说西风消息',以一'说'字拟人,何等灵活,而王氏概以'隔'字少之,是深刻精炼之描写皆为隔矣。王氏知爱白石'淮南皓月冷千山,冥冥归去无人管'两句,而顾不爱其他佳处,殊不可解。即如'千树压、西湖寒碧'

---

①唐圭璋《评〈人间词话〉》,见《词学论丛》第 1030－1031 页,上海古籍出版社 1986年版。

之咏梅，'冷香飞上诗句'之咏荷，亦何尝非妙语妙境，不同凡响。"①

唐氏进而批评《人间词话》隔与不隔的理论本身即有问题。其问题在于"专尚赋体，而以白描为主"，而忽视比兴之"寄慨遥深"，落入"以浅露直率为不隔"。

在这些具体的批评之外，唐氏说《人间词话》对白石词"率意极诋，亦系偏见"。"率意"二字，用以批评一个大学问家，是很重的话，王水照说这"在唐氏论学文字中极为少见"。但这话并非唐圭璋首发。王国维所师事的沈曾植，就曾不点名地批评王氏对南宋词"以欣厌之情，概加排斥"②，"以欣厌之情"就是"率意"，即全凭一己当下之喜恶爱憎。到 1980 年代，罗忼烈仍然说："静安之深贬白石，则师其成心而已。"③

王国维在学问上天资高绝，本身词也作得很好（而且是 1904 年起先作词有成而后进行词学评论），对姜夔及南宋词的评价，何以会使人觉得丧失水准，甚且"无一语道着"呢？除了"以欣厌之情""率意"褒贬之外，与其对周、姜及南宋格律派词人下的功夫还不到不无关系。这些词人的作品，篇幅长、典故多、结构繁复、词旨深微，许多不能只靠审美直觉来把握，很难一见钟情，而须要花不少精力，勾留盘桓于其中，既先直觉，也靠思力，涵咏深入，日久生情，才能见其精光发露。王国维写作《人间词话》时，不过三十出头。他早年醉心于哲学诸科，在康德、叔本华的著作中下了不少功夫（康德著作为最难之书，一般功夫根本不行），其后转向文学，在戏曲、歌词领域，都有著述。其对南宋格律派的词，功夫未至精深，

①同上《词学论丛》第 1030 页。按：《翠楼吟》"玉梯凝望久，叹芳草、萋萋千里"之下，接"天涯情味，仗酒袚清愁，花销英气"，涵一己漂泊与家国忧患而出之（见本书"评析"），俞陛云谓其"句法倜傥而深郁，自是名句"（《两宋词选释》），王氏以为"隔"，亦未道着也。②王水照《况周颐与王国维：不同的审美范式》引。见于《词话丛编》第四册第 3613 页。③《略论白石词》，见《词学杂俎》第 141 页，巴蜀书社 1990 年版。

11

却率意发表一己的直觉与感受,所以未得如评五代北宋词那样的切中、深到之解。他评周邦彦是一个很好的例子。早年手批《词辨》,申言"不喜美成";《人间词话》则说"美成词多作态,不是大家气象","创调之才多,创意之才少",不过长于"穷极工巧"而已;说秦观等与周邦彦虽都作艳语,但"有淑女与倡伎之别",视清真若倡伎。其后对周邦彦进行了专门研究,对清真词有了深入的体会,在《清真先生遗事》中,对之极力推崇,视之为"词人甲乙",并以唐诗作比,认为"东坡似太白","稼轩可比昌黎,而词中老杜,非先生不可"。说"欧、苏、秦、黄,高则高矣,至精工博大,殊不逮先生"。赞扬清真词"模写物态,曲尽其妙",善写"悲欢离合,羁旅行役"这类"常人之境界","故其入于人者至深,而行于世者尤广";极推其声律之美,说"读其词者,犹觉拗怒之中,自饶和婉,曼声促节,繁会相宜,清浊抑扬,辘轳交往。两宋之间,一人而已"。其见解之深入,评价之高,与之前判然为二矣。

姜夔词有其绝世独有的造诣与风格。前人论姜词,每多摘句称赏,在其最典型的姜氏表达中,获得对其特色的具体感受:

千树压、西湖寒碧。(咏梅。见《疏影》)

嫣然摇动,冷香飞上诗句。(咏荷。见《念奴娇》)

淮南皓月冷千山,冥冥归去无人管。(恋情。见《踏莎行》)

树若有情时,不会得、青青如此!(离情。见《长亭怨慢》)

数峰清苦,商略黄昏雨。(身世。见《点绛唇》)

万里乾坤,百年身世,唯有此情苦。(身世。见《玲珑四犯》)

天涯情味,仗酒祓清愁,花销英气。(骚怨。见《翠楼吟》)

渐黄昏,清角吹寒,都在空城。(黍离麦秀之悲。见《扬州慢》)

最可惜、一片江山,总付与啼鴂。(伤时。见《八归》)

姜夔词在题材内容上包括咏物、恋情、身世、时事等几大方面,我们各举两个警句,具体而微地呈现其骚雅清劲的独特造诣。读者于此留意焉,作为读姜夔词的一种基础的风格期待。

历来评价白石词的独特造诣,总结出来了一些广为传播的概念,如"骚雅"、"清空"(张炎)、"清劲"(沈义父)、"清刚"、"疏宕"(周济)、"清绮"(郭麐)、"幽韵冷香"(刘熙载)、"俗处能雅,滑处能涩"(冯煦)、"幽涩"(谭献)等。这些概念,既可以是阅读白石词一种有益的引导,也可以成为阅读白石词一种飘渺的困惑。我讲授唐宋词研究(当然包括姜夔)二十余年,也是逐步并清楚其中的理解之道的。这些概念,不完全是来自于审美感受与文体分析,同时也来自于词体的历史把握与词风鉴别,是这二者合一的结果。其基础当然是白石词本身的文体特色,以及这种特色所给人的审美感受;当这种文体特色和审美感受被放到词体的历史发展与风格变化的长河之中,彼此之间的特色和异彩形成鲜明的比较而被凸显,从而形成了这些概念。所以,我以上面的摘句给大家提供一个基本的文体感,结合词体的历史变化,用比较的方法,来理解这些概念,同时也是给出理解白石词独特造诣的基本方法和思路。

先从姜夔的恋情词说起。

姜夔涉及恋情题材的作品有二十来首,占其全部作品近四分之一。按照夏承焘的考证,其中"怀念合肥妓女的有十八、九首"(《论姜白石的词风》。《行实考·合肥词事》并逐首列述之)。我们不必每一首都同意夏氏之说(如以《暗香》、《疏影》寓合肥恋情,即无人赞同),但白石在恋情上深挚、执着,却是毫无疑问的。

男女恋情是词最长于表现的主题,姜夔是如何表现的呢?我们且看:

肥水东流无尽期,当初不合种相思。梦中未比丹青见,暗

里忽惊山鸟啼。　　春未绿，鬓先丝，人间别久不成悲。谁教岁岁红莲夜，两处沉吟各自知。(《鹧鸪天·元夕有所梦》)

这是姜夔40余岁感念二十年前的情人而作(夏承焘说)。首句以流水无尽比相思无极，点出所恋之地。"当初"一句，字面是因绵绵思念之苦故生悔恨，其实是以悔恨写绵绵相思之苦，用反语加强笔力。第三句写梦中芳容不实，还不如画中肖像清晰可感；第四句递进一层，连隐约不实的梦境也被山鸟啼破，如此造句，力透纸背。过片以"春未绿"衬托"鬓先丝"，言春事尚浅，而人已老去，既抒发未得尽领春情之恨，又以人老之速与开篇流水无尽照应。"人间别久不成悲"，诗词中极老辣之语！盖时间无情，多么悲伤的分别与多么珍贵的思念，都会为时间所剥蚀；沈祖棻则谓"盖缘饱经创痛，遂类冥顽耳"。如此，其言沉痛真已至极！结拍点元夕，兼写两面，"岁岁"仍是相思"无尽期"；"谁教"问得无理，有责天公不成人之美意，唐圭璋谓其"以峭劲之笔，写缱绻之深情"也。

我们再看下面三首词：

并刀如水，吴盐胜雪，纤手破新橙。锦幄初温，兽香不断，相对坐调笙。　　低声问，向谁行宿？城上已三更。马滑霜浓，不如休去，直是少人行。(周邦彦《少年游》)

张炎说：美成不免有"失其雅正之音"的"软媚"之作①。《少年游》是周邦彦的名作，也是其"软媚"的代表作。其摹写伎女留人的声口，温柔体贴，能使人融化。此是《花间》以来婉约词的特长所在。词长于写男女之情，以温婉旖旎为正格，已经成为人所共知的传统。但白石词中，像周邦彦《少年游》这样的软媚之作基本没有。

---

①张炎《词源·杂论》："词欲雅而正，志之所之，一为情所役，则失其雅正之音。耆卿、伯可不必论，虽美成亦有所不免。如'为伊落泪'，如'最苦梦魂，今宵不到伊行'，如'天便教人，霎时得见何妨'，如'又恐伊，寻消问息，瘦损容光'，如'许多烦恼，只为当时，一晌留情'，所谓淳厚日变成浇风也。"

所以前人说他"一变《花间》、《草堂》纤秾靡丽之习"(吴淳还《序武唐俞氏白石词钞》),力矫柳耆卿、康伯可"鄙媟"之弊(董士锡《餐华吟馆词序》)。周邦彦既与柳永并称,又与姜夔并称,所以虽"以健笔写柔情",以"浑厚"为其主导风格,但尚有一条软媚柔靡的尾巴,"有柳敧花軃之致,沁人肌骨"(贺裳《皱水轩词筌》),"如十三女子,玉艳珠鲜,正未可以其软媚而少之也"(彭孙遹《金粟词话》)。姜夔作为南宋尚雅潮流的旗帜性人物,虽在词中大量抒写念念不忘的恋情,但不仅与柳永"低帏昵枕"、"殢雨尤云"(《浪淘沙慢》)这样的淫靡一刀两断,而且将周邦彦尚留有的"软媚"也尽行排除。所以姜夔的男女恋情词,不仅"清绮",而且"清劲",思致雅洁,并不乏峭劲之笔——将上面的《鹧鸪天》与周邦彦的《少年游》对比,其美学特色表现得最为清楚。

> 烦恼韶光能几许? 肠断魂消,看却春还去。只喜墙头灵鹊语,不知青鸟全相误。　　心若垂杨千万缕,水阔花飞,梦断巫山路。开眼新愁无问处,珠帘锦帐相思否?(冯延巳《鹊踏枝》)

此词写韶光流逝、梦中相见无凭、结拍念及对方如自己一样,这些内容都与姜夔《鹧鸪天》相同;其着笔雅致,也差距不大。叶嘉莹说,冯延巳的情词,一般"所写乃是一种感情之境界,而并未实写感情之事迹"[1]。男女相恋,缠绵悱恻中的事实与细节常不足与外人道,若涉笔写之,很容易失雅。所以只写感情的心理感受和心理状况,是去俗还雅的一种方法。在这一点上,姜夔的《鹧鸪天》与冯延巳的《鹊踏枝》是一致的。所以,只用"雅",很难在二者的比较中显出姜词的特点。那么,姜夔《鹧鸪天》的特点在哪里呢? 在于一种反思的笔调:它对炽热的感情进行一番回忆与反思,融进理性体

---

[1]《从〈人间词话〉看温韦冯李四家词的风格》,《迦陵论词丛稿》第 87 页,上海古籍出版社 1980 年版。

认的力量，使得情感的热度、诱发因素减少，而其力度与韧度增加，是一种经由时间与思想沉淀的冷静的感情世界的呈现。第一句"当初不合"用反悔的口气来表明用情之深、绵绵无尽的隐痛。下片"人间别久不成悲"更是经由情感经验与理性思力总结出一条残酷的规律，并以一个判断句（议论）加以表达。所以，它与冯延巳的《鹊踏枝》相比，就有一种特别的深沉与力度，这就是"清劲"。这种"清劲"，是姜夔融江西派诗法入词的成果。此外，冯词"肠断魂消"、"珠帘锦帐"、"心若垂杨千万缕"、"梦断巫山路"等，仍不离婉娈绰约的风致，没有脱离"婉约"之风。姜词中没有这样的字句，与"婉约"的传统渐行渐远，乃至变柔婉为清刚了。冯金伯所谓"格调不凡，句法挺异，特立清新之意，删削靡曼之词"①（《词苑萃编》卷二）是也！

> 红藕香残玉簟秋。轻解罗裳，独上兰舟。云中谁寄锦书来，雁字回时，月满西楼。　　花自飘零水自流。一种相思，两处闲愁。此情无计可消除，才下眉头，却上心头。（李清照《一剪梅》）

"一种相思，两处闲愁"，与"谁教岁岁红莲夜，两处沉吟各自知"，都是兼写自己与爱人两面，用笔相同；但李清照是纯粹白描呈现，姜夔则加了追问与反思（"谁教"——如何造成），所以唐圭璋说是"以峭劲之笔，写缱绻之深情"（《唐宋词简释》）。李清照的《一剪梅》整首都以对情感进行白描、加以直接呈现取胜。"雁字回时，月满西楼"——环境气氛的烘托十分有力，"才下眉头，却上心头"——情感状况的描写十分透彻，应该说，都是笔力不凡的。但《一剪梅》与《鹧鸪天》的区别是明显的，在李清照的笔下，更多表现了一个天才女词人对感性形象的敏锐，与表达的直接感性特色；但

---

①此系录张炎《词源》语，而改"格调不侔"为"格调不凡"。

在姜夔笔下，则融入了更多的思力，感性的情绪被推到了背后，经由思力的沉淀与凝铸而表达出来，因而，词句的感性形象仍然突出，但词却不仅是靠情感的感性力量打动人，而需要感性与理性的综合把握——像"春未绿，鬓先丝，人间别久不成悲"，我们固然可以在审美直觉中受它打动，但诉诸人生经验加以思考体会，会更加感受到它所传达的那种残忍的真实与真理——从而获得一种洞穿感性直觉与理性思想的震撼！

如此观之，姜夔的恋情词真乃别具一格：

著酒行行满袂风，草枯霜鹘落晴空。销魂都在夕阳中。

恨入四弦人欲老，梦寻千驿意难通。当时何似莫匆匆。（《浣溪沙》）

人绕湘皋月坠时。斜横花树小，浸愁漪。一春幽事有谁知？东风冷、香远茜裙归。　鸥去昔游非。遥怜花可可，梦依依。九疑云杳断魂啼，相思血，都沁绿筠枝。（《小重山令》）

人间离别易多时，见梅枝，忽相思。几度小窗幽梦手同携。今夜梦中无觅处，漫徘徊，寒侵被，尚未知。　湿红恨墨浅封题，宝筝空，无雁飞。俊游巷陌，算空有、古木斜晖。旧约扁舟，心事已成非。歌罢淮南春草赋，又萋萋。飘零客，泪满衣。（《江梅引》）

亭皋正望极。乱落江莲归未得。多病却无气力。况纨扇渐疏，罗衣初索。流光过隙。叹杏梁、双燕如客。人何在，一帘淡月，仿佛照颜色。　幽寂。乱蛩吟壁。动庾信、清愁似织。沉思年少浪迹。笛里关山，柳下坊陌。坠红无信息。漫暗水、涓涓溜碧。漂零久，而今何意，醉卧酒垆侧。（《霓裳中序第一》）

在这些词中，都包含有经由时间与思想的沉淀，对炽热的感情进行回忆与反思的因素——如他自己所说："沉思年少浪迹"、"当时何似莫匆匆"(当时怎么那样匆匆轻离,用一分钟的分别种下一辈子的思念!)、"鸥去昔游非"(昔游之好如盟鸥飞去,留下昔游与离别是耶非耶的心理折磨)、"旧约扁舟,心事已成非"(旧约乘舟来会,一腔心事不过铸成无法实现的大错)、"飘零久,而今何意,醉卧酒垆侧"(人生无尽的飘零,哪还容少年时醉卧当垆美妇之侧的浪漫呢)。这里,反思与回忆一体交织,念念不忘的情感折磨与冷静无奈的理性观照融合为一。加之其运思造语时出劲峭之笔:"销魂都在夕阳中"、"俊游巷陌,算空有、古木斜晖"、"笛里关山,柳下坊陌"、"东风冷,香远茜裙归"等等,就形成了姜夔恋情词与传统的婉约风貌告别,而融进自己的清刚风格的独特成就。

此外,姜夔恋情词变婉约为清刚的另一重要因素,就是将爱人分离之苦,与飘荡无依的身世之感,结合起来加以表现。上面所列的四首词都是,其中《霓裳中序第一》在这方面格外突出。其他像《长亭怨慢》:"远浦萦回,暮帆零乱向何许。阅人多矣,谁得似、长亭树。树若有情时,不会得、青青如此!"《水龙吟》:"夜深客子移舟处,两两沙禽惊起。红衣入桨,青灯摇浪,微凉意思。把酒临风,不思归去,有如此水。况茂陵游倦,长干望久,芳心事,箫声里。"身世飘零的寂寞凄凉、旅食途中的风冷露寒等,这些因素,又使姜词添加了一种冷隽的风格——这也是其清刚、清劲风格的来源之一。当然,柳永长于写羁旅行役,恋情与身世融合也是很常见的,但柳永"嗟因循、久作天涯客",而想念所爱,多出"香暖鸳鸯被……殢雨尤云,有万般千种,相怜相惜"(《浪淘沙慢》)的软媚淫靡之笔,姜夔的清劲风格与之相较,更显得格外突出。

姜夔的恋情词,当然不是没有婉约笔致,如"燕燕轻盈,莺莺娇软"(《踏莎行》)、"歌扇轻约飞花,蛾眉正奇绝"(《琵琶仙》),但整首词的意境,却不是往婉娈绰约、柔媚缠绵上走,而是往清空、清刚上走,所以写燕燕莺莺梦中相随,落笔于"淮南皓月冷千山,冥冥归去无人管"；写轻扇约花的"桃根桃叶"，落笔于"想见西出阳关，故人初别"。姜夔二十来首与恋情相关的词作中，只有一首《解连环》软媚近俗，其中像"柳怯云松"、"叹幽欢未足"、"念唯有夜来皓月，照伊自睡"，与姜词主体风格不侔。

下面看看与时政有关的作品。

这类作品与当时的国事及辛派词人有紧密关系。姜夔的恋情词是与婉约的传统风格渐行渐远、变柔婉为清刚，姜夔与时政有关的词作则与一时主导词坛的辛派风格不即不离，"变雄健为清刚，变驰骤为疏宕"（周济《宋四家词选目录序论》）。这样，他就区别于秦柳的"情胜"、苏辛的"气胜"，而以其独特的"格胜"风貌（蔡小石《拜石词序》），在宋代词坛获得鼎足而立的地位。吴熊和说，白石词"既不施朱傅粉如柳、周，又不逞才使气似苏、辛，韵度高绝，辞语尔雅，为宋词带来了新的意境格调。南宋后期，对姜夔一时靡然从风，主要就是被他这种词风所吸引"①。

我们从他和韵稼轩词说起。白石词中，有"次韵稼轩"三首及"赠辛稼轩"一首，时间在嘉泰三年（1203）和开禧元年（1205），白石近50岁时。这四首词，为我们认识白石与稼轩词风的联系与区别，提供了极好的实例。我们且看二人的《汉宫春》：

> 云日归欤，纵垂天曳曳，终反衡庐。扬州十年一梦，俯仰差殊。秦碑越殿，悔旧游、作计全疏。分付与、高怀老尹，管弦丝竹宁无。　　知公爱山入剡，若南寻李白，问讯何如。年年雁飞波上，愁亦关予。临皋领客，向月边、携酒携鲈。今但借、秋风一榻，公歌我亦能书。（姜夔《汉宫春·次韵稼轩》）
>
> 亭上秋风，记去年褭褭，曾到吾庐。山河举目虽异，风景非殊。功成者去，觉团扇、便与人疏。吹不断、斜阳依旧，茫茫

①吴熊和《唐宋词通论》第254页，浙江古籍出版社1989年版。

禹迹都无。　　　　千古茂陵词在,甚风流章句,解拟相如。只今木落江冷,眇眇愁余。故人书报,莫因循、忘却莼鲈。谁念我、新凉灯火,一编太史公书。(辛弃疾《汉宫春·会稽秋风亭观雨》)

辛弃疾嘉泰三年从被废家居起复,知绍兴府、帅浙东,秋日作此词寄友。这也是辛弃疾的一首名作,著名的辛词选本(如吴则虞、朱德才等)都入选。此时辛已 64 岁。词中英雄情结、身世悲慨,藉典故、字句的锤炼,深涵不露;其不平与愁怨,也已旨微迹冥,故陈廷焯谓其“悲壮中见深厚”(《白雨斋词话》卷六)。但它与白石词风格的不同,还是很明显的。“山河举目虽异,风景非殊”,用南渡士大夫新亭之会的典故:周颉的“风景不殊,正自有山河之异”之叹,使离乡南来的人“皆相视流泪”,王导愀然变色说:“当共戮力王室,克服神州,何至作楚囚相对!”(《世说新语·言语》)这很好地寄托了故国难归之痛。“功成者去,觉团扇、便与人疏”,将自己屡屡有所作为,即被罢废弃置的不平融入其中。下“禹迹”、“茂陵”,“缅怀古时英主,盛赞昔日一统江山、国运昌盛,感叹今日偏安江左、国势日蹙,一如‘木落江冷’,秋意萧瑟”(朱德才《辛弃疾词选》)。词的主要篇幅,都是抒写家国身世之感,其中确有一种“悲壮”之情,只不过是出之以含敛之笔而已。

白石和韵稼轩,将表现重点放在辛词后几句的内容上。所以开篇即从“故人书报,莫因循、忘却莼鲈”入笔,说纵有庄子笔下“其翼若垂天之云”的大鹏一样的才志,也不得不发“归欤”之叹,半途归田。辛弃疾是一位以气节自负、以功业自许、有将相之才的豪杰之士,而在当时君臣宴安的环境下,才有作为,即被劾罢。此次起知绍兴府前,即在家赋闲八年。而上任不久,即赋词明归乡之思,实大有深意。姜夔用“纵垂天曳曳”将其才志一笔提过,虽寓莫名感慨,但着笔却是侧重其引退归田的情怀。人生进、退两面,将进的一面推到背后,而着重退的一面。"扬州"以下数句反思自己浪迹江湖,虽不无"秦碑越殿"的雅游之趣(姜精于鉴赏,"图史翰墨之藏,汗牛充栋"),但人生之计全错。"分付"两句继续以虚笔写稼轩"终反衡庐"而畅散高怀,安享"管弦丝竹"之雅。下片,与辛词引大禹、汉武英主之功业长才不同,而引李白、苏轼两大文豪之洒脱风流,来赞扬辛弃疾的山水之兴。"年年"二句,应辛词"只今木落江冷,眇眇愁余",又暗用汉武帝《秋风辞》"秋风起兮白云飞,草木黄落兮雁南飞",在"爱山入剡"、"携酒携鲈"的雅趣之间,着笔写"愁",是进与退、风流与漂泊之间情感激荡主题的再次呈露。结拍二句写彼此酬唱之乐,庄中带谐。

辛弃疾的《汉宫春》耿耿于怀者,在家国兴亡之感;其退隐归乡,是愤激不平之情的表现。这在姜词中,也有一"愁"字加以表现,但姜词重点却在归兴,在山水诗酒管弦之情。同样面对愁怀,姜夔心中总是没有辛弃疾那样多的"垒块",这是两人性情、经历相异所致。辛词豪放,姜词清刚,豪放较易把握,清刚不易把握。从姜夔《汉宫春》的着笔面中可知:清刚是文人的洒脱与耿介,即尽可能地脱出不合理的社会现实的羁绊,不为势利所屈,保有个性化的生活与兴味,操守不移,故成"清而刚"。

姜夔《永遇乐·次稼轩北固楼词韵》所和为辛弃疾的代表作《永遇乐·京口北固亭怀古》。开禧元年(1205),辛以66岁之高龄,出守镇江,登上北固亭而抚今思古,抒发不能领兵破敌、恢复中原的平生之憾。其中用孙权、刘裕、刘义隆、拓跋焘、廉颇等故事,"而以浩气行之,如猊之怒,如龙之飞,不嫌其堆垛,……句句有金石声"(陈廷焯语)。其慷慨苍凉、积久不平的老英雄的壮怀与悲愤,为词中翘楚。姜夔选这一首来和,本身就表明了他的欣赏,所以,他靠近乃至效仿所和词的风格应该就是很自然的了。词中赞扬辛弃疾的军事长才:"前身诸葛,来游此地,数语便酬三顾。楼外冥冥，江皋隐隐，认得征西路"；与其大将风采："有尊中酒差可饮，大旗尽绣熊虎"，笔致慷慨豪壮，深得稼轩之风。"中原生聚，神京耆老，南望长淮金鼓"，"在白石词中，发家国民族的大感慨，此数句最为显露"（夏承焘、吴无闻《姜白石词校注》）。但他结合稼轩数次被罢免，在上饶、铅山村居 20 年的经历（稼轩词中有"四十三年"，即其当初奉表南归至开禧京口履任的时间，可知他南归后有近一半时间被罢赋闲在家），提出"使君心在，苍厓绿嶂，苦被北门留住"，点明为国镇守北边门户，与"心在苍厓绿嶂"的矛盾。虽然"心在苍厓绿嶂"不无用反语为稼轩被罢村居鸣不平的意思，但直接表现的毕竟是寄情山水的超逸情怀。而其上文"云鬲迷楼，苔封很石，人向何处？数骑秋烟，一篙寒汐，千古空来去"，说建迷楼的杨广，与坐在很石上谈论曹操的孙权、刘备，"人在何处"呢？秋烟中的征骑、晚潮中的旅船，千百年来徒然奔忙而已。说功业无凭，言外驻笔一"空"字。这个"空"，与姜夔词风"清空"的"空"，是紧密联系的，从热表现实功名业绩与壮怀怨抑中超逸而出。所以，姜夔的这首和词，在慷慨豪壮的稼轩风格之外，仍然融进了他自己清空的风格——虽然更多地体现的是清刚之刚大的一面，但仍然保留了其清空的一面①。

现在可以说白石与时政相关的词的正题了。

> 淮左名都，竹西佳处，解鞍少驻初程。过春风十里，尽荠麦青青。自胡马、窥江去后，废池乔木，犹厌言兵。渐黄昏，清角吹寒，都在空城。　　杜郎俊赏，算而今、重到须惊。纵豆

---

①白石效仿稼轩，是不争的事实。而如何认识白石与稼轩二人词风，则是另一个问题。客观讲，不可无视其同，不可不强调其异——即白石独标一格，自成面目者。有时为了论述某一方面的问题，而强调那一面，可以理解，但不可言之太过。如刘熙载说："稼轩之体，白石尝效之矣。集中如《永遇乐》《汉宫春》诸阕，均次韵稼轩，其吐属气味，皆若秘响旁通，何后人过分门户耶？"而又说："白石，才子之词；稼轩，豪杰之词。才子豪杰，各从其类爱之，强论得失，皆偏辞也。"（《艺概》卷四）

蔻词工,青楼梦好,难赋深情。二十四桥仍在,波心荡、冷月无声。念桥边红药,年年知为谁生。(《扬州慢》)

月冷龙沙,尘清虎落,今年汉酺初赐。新翻胡部曲,听毡幕、元戎歌吹。层楼高峙。看槛曲萦红,檐牙飞翠。人姝丽,粉香吹下,夜寒风细。　　此地,宜有词仙,拥素云黄鹤,与君游戏。玉梯凝望久,叹芳草、萋萋千里。天涯情味,仗酒祓清愁,花销英气。西山外,晚来还卷、一帘秋霁。(《翠楼吟》)

这两首词都是姜夔的代表作。张炎说:"《扬州慢》……等曲,不惟清空,又且骚雅,读之使人神观飞越。"(《词源》卷下)"清空"、"骚雅"都与笔法、笔意相关,在某种意义上,"清空"偏于笔法,"骚雅"偏于笔意。辱国丧师、奸佞为害的政治大事,忠臣去国、怀才偃蹇的人生不平,不顺从,不回避,但不是直赋其事、即实抒感,而是以比兴寄托的笔法,藉景物、典故或其他情事,做出艺术化的表达。笔饶清正之气,事出仿佛之间,以虚拟形象映射实际事实、传达深厚情感,就是"清空",也是"清刚"或"清劲"。

"骚"与"雅",是《诗经》、《楚辞》所奠定的美学传统。简单说,"骚"就是情深而怨。一腔情深真爱的奉献,而对方视为无物,甚至奚落打击,故不能无怨,"骚"于是而成。"屈平正道直行,竭忠尽智以事其君,谗人间之……信而见疑,忠而被谤,能无怨乎? 屈平之作《离骚》,盖自怨生也。《国风》好色而不淫,《小雅》怨诽而不乱,若《离骚》者,可谓兼之矣。"(《史记·屈原贾生列传》)司马迁这段话,是"骚"的真解所在。引申言之:无情而无怨,怨乃怀抱忠贞不贰的真情所致。因此,"骚"与"雅"合二为一。"雅"即"正",正,与不正常、过错、偏失相对立。儒家诗学讲雅正,本质中即包含守卫"正",和对各种偏离"正"者进行抗争、揭示与批判两方面。而抗争、揭示与批判,必然引发怨、与怨相通。这样,"骚雅"概念乃成。

说姜夔《扬州慢》、《翠楼吟》这类作品"不惟清空,又且骚雅",

在上面解释的基础上，再结合与辛派词的比较，就不难理解了。

《扬州慢》写的是黍离麦秀之悲。《诗经·王风·黍离》写周平王时受到犬戎等异族侵扰威胁，东迁洛邑，周大夫行役经过镐京故址，见原宗庙宫室已平为田地，种满黍稷，抒发悲伤不平的情感。其忧怀国事，实有"变雅"的性质。姜夔的《扬州慢》，写扬州经金兵两次攻破蹂躏，由原来"十里长街市井连"的"淮左名都"，变为"过春风十里，尽荠麦青青"的一座空城，与《黍离》的情形十分相似。所以，像《黍离》一样，词作不正面描写兵祸造成破坏的具体事实，而着笔描写兵祸破坏后荒凉的环境气氛。下片以虚拟之笔，透过在扬州风流逸游的杜牧的眼光来看扬州的兵燹之灾。全词通过今昔对比、虚实互形的方法，避免直写具体事件，而通过选择表达具体事件触发的情感的一系列形象来完成。以凌空健笔，写骚雅至情，因而形成了一种笔致清空而有力的特色。这在下面的比较中可获得更明晰的体会。

写扬州兵祸的，后来有刘克庄、李好古等。刘克庄的《沁园春·维扬作》①上片也写昔日"繁华"与今日"凋残"对比，也用了杜牧、何逊这些扬州名人的典故，"但萤飞草际，雁起芦间"也是渲染兵祸后的环境气氛，只是词句比姜词略显直白些。刘词下片写自己投身李珏幕府，不顾妻子"翡翠衾寒"，不顾自己"黑貂裘敝"，以高昂的斗志，草檄讨敌（刘当时"军中檄笔，一时传诵"），吟诗言志，并以北进中州为慰。全词写的是面对兵祸之后残破的扬州，忍苦奋发，北向破敌的豪情，确是辛词遗风。

---

①刘克庄《沁园春》：辽鹤重来，不见繁华，只见凋残。甚都无人诵，何郎诗句；也无人报，书记平安。闾里俱非，江山略是，纵有高楼莫倚栏。沉吟处，但萤飞草际，雁起芦间。　不辞露宿风餐，怕万里归来双鬓斑。算这边赢得，黑貂裘敝；那边输了，翡翠衾寒。檄草流传，吟笺倚阁，开到琼花亦懒看。君记取，向中州差乐，塞地无欢。

李好古的《八声甘州·扬州》①上片写扬州城防卫的雄伟坚固，"飞观切云高，峻堞缭波长。望蔽空楼橹，重关警柝……形胜隐金汤"，用笔比较质实。下片"百年故国，飞鸟斜阳"、"西楼画角，风转牙樯"，与姜词笔致相似，但"恨当时肉食，一掷赌封疆。骨冷英雄何在？望荒烟、残戍触悲凉"，情切直斥，是姜夔词中不会有的写法。他的身世与姜夔相似，所以王鹏运跋《碎锦词》说他是"白石老仙之亚"，但他这首词的风格，却与白石迥异。

　　《翠楼吟》写武昌安远楼落成及所感。其时宋金议和，边境"尘清"，暂无战事，高宗办寿赐酺（诏许聚饮），一派宴安景象。武昌安远楼落成，军营里胡曲新声，歌吹不断；新楼上姝丽歌舞，香粉吹落。这番热闹，直到夜寒风静。在描写了落成典礼的盛况后，姜夔抒发感慨："此地，宜有词仙，拥素云黄鹤，与君游戏。""游戏"二字，含义至深！而"君"谓谁？元戎乎？赐酺者乎？山河陷落，武昌已临近前线，失地输币而换得的短暂的苟安局面里，营造所谓的"安远"楼，何"安"可凭？所安之"远"何在?！所以在这样的庆典中，只能"与君游戏"——这种态度只能是出于"此地宜有"，而不是出于直面残酷的现实。直面现实，登楼北望，"叹芳草、萋萋千里"，大好河山沦落无奈。更勿论靖康之祸，徽、钦及后妃、太子、宗室三千人被掳（用《楚辞·招隐士》"王孙游兮不归，春草生兮萋萋"）。但一个只能"此地与君游戏"的文士，怀抱这样深重的情感，也只能"仗酒被清愁，花销英气"而已！结末以西山晚来秋霁（霁：雨止云散），表明前线的清静安宁不过是战氛暂歇罢了。词中所包含的批判的力量，深沉而有力。但作者"以微讽之词示针砭之旨"（陈匪石《宋

　　①李好古《八声甘州》：壮东南、飞观切云高，峻堞缭波长。望蔽空楼橹，重关警柝，跨水飞梁。百万貔貅夜筑，形胜隐金汤。坐落诸蕃胆，扁榜安江。　　游子凭阑凄断，百年故国，飞鸟斜阳。恨当时肉食，一掷赌封疆。骨冷英雄何在？望荒烟、残戍触悲凉。无言处，西楼画角，风转牙樯。

词举》），而不是疾言厉色予以痛斥，笔致老辣，没有一点愤青的激烈，符合他自己"美刺箴怨皆无迹，当以心会心"（《诗说》）的诗学原则。俞平伯揭示说："其时北敌方强，奈何空言'安远'。虽铺叙描摹得十分壮丽繁华，而上下嬉恬、宴安鸩毒的光景便寄在言外。像这样的写法，放宽一步即逼紧一步，正不必粗犷'骂题'，而自己的本怀已和盘托出了。"（《唐宋词选释》）。"微讽之词"、"寄在言外"便是"清空"，"放宽一步即逼紧一步"、"本怀已和盘托出"，就是"清刚"、"清劲"。而"夭矫之笔、忠厚之意，又白石本色也"（陈匪石《宋词举》），就是"骚雅"。这首词艺术性很高，被词论家推为"白石最高之作"。与上面李好古的"恨当时肉食，一掷赌封疆。骨冷英雄何在？望荒烟、残戍触悲凉"激烈的情感表达相比，《翠楼吟》的清劲骚雅风格，就十分容易把握了。

下面看姜夔感怀身世的作品。

这类作品情况比较复杂，因为在所有题材的作品中，都可以抒发身世之感，加之姜夔漂泊旅食，行旅景物、登览风光、怀人思乡、送友叙别等，都可以寄寓身世之感。我们将选择比较典型，而又体现姜夔主导风格的作品来讨论这一问题。

所有人的第一选择，可能都会是这首小令：

> 燕雁无心，太湖西畔随云去。数峰清苦，商略黄昏雨。
>
> 第四桥边，拟共天随住。今何许，凭阑怀古，残柳参差舞。
>
> （《点绛唇·丁未冬过吴松作》）

此过吴松即景抒怀，是白石名篇，也是南宋骚雅派小令的杰作，艺术水平极高。全词以写景为主，情感一毫不露，全寓景中。"无心"、"随云"，是无所容心、超然无碍的意境；冬日山间的萧条，加上黄昏的暗淡与雨前的阴寒，"清苦"二字触目惊心，而"商略"更以拟人手法写出其萧瑟阴寒的有意酝酿。四句景语包含两种相反的情调，故沈祖棻说："首二句言本无容心，自然超脱；次二句则未免有情,仍苦执着也。"(《宋词赏析》)在这个背景下,两个抒情主人公——作者自己和陆天随——出场,两个人都是性情超逸洒脱与人生清苦寂寥两面共生。歇拍以景结情,"凭阑"所以远眺,关合上片,"怀古"怀想天随,关合上句;"残柳参差舞",寄寓莫名悲情。沈祖棻说:"柳舞本属纤弱,而'柳'上着'残'字,'舞'上着'参差',便觉悲壮苍凉,有'俯仰悲古今'之意。"这种"悲",是古今才人同有的悲剧命运乎? 是古今王朝共同的成败兴亡乎(陆、姜分别生活在唐、宋没落的晚期)? 回看"今何许"三字,本义为现今是怎样的时候、怎样的情景啊,其中所暗含的,似乎是还不如陆天随当时,想像他那样可能都不行了! 词的文字简省得不能再简省,情感表现幽微得不能再幽微,而却又表现出了这样多,这样有力! 这就是清空、清劲。

但词的表现的确太简省太幽微了! 一般读者初读之下一定会问:写的什么呢? 须要下一番功夫品味体会,才能把握。这种表现风格,就是常说的含蓄蕴藉,词中也是历来就有。我们用晏殊的《相思儿令》来对比一下:

> 昨日探春消息,湖上绿波平。无奈绕堤芳草,还向旧痕生。　　有酒且醉瑶觥,更何妨、檀板新声。谁教杨柳千丝,就中牵系人情。

晏殊这类词不少,我们选择这首歇拍用问句而且也以杨柳作结的。它表现了什么情感? 也几乎是一毫不露,全寓景中,含蓄蕴藉之极。它是在景物中轻涵对时光、年华流逝的敏感与无奈,用叶嘉莹的意思说,是一种"形而上的生命感情"。它不是对人生中具体现实困境的苦恼,而是对时光与生命本身无法持定的苦恼。这种苦恼是普遍的(人人都有),又是轻婉的,加上表现得含蓄缥缈,加上北宋早期词坛的婉约风气,所以,晏殊的《相思儿令》与姜夔这首《点绛唇》表现方法相同而情感风格迥异。晏殊写苦恼也像是软玉温香,是温柔丰腴的,能起人缠绵悱恻之情;姜夔写清苦则像是清癯老者打太极,招招见功,瘦劲有力,但并不使人动情而是要人领略。

如此来看,我们也可以用含蓄蕴藉来形容姜夔词风①,但这只是一个笼统普适的大概念,不足以表现姜夔词风的特别之处,而张炎的"不惟清空,又且骚雅",则是专就姜夔词风所做的概括。专指情感几乎一毫不露,全寓景中,含蓄蕴藉之极,而又忧怀莫名,思力独绝,句法挺异,语辞清健。《点绛唇》中,作者和陆天随之高士与寒士、意趣超然与清苦莫名两面交织,但太多的东西都融在景物中了,都藏在文字的背后了,有太多的无言而言,有太多的人世悲怆付之无言中,读者须要用思力领悟,它的力道才能呈现出来。这是姜夔清空骚雅的典型特征。在某种意义上,这是进入白石词境的开门钥匙。深入理解《点绛唇》这首小词,可以帮助我们便捷地拿到这把钥匙。

下面这首《湘月》,为我们理解姜夔词的独特风格,提供了另一些信息内容。

> 五湖旧约,问经年底事,长负清景。暝入西山,渐唤我、一叶夷犹乘兴。倦网都收,归禽时度,月上汀洲冷。中流容与,画桡不点清镜。　　谁解唤起湘灵,烟鬟雾鬓,理哀弦鸿阵。玉麈谈玄,叹坐客、多少风流名胜。暗柳萧萧,飞星冉冉,夜久知秋信。鲈鱼应好,旧家乐事谁省。(《湘月》)

这首词中涉及两个与清旷、清空相关的文化性格。一是上片"五湖"、"西山"提示的自洁其身的隐居高逸,二是下片"玉麈谈玄"

---

①姜夔《诗说》:"语贵含蓄。东坡云:'言有尽而意无穷,天下之至言也。'……句中有余味,篇中有余意,善之善者也。"追求含蓄蕴藉,是姜夔自觉的美学意识。

提示的远俗避祸的名士风流①。这些都是文人心中祈望的潇洒出尘、清超高尚的典型。这种典型的文化性格,融注到创作中,成为构成清超、清空艺术风格的一个基本因素。宋代很多文人,受道家和佛禅思想影响,都能写清超、清空之作,如:

> 摩围小隐枕蛮江,蛛丝闲锁晴窗。水风山影上修廊,不到晚来凉。　　相伴蝶穿花径,独飞鸥舞春光。不因送客下绳床,添火炷炉香。(黄庭坚《画堂春》)

黄庭坚贬谪黔州寄住佛寺,还写得这样闲静怡人,几乎毫无困苦,这其实是一种以文化精神的力量来引导、妆饰内心的情感体验的结果。当这种文化精神内化为作家的人生情怀,在创作中就很自然地表现为作品的内容。加之作为江西诗派的宗师,黄庭坚词中"水风山影上修廊,不到晚来凉"、"相伴蝶穿花径,独飞鸥舞春光"、"添火炷炉香",都堪称"句法挺异"("不到晚来凉",即有风有阴即凉爽;"相伴蝶穿花径"二句,可读为三三分拍与二二二分拍;"添火炷炉香",即火炉添炷香,为杜甫"香稻啄余鹦鹉粒"句型),因而这首《画堂春》与姜夔词风很接近。

但姜夔与之是有重大差别的。姜夔的超逸洒脱、无所容心,似乎都不是因为接受了某种道理而如此,而是其性情本来如此(我讲"宋词研究"二十余年,特别喜欢姜夔、晏殊其人,就是因为二人源于其天性的某种魅力)。正因为不是出于一种文化的妆饰力量,而是性情的本来面目,所以他的笔下所表现的内容,没有那么单纯、纯净。他对于伯夷、叔齐、范蠡等,当然是欣赏的,也不无向往之

---

①范蠡佐勾践灭吴后,功成不居,"乃乘扁舟,出三江,入五湖,人莫知其所适"(《吴越春秋》)。伯夷、叔齐不赞成以暴易暴,"义不食周粟,隐于首阳山"(《史记·伯夷列传》)。魏晋名士清谈玄理,常手持白玉柄的麈尾,以助容止(《世说新语·容止》)。《微招》中"一丘聊复耳,也孤负、幼舆高志",提出魏晋名士的具体人物谢鲲——其人任达不拘,知王敦无能,遂优游高适,不屑政事;曾自谓一丘一壑超过庾亮(《晋书》本传)。

情,但用"五湖"、"西山"、"玉麈谈玄"等典故,写夷犹容与之情致,结拍却递入羁旅思乡怀人之深情。反观"谁解"三句,既是"谁管它"(不用理会),又是"谁懂得"(无人理解),要丢开哀情却是哀情正来。于是"经年底事"、"烟鬓雾鬓",正是羁旅蹉跎、年华徒去、一事无着之透露。再反观上片所写"清景",曰"倦"、曰"归"、曰"冷",与"萧萧"、"冉冉"、"秋信"等,清景都着清冷情调。而所谓"夷犹乘兴",本出潇洒出尘之情怀,却不意引起沉郁顿挫之情感①。对姜夔来说,伯夷、范蠡、《徵招》中以"一丘一壑"胜的谢鲲等,这些文化典范解决不了他的人生问题,在词中只成为映照他人生问题的一面镜子,照见其"长负清景",在"直恁清苦"中挣扎,从而形成一种艺术的张力。

《湘月》序中说:"丙午七月既望,声伯约予与赵景鲁……大舟浮湘,放乎中流,山水空寒,烟月交映,凄然其为秋也。"其中"山水空寒"之"空",可用来理解其风格"清空"之"空":其"空"乃融入"清"而成,所以其"清空"有一种特别的力道,一如《湘月》,是潇洒出尘情怀与沉郁顿挫情感互生共振。它不似黄庭坚《画堂春》那样单纯、纯净,入于佛境之空澄,但却像"画桡不点清镜"一样的莹澈,不为俗尘污染。所以其"清空"亦即"清刚"、"清劲"。我们前面曾说,辛弃疾词中有太多的"垒块",此处黄庭坚《画堂春》又太空澄,姜夔恰在二者之中,他以清空释其垒块,又溶解垒块入于清空,因此成就姜夔自己的词风。

姜夔感怀身世的作品,也有的与其主导风格差异较大,像《玲珑四犯》(叠鼓夜寒)从"倦客欢意少,俯仰悲今古"、"万里乾坤,百年身世,唯有此情苦",到"文章信美知何用,漫赢得、天涯羁旅",单句看,也堪称警句,但在篇中一气直抒,为情所乘,只要说透说尽,

---

①其《徵招》(潮回却过)、《水调歌头》(日落爱山紫)等均与此类同。

无复含蓄。我们也不赞成简单否定这种风格,但它与姜夔的主导风格之美,的确不是一回事了。

下面来看姜夔的咏物词。

咏物词是姜夔词学成就的高标。《暗香》、《疏影》、《念奴娇》、《齐天乐》是其中的四大名篇。我们且看最著名的《暗香》(王兆鹏等《宋词排行榜》第十名):

> 旧时月色,算几番照我,梅边吹笛。唤起玉人,不管清寒与攀摘。何逊而今渐老,都忘却、春风词笔。但怪得、竹外疏花,香冷入瑶席。　　　　江国,正寂寂。叹寄与路遥,夜雪初积。翠尊易泣,红萼无言耿相忆。长记曾携手处,千树压、西湖寒碧。又片片、吹尽也,几时见得。

这首词有两大特点:一是咏物不即不离,能实能虚,在生动的视听意想形象之中,寄寓今昔盛衰之感。就是张炎说的,"所咏了然在目,且不留滞于物"。起笔写旧时赏梅情景,梅边月下,笛声悠扬,当斯时也,复唤起玉人,犯寒摘花,此何等境界,何等情致! 又"长记"再折入"旧时",与玉人携手西湖,但见千万树梅花犯寒而开,势压千顷寒波,是何等精神,何等气象! 这些对梅花的描写,形象动人,文字清健。但所写非眼前而是记忆中景物,故非实相而是虚相,传统词学亦视之为虚写(即非如画家临摹之写实),其实是亦实亦虚。"何逊"两句,"都忘却",是苦境中人无赏花赋诗的兴致,也是旧时的美好不堪提起,着笔浑简,将现状之衰飒寄于言外。"但怪得"一个"怪"字,深含今昔之变——旧时之赏,而今却怪。"江国"两句,字面是写江南冬末万木萧条之景,实际也是上片衰飒之情的外化。"寄与路遥",以陆凯折梅赠友的典故,递入怀人。"叹"是路遥无从寄与,故怀人实为绝望。结拍"片片吹尽","竹外疏花"自然不得见;"玉人攀摘",就更不可能了。诸多沉痛感情,藉文字含义丰富的表现力,将莫可名状的感慨寓于文字背后,形成一种不言之言,或言有限而意无穷的力量,即陈廷焯所谓"感慨全在虚处"、"不说破",极富"清空"特色。

二是笔致浑涵清健,曲折劲峭,与北宋词用笔秀媚、意旨单纯、结构自然平易的词风不同。这首词在与梅花有关的今昔对比中表现感情,所以今与昔的转换造成了曲折的结构。"何逊而今"是由昔转到今;"但怪得"再转,写人衰颓不堪对花,而花却以馨香袭人;"江国"转笔写大背景;"叹寄与"递入怀人;"长记"再作大转写昔时西湖携手;"又片片吹尽"跌落眼前花谢,沉痛收结。通过这样多的折笔表现情感的顿挫,造成一种劲峭的力量,犹如沿着盘曲的山路登顶。而用"唤起玉人,不管清寒与攀摘"、"携手处,千树压、西湖寒碧"这样清健的语句,表现昔时赏梅满溢的豪情,浑涵而劲峭;而用"怪"、用"叹"表现而今对花的种种无奈,情感浑涵在文字背后,形成独特的表现力。

对照北宋咏物词的写法,姜夔独特的词风就更突出了:

> 雪云散尽,放晓晴池院。杨柳于人便青眼。更风流多处,一点梅心、相映远,约略颦轻笑浅。　　一年春好处,不在浓芳,小艳疏芳最娇软。到清明时候,百紫千红花正乱,已失春风一半。早占取韶光,共追游,但莫管春寒,醉红自暖。(李元膺《洞仙歌》)

这首词入选朱孝臧《宋词三百首》,艺术水平不低。它从早春起笔,以柳眼衬托,着重写花心始坼之梅,以女子颦轻笑浅作比,突出"小艳疏芳最娇软",要人早占韶光,莫等春深花盛。笔笔婉丽轻俏,芳艳欲流。结构上虽也有"到清明时候"对后来的拟想,但基本是一顺而下,没有多少转折峭劲之感。文字上也非常平易,基本不需注释(虽然手头有两种注本都错注了"约略"的意思,但似属粗心,无关难度)。相较于姜夔《暗香》的结构峭劲、文字清健、含义浑厚,二者形成鲜明对比。虽然"已失春风一半"可以看作有所讽喻,或者可以使人"猛醒"（沈际飞语），或也可以教人"持盈""养福"（黄蓼园语）之术，含义似乎也很丰厚，但其整个风格是轻俏的。此"俏"与彼"峭"，截然不同。

这就牵涉到词体美学对于"涩"的讲求。清代谭献、沈祥龙、许宗衡、况周颐等都讲过这一问题。谭献要人注意"白石之涩"（《箧中词》二），认为"词妙在涩"（《箧中词》续四），主张以"白石之幽涩而去俗"（《箧中词》四）。沈祥龙说："词能幽涩，则无轻滑之病。"（《论词随笔》）丘世友说，谭复堂第一个发现了白石词"涩"的奥秘。"白石词既清空而又有深涩之味……如'昭君不惯胡沙远，但暗忆江南江北。想佩环月夜归来，化作此花幽独'（《疏影》），以昭君月夜归魂，摹写梅花幽独的品格，而作者的家国之念、身世之感，即与梅花形象俱化，清空骚雅，得其神似。"这种"深涩"或"幽涩"之美，有时难免"形象直觉性不强"，"但清空和深涩的矛盾统一给白石词带来了许多成功的艺术意境，而使之成为一代宗匠"。①

什么是"涩"呢？涩就是作品具有幽深跌宕的情感，曲折劲峭的笔法，清健挺异的文字，在离合吞吐，潜气内转中，表现一种深复厚重坚卓的美，如同一枚极富滋味的坚果，或者极好的秋叶所做的绿茶（与明前早春茶口味迥异）。若表现得不好，也容易流为生涩或晦涩。但其好处是在轻俏之美外别具一格，而且可以疗轻滑、滑易之病。

我们再举苏轼的《水龙吟·次韵章质夫杨花词》做个对照：

> 似花还是非花，也无人惜从教坠。抛家傍路，思量却是，无情有思。萦损柔肠，困酣娇眼，欲开还闭。梦随风万里，寻郎去处，又还被、莺呼起。　　不恨此花飞尽，恨西园、落红难缀。晓来雨过，遗踪何在？一池萍碎。春色三分，二分尘土，

---

① 丘世友《词论史论稿》第268—269页，人民文学出版社2002年版。

一分流水。细看来不是杨花,点点是离人泪。

这是苏轼的名篇,其中当然有它的好处。但其笔法实有轻滑之病:一是上片"拟人太过分"[①],柔肠、娇眼、有情、有思、有梦,又寻郎,又被莺唤醒;一是下片"遗踪何在"之下,又是"一池萍碎",又是"春色三分,二分尘土,一分流水"。上下片都用在一个思路上——上片是用拟人,下片是用数字——连笔累加,语句顺着单一的思与笔轻便滑出,情少跌宕,笔少顿挫。虽有"似花还是非花,也无人惜从教坠"、"又还被、莺呼起"这种挺异句法,但终难救其给人流便的感觉。虽然吴世昌说它"写得并不高明"[②]、"开咏物恶例"太过了些,但它在东坡词中实非上乘。陈匪石是极力推崇这首词的,却也担心人们将"遗踪何在"之下"作算博士语,一挑半剔,非伤薄,即伤纤",而谆谆其"仍有浑灏气象",且"语亦名隽超脱"。其实,这几句语伤纤薄非常明显,而"浑灏气象"、"名隽超脱"实难以审美感觉印证,纯属臆想。

东坡的《西江月·梅花》是一首清婉高尚之作:

玉骨那愁瘴雾,冰姿自有仙风。海仙时遣探芳丛,倒挂绿毛幺凤。　　素面翻嫌粉涴,洗妆不褪唇红。高情已逐晓云空,不与梨花同梦。

《冷斋夜话》说"其寓意为朝云作也",盖朝云陪伴苏轼贬窜南荒惠州第三年里去世,苏轼以南方梅花景物怀念她,词写得格调很高,语句也独特不凡。但重点落在结拍上,很像一首七言绝句,前面以形象描绘作铺垫,然后第三句转折(如同排球二传),结末点题明义(如同扣杀)[③]。这样的写法,好处是单纯明豁。而姜夔的咏物词的

---

　　①吴世昌《词林新话》第 155 页,北京出版社 2000 年版。　②吴世昌《诗词论丛》第 144 页,北京出版社 2000 年版。　③"大抵绝句诗以第三句为主,须以实事寓意,则转换有力,旨趣深长。"见徐师曾《文体明辨序说》第 108 页,又见吴讷《文章辨体序说》第 57 页,人民文学出版社 1962 年版。

典型风格,则与此不同,是以深复劲峭、有涩味取胜的。

姜夔词清空、有涩味,使一些词论家在评论的时候,把话说过分,说他含蓄蕴藉,富于言外之意的特色,是"足不履地"(俞陛云),或"如野云孤飞,去留无迹"(张炎);或者说他"隔",不能"语语都在目前",不能"言情沁人心脾,写景豁人耳目"(王国维),总之似乎是形象的直觉性、具体可感性不强。姜夔词融合了江西诗派重思理的一面,长调结构转折多,意旨每以深复取胜,且多熔铸诗句典故,因而须要我们不仅用感官而且用思致来把握,这是事实。但绝不能因此说姜夔词的形象直觉性、可感性不强,好像是蹈虚履空、感性具体性不突出。我在二十多年前开始讲"唐宋词研究"时读姜夔词集,就颇感这些说法与作品的文本实际不符(如果不带有色眼镜,审美初始感觉是有重要价值的)。例如上面举的《暗香》所写:月色照我,梅边吹笛;唤起玉人,冒寒摘花;以及"春风词笔";"香冷入瑶席";"千树压、西湖寒碧"等,其形象感发力何尝不大,只是不以柔媚使人缠绵于其中而已!其《念奴娇》一直是我在讲课中作为以生动出色的形象描写,表现清空骚雅的风格所举的例子:

> 闹红一舸,记来时、尝与鸳鸯为侣。三十六陂人未到,水佩风裳无数。翠叶吹凉,玉容消酒,更洒菰蒲雨。嫣然摇动,冷香飞上诗句。　　日暮。青盖亭亭,情人不见,争忍凌波去。只恐舞衣寒易落,愁入西风南浦。高柳垂阴,老鱼吹浪,留我花间住。田田多少,几回沙际归路。

在二十年前印行的讲义中,我就认为:"此词以一种人格化的空灵笔调,写出荷之清逸风神和韵致:亦'清'亦'丽'。'青盖亭亭'、'水佩风裳'、玉容嫣然、飒飒吹凉……诗意与花香俱摇漾于水烟渺霭之中,绵长悠远,读之令人神观飞跃,在词中是一种极品。论者或谓'如仙人行空,足不履地',则过于强调姜词'清空'的一面了;有人说是'缠绵香软与清复雅淡合一','香软'也失之淫艳。唐圭璋所谓'俊语纷披,意趣深远',最得其实。"①

　　总之,把握姜夔词风,要建立在文本形象审美感受的基础之上,并联系词学史的发展,运用比较方法,作出实事求是的定位,不可只凭理念进行评价和褒贬。

---

　　①拙著《唐宋词研究》第 290 页,延边大学出版社 2001 年版;此书简本于 1998 年 9 月由五邑大学教材科印行。

凡　例

一、本书包括三大部分：一是姜夔词编年、校雠、注释、评析、汇评，解决文本理解问题；二是《引论》，通过文本比较和词史定位阐明姜夔独特词风；三是附录《论周、姜是词学的"铁门槛"》，从宏观角度把握理解姜夔词的意义。希望这三部分的配合，对深入阅读和理解姜夔词有切实帮助。

二、常州派词学形成了一套由表现形式来分析内容的方法，将张惠言、周济、陈洵、陈匪石、唐圭璋、沈祖棻等贯穿起来看十分清楚，但周济、陈洵基本不谈内容，陈匪石、唐圭璋内容谈得少，沈祖棻则形式、内容兼重。本书对每首词的评析，吸收了这一传统成果，十分注重形式分析，同时适当配合内容复述与意义探究。这是本书十分用功的特色之一。"评析"最好与词作对照阅读。

三、本书以夏承焘《姜白石词编年笺校》为底本，参校本有明毛晋辑《宋六十名家词》、清陆钟辉刻《白石道人歌曲》、清张奕枢刻《白石道人歌曲》、《绝妙好词》、《绝妙词选》、《词综》、《词谱》等；编年一依夏本(个别有疑的因无实据可调故仍尊之)；注释吸收了时贤的长处，但有不少自己的理解，特别是典故以外有一定困难的语辞，根据行文实际，在注释或评析中加以解释，以便对读者有更多帮助。

四、汇评包括前人对每首词的评鉴和对姜夔词的总体评价，原则上按时间顺序排列。为节省篇幅,汇评与总评的材料,一般不重出;后人转述前人的评语,也一般不重出。学界通习只录近代以前而不录现代人的评论,本书经过认真考虑,增录了一些现代名家评论姜夔的文字,相信这对读者会有更多帮助。

目　录

总 评

附 录

白石道人歌曲

扬州慢 中吕宫[一]

　　淳熙丙申至日,余过维扬①。夜雪初霁,荠麦弥望②。入其城则四顾萧条,寒水自碧,暮色渐起,戍角悲吟③。余怀怆然,感慨今昔,因自度此曲④。千岩老人以为有黍离之悲也⑤。[二]

　　淮左名都⑥,竹西佳处⑦,解鞍少驻初程[三]。过春风十里⑧,尽荠麦青青[四]。自胡马、窥江去后⑨,废池乔木[五],犹厌言兵。渐黄昏,清角吹寒,都在空城[六]。　　杜郎俊赏⑩,算而今[七]、重到须惊。纵豆蔻词工⑪,青楼梦好[八]⑫,难赋深情。二十四桥仍在⑬,波心荡、冷月无声。念桥边红药⑭,年年知为谁生。

【编年】

　　淳熙丙申至日,即孝宗淳熙三年(1176)冬至。夏承焘《姜白石词编年笺校》卷一:"白石词明著甲子者始此,时白石二十余岁。前此一年客汉阳,此时沿江东下过扬州。"

【校记】

[一]中吕:清查为仁、厉鹗《绝妙好词笺》作"仲吕"。

[二]《绝妙词选》此处尚有一句:"此后凡载宫调者,并是自制曲。"

[三]少驻:毛晋汲古阁抄本《绝妙好词》"少"作"小"。

[四]荠麦:《草堂诗余》作"荠菜"。

[五]乔木:毛晋汲古阁抄本《绝妙好词》"乔"作"高"。

[六]空城:张奕枢刻本《白石道人歌曲》(以下简称张本)"空"作"江"。

[七]而今:《草堂诗余》作"如今"。

[八]梦好:《阳春白雪》作"句好"。

【注释】

①维扬:古代扬州的别称。

②荞麦:野生麦子。十里荞麦,乱后之人与屋宇荡然无存可知。陈匪石《宋词举》谓从《诗经·王风·黍离》"彼黍离离"化出。弥望:满眼。

③戍角:边防军的号角。扬州在淮河以南,长江以北,宋、金对峙时期,扬州是南宋在江淮地区的军事重镇。

④自度曲:自己新创的乐曲。又称"自序曲"、"自度腔"等。唐宋歌词创作一般是倚声填词,姜夔精通乐理,故每每写出歌词后自己谱曲。

⑤千岩老人:萧德藻,字东夫,福建闽清人,晚年居湖州,爱其地弁山千岩竞秀,自号千岩老人,著有《千岩择稿》。夏承焘《姜白石词编年笺校》卷一:"白石淳熙十三年丙午始从德藻游,在作此词后之十年;此词小序末句,盖后来所增。白石词序多此例,《翠楼吟》、《满江红》、《凄凉犯》皆是。"黍离之悲:触景生情感叹国家衰亡的情感。《黍离》是《诗经·王风》首篇,《毛诗序》说:其诗乃西周亡后,周大夫行役路过宗周,见"故宗庙宫室尽为禾黍,闵周之颠覆"而作。

⑥淮左名都:指扬州,宋代淮南东路治所。古代中原渡淮向南多在今安徽寿县附近,这一段淮水自南向北流,东面为左,故习称淮扬一代为淮左。

⑦竹西:竹西亭,扬州名胜之一,杜牧《题扬州禅智寺》:"谁知竹西路,歌吹是扬州。"

⑧春风十里:杜牧《赠别》:"春风十里扬州路。"

⑨胡马窥江:指金兵渡淮侵犯扬州,兵锋直抵长江。金兵于高宗建炎三年(1129)、绍兴三十一年(1161)两次攻占扬州,劫掠甚酷,扬州遭到惨重破坏。其事分别在姜夔写作此词前47年、15年。

⑩杜郎:唐诗人杜牧。他曾在扬州等地有一段风流清狂的生活经历。《唐才子传》:"时淮南称繁盛,不减京华,且多名妓绝艺,牧恣心游赏。"

⑪豆蔻词工:指杜牧《赠别》。诗写春风十里扬州路上之歌妓舞女,皆不如此娉娉袅袅十三余、如二月豆蔻花之人:"娉娉袅袅十三余,豆蔻梢头

二月初。春风十里扬州路,卷上珠帘总不如。"

⑫青楼梦好:指声色游冶如甜梦酣畅。杜牧《遣怀》:"落魄江湖载酒行,楚腰纤细掌中轻。十年一觉扬州梦,赢得青楼薄幸名。"

⑬二十四桥:扬州名胜之一。杜牧《寄扬州韩绰判官》有:"二十四桥明月夜,玉人何处教吹箫。"

⑭桥边红药:红药,即芍药,扬州繁华时期的名花。据《一统志》:扬州府开明桥,"旧传桥左右春月芍药花市甚盛"。

【评析】

此词描写扬州战后的荒凉,情景相生,虚实互用,在强烈的今夕对比中表现了对国事盛衰的感伤。起以"名都"、"佳处",点出扬州昔日的地位,"春风十里"概括昔日佳盛之景,"尽荠麦青青"(一片荒野)一笔收尽,以反差强烈的画面写出盛衰之变。下用"胡马窥江"四字,最简洁地交待造成今夕巨变的原因,深契词体用笔之道(词体犹不宜执滞于时政之实,需用形象影写)。接着展写两笔,形象地表现"胡马窥江"的恶果:昔日"春风十里",今已荒无人烟,池塘废弃,乔木丛生,至今还怕提起当年兵灾;只有黄昏时军中的号角,飘荡在凄凉的城市上空。"都"应上"尽",两个包揽副词写出"胡马窥江"对扬州繁盛的彻底破坏,并将"空城"、"荠麦青青"、"废池乔木"一线贯串,着以"黄昏"之景和空荡荡的前线军号之声,构成了一整幅让人惊心动魄的荒凉画面。上片实写"今"。下片从扬州著名的典故"杜郎俊赏"着笔,虚写"昔"。"算"字领起虚写之笔:杜牧"而今重到须惊",强烈的反差存于字外;"青楼梦好难赋",风流俊赏之地变为清角吹寒的危险前线,也寄于不言之中。以词体最本色的"俊赏"素材,来写黍离麦秀的主题,也表现了作者的行家手段。刘永济谓姜夔"喜以杜牧自比",多首词作中都写到,这除了时代和性格的原因,与杜牧故事是词体最本色的素材不无关系。下以"二十四桥"接"青楼"云云,说笙箫玉人云集的风流俊赏之地,如今只有一轮冷月的倒影被水波摇荡,极写荒凉空寂,识者许为名句。结拍"桥边红药"无人欣赏,也是说昔日风流繁华之地变成了废池乔木的荒城。"无声"与上"空城"和"清角吹寒"相应,"为谁"与上"俊赏"和"废池乔木"相应,文思一笔而下,笔致丝丝入扣,宜乎大诗人萧德藻当时即加称许。陈匪石谓:"写被兵之地寂寞无人,鲍照之赋,杜陵之诗,亦不是过。"

这首词今昔对比,虚实相映,形成极强的表现力,为白石"清刚"词风代表作之一。陈邦炎说:"在今日荠麦弥望、池废城荒的背后,有昔日珠帘十里的陈迹;在今日空城吹角、冷月映波的背后,有昔日玉人歌吹的余响……正是这眼前的今与心中的昔两相比照,唤起山河残破的隐痛、国势险危的殷忧,发而为如此言微旨远、一唱三叹的伤时哀事之音。"并且,"这首词表达的低回感慨之情,不仅流露在文意中,也流露在声律节奏上。全词九十八个字,其中平声字有五十五个之多,声调极其哀抑,特别是结拍两句十一个字中连用了八个平声字,声调愈加低沉辽缓,使篇终余音袅袅,情意不尽。"所以他主张将最后一句,"断作上七下四,而在上句的第三字一顿",读作"念桥边、红药年年,知为谁生"。理由是:若断作上五下六,"把前一句断在'药'字上,用一个短促的入声字作句脚,则与整首词的文情、声情有所不合。"(《说词百篇》)

白石之词,每加一篇小序,对词境词情加以描写和说明,并交待写作背景。其辞句秀雅简洁,文笔甚美,可作清新的小品文读。也有人认为它与词作内容难免重复,没有必要。两说角度不同,各有其理。白石本人,对词序十分重视,所以有些序文,多年后还加写一二句,补充有关事迹。对于研究者,则提供了不少可贵的信息。此处一总说明,下不复赘。

【汇评】

张炎《词源》:《扬州慢》……等曲,不惟清空,又且骚雅,读之使人神观飞越。

又:词中句法,要平妥精粹。一曲之中,安能句句高妙?只要拍搭衬副得去,于好发挥笔力处,极要用工,不可轻易放过,读之使人击节可也。如……姜白石《扬州慢》云:"二十四桥仍在,波心荡,冷月无声。"此皆平易中有句法。

先著、程洪《词洁辑评》卷四:"二十四桥仍在,波心荡、冷月无声",是"荡"字着力。所谓一字得力,通首光彩,非炼字不能,然炼亦未易到。

李佳《左庵词话》卷下:词家有作,往往未能竟体无疵。每首中,要亦不乏警句,摘而出之,遂觉片羽可珍。……姜白石云:"波心荡、冷月无声。"又云：“冷香飞上诗句。”

周济《宋四家词选目录序论》：白石号为宗工，然亦有俗滥处（《扬州慢》“淮左名都，竹西佳处”）。

张德瀛《词徵》卷一：词有与诗风意义相近者，自唐迄宋，前人巨制，多寓微旨。……姜白石“淮左名都”，击鼓怨暴也。……其他触物牵绪，抽思入冥，汉、魏、齐、梁，托体而成。揆诸乐章，喝于协声，信凄心而咽魄，固难得而遍名矣。

陈廷焯《白雨斋词话》卷二：“自胡马、窥江去后，废池乔木，犹厌言兵。渐黄昏、清角吹寒，都在空城”数语，写兵燹后情景逼真。“犹厌言兵”四字，包括无限伤乱语。他人累千万言，亦无此韵味。

王国维《人间词话》卷上：白石写景之作，如“二十四桥仍在，波心荡、冷月无声”、“数峰清苦，商略黄昏雨”、“高树晚蝉，说西风消息”，虽格韵高绝，然如雾里看花，终隔一层。梅溪、梦窗诸家写景之病，皆在一“隔”字，北宋风流，渡江遂绝，抑真有运会存乎其间耶。

郑文焯校《白石道人歌曲》：绍兴三十年（按：当为三十一年），完颜亮南寇，江淮军败，中外震骇，亮寻为其臣下弑于瓜洲。此词作于淳熙三年，寇平已十有六年，而景物萧条，依然有废池乔木之感，此与《凄凉犯》当同属江淮乱后之作。

俞陛云《唐五代两宋词选释》：此词极写兵后名都荒寒之状。“春风”二句其自序所谓“四顾萧条”也。“胡马”句言坏劫曾经，追思犹怵，况空城入暮，戍角吹寒，如李陵所谓“胡笳互动，……只令人悲增忉怛耳。”下阕，过扬州者以杜牧文词为最著，因以自况，言百感填膺，非笔墨所能罄。“冷月”二句诵之若商声激楚，令人心倒肠回。篇终“红药”句言春光依旧，人事全非，哀郢怀湘，同其沉郁矣。凡乱后感怀之作，词人所恒有，白石之精到处，凄异之音，沁入纸背，复能以浩气行之，由于天分高而蕴酿深也。近人蒋鹿潭乱后过江诸作，哀音秀句，略能似之。

刘永济《唐五代两宋词简析》：此尧章过扬州感怀之词也。扬州自隋开运河后已成南北运输要道，因之商贾云集，歌楼舞榭，林立其间。及宋南渡，与金隔河相守，于是昔日繁华都会，一变而成边徼。自绍兴三十一年，完颜亮大举渡淮以后，已残破不堪。至尧章作此词时，已十六年矣。此词序所谓"感慨今昔"也。此词首言小驻"名都"。"过春风"以下，极形其荒芜之状，而"空城"、"清角"，尤足引人悲感。后半阕设想杜牧重来，深情难赋。盖唐末杜牧曾游此地，有诗歌记事，故下文即用杜牧诗事。"二十四桥"遗迹虽存，而波心冷月，景象凄凉；吹箫玉人固已不见，而"桥边红药"，年年犹生。曰"知为谁生"者，伤"俊赏"无人也。言外更有举国无人、危亡可惧之意，不但感受一地之盛衰也。词中之"重到""杜郎"，盖尧章自谓也。尧章尝喜以杜牧自比，如《鹧鸪天》词有句曰："东风历历红楼下，谁识三生杜牧之？"《琵琶仙》词有句曰："十里扬州，三生杜牧，前事休说。"盖杜牧生当唐末，其诗多伤时闵乱语，又其人风流儒雅，尧章所企慕也。

刘永济《微睇室说词》："渐黄昏"句，郑文焯《校》谓"渐黄昏清角"句对下片"念桥边红药"，应断于"角"字。又谓"角"、"药"二字旁谱"‖夕"皆是"打"字，宜用入声。按郑说是也。夏承焘《姜白石词编年笺校》不以为然，举宋、元人填此调者，皆作上七下四句法。又曰："或谓下片结当依此句，以'边'、'年'为断。然白石自谓自度曲前后阕不同，似不必上下一致。"夏君所举白石语，见其《长亭怨慢·序》。"前后阕"句乃"前后阕多不同"。夏君删去"多"字，则皆不同矣。又郑君谓"旁谱"字同，亦确不可易。且词家于长句中逗句每每不能一致，故夏君虽举宋、元作者与姜词句、逗有同异，均不足为凭，而郑说从其旁谱证其前后阕应同，则甚合宋词声律也。

陈匪石《宋词举》：此为赋体，哀时念乱之感，一以摹写被兵后景象出之。起处从过扬州说入，曰"名都"，曰"佳处"，为下之"空城"反衬，极言扬州之名胜，风景应佳，亦"少驻初程"前之揣想，绝不料其"四顾萧条"，即叙中所谓"昔"也。周济诋为"俗滥"，愚未敢苟同。"过春风十里"一转，是"解鞍"时感觉。"十里"之遥，有似"春风"已转，而见为"青青"者，尽是"荠麦"（荠麦，冬生夏死，靡草之属），则人与屋宇荡然无存，可言外得之。杜诗"城春草木深"，此十字之所祖，皆从《风》诗"彼黍离离"化出者也。所以然者，"胡马窥江"，兵祸极酷，事后之余痛，即无知之"废池乔木"，犹厌兵革。陈廷焯评此数语，谓"情景逼真"。"犹厌言兵"四字，包括无限伤乱语，谅哉！"渐黄昏"，又一转。虽厌兵之极，而所闻犹是军声，不过所吹之寒已无人感受，只空城一角伴此黄昏，更进一层，语意更觉沉痛。"空城"二字，又全篇主眼，于前结揭出，即引起过变以后一段文章。寻金人南犯，屡至江淮，绍兴三十一年南至采石，隆兴二年复渡淮，丙申为淳熙三年，远者十五载，近者十二载，而元气依然未复，此白石所以叹也。然此为扬州之今，而非扬州之昔。回忆唐代杜牧分司之时，何等繁盛，乃昔多"俊赏"，今仅"空城"，料杜郎如果重来，亦当惊讶。"豆蔻梢头"之诗，薄幸青楼之梦，皆将以人踪寥落，无从赋此深情，则今日"仍在"者，惟是二十四桥，一丸"冷月"摇荡波心，不复有箫声可听。因念"桥边红药"，扬州特产，虽年年花开如故，亦不知为谁而生矣。写被兵之地寂寞无人，鲍照之赋、杜陵之诗，亦不是过。玉田评"波心荡"七字："平易中有句法。"《词旨》列入"警句"。

唐圭璋《唐宋词简释》：此首写维扬乱后景色，凄怆已极。千岩老人以为有《黍离》之悲，信不虚也。至文笔之清刚，情韵之绵邈，亦令人讽诵不厌。起首八字，以拙重之笔，点明维扬昔时之繁盛。"解鞍"句，记过维扬。"过春风"两句，忽地折入现时荒凉景象，警动异常。且十字包括一切，十里荠麦，则乱后之人与屋宇，荡然无存可知矣。正与杜甫"城春草木深"同意。"自胡马"三句，更言乱事之惨，即废池乔木，犹厌言之，则人之伤心自不待言。"渐黄昏"两句，再点出空城寒角，尤觉凄寂万分。换头，用杜牧之诗意，伤今怀昔，不尽欷歔。"重到须惊"一层，"难赋深情"又进一层，"二十四桥"两句，以现景寓情，字炼句烹，振动全篇。末句收束，亦含哀无限。正亦杜甫"细柳新蒲为谁绿"之意。玉田谓白石《琵琶仙》，与少游《八六子》同工。若此首亦与少游《满庭芳》同为情韵兼胜之作。惟少游笔柔，白石笔健。少游所写为身世之感，白石则感怀家国，哀时伤乱，境极凄焉可伤，语更沈痛无比。参军芜城之赋，似不得专美于前矣。周止庵既屈白石于稼轩下，又谓白石情浅，皆非公论。

吴世昌《词林新话》：亦峰以为"犹厌言兵"四字，"包括无限伤乱语。他人累千百言，亦无此韵味"。白石此词全首重点在"都在空城"。清角吹寒，也是白费，因城中已无人听，吹寒吹暖更有何人领略乎？上句"犹厌言兵"，犹笼统言之耳。

一萼红

丙午人日①，予客长沙别驾之观政堂②。堂下曲沼，沼西负古垣，有卢橘幽篁③，一径深曲。穿径而南，官梅数十株④，如椒如菽⑤，或红破白露，枝影扶疏。著屐苍苔细石间，野兴横生，亟命驾，登定王台⑥，乱湘流⑦，入麓山⑧，湘云低昂，湘波容与⑨。兴尽悲来，醉吟成调。[一]

古城阴⑩。有官梅几许，红萼未宜簪⑪。池面冰胶⑫，墙腰雪老[二]，云意还又沉沉。翠藤共、闲穿径竹，渐笑语、惊起卧沙禽。野老林泉⑬，故王台榭⑭，呼唤登临。　　南去北来何事，荡湘云楚水⑮，目极伤心。朱户粘鸡⑯，金盘簇燕⑰，空叹时序侵寻⑱。记曾共、西楼雅集[三]，想垂杨[四]、还袅万丝金。待得归鞍到时[五]，只怕春深。

【编年】

丙午为孝宗淳熙十三年(1186)。夏承焘《姜白石词编年笺校》："此客长沙游岳麓山词。此年秋有'客山阳'之《浣溪沙》，明年春有'金陵江上感梦'之《踏莎行》，皆为合肥情遇作。集中怀念合肥各词，多托兴梅柳。此词以梅起柳结，序云'兴尽悲来'，词云'待要归鞍到时，只怕春深'，疑亦为合肥人作。"

【校记】

[一]《绝妙词选》、《绝妙好词》、《宋六十名家词》无"丙午人日……醉吟成调"这一段，而作"人日长沙登定王台"。

[二]墙腰：柯南陔刊本(世称"小嫚亭"本)《绝妙好词》"腰"作"阴"。

[三]西楼：朱孝臧原校本《绝妙好词》"楼"作"园"。

〔四〕垂杨：厉鹗钞本（以下简称厉钞）、《绝妙词选》、《绝妙好词》、《词谱》"杨"皆作"柳"。夏承焘《姜白石词编年笺校》："案'想垂杨还袅万丝金'句，对上片'渐笑语惊起卧沙禽'，'杨'对'语'，似应作'柳'。盖"杨"平声，"柳"仄声。

〔五〕归鞍：柯南陔刊本《绝妙好词》"鞍"作"鞭"。

【注释】

①丙午人日：宋孝宗淳熙十三年(1186)正月初七。夏历正月初七为"人日"。《北史·魏收传》引《答问礼俗说》："正月一日为鸡，二日为狗，三日为猪，四日为羊，五日为牛，六日为马，七日为人。"

②长沙别驾：据夏承焘《姜白石词编年笺校》考证，指当时移任湖南通判的萧德藻。别驾，宋代通判之别称。姜夔客依萧德藻这是可知之最早时间。观政堂：当是湖南路公署房屋。

③卢橘：金橘别称。卢，黑色，金橘未熟时色青黑油亮，故名。

④官梅：官府种的梅树。杜甫《和裴迪登蜀州东亭》："东阁官梅动诗兴。"

⑤如椒如菽：指官梅花苞或大或小如花椒、豆类之状。下"或红破白露"、"红萼未宜簪"，说明梅花多含苞待放，故以椒、豆为比。

⑥定王台：汉长沙定王刘发就国，筑台望母，后称定王台，在长沙城东。

⑦乱：横渡。《诗经·大雅·公刘》"涉渭为乱"句孔颖达《正义》："水以流为顺，横渡则绝其流，故为乱。"

⑧麓山：岳麓山，在长沙湘江西岸；盖南岳衡山之足，故名麓山。

⑨容与：形容湘流回旋迟缓。《楚辞·九章·涉江》："船容与而不进兮，淹回水而凝滞。"

⑩古城：据序文，此指长沙。

⑪红萼未宜簪：指梅花含苞未放，如序文中"如椒如菽"，尚不宜簪戴。

⑫冰胶：指池面封冻。

⑬野老：村野老人，即下句互相"呼唤登临"所指者。

⑭故王台榭：即定王台。

⑮荡湘云楚水：在湘云楚水间飘荡，亦含暗喻：如云、水般飘荡。

⑯朱户粘鸡：人日贴画有鸡的画于门上，为古代风俗。《荆楚岁时记》："人日贴画鸡于户，悬苇索其上，插符于旁，百鬼畏之。"

⑰金盘簇燕：立春之日特备的装盘样式，为立春风俗。《武林旧事》：立春日供春盘，"翠缕红丝，金鸡玉燕，备极精巧"。金鸡玉燕皆菜肴造型。

⑱侵寻：逐步前行，引申为流逝。

【评析】

此见梅登台而寄慨。起六句："古城"地也，"官梅"物也，"红萼未宜簪"时也。"池面冰胶，墙腰雪老"勾画春早景象，"几许"言梅花之少。"沉沉"与"阴"字相应，渲染环境气氛，为全词奠定情感基调。"翠藤"数句叙事，记出游登台情状，序中所谓"野兴横生"，"野"与"兴"都充分表现出来了。过片"极目"从"登临"出，登临极目，情不自禁，"南去北来何事，荡湘云楚水"感叹身世如云水飘荡。"朱户粘鸡"三句，由人日之景而叹时光流逝。下递入回忆：当时曾与那人一同参加西楼雅集。"想"两句由回忆而惋惜现在：垂杨春来"还袅万丝金"，人则蹉跎又是一春。"待得"两句由现在而设想将来：即使归来，也已春去，无复袅袅万丝金矣，坐实上文"空"字。"叹"、"记"、"想"、"怕"，则敷写"伤心"者也。

全词以春早花嫩起，以"只怕春深"结，展现时光与人生的紧张关系；令这种紧张关系更加凸显的是人生未有着落，一切成"空"。又：上片写景记游，"野兴横生"；下片"兴尽悲来"，感叹漂泊，两种情绪形成强烈对比，豪放悲慨一时并集。故兴发而有"云意还又沉沉"的沉郁之语，悲叹而写出"垂杨还袅万丝金"的轻扬之句。

【汇评】

周济《宋四家词选》：白石号为宗工，然亦有……复处（《一萼红》"翠藤共、闲穿径竹"，"记曾共、西楼雅集"），不可不知。

陈锐《袌碧斋词话》：换头处六字句有挺接者，如"南去北来何事"之类；有添字承接者，如"因甚"、"回想"之类，亦各有所宜。若美成之《塞翁吟》换头"忡忡"二字，赋此者亦只能叠韵以和琴声。学者试熟思之，即得矣。

周尔墉《周评绝妙好词》：石帚词换头处，多不放过，最宜深味。

陈廷焯《词则·大雅集》卷三：白石词清虚骚雅，前无古人后无来者，真词中之圣也。"野老林泉，故王台榭，呼唤登临"，只三语胜人吊古千百言。

沈祖棻《宋词赏析》：起三句点题，序所谓"官梅数十株，如椒如菽"也。"池曲"三句，写梅未开之景，补足上三句。"翠藤"以下，写当前情境。"翠藤共、闲穿径竹"与下"记曾共、西楼雅集"，周济谓是"复处"，然"翠藤"为实写现在，"西楼"乃回忆过去，周说殆非也。下片宕开。"南去"三句，就空间说，伤漂流之无定。"朱户"三句，点人日，就时间说，叹光阴之易迁。"记曾"句，回忆以前。"想垂杨"句，由回忆而惋惜现在。"待得"两句，由现在而设想将来。末数语，由过去想到将来，春初想到春深，极沉郁。蒋捷《绛都春》云："纵然归近，风光又是，翠阴初夏"，与此同意。王沂孙《高阳台》云："何人寄与天涯信，趁东风、急整归鞭。纵飘零、满院杨花，犹是春前"，翻用亦好。

霓裳中序第一

丙午岁，留长沙，登祝融①，因得其祠神之曲，曰《黄帝盐》《苏合香》②。又于乐工故书中得商调《霓裳曲》十八阕，皆虚谱无辞。按沈氏《乐律》，《霓裳》道调，此乃商调③。乐天诗云"散序六阕"[一]④，此特两阕⑤，未知孰是。然音节闲雅，不类今曲⑥。予不暇尽作⑦，作《中序》一阕传于世⑧。予方羁游，感此古音，不自知其辞之怨抑也。

亭皋正望极⑨。乱落江莲归未得[二]。多病却无气力[三]。况纨扇渐疏，罗衣初索⑩。流光过隙⑪。叹杏梁、双燕如客⑫。人何在，一帘淡月，仿佛照颜色⑬。　　幽寂。乱蛩吟壁。动庾信、清愁似织⑭。沉思年少浪迹。笛里关山⑮，柳下坊陌⑯。坠红无信息⑰。漫暗水、涓涓溜碧⑱。漂零久，而今何意，醉卧酒垆侧⑲。

【编年】

丙午为孝宗淳熙十三年(1186)。此词于该年客游长沙时作。

【校记】

[一]散序六阕:厉钞脱"序"字。

[二]江莲:《历代诗余》、《词谱》"江"作"红"。

[三]却无:《词谱》"却"作"怯"。

【注释】

①祝融:祝融峰,为衡山七十二峰之最高峰。

②《黄帝盐》、《苏合香》:皆祭神乐曲。《黄帝盐》,又名《皇帝炎》、《黄帝炎》。《礼记·月令》:"南方曰炎天,其帝炎帝。"《路史·后记》:"(炎帝)崩葬长沙茶乡之尾,是曰茶陵。"陈田夫《南岳总胜集》:"献迎神曲,五福降中天。三献:苏合香、皇帝炎、四朵子。"又《礼记·月令》:"孟夏之月……其帝炎帝,其神祝融。"(《礼记》郑玄注:"炎帝,大庭氏也;祝融,颛顼氏之子,曰黎,为火官。")《黄帝盐》出南岳,当为祭奠炎帝及祝融的乐曲。盐,通"艳",为乐语。《苏合香》,《羯鼓录》载此曲属太蔟宫,段安节《乐府杂录》属之软舞曲,夏承焘《姜白石词编年笺校》引《大日本史·礼乐志》载日本所传唐乐大曲中有《苏合香》。

③此句夏承焘《姜白石词编年笺校》引各家异说甚繁,而归之为"今不可考矣"。简言之,"沈氏《乐律》,《霓裳》道调":沈括《梦溪笔谈》之《乐律》章论《霓裳羽衣曲》:"或谓今燕都有《献仙音曲》乃其遗声,然《霓裳》本谓之道调法曲,今《献仙音》乃小石调耳,未知孰是。""此乃商调":《碧鸡漫志》谓:"明皇改《婆罗门曲》为《霓裳羽衣》,属黄钟宫,时号越调,即今之越调是也。白乐天《嵩阳观夜奏霓裳》诗云:'开元道曲自凄凉,况近秋天调自商。'又知其为黄钟商无疑。"

④乐天诗云"散序六阕":白居易《和元微之霓裳羽衣歌》有"散序六奏未动衣","六阕"即白诗所云"六奏"。王灼《碧鸡漫志》:"《霓裳》第一至第六叠无拍者,皆散序故也。"

⑤此特两阕:唐代《霓裳羽衣曲》为三大段:散序,六遍;中序,遍数不详;破,十二遍。姜夔所见《霓裳》散序只两阕("特"义为只、仅),与白居易

所言不合,故云"未知孰是"。

⑥音节娴雅,不类今曲:张炎《词源》:"法曲有散序、歌头,音声近古,大曲所不及。"《唐书·礼乐志》:"隋有法曲,其音清而近雅。"《霓裳》音雅,因其系法曲。

⑦予不暇尽作:《碧鸡漫志》谓:"后世就大曲制词者,类从简省,而弦管家亦不肯从首至尾吹弹。"宋人词调摘法曲大曲之一段而成者,有《氐州第一》、《水调歌头》、《六州歌头》、《齐天乐》等。白石词调亦然。

⑧作中序一阕传于世:取《霓裳》中序第一遍曲子填词,使其曲传唱于世。又"中序":白居易《霓裳羽衣歌》注曰:"散序六遍无拍,故不舞也。中序始有拍,亦名拍序。"王国维《唐宋大曲考》谓"中序"即"歌头":"唐以前中序即'排遍';宋之'排遍'亦称'歌头',如水调歌头,即新水调之排遍起也。"

⑨亭皋:登亭对皋。皋为水边之地。古代交通利用水路最为便捷,故思归点"皋"字。望极:举目远望,即注目欲归之处。

⑩罗衣初索:夏天轻薄的绫罗衣衫开始闲置。索,萧索,疏离。

⑪流光过隙:形容时光飞逝。《庄子·知北游》:"人生天地之间,若白驹之过隙,忽然而已。"

⑫"叹杏梁"二句:以梁间燕子比喻身世飘零,人生如寄。杏梁,文杏木房梁,如同"兰舟"之类皆诗词中之美称。司马相如《长门赋》:"饰文杏以为梁。"

⑬"一帘"二句:化用杜甫《梦李白》:"落月满屋梁,犹疑照颜色",写对远方爱人的思念。

⑭"动庾信"二句:触动起庾信般的愁思。庾信(513—581),字子山,南阳新野(今属河南)人。初仕梁朝,42岁出使西魏,值西魏灭梁,遂羁留长安,不能南返,后历仕西魏与北周,写了不少作品寄托乡关之思,如《哀江南赋》、《伤心赋》等。其《愁赋》曰:"谁知一寸心,乃有万斛愁。"

⑮笛里关山:在悲抑的笛声中跋涉关山。杜甫《洗兵马》:"三年笛里关山月。""关山"亦映带古乐府曲《关山月》。《乐府解题》:《关山月》,伤离别也。"

⑯柳下坊陌:绿柳成荫的街巷。坊陌犹"街陌"。《后汉书·袁绍传》:

"辐輷柴毂,填接街陌。"

⑰坠红:本指落花,喻以前的情人,亦指逝去的年华。杜甫《秋兴八首》之七:"露冷莲房坠粉红。"

⑱"漫暗水"二句:形容草木之下碧水流逝,喻光阴逝去。

⑲"醉卧"句:长久的飘零已消磨尽阮籍那样的率性之情。《世说新语·任诞》:"阮公(籍)邻家妇幼美,当垆酤酒。阮与王安丰常从妇饮酒,阮醉,便眠其妇侧。"

【评析】

此写羁游中思归怀人。上片由自我病况、节序转移、梁燕如客,逼出客中怀人。下片就羁旅愁怀层层申发,由幽寂中的秋夜蛩吟,撩动庾信般欲归不得的愁思,而年华与爱情皆如花落水流,一去不复,一身只剩长久不断的浪迹漂零而已,连阮籍那样的率性浪漫也意绪全无了!其情至伤至苦,而笔下只是写景、叙事、用典,一片蕴藉浑涵,陈廷焯谓"骨韵俱古"者,以此。

此词结构密致浑成,将时流节去、羁游离病、爱人杳然,与一身飘零的人生感怀打并而出,用年少浪迹还能于花街柳陌结一段情缘,与而今全无醉卧美妇当垆的浪漫情意映衬对比,文字上"坠红无信息"与"乱落江莲"、"人何在"相呼应,"漫暗水、涓涓溜碧"与"流光过隙"相贯串,真可谓人力尽,天工出,词学功力之高浑已臻绝顶。音调上七下八十五仄韵,"极"、"力"等韵字,配合多处去声字,和"得"、"色"、"织"等斩决的入声字,读来沉郁顿挫,如嘶如泣,极具表现力。"笛里关山,柳下坊陌,坠红无信息",巨笔驰骋,是极有概括力的警句。

【汇评】

陈廷焯《词则·大雅集》卷三:骨韵俱古。

蒋兆兰《词说》:词叶入声韵者,如美成《六丑》、《兰陵王》、《浪淘沙慢》、《大酺》,及白石《霓裳中序第一》、《暗香》、《疏影》、《惜红衣》、《凄凉犯》等调,皆宜谨守前规。押入声韵,勿用上去。其上去韵孤调亦然。不得以上去入皆是仄声,任意混押。

俞陛云《唐五代两宋词选释》:前五句言秋风人倦,"流光"二句叹急景之不居，"人何在"三句望伊人之宛在。月到旧时明处，与谁同倚阑干，白石殆此同感也。下阕回首当年，关河浪迹，坊陌春游，旧梦重重，逐暗水流花而去，赢得飘零词客，一醉埋愁。后主所谓"醉乡路稳宜频到，此外不堪行"也。

夏承焘、吴无闻《姜白石词校注》：此乃秋夜抒怀之作。上片见"乱落江莲"而伤多病浪游，见"杏梁双燕"而兴离情别绪。下片回忆少年游踪，而以"坠红无信息"与上片"乱落江莲"、"人何在"两句相呼应。结二句点出飘零之感，迟暮之悲。

湘　月

长溪杨声伯典长沙楫棹①，居濒湘江②。窗间所见如燕公、郭熙画图，卧起幽适③。丙午七月既望④，声伯约予与赵景鲁、景望、萧和父、裕父、时父、恭父⑤，大舟浮湘，放乎中流。山水空寒，烟月交映，凄然其为秋也。坐客皆小冠练服[一]⑥，或弹琴，或浩歌，或自酌，或援笔搜句。予度此曲，即《念奴娇》之鬲指声也[二]⑦，于双调中吹之。鬲指亦谓之"过腔"，见晁无咎集⑧。凡能吹竹者便能过腔也。

五湖旧约⑨，问经年底事⑩，长负清景。暝入西山⑪，渐唤我、一叶夷犹乘兴⑫。倦网都收，归禽时度，月上汀洲冷。中流容与⑬，画桡不点清镜⑭。　　谁解唤起湘灵⑮，烟鬟雾鬓，理哀弦鸿阵⑯。玉麈谈玄⑰，叹坐客、多少风流名胜⑱。暗柳萧萧⑲，飞星冉冉⑳，夜久知秋信㉑。鲈鱼应好㉑，旧家乐事谁省。

【编年】

丙午为孝宗淳熙十三年(1186)。白石此时依萧德藻居，此与萧氏兄弟等泛湘江而作。

【校记】

[一]練服：陆钟辉刻本《白石道人歌曲》（以下简称陆本）"練"作"练"。赵、萧二家子弟皆著"練服"？或白石以朴写之耳。郑文焯以为"練"为平声，夏承焘引刘克庄、周密"短葛練巾"等词句证成之。

[二]此序《绝妙词选》仅"双调。即《念奴娇》之鬲指声也"一语。夏承焘《姜白石词编年笺校》："'鬲'即'隔'字。白石《玉梅令》序'鬲河有圃曰范村'，《法曲献仙音》'树鬲离宫'，《永遇乐》'云鬲迷楼'，陆钟辉本除《玉梅令》外皆作'鬲'。他三本（按：即朱孝臧《彊村丛书》本、张本、厉钞）皆作'隔'。"

【注释】

①长溪：旧县名，在今福建霞浦县南。杨声伯：生平不详，夏承焘谓当是南宋长溪名人杨楫等族人。典长沙楫棹：掌管长沙的舟船运营。

②濒：靠近。湘江：湖南中东部自南向北流入洞庭湖的大江。

③燕公：宋益都人燕肃善画山水寒林，官至礼部侍郎，为王安石、苏轼称道，有"燕公山水"之名。又有吴兴燕文贵，精于山水，称"燕家景致"。郭熙：北宋画家，水墨山水代表人物之一。幽适：僻静安闲。

④丙午：宋孝宗淳熙十三年（1186）。既望：指望日的次日，农历小月十五、大月十六为望日。通常指农历每月十六日。

⑤赵景鲁等：皆为应约同游之人；二赵生平不详，四萧皆为萧德藻子侄，白石妻家亲属。

⑥練服：粗麻衣。練（shū），古代一种像苎布的稀疏的织物。

⑦鬲指声：古音乐术语，笛、箫演奏指、孔相隔、相联之音调。鬲，通"隔"。以孔定调，隔指之间可以过腔变调。故下言"鬲指亦谓之过腔"。夏敬观《词调溯源》："以有定之笛孔，配丝弦之谱字，终难准一，故笛中可以有过腔之法。白石所谓'凡能吹竹者便能过腔'，已说明是箫笛；若谱入丝弦中，则仍是大石调，故曰'于双调中吹之'。"

⑧见晁无咎集：晁无咎，即晁补之，"苏门四学士"之一，有《晁氏琴趣外编》。其《消息》一词自注："自过腔，即越调《永遇乐》。"

⑨五湖:本指太湖一带大小湖泊,这里指洞庭湖。"五"不必看作是实数。东汉赵晔《吴越春秋》卷一载春秋越国大夫范蠡辅佐勾践灭吴后,功成不居,"乃乘扁舟,出三江,入五湖,人莫知其所适"。后世常用以为歌咏隐居或泛游生活的典故。朱敦儒《好事近》:"一棹五湖三岛,任船儿尖耍。"

⑩底:何,什么。

⑪西山:古代高逸生活向往的境地。《史记·伯夷列传》载周伐殷,伯夷、叔齐隐于首阳山,作歌曰:"登彼西山兮,采其薇矣。"司马贞《史记索引》"西山即首阳山也。"又《世说新语·简傲》:晋人王子猷作桓温参军,不理政务,而曰:"西山朝来,致有爽气。"晁补之《菩萨蛮》:"勋业付长闲,西山爽气间。"

⑫一叶:形容船小,即扁舟。夷犹:从容自在。李商隐《无题》:"万里风波一叶舟,忆归初罢更夷犹。"

⑬容与:随流而行,悠然自得。《楚辞·远游》:"泛容与而遐举兮,聊抑志而自弭。"

⑭桡(náo):船桨。清镜:形容水面清澈平静如镜面。

⑮湘灵:湘水之神,善于鼓瑟。《楚辞·远游》:"使湘灵鼓瑟兮,令海若舞冯夷。"

⑯哀弦鸿阵:古筝弦柱排列如雁阵。引申指琴瑟之音如飞鸿哀鸣。

⑰玉麈:魏晋清谈名士手中的器物,类似拂尘,以麈尾制成。麈,兽名,似鹿而大,其尾摇动可以指挥鹿群。《世说新语·容止》:"王夷甫(衍)……妙于谈玄,恒捉白玉柄麈尾,与手都无分别。"

⑱名胜:原指清谈名士,此指文人名士。《世说新语·文学》:"宣武集诸名胜讲《易》,日说一卦。"

⑲萧萧:指秋风吹动柳枝的声音与样子。

⑳冉冉:指星星缓缓下落。

㉑鲈鱼:晋张翰(季鹰)任职洛阳,"见秋风起,因思吴中莼菜羹、鲈鱼脍……遂命驾便归"(《世说新语·识鉴》)。

【评析】

此泛舟游湘江作。起手一问,抒江湖清景、游观来迟之慨,"负"字耐人思(人生多少"底事"之羁绊与所怀之辜负!)。下接"暝人",似迟之又迟。而"倦网"、"归禽"、"月上",及下片"暗柳"、"飞星"、"夜久",皆与"暝人"相应;"倦网"三句、"暗柳"三句,即是"清景"之敷展,行文针线绵密,一丝不乱。六句写景之语,陈廷焯谓"点缀之工,意味之永,他手亦不能到",极为"高绝"。"画桡不点清镜",是柔橹不施、随流飘荡,与欧阳修"兰桡画舸悠悠去"、"俯仰流连"一样,极"中流容与"之至(杨慎说是从柳子厚"绿净不可唾"翻出,尚是中掉书袋之毒,落入文字障)。"玉麈"两句,不仅应题,而且表现如魏晋名士之高怀(范成大称姜夔"翰墨人品皆似晋宋之雅士")。一笔而下,用"五湖"、"西山"、"玉麈谈玄"等典故,写夷犹容与之情致,结拍却递入羁旅思乡怀人之深情(周济说是"支处",是未细心看入)。反观"谁解"三句,既是"谁管它"(不用理会),又是"谁懂得"(无人理解),要丢开哀情却是哀情正笨。于是"经年底事"、"烟鬟雾鬓",正是羁旅蹉跎、年华徒去、一事无着之透露。再反观其所写"清景",曰"倦"、曰"归"、曰"冷",与"萧萧"、"冉冉"、"秋信",清景都着清冷情调。而所谓"夷犹乘兴",断非潇洒出尘,而是沉郁顿挫。全词以清景、清游而寓人生感怀,既浑且厚。前人所谓白石词境之高,当于此等处参取才是正着。

【汇评】

杨慎《词品》卷四:白石道人……词极精妙……《湘月》词云:'中流容与,画桡不点清镜',从柳子厚'绿净不可唾'之语翻出。

周济《宋四家词选目录序论》:白石号为宗工,然亦有……支处(《湘月》"旧家乐事谁省")。

邓廷桢《双砚斋词话》:词调合小令慢词计之,不下六百有奇,无不可填。然亦有断不可填者,如太白《忆秦娥》云:"咸阳古道音尘绝。音尘绝。西风残照,汉家陵阙。"已成千古绝调,虽有健者,未许摩垒。《湘月》一调,白石自注云:"《念奴娇》之鬲指声。"白石精于宫谱,故于《念奴娇》外,别为此词。若不会鬲指之理,贸然为之,即仍与《念奴娇》无异。

陈廷焯《白雨斋词话》卷二:白石《湘月》云:"暗柳萧萧,飞星冉冉,夜久知秋冷。"写夜景高绝。点缀之工,意味之永,他手亦不能到。

清波引

　　予久客古沔①，沧浪之烟雨②，鹦鹉之草树③，头陀、黄鹤之伟观④，郎官、大别之幽处⑤，无一日不在心目间。胜友二三⑥，极意吟赏。谒来湘浦⑦，岁晚凄然，步绕园梅，摛笔以赋⑧。[一]

　　冷云迷浦。倩谁唤、玉妃起舞⑨。岁华如许。野梅弄眉妩⑩。屐齿印苍藓⑪，渐为寻花来去。自随秋雁南来，望江国⑫、渺何处。　　新诗漫与[二]⑬。好风景、长是暗度。故人知否。抱幽恨难语。何时共渔艇，莫负沧浪烟雨。况有清夜啼猿，怨人良苦。

【编年】

　　陈思《白石道人年谱》定为淳熙十一年(1184)作，马维新《姜白石先生年谱》定为淳熙十二年(1185)年作。夏承焘《姜白石词编年笺校》卷一谓此词与《八归》、《小重山令》皆于淳熙十三年(1186)客湘时作。该年秋，姜夔返山阳，见《浣溪沙·序》；冬随萧德藻往湖州，见《探春慢·序》；序中"胜友二三"，指郑仁举、杨人昌等人，见《探春慢》。

【校记】

[一]《绝妙好词》无此序，仅题一"梅"字。
[二]漫与：《宋六十名家词》作"谩与"。

【注释】

　　①古沔：今湖北武汉汉阳。陆游《入蜀记》："唐沔州治汉阳县。"白石父姜噩任汉阳县令五六年，死于任所，时白石不过14岁。其姊嫁汉阳，白石依之，在汉阳前后近20年。

　　②沧浪：即汉水。《尚书·禹贡》：汉水"又东为沧浪之水"。

　　③鹦鹉：即武汉鹦鹉洲，在今汉阳西南侧江中。汉末名士祢衡被江夏

太守黄祖杀于此,祢衡有名作《鹦鹉赋》,后人遂称其被杀之地为鹦鹉洲。

④头陀:即头陀寺,在汉口西北。李白《江夏赠韦南陵冰》:"头陀云月多僧气",可见其盛。黄鹤:即黄鹤楼,在武昌蛇山黄鹄矶。传说费祎飞升于此,后忽乘黄鹤归来,故以名楼,成为天下绝景。

⑤郎官:即郎官湖,在汉阳东南。李白《泛沔州城南郎官湖》:"郎官爱此水,因号郎官湖。风流若未减,名与此山俱。"郎官,即尚书张谓。大别:即龟山,在汉阳北。唐时其山建有大别寺。

⑥胜友二三:指白石在汉阳所交游者,如郑仁举、辛泌、杨大昌等。

⑦朅来:去来。朅,去,离开。湘浦:湘江边。

⑧摛笔:铺展文笔。摛,铺陈。王禹偁《谪居感事》:"赓歌才不称,掌诰笔难摛。"

⑨玉妃:喻梅花。皮日休《行次野梅》:"茑拂萝梢一树梅,玉妃无侣独徘徊。"

⑩眉妩:眉目妩媚,此形容梅花如美人之生动。《汉书·张敞传》:"为妇画眉,长安中传张京兆眉怃。""怃"为"妩"之假借字。

⑪屐:古代木底有齿的鞋子。按此处两句当为"渐为寻花来去,屐齿印苍藓"就音韵之倒装。

⑫江国:指汉阳。犹今称武汉为江城(汉水入长江把武汉分为汉口、汉阳、武昌)。

⑬新诗漫与:诗兴徒来,诗兴横生,皆可通。据上下文义,前者为优。

【评析】

此湘中赏梅而起怀旧之思。"冷云迷浦"是梅开之环境,"岁华如许",是梅开之时令,起笔与序文"岁晚凄然"相应,情思低沉。野梅如"玉妃起舞","弄眉妩"怡人,是低迷中的一缕亮色,故起"寻花来去"之兴。"渐"字极重!写出好不容易从低迷无绪中挣脱的情状。然对眉妩而思乡关,乡关邈远难及,诗兴徒生,如眼前一样无数的"好风景长是暗度"!"长"字写出乡思无日不在的情状。下片从往日("长是"),至当下("抱幽恨"),拟想来日("何时共"),无一不是思乡念友之浓情。结拍更进一层:"怨人良苦",又"况有清夜啼猿"不断,那个不眠之夜真是苦不堪言了!

陈廷焯说:"白石诸词乡心最切,身世之感当于言外领会。"(《词则·大雅集》卷三)本词中"秋雁"意象,最典型地体现了在思乡中打并身世之感。白石一生,漂泊旅食,正如南北迁徙之雁。其飘荡无著之苦,寄于言外。

【汇评】

陈廷焯《词则·大雅集》卷三:白石诸词乡心最切,身世之感当于言外领会。

八 归

湘中送胡德华①

芳莲坠粉②,疏桐吹绿,庭院暗雨乍歇。无端抱影销魂处③,还见筱墙萤暗④,藓阶蛩切⑤。送客重寻西去路,问水面、琵琶谁拨[一]⑥。最可惜、一片江山,总付与啼鴂⑦。　　长恨相从未款⑧,而今何事,又对西风离别。渚寒烟淡,棹移人远,缥缈行舟如叶。想文君望久⑨,倚竹愁生步罗袜⑩。归来后、翠尊双饮,下了珠帘,玲珑闲看月⑪。

【编年】

孝宗淳熙十三年(1186),姜夔客游湖南,该词作于此时。见夏承焘《姜白石词编年笺校》卷一。

【校记】

[一]谁拨:厉钞"拨"作"摘"。

【注释】

①湘中:此指长沙。胡德华:白石友人,其事迹未详。

②坠粉:指莲花花须脱落。

③抱影:与自己的影子相伴,形容孤独。

23

④篠墙：竹篱笆。篠(xiǎo)，细竹子。

⑤蛩切：蟋蟀的叫声很急，以此形容孤独寂寞。

⑥"送客"二句：白居易《琵琶行》："浔阳江畔夜送客……忽闻水上琵琶声"，全诗表达"同是天涯沦落人"的悲伤。此化用来渲染客中送别之情。

⑦啼鸩：即杜鹃，啼声悲切。

⑧相从未款：交往还未够。款，恳切。"未款"不是交往不深，而是交往未够，故"长恨(憾)"。

⑨文君：卓文君，西汉临邛(今四川邛崃)人，富商卓王孙之女，善弹琴。闻司马相如鼓琴，两情相悦，出奔成都，不久返回，为生计当垆卖酒。此借指胡德华的妻子。

⑩倚竹：杜甫《佳人》："天寒翠袖薄，日暮倚修竹。"罗袜：李白《玉阶怨》："玉阶生白露，夜久侵罗袜。"此化用拟想胡妻在家盼归之状。

⑪玲珑闲看月：李白《玉阶怨》："却下水晶帘，玲珑望秋月。"玲珑，明彻貌。

【评析】

此首作者旅居长沙而送别友人。起六句写居处的环境与心绪：秋风中花落叶飞，阴雨时下时停，暗淡的萤光和凄切的蛩声，更加衬托作者的孤独寂寞。文字精工，意象密实。重点在"抱影销魂处"——本来客中孤寂，而眼下惟有一个朋友却又要离别！下用白居易《琵琶行》典故，暗寓"同是天涯沦落人"的悲情。结拍杜鹃声里，山河改容：往小处说，是个人在孤寂之中年华徒逝；往大处说，是国事飘零无人可以承担。口头语却如此凝练深涵，与李煜、李清照等用口语写深情又自不同，是姜夔造语的独到胜境，可谓名句不二。过遍：交游未足而别，是一层；冷雾之中目送舟行人远，又是一层。"抱影销魂"的客居之中结识的朋友已经离去，教人如何禁受，情绪直达高潮！但笔头一转，设身为朋友着想：家里妻子盼归已久，一旦团聚，对饮赏月，闺室幽欢，其乐何极，抹下了一片情感的亮色。不过，说朋友的这片情感亮色，实际却照映出自己"抱影销魂"的凄寂更其凄寂！白石词谋篇用笔之精深，于此可见一斑。此种暗层表意结构，会及者少，读者当留意焉。

许昂霄《词综偶评》：历叙离别之情，而终以室家之乐，即《豳风·东山》诗意也。谁谓长短句不源于三百篇乎？"翠尊双饮，下了珠帘，玲珑闲看月"三句，括尽康伯可《满庭芳》。翻用太白《玉阶怨》，妙。

吴衡照《莲子居词话》卷二：言情之词，必藉景色映托，乃具深宛流美之致。白石……"想文君望久，倚竹愁生步罗袜。归来后、翠尊双饮，下了珠帘，玲珑闲看月"，似此造境，觉秦七、黄九尚有未到，何论余子。

梁启超《饮冰室评词》：麦丈云：全首一气到底，刀挥不断。

唐圭璋《唐宋词简释》：此首送别词。起写雨后静院之莲、桐，是画景；次写雨后静院之萤、蛩，是晚景。以上皆言送别时之处境，文字细密。"送客"以下，顿开疏荡，声情激越。初闻水面琵琶而欢，次见一片江山而惜。"长恨"三句，恨分别之速；"渚寒"三句，叹人去之远。"想文君"以下，运太白诗，想家人望归之切，与归后之乐。全篇一气舒卷，极沉着而和婉。

刘乃昌《姜夔词新释辑评》：全词时序，由别前、送别到别后；场景由庭院、岸渚到洞房；感情由孤独感、离别感到相见欢。描绘性强，笔法细腻而有层次，是送别词的佳篇。

小重山令^[一]

小重山令[一]

赋潭州红梅^[二]①

人绕湘皋月坠时②。斜横花树小^[三]③，浸愁漪④。一春幽事有谁知？东风冷、香远茜裙归⑤。　　鸥去昔游非⑥。遥怜花可可⑦，梦依依。九疑云杳断魂啼，相思血，都沁绿筠枝⑧。

【编年】

姜夔《一萼红》云："丙午人日，予客长沙别驾之观政堂。"丙午为孝宗淳熙十三年(1186)。此题"潭州红梅"，当是同年作。夏承焘《姜白石词编年笺校》卷一谓:"词中'相思'字,用湘妃九疑事以切湘中,然与本年怀人各词互参,似亦念别之作。兹系于此。"

【校记】

[一]小重山令:《绝妙好词》无"令"字,厉鹗抄本"令"字作小字旁注。

[二]《绝妙好词》词题作"湘梅"。

[三]斜横:明抄《宋二十家词》作"横斜"。"花树",柯南陔刊本《绝妙好词》"树"作"自",清吟堂本(本出柯本)、《绝妙好词笺》同。

【注释】

①潭州:即今湖南长沙,宋代荆湖南路治所。红梅:范成大《梅谱》:"红梅标格是梅,而繁密则如杏。其种来自闽、湘,有'福州红'、'潭州红'、'邵武红'等号。"

②湘皋:湘江边的坡地。皋,水边高地。

③斜横:写梅花枝干疏落的形态。林逋《梅花》:"疏影横斜水清浅,暗香浮动月黄昏。"

④浸愁漪:月色下斜横的梅枝倒影在湘波中,作者念别怀愁,故觉梅枝的倒影都是浸泡在愁苦的水波中。

⑤茜裙:红色裙子,代指女子;亦指红梅。此人与梅合一,即梅即人,融情于物。

⑥鸥去昔游非:昔游之好如盟鸥飞去,令人难受。言"非"乃痛极反语。沈祖棻《宋词赏析》谓鸥应上湘皋而出。

⑦可可:既有隐约可见义,亦有惹人怜爱义,下梦中之"依依"亦兼此二义。周密《南楼令·次陈君衡韵》:"暗想芙蓉城下路,花可可,雾冥冥。"

⑧"九疑"三句:九疑,亦作"九嶷",一名苍梧山,在湖南宁远县南。因山有九峰皆相似而得名。这三句用任昉《述异记》事:"湘水去岸三十里许,有相思宫、望帝台。昔舜南巡而葬于苍梧之野,尧之二女娥皇、女英追之不及,相与恸哭,泪下沾竹,竹上文为之班班然。"因地因情,赋梅而及竹("筠"指斑竹),用舜帝与其二妃娥皇、女英事,表达自己对那"茜裙"之人的苦思。

【评析】

此词咏红梅而暗喻怀人。凡描写梅花,如"斜横花树小"、"香远茜裙归"、"遥怜花可可"等，皆使人怀想其人娇美可爱之状。所谓"鸥去昔游非"，当是曾与其人携游赏梅。如此美艳之情交，而一别长绝，当湘皋之梅再开，抒情主人公独来盘桓至于月坠，但觉横斜倒影都似浸泡在愁波之中。如花可可之人，只能梦中片时依依而已！我见梅思人如此，其人思我，想亦如湘妃恸泪沾竹，班班淋漓矣。张德瀛评此词胜张南轩诗者，以其情深；俞陛云评此词颇似东山（贺铸）、淮海（秦观）者，以其情丽。深情凄艳，读之怆然！

起句人、地、时打并而出，而"绕"字更将情思盘旋、徘徊不去凝铸其中，可谓炼字如金，并奠定了赋物皆写情的基调。"浸愁漪"是以梅花倒影写情；"一春幽事"是以艳丽花事写私密深情；"香远茜裙归"是梅花再开如美人归来，"远"指花期未到；"花可可，梦依依"是花与人交会；结末因"湘皋"而用湘妃事，直写啼血相思之情。全词即梅即人，情景一体，词笔熔炼至极。笔法上，上片就眼前之景说，下片忆往昔情人，"遥怜花可可"绾合上下片、花与人，意脉极细。

【汇评】

张德瀛《词微》卷五：梅之以色胜者，有潭州红焉。张南轩《长沙梅园》二诗，美其嘉实，乐其敷腴，而不言其色。楼钥谓当称之为红江梅，以别于他种，其诗有云"梦入山房三十树，何时醉倒看红云"，托兴远矣。词则无逾姜白石《小重山》一阕。白石词仙，固当有此温伟之笔。

俞陛云《唐五代两宋词选粹》：梅苑人归，蘅皋月冷，感怀吊古，愁并毫端。其凄丽之致，颇类东山、淮海。

沈祖棻《宋词赏析》：首句点潭州。"斜横"句点梅。"一春"句因景及情。"东风"两句，因物及人，并点题"红"字。过片因今思昔。"鸥"应上"湘皋"、"愁漪"。"九疑"三句，用湘妃事，以竹之红斑比梅之红花，从贾岛《赠人斑竹拄杖》"莫嫌滴沥红斑少，恰是湘妃泪尽时"来，仍关合潭州，又点"红"字。即梅即人，一结凄绝。

眉　妩[一]

戏张仲远①

　　看垂杨连苑，杜若侵沙[二]②，愁损未归眼。信马青楼去③，重帘下，娉婷人妙飞燕④。翠尊共款⑤。听艳歌、郎意先感。便携手、月地云阶里⑥，爱良夜微暖。　　无限风流疏散。有暗藏弓履⑦，偷寄香翰⑧。明日闻津鼓⑨，湘江上、催人还解春缆。乱红万点。怅断魂、烟水遥远。又争似相携⑩，乘一舸，镇长见⑪。

【编年】
据词"湘江上"句，当是淳熙十三年(1186)客湘中时作。

【校记】
　　[一]《绝妙词选》题下注："亦名百宜娇。"夏承焘谓："此词与吕渭老《圣求词》之《百宜娇》句律不同。注语当是后人依《耆旧续闻》增入。"(《姜白石词编年笺校》卷一)

　　[二]《宋六十名家词》、《绝妙词选》、《词综》、《词谱》等"侵"皆作"吹"。张本"沙"作"纱"。

【注释】
　　①张仲远：白石友人。陈鹄《耆旧续闻》："姜尧章尝寓吴兴张仲远家，仲远屡外出，其室人知书，宾客通问，必先窥来札。性颇妒。尧章戏作《百宜娇》词以遗仲远云：(词略)。仲远归，竟莫能辨，则受其爪损面，至不能外出。"夏承焘《姜白石词编年笺校》云："此据《绝妙好词笺》(二)引，今知不足斋本陈书无此条。"又云："《绝妙好词笺》引《耆旧续闻》，录自沈雄《古今词话》，多不知所出，疑非《续闻》佚文，不可信。"

　　②杜若：亦名杜衡、山姜，一种香草。屈原《九歌·湘君》："采芳洲兮杜

28

若,将以遗兮下女。"侵沙:长满了沙洲。

③青楼:此指倡妓居所。刘邈《万山见采桑人》:"倡女不胜愁,结束下青楼。"

④娉婷:形容女子娇美。白居易《昭君怨》:"明妃风貌最娉婷。"飞燕:赵飞燕,汉成帝皇后,善舞,以身体轻盈,号为飞燕。

⑤翠尊共款:一同饮酒,情感款洽。

⑥月地云阶:步月地,上云阶。即在月色里散步,上楼阁共寝。

⑦弓履:又名弓鞋。旧时缠足妇女所穿的鞋子。

⑧香翰:给情人的书翰。

⑨津鼓:古时渡口设置的信号鼓。李端《古离别》:"天晴见海樯,月落闻津鼓。"

⑩争似:怎似,即怎么能,表虚拟之想。

⑪镇长见:长长久久在一起。镇,整日,引申为"长"。

【评析】

此词以游戏笔墨,拟友人青楼艳遇。起笔描写垂杨杜若等环境,点春去不能归家,出一"愁"字,这个"愁"颇有些无比压抑的味道。故接写"信马青楼去",好像不是刻意,自然而然就去了,见得是没法不去。这一去可是了得:遇到个赵飞燕一样娇美的人儿,用美酒、艳歌、踏月相招待,自己一腔春情被感发出来,接下来自然就是登楼阁共良宵同进温柔乡了。过遍"无限风流"——真是压抑太久、累积太多了;"疏散"——可是畅畅快快地得到舒发了。这样一个娉婷妙人儿,再也丢不下了,所以暗藏她的弓鞋、偷偷留下一封情书(寄信的"寄"此处为泛用)。"暗藏"、"偷寄"出语轻薄,盖戏弄张仲远之笔也。而客中游子,不能与之长好,津鼓催舟,刹那间烟水遥隔,直令人魂销肠断。结拍用虚笔,表明一种不可能的愿望:如果能与她携手同行,长长久久在一起,多好啊!有人说全篇所写"宛如一写艳遇绯闻的短篇小说",时间由先天到次日天亮,场景是江边、青楼、渡口、船上,情节是游子与歌妓短暂缠绵、痛苦分离。虽无深意,但却是唐宋词所写的典型情景。

此词语意淫艳,尤其过遍"无限风流疏散。有暗藏弓履,偷寄香翰",不似白石一贯之清雅浑重。题曰"戏张仲远",无论《耆旧续闻》所记之事是否可信，此词以游戏、戏谑笔墨写张仲远，则是无疑的。所以语意淫艳者，以此。

【汇评】

卓人月《古今词统》卷十四：笔笔另开径路，不肯驾轻就熟。

陈廷焯《词则·闲情集》卷二：言情微至。

浣溪沙

予女须家沔之山阳①，左白湖②，右云梦③。春水方生，浸数千里；冬寒沙露，衰草入云④。丙午之秋⑤，予与安甥或荡舟采菱⑥，或举火置兔⑦，或观鱼簺下⑧，山行野吟，自适其适，凭虚怅望[一]⑨，因赋是阕[二]。

著酒行行满袂风⑩，草枯霜鹘落晴空⑪。销魂都在夕阳中[三]。　　恨入四弦人欲老[四]⑫，梦寻千驿意难通⑬。当时何似莫匆匆。

【编年】

词序"丙午之秋……赋是阕"，即孝宗淳熙十三年(1186)所作。

【校记】

[一]凭虚：张本、厉钞"凭"作"冯"。

[二]是阕：陆本"是"作"此"。

[三]都在：张本"都"作"多"。

[四]恨入：张本"恨"作"怅"。

【注释】

①女须：即女媭，楚人称姊为媭。屈原《离骚》："女媭之婵媛兮，申申其詈余。"白石父曾仕汉阳，其姊嫁在汉阳。家：名词用如动词。沔：今湖北汉

阳。按:汉阳本义为汉水北岸。汉水亦称沔水。盖其源有二:以北源为正源称沔,以西源为正源称汉。山阳:村名,在儿真山之阳,故名。

②白湖:《汉阳府志》:"太白湖一名九真湖,周二百余里。"

③云梦:古泽薮名。《周礼·职方》:荆州有泽薮曰云瞢。"瞢"同"梦"。泽薮即今所谓沼泽之类

④衰草入云:枯黄的草延伸到远方大地与云天交接处,故曰"入云"。

⑤丙午:宋孝宗淳熙十三年(1186)。

⑥安甥:白石外甥,名安。

⑦罝兔:以网捕兔。罝(jū),捕兔的网。《诗经·周南·兔罝》:"肃肃兔罝,施于林中。"

⑧篸下:捕鱼栏栅之旁。篸(sāi),一种用竹子编成的用于拦水捕鱼的工具。

⑨凭虚:登高望远,因眼前毫无遮拦,故曰"凭虚"。

⑩著酒:犹中酒、酒酣、带酒兴。行行:行而又行。重叠两"行"字,以突出"行"的行为。《古诗十九首》之一:"行行重行行,与君生别离。"

⑪霜鹘:秋天的苍鹰。鹘(hú),即隼,一种猛禽。

⑫四弦:指琵琶。白居易《琵琶行》:"曲终收拨当心画,四弦一声如裂帛。"

⑬千驿:无数驿站,极言其远。驿站是古代传递邮件、往来官吏的住歇之所。

【评析】

此写秋游怀人。"或荡舟采菱,或举火罝兔,或观鱼篸下,山行野吟,自适其适"——那个秋天,白石过得真是快活。起笔对此加以概括描写:酒酣沐风,晴空鹘落,完全是诗的语言,与小序列数事实之文不同,沈祖棻评曰"意境高旷"。将起二句与序文所记对读,可明诗文之别与意境之秘。第三句陡转:怅望夕阳,为之"销魂"。江淹《别赋》所谓"黯然销魂者,唯别而已矣"。递入对景怀人主题。过遍,夏承焘谓:"实为怀合肥人作,其人善琵琶,故有'恨入四弦'句。"汉阳与合肥,路途遥远——其《踏莎行》所谓"淮南皓月冷千山"——不仅有情难通,连梦中寻觅也难。逼出结句:深悔当初轻

别。现代有一句直白的歌词"我把我的爱人弄丢了",即是此意。"当时何似"是当时那样,其情其景萦驻心间;"莫匆匆"是不该用一分钟分别一辈子想念。其绵绵深情,令人低回不尽。

【汇评】

夏承焘《姜白石词编年笺校》:此客汉阳游观之词,而实为怀合肥人作;其人善琵琶,故有"恨入四弦"句。序与词似不相应,低徊往复之情不欲明言也。

探春慢

予自孩幼,从先人宦于古沔①,女须因嫁焉。中去复来,几二十年②。岂惟姊弟之爱,沔之父老儿女子,亦莫不予爱也。丙午冬,千岩老人约予过苕霅③,岁晚乘涛载雪而下,顾念依依,殆不能去。作此曲别郑次皋、辛克清、姚刚中诸君[一]④。

衰草愁烟,乱鸦送日,风沙回旋平野。拂雪金鞭⑤,欺寒茸帽⑥,还记章台走马⑦。谁念漂零久,漫赢得、幽怀难写。故人清沔相逢[二],小窗闲共情话。   长恨离多会少,重访问竹西⑧,珠泪盈把。雁碛波平[三]⑨,渔汀人散⑩,老去不堪游冶⑪。无奈苕溪月,又照我[四]、扁舟东下。甚日归来,梅花零乱春夜[五]。

【编年】

词序"丙午冬……作此曲",即孝宗淳熙十三年(1186)所作。姜夔时约32岁。

【校记】

[一]《词综》小序仅一句:"过霅溪,别郑次皋诸君。"

［二］清沔：唯《词综》作"青盼"(青眼相盼)。

［三］波平：《绝妙词选》、《词综》"波"作"沙"。

［四］照我：张本、厉钞、《绝妙词选》、《花草粹编》、《词综》、《词谱》等"照"作"唤"。

［五］零乱：张本、厉钞"乱"作"落"；《绝妙词选》作"乱零"。

【注释】

①古沔：汉阳在西魏、唐时属沔州，故称。

②姜夔从宋孝宗隆兴初随父任居汉阳(据姜虹绿《白石道人诗词年谱》)，到淳熙十三年，共二十余年；此云"几二十年"，盖以实居其地年月计。

③苕霅(tiáo zhà)：二水名。苕水出浙江天目山，以多芦苇名(苕本义为芦苇的花穗)；流至吴兴合为霅溪，"霅"乃四水激射之声。此处代指吴兴。

④郑、辛、姚，皆姜夔居沔时友人，亦当时文士。三人在白石诗《奉别沔鄂亲友》、《春日书怀叙沔鄂交游》中均曾写及。

⑤金鞭：马鞭，美化的写法，如同金杯、兰舟之类。

⑥茸帽：即绒帽。茸(róng)，柔软的兽毛。

⑦章台走马：此指少年随性与游冶。走，跑。章台，是汉代长安繁华的街道。《汉书·张敞传》："敞无威仪，时罢朝会，过走马章台街，使御吏驱，自以便面拊马(以竹扇之类拍马)"。又：唐许尧佐《章台柳传》记妓女柳氏事，后因以章台指青楼游冶之所，参下注⑪欧阳修句。

⑧竹西：竹西亭，此代指扬州。姜夔曾于淳熙三年(1176)自汉阳沿江东下扬州。

⑨雁碛：大雁栖息的沙滩。碛(qì)，本指浅水中的沙石。波平：游船已去。

⑩鱼汀：渔舟停泊的港湾。

⑪游冶：出游寻乐。李白《采莲曲》："岸上谁家游冶郎，三三五五映垂杨。"也特指狎妓。欧阳修《蝶恋花》："玉勒雕鞍游冶处，楼高不见章台路。"

【评析】

此写将离汉阳赴湖州(治所在吴兴)的离别之情，而有很深的身世之

33

感。小序写与家乡亲友之深情和临别时的依依不舍,为词中所写作了一层浓浓的情绪铺垫。亲友离别,本很难受;而年过而立,人生无著,此番应刚结识不久的萧德藻(夏承焘《行实考·系年》引白石《诗集自叙》"余识萧千岩于潇湘之上",系于是年春)之招东下,实含有依食于人的境况,在伤别之中又加上了一层飘零之感!故起笔"衰草愁烟,乱鸦送日,风沙回旋平野",一片情迷神乱,无法言述只能寄之景物。以下结构极其参差错落而又针线绵密,深得清真词风。在意脉上,"谁念"三句应接"平野"下,是情、景双提而述难写之幽怀;"拂雪"三句应在"情话"下,是"共情话"的内容。过遍"长恨离多会少"承上启下。"重访竹西(扬州)"五句,以"老去不堪游冶"写不忍离别远行(扬州本为"杜郎俊赏"之地,十年前姜夔曾到过。姜夔这次从汉阳到吴兴,当是乘船沿长江东下经过扬州,故曰"重访"),"雁碛波平,鱼汀人散"以风景的萧条写繁华不再,与"不堪游冶"的主观心情相应。下"又照"与"重访"作文字上的勾连,这是就要出发了,"珠泪盈把"实写此时情状。这次离别何时再会,只能寄之虚拟,而"甚日"语存无定,"梅花零乱"更著飘零的哀伤——本以"归来"作慰藉,而笔下却仍透出亲友离别和离家飘零之感。

此词及序还有一个两层相互激射映衬的结构,即:以飘零之哀反衬家的意识之重。"还记章台走马"反衬"老去不堪游冶"——少年时与家乡、友人在一起,游冶何其乐;而今漂泊旅食,不堪游冶!白石此时方 32 岁,叹老其实是嗟卑(古人三四十已叹老,多是藉以嗟卑)。

此词以离别之情寓身世之感,但写来并不十分沉重,俞陛云说"自是白石本色",大概就是所谓"清空"的格调吧。虽然没有辛弃疾、吴文英许多作品那种沉沉重重的感觉,但张炎说"读之使人神观飞越",俞陛云因之而说"笔气高爽",恐言之太过,令人不知著到何处! 其实,姜夔(包括张炎)有些以清空之笔写甚深情事,不以沉重和力度取胜的作品,在美学上尚未臻第一流高境。

【汇评】

张炎《词源》:白石词如《疏影》、《暗香》……《探春》……等曲,不惟清空,又且骚雅,读之使人神观飞越。

冯金伯《词苑萃编》卷五：白石老仙后，只有玉田与之并立，《探春慢》二词，工力悉敌，试掩姓氏观之，不辨孰为尧章，孰为叔夏。

先著、程洪《词洁辑评》卷三：求之字句，则字句未雕。求之音响，而音响已远。感人之深，不能指言其处，只一"唤"字，下上俱动。诸葛鼠须笔，除却右军，人不能用。（按："又照我"之"照"字，《词洁》作"唤"。）

陈廷焯《词则·大雅集》卷三：一幅岁暮旅行画图。词意超妙，正如野鹤闲云去来无迹。

陈廷焯《白雨斋词话》卷二：白石词如"无奈苕溪月，又唤我扁舟东下"，又"冷香飞上诗句"，又"高柳垂阴，老鱼吹浪，留我花间住"等语，是开玉田一派，在白石集中，只算隽句，尚非夐高之境。

俞陛云《唐五代两宋词选释》：白石久寓于沔上，行将东下，赋此志别。……通首序事录别，笔气高爽，自是白石本色。

翠楼吟 双调

淳熙丙午冬①，武昌安远楼成②，与刘去非诸友落之[一]③，度曲见志④。予去武昌十年⑤，故人有泊舟鹦鹉洲者⑥，闻小姬歌此词，问之，颇能道其事；还吴⑦，为予言之。兴怀昔游，且伤今之离索也⑧。

月冷龙沙⑨，尘清虎落⑩，今年汉酺初赐⑪。新翻胡部曲⑫，听毡幕、元戎歌吹⑬。层楼高峙。看槛曲萦红，檐牙飞翠。人姝丽，粉香吹下，夜寒风细。　　此地，宜有词仙，拥素云黄鹤⑭，与君游戏。玉梯凝望久，叹芳草、萋萋千里[二]⑮。天涯情味，仗酒祓清愁⑯，花销英气[三]。西山外，晚来还卷、一帘秋霁⑰。

【编年】

该词当于孝宗淳熙十三年(1186)年冬,离汉阳赴湖州,道经武昌作。

【校记】

[一]刘去非:厉钞无"刘"字。

[二]萋萋:张本、厉钞作"凄凄"。

[三]花销:《绝妙词选》、《花草粹编》"销"作"娇",误。

【注释】

①淳熙丙午:宋孝宗淳熙十三年(1186)。

②安远楼:楼址在武昌西南黄鹤山上,即武昌南楼。刘过《唐多令》题"安远楼小集",有"二十年重过南楼"句。《绝妙词选》载李居厚《水调歌头》"武昌南楼落成,次王漕韵",殆与白石此篇同时作。

③刘去非:南宋文士,刘过《唐多令》序文提及其人。落之:庆贺其楼落成。

④度曲:即自度曲。白石深通乐理,此首之歌词与乐曲皆为白石所作。

⑤予去武昌十年:下记故人为道小姬歌此词事,所以此句之下的序文当是白石参加落成典礼"度曲"十年后所补,其"兴怀"并非作词,只是怀旧伤今。有人据此谓此词作于淳熙丙午后十年,即庆元二年丙辰(1196)。谓序中"度曲见志"不是作此词,多以推测之言曲为臆说。词中明言"今年汉酺初赐",即淳熙十三年正月高宗八十寿诞朝廷赐臣民酒钱事,安有十年后而用"今年"之理?且将"小姬能歌此词"的"此词"偷换为"词曲",甚无理。

⑥鹦鹉洲:在今武汉市汉阳与武昌夹岸的长江中,为古代名胜。崔颢《黄鹤楼》:"芳草萋萋鹦鹉洲。"

⑦吴:指浙江吴兴。

⑧离索:离群索居。《礼记·檀弓上》:"吾离群而索居,亦已久矣。"索,孤独。白居易《和微之四月一日作》:"两地诚可怜,其奈久离索。"

⑨龙沙:本为古代少数民族所居的塞外沙漠地,因此时宋、金分界已南移至淮河,故以龙沙指长江北岸金人占领区。《后汉书·班超传》:"坦步葱雪,咫尺龙沙。"李贤注:"葱岭雪山,白龙堆沙漠也。"

⑩尘清虎落:指边境清平无战事。虎落,本是遮护城堡或营寨的篱笆。

《汉书·晁错传》:"要害之处,通川之道……为中周虎落。"这里指边境防守工事。

⑪汉酺初赐:此指淳熙十三年正月高宗八十寿诞朝廷赐臣民酒钱,"内外诸军犒赐共一百六十万缗"(《宋史·孝宗纪》)。汉酺(pú),汉代遇有庆典,诏赐臣民聚饮,称酺。如汉文帝即位:"赦天下,赐民爵一级,女子百户牛酒,酺五日。"颜师古注引文颖曰:"汉律,三人以上无故群饮酒,罚金四两,今诏横(横义为广远)赐得令会聚饮食五日也。"(《汉书·文帝纪》)

⑫新翻:重新谱写。胡部曲:唐时西凉地方音乐。《新唐书·礼乐志》:"开元二十四年,升胡部于堂上……后又诏道调、法曲与胡部新声合作。"

⑬元戎:军中主将。

⑭拥素云黄鹤:乘白云,驾黄鹤。参见《清波引》(冷云迷浦)注④。

⑮萋萋:草盛貌。此处"玉梯凝望久,叹芳草、萋萋千里",含有怀念被掳至北方的宗室的意味。《楚辞·招隐士》:"王孙游兮不归,春草生兮萋萋。"又崔颢《黄鹤楼》:"晴川历历汉阳树,芳草萋萋鹦鹉洲。日暮乡关何处是,烟波江上使人愁。"

⑯祓(fú):古代除灾去邪的仪式,此处义为消除。

⑰霁:雨雪停止,或云消雾散,而使天气晴朗。

【评析】

此赋武昌安远楼落成及所感。起三句描述时代背景:其时宋金议和,边境"尘清",江北暂无战事,高宗办寿赐酺,一派宴安景象。下写安远楼落成,四处欢腾:前线军营里,胡曲新声,歌吹不断;安远高楼上,姝丽歌舞,香粉吹落。这番热闹,直到夜寒风静。俞陛云谓"观前五句'龙沙'、'毡幕'、'赐酺'等词,当是奉敕贺北使于此楼",可备一说。"层楼"三句,写楼之壮丽,是庆贺安远楼落成的正笔。下片就其事抒发感怀。"素云黄鹤",就"此地"用典,"词仙"指参加落成庆典的文士(包括作者自己)。"此地宜有"是就此番庆典的气氛说,但下接"游戏"二字("与君游戏"的主语是"词仙"),含义至深!"君"谓谁?元戎乎?赐酺者乎?山河陷落,武昌已临近前线,失地输币而换得的短暂的苟安局面里,营造所谓的"安远"楼,何"安"可凭?所安之"远"何在?!所以在这样的庆典中,只能"与君游戏"——这种态度只能是出于"此地宜有",而不是出于直面残酷的现实。登楼向北凝望,芳草萋萋(盛美),为何而"叹"? 盖有难言之"天涯情味":即一者自己壮岁漂泊,有志难成;一者北至天涯,皆为敌人;一者靖康之祸,徽、钦及后妃、太子、宗室三千人被掳——用《楚辞·招隐士》"王孙游兮不归,春草生兮萋萋"成句,寓此甚明。不然,冬寒之日,何芳草萋萋之有? 其句显系用典,而非写实。但一个只能"此地与君游戏"的文士,怀抱这样深重的情感感叹,也只能"仗酒祓清愁,花销英气"而已!"仗"字重。论者谓"酒祓"与"汉酺"关合,"花销"与"人姝丽"关合,则其所"祓"所"销"者,就不只是一己之愁怀与英气,而是整个家国的忧患与英气了。结句西山晚来秋霁,谓为希望之光和亮色者还是浅解;其实是与起拍"尘清虎落"相应:"霁"者雨止云散景象,以此表明前线的清静安宁不过是战氛暂歇罢了。此首词旨幽微,用笔深涵,俞平伯谓:"放宽一步即逼紧一步,正不必粗犷'骂题',而自己的本怀已和盘托出了。"陈匪石说:"全篇以微讽之词示针砭之旨,而夭矫之笔、忠厚之意,又白石本色也。"其艺术性很高,所以被词论家推为"最高之作"。

【汇评】

卓人月《古今词统》卷十三:庾公雅兴,王粲深情,依然可念。

许昂霄《词综偶评》:"月冷龙沙"五句,题前一层,即为题中铺叙,手法最高。"玉梯"五句,凄婉悲壮,何减王粲《登楼》一赋。

周济《宋四家词选目录序论》:(评下片)此地宜得人才,而人才不可得。

陈廷焯《词则·大雅集》卷三:起便警策。一纵一横笔如游龙。

陈廷焯《白雨斋词话》卷二:白石《翠楼吟》后半阕……一纵一操,笔如游龙,意味深厚,是白石最高之作。此词应有所刺,特不敢穿凿求之。

王国维《人间词话》:问"隔"与"不隔"之别。曰:陶、谢之诗不隔,延年则稍隔矣;东坡之诗不隔,山谷则稍隔矣。"池塘生春草"、"空梁落燕泥"等二句,妙处唯在不隔。词亦如是。即以一人一词论,如欧阳公《少年游》咏春草上半阕云:"阑干十二独凭春,晴碧远连云。千里万里,二月三月,行色苦愁人",语语都在目前,便是"不隔";至云"谢家池上,江淹浦畔",则隔矣。白石《翠楼吟》:"此地宜有词仙,拥素云黄鹤,与君游戏。玉梯凝望久,叹芳草萋萋千里",便是不隔;至"酒祓清愁,花销英气",则隔矣。然南宋词虽不隔处,比之前人,自有浅深厚薄之别。

俞陛云《唐五代两宋词选释》:此词为武昌安远楼初成而赋。观前五句"龙沙"、"毡幕"、"赐酺"等辞,当是奉敕宴北使于斯楼。"槛曲"五句言高楼之壮丽,歌妓之娟妍,皆平叙之笔。转头处因地在武昌,故用黄鹤仙人事。"素云"二句有奇气青霞之想。其下接以望远生愁,故言"芳草"千里,藻不妄抒。"清愁"、"英气"二句隐有少陵"看镜"、"依楼"之感,句法偶傥而沉郁,自是名句。

陈匪石《宋词举》:前遍作安远楼落成正面。首三句说"安远"名义。四、五两句极言"安远"盛况,所以赞美作楼者。而赐酺"歌吹",又与落成绾合。第六句折入"楼"字。七、八写楼之壮。"人姝丽"三句,落成宴中所有,盖宋时有营妓,例须伺应官宴,故用以点缀,实先将题面讬足,然后入见志之本意也。过变"此地"二字,紧承前遍,且包括前遍,乃就本地风光,运用崔颢诗以发议论。"宜有词仙",是想象中事。"素云黄鹤",潇洒出尘,既高出"毡幕""歌吹"上,且隐喻"安远"之名,同一幻想。然久凭"玉梯""凝望",惟见"芳草萋萋",是意中之"词仙"实不可得,即崔诗前六句之意境。"天涯情味",由"芳草千里"之叹而来,又崔诗"长安不见"之意(按:"长安不见使人愁"乃李白诗,非崔颢诗)。"仗"字一笔勒转。"清愁"即"千载悠悠",而以酒祓之;英气即"长安不见"之感,而以花销之:双承"汉酺"、"姝丽",归入"落成"本题,又似代圆其说。"西山外"又一转,晚晴气象,与斜阳之断肠者不同,是前途珍重之志,为作楼者勉也。以章法言,前遍说足"安远",后遍乃高一层立论,翻腾顿挫中示遥深之寄托,然后一转到题,再转入兴会之语,表里皆一丝不溢。以意境言,则北氛正恶而空言"安远",白石胸中本有泾渭,故全篇皆以微讽之词示针砭之旨,而夭矫之笔、忠厚之意,又白石本色也。陈廷焯曰:"一纵一操,笔如游龙,意味深厚。"可谓的评。杨慎《词品》赏其"槛曲萦红,檐牙飞翠"、"酒祓清愁,花销英气",称之曰"句法奇丽",不免皮相矣。

唐圭璋《唐宋词简释》:此首记武昌安远楼词。起言安远之意,次言安远之盛。"层楼"句,始写楼之正面,"看槛曲"两句,写楼之壮丽。"人姝丽"三句,写楼中之盛。此上片皆就楼之内外实写。下片,提空抒感,一气流转，笔如游龙。"此地"四句，用崔颢诗（按：此抄陈匪石《宋词举》语致误），言"宜有词仙"，而竟无词仙，怅望曷极。"宜有"二字与"叹"字呼应。"宜有"句吞缩，"叹芳草"句吐放，韵味深厚。"天涯"三句，又一笔勒转，"仗"字亦承"叹"字来，因无词仙，愁不能释，故惟有仗花酒以消愁，言外慨叹中原无人之意甚明。着末以景结，画出晚晴气象，期望甚至，与烟柳断肠之境，又不相同。

　　吴世昌《词林新话》：此词亦做作凑合，极不自然，亦峰反谓"最高之作"，真是皮相之见。一曰"有所刺"，即是穿凿。

踏莎行

　　自沔东来①，丁未元日至金陵②，江上感梦而作。[一]
　　燕燕轻盈，莺莺娇软③。分明又向华胥见④。夜长争得薄情知⑤，春初早被相思染。　　别后书辞，别时针线。离魂暗逐郎行远⑥。淮南皓月冷千山⑦，冥冥归去无人管⑧。

【编年】
丁未为孝宗淳熙十四年（1187）。
【校记】
[一]《绝妙词选》题序作"金陵感梦"。
【注释】
①沔：今湖北汉阳。
②丁未元日：宋孝宗淳熙十四年（1187）正月初一。金陵：今江苏南京。
③燕燕、莺莺：借指所恋女子。夏承焘谓是白石二十多岁"合肥所遇"情人："《琵琶仙》云'有人似旧曲桃根桃叶'，《解连环》云'为大乔能拨春风，小乔妙移筝，雁啼秋水'，此云'燕燕莺莺'，其人或是勾栏中姊妹。"（《姜白石词编年笺校》卷二按以燕燕、莺莺为女子，如苏轼《张子野年八十五尚闻

买妾,述古令作诗》:"诗人老去莺莺在,公子归来燕燕忙。"

④华胥:指梦境。《列子·黄帝》载,黄帝"昼寝而梦,游于华胥氏之国"。

⑤争得:怎得。薄情:对恋人的昵称。《云斋广录》载,进士丁渥在太学,其妻寄诗云:"泪湿香罗帕,临风不肯干。欲凭西去雁,寄与薄情看。"

⑥郎行:郎身边。张相《诗词曲语辞汇释》卷六:"行,用于自称、人称各辞之后,略相当于我这边、你那边之这边、那边,或我这里、你那里之这里、那里。"其下即举有此"郎行"例。但此句中"行"上与"逐"字下与"远"字组合(张相所举20例只此例上下文特殊),解为行走之行亦通,故亦有不注者。

⑦淮南:指合肥,宋时属淮南路。

⑧冥冥:幽暗。此指夜晚天黑,亦指梦境。

【评析】

此舟行江上梦情人之作。因其系勾栏歌舞伎,故写其体态轻盈如燕,声音娇软如莺。如此美丽动人,故时时想念,常常梦见。"又"字正见梦见之频。以下七句,是何人语气,论者纷纭。吴世昌谓"全篇除首三句作者述梦外,其下文全为代梦中人设想之辞",最为明确。"夜长"两句是伊人思念之深:相思不能成眠,故觉"夜长";春来年华更珍贵,故相思更甚,觉万物都是相思染绿。"别后书辞"是伊人反复检视信件;"别时针线"是万般无绪那件针线活始终未能做成。"离魂"句是伊人不管离别多远而魂魄都追随在自己身边,亦见其情之深挚。结拍"皓月""千山"之中著一"冷"字,以阔大之境写凄然之情,衬托下句恋人魂魄伶仃无依地归去,以健笔写柔情,比清真有过之而无不及。

此词写情颇为细腻,但终不流于纤秾。"夜长争得薄情知"、"别后书辞,别时针线",下面都可接很绮靡的句子,但一接以拗折之句,一接以幽奇之句,是白石式的蕴藉幽峭。结拍尤可见其"清劲"格调。与花间、北宋令词的风貌是很不同的。

【汇评】

王国维《人间词话》:白石之词,余所最爱者,亦仅二语,曰:"淮南皓月冷千山,冥冥归去无人管。"

唐圭璋《唐宋词简释》:此首亦元夕感梦之作。起言梦中见人,次言春夜思深。换头言别后之难忘,情亦深厚。书辞针线,皆伊人之情也。天涯飘荡,睹物如睹人,故曰"离魂暗逐郎行远"。"淮南"两句,以景结,境既凄黯,语亦挺拔。昔晁叔用谓东坡词"如王嫱、西施,净洗却面,与天下妇人斗好",白石亦犹是也。刘融斋谓白石"在乐则琴,在花则梅,在仙则藐姑冰雪",更可知白石之淡雅在东坡之上。

吴世昌《词林新话》:全篇除首三句作者述梦外,其下文全为代梦中人设想之辞,此可以从"薄情"(女怨郎词)、"暗逐郎行"、"冥冥归去"等语知之。或谓"上片言己之相思,过片两句醒后回忆",误矣。

杏花天影[一]

丙午之冬,发沔口①。丁未正月二日,道金陵②。北望淮楚③,风日清淑④,小舟挂席⑤,容与波上⑥。

绿丝低拂鸳鸯浦⑦。想桃叶、当时唤渡⑧。又将愁眼与春风,待去。倚兰桡⑨、更少驻。　　金陵路,莺吟燕僻[二]。算潮水、知人最苦。满汀芳草不成归⑩,日暮。更移舟、向甚处。

【编年】

丁未,即孝宗淳熙十四年(1187)。该词于此年金陵道中怀念合肥两姊妹而作,见夏承焘《姜白石词编年笺校》卷二。

【校记】

[一]杏花天影:夏承焘校曰:"张本、陆本有'影'字,朱本无,而目录有'影'字,兹据补。考此词句律,比《杏花天》只多'待去'、'日暮'二短句;亦犹白石自度曲《凄凉犯》名《瑞鹤仙影》,与瑞鹤仙大同小异。依旧调作新腔,命名曰'影',殆始于欧阳修《六一词》之《贺圣朝影》、《虞美人影》。殆谓

不尽相合,略存其影耶?"(《姜白石词编年笺校》卷二)按:白石所增二短句皆韵脚。

[二]莺吟燕儛:"吟",《七家词选》作"歌"。"儛",张本、陆本作"舞"。按:"儛"同"舞"。

【注释】

①沔口:汉水汇入长江处,即今之汉阳。

②金陵:今江苏南京。

③淮楚:淮水流域安徽一带,古属楚地,故称。

④清淑:清朗、晴好。亦作"淑清"。《淮南子·本经》:"日月淑清而扬光。"

⑤挂席:指扬帆。谢灵运《游赤石进帆海》:"扬帆采石华,挂席拾海月。"

⑥容与:迟缓不前。《楚辞·九章·涉江》:"船容与而不进兮,淹回水而疑滞。"

⑦鸳鸯浦:鸳鸯栖息的水滨。

⑧桃叶:晋王献之爱妾名桃叶,献之尝临渡歌以送之:"桃叶复桃叶,渡江不用楫。但渡无所苦,我自迎接汝。"后人因名渡曰"桃叶"。桃叶渡在今南京秦淮河畔。

⑨兰桡:兰木做的船桨。这与"金鞭"一样都是美化写法。

⑩"满汀"句:化用《楚辞·招隐士》:"王孙游兮不归,春草生兮萋萋。"汀,江中小洲。

【评析】

此怀念情人之作。序文"丙午之冬,发沔口。丁未正月二日,道金陵。北望淮楚"云云,可见词作于到达金陵之后。所以起句非沔口之景,而是金陵之景,"鸳鸯浦"即"桃叶渡"也。所以以下有"更移舟"——继续上船赴湖州萧德藻之约。把这个线索理清楚了,"桃叶渡"、"金陵路"都是即目取材,笔致很顺,不必谓全词游刃于虚矣。"想桃叶"句虽是用典,但亦是借王献之送桃叶的典故,表示伊人唤渡送我的情景。盖"当时"与下句"又将"关联,明非古人之当时,而是自己之当时。"春风"应"绿丝低拂",用"又将"关合此次舟行。夏承焘谓所怀为合肥勾栏中姊妹，金陵离合肥不远（从汉阳江行而来，更是经过安徽），所以北望淮楚，触目生愁，遂有"将愁眼与春风"句。此次赴湖州取道金陵，稍驻待去，但心有所念，挂桨停舟，欲去依依，表情极绵长。换头"莺吟燕儛"，一片春事春情胜况，不顾孤舟游子之愁；只有潮水，"东流若未尽，应见别离情"（李白《口号》），知道人分离的痛苦。"满汀"句谓春归而人不能归，徒任年华流逝，上承"最苦"，下开"日暮"——夕阳下沉，映照着满汀芳草，何其苍茫。在这苍茫暮色里，又要移舟前行，但离别爱人，到哪里都到不了心的港湾！"更移舟向甚处"，不是船行没有目的，而是情感没有着落——而且还要不断地飘荡下去！

【汇评】

陈匪石《宋词举》：据序"正月二日道金陵"，似"绿丝"、"芳草"决非眼前之景。然江南春早，青青柳眼实已可见。首句因青眼想到"绿丝"，悬揣桃叶渡江时曾系如此。"鸳鸯浦"本监利地名，然如史达祖"倩诗情、飞过鸳鸯浦"之类，已不作固定之地名用。若以从沔口来，谓指来处说，则下句不衔接矣。盖全首除"金陵路"三字外，多游刃于虚，即"桃叶"亦金陵故实也。"又将"句折回所见之柳眼，愁人见之，遂为"愁眼"。"与春风"云者，愁与春遇，不窗付与之，兼点时令也。"待去"，一顿。"倚兰桡"，是欲去不去、徘徊未定之状。"更少驻"一转，则竟拟不去矣。过变先说金陵盛况，是"少驻"之心情。由莺燕之乐，益形人之苦。莺燕不知，唯潮水知之，则"倚兰桡"时之又一转念。"满汀"句推想将来，芳草自绿，王孙不归，我亦犹是，上承"最苦"，下开"日暮"。末三句说足"苦"字，日云暮矣，欲不去而不能，又不知于何更驻，前路茫茫之感，一转便收。布局与慢曲略同，而节促音繁，意赅言简，南宋小令，大率如是。

惜红衣

吴兴号水晶宫①，荷花盛丽。陈简斋云②："今年何以报君恩，一路荷花相送到青墩。"亦可见矣。丁未之夏，予游千

岩③,数往来红香中,自度此曲,以无射宫歌之④。[一]

簟枕邀凉[二]⑤,琴书换日,睡余无力。细洒冰泉,并刀破甘碧⑥。墙头唤酒,谁问讯、城南诗客⑦。岑寂⑧。高柳晚蝉[三],说西风消息[四]。　　虹梁水陌⑨,鱼浪吹香,红衣半狼藉[五]⑩。维舟试望,故国眇天北[六]⑪。可惜渚边沙外[七],不共美人游历⑫。问甚时同赋,三十六陂秋色⑬。

【编年】

丁未为孝宗淳熙十四年(1187)。

【校记】

[一]小序文字,《绝妙词选》作"吴兴荷花。无射宫"。《绝妙好词》作"吴兴荷花"。

[二]簟枕:厉钞、《词综》、《词谱》作"枕簟"。

[三]高柳:厉钞、陆本、《绝妙词选》、《绝妙好词》"柳"皆作"树"。

[四]说西风:《绝妙好词》"说"作"报"。

[五]狼藉:张本、陆本、《绝妙好词》"藉"作"籍"。二字通用。

[六]故国:《绝妙好词》明抄本"国"作"园",清吟堂本同,注云:"一作'国'。"眇天北:《绝妙好词》"眇"作"渺"。按:二字都有"遥远"义。

[七]渚边:陆本、张本、《绝妙好词》"渚"作"柳"。

【注释】

①吴兴:今浙江湖州。水晶宫:吴兴境内有苕溪、霅溪,水清如镜,甍栋丹垩倒影其中,有如水晶宫。吴曾《能改斋漫录》:"杨濮守湖州,赋诗云:'溪上玉楼楼上月,清光合作水晶宫。'其后遂以湖州为水晶宫。"

②陈简斋:陈与义,号简斋,宋绍兴五年(1135),托疾辞湖州知州任,卜居湖州南之青墩镇。秋后出游,作《虞美人》,词云:"扁舟三日秋塘路,平度荷光去。病夫因病得来游,更值满川烟雨洗清秋。　　去年长恨拏舟晚,空见残荷满。今年何以报君恩,一路繁花相送到青墩。"

③千岩:又名卞山,在湖州弁山,为游览胜地。《弘治湖州府志》:"卞山

在乌程县西北十八里。"

④无射宫:俗名黄钟宫,我国古代十二音律之一。

⑤簟(diàn):竹席。

⑥并刀:古代并州(今山西太原)出产的刀具,以锋利著称。周邦彦《少年游》:"并刀如水,吴盐胜雪,纤手破新橙。"

⑦"墙头唤酒"三句:虽可隔着院墙向邻居借酒,但却无人造访相与畅饮。杜甫《夏日李公见访》:"隔屋唤西家,借问有酒不?墙头过浊醪,展席俯长流。"此处反用其义,写自己的孤独。

⑧岑寂:寂寞。杜甫《树间》:"岑寂双甘树,婆娑一院香。"

⑨虹梁:彩虹般的拱桥。陆龟蒙《咏皋桥》:"横截春流架断虹。"水陌:犹水乡。

⑩红衣:指荷花。赵嘏《长安秋夕》:"紫艳半开篱菊静,红衣落尽渚莲愁。"

⑪故国:指故乡(姜夔本江西鄱阳人,后随父任久居汉阳)。《绝妙好词》作"故园",其义更明。

⑫美人:指所思之人。《诗经·邶风·简兮》:"云谁之思,西方美人。"

⑬三十六陂:指无数的水塘。王安石《题西太乙宫壁》:"三十六陂春水,白头相见江南。"陂(bēi),池塘。按:张德瀛《词徵》卷五谓"前人词多喜用三十六字……用算博士语皆有致",举欧阳炯《更漏子》等十余例。

【评析】

此游千岩观荷而抒发人生感慨,实非咏物词。全词由寂寞无聊而念乡怀人。上片写其闲寂,不无凄凉之感。从意脉上说,"琴书换日"应在前,以音律关系作次句。琴书是雅事,但说以之打发时光,就不是当雅事说了。"簟枕邀凉",着一"邀"字,"睡"就完全是被动的,以表现无所事事。本来"睡大养神……眠足之后,固多清景,江山满怀,合而生兴"(《文镜秘府论》),此却"睡余无力",可见"睡"不过是闲寂无奈之举。接写新鲜水果用凉水洗、并刀切,看似精致清雅,其实还是"闲"——闲,可以是没有促迫之事的自在悠闲,也可以是无人过问无事可干的赋闲。姜夔的境况正是后者。下反用杜甫诗意:杜甫隔墙向邻居借酒与到访的友人"展席俯长流",

自己"隔墙唤酒"却无人可与畅饮！故直出"岑寂"，总收上文。辅以"西风消息"——当夏季而提出秋凉——进一步表现闲寂中的凄然。过遍正写千岩水陌之荷，"狼藉"是景，也是作者萧瑟的心情。"望故国"二句，无论从全词所表现的情感和上下文看，都是指家乡，而非指汴京，故谓其有黍离忧国之感，是为过度阐释。"不共美人游历"之"美人"，联系上文"谁问讯"和"望故国"，系指从前的知友。结拍伸展一句，希望秋时能与知友再来观景赋诗——白石结句所表的希望，常常是反衬现实的寂寞，此又一例也。

【汇评】

邓廷桢《双砚斋词话》：其时临安半壁，相率恬熙。白石往来江淮，缘情触绪，百端交集，托意哀丝。……《惜红衣》之"维舟试望，故国眇大北"，则周京黍离之感也。

王国维《人间词话》：白石写景之作，如……"高树晚蝉，说西风消息"，虽格韵高绝，然如雾里看花，终隔一层。

俞陛云《唐五代两宋词选释》：此首与《念奴娇》词原题皆云吴兴荷花，但《念奴娇》词通首咏荷，惟"凌波"二句略见怀人。此调倚《惜红衣》，应赋本体，而词则前半阕但言逭暑追凉，寂寥谁语！下阕始有"红衣狼藉"一句点题，余皆言望远怀人，与《念奴娇》同一咏荷，而情随事迁，此调则言情多于写景，下阕尤佳。其俊爽绵远处，正如词中之并刀破碧，方斯意境。

石湖仙

寿石湖居士[一]①

松江烟浦②，是千古三高③，游衍佳处④。须信石湖仙，似鸱夷翩然引去[二]⑤。浮云安在⑥，我自爱、绿香红舞⑦。容与⑧。看世间几度今古。　　卢沟旧曾驻马，为黄花闲吟秀句⑨。见说胡儿⑩，也学纶巾欹雨[三]。玉友金蕉⑪，玉人金缕⑫，缓移筝柱⑬。闻好语，明年定在槐府⑭。

【编年】

这首贺寿词当作于淳熙十四年(1187)。夏承焘《姜白石词编年笺校》考曰:"白石淳熙十四年初识成大,绍熙四年成大卒,词当作于此五六年间。陈谱定于淳熙十六年作,嫌无显据。白石访成大,两见于集,一在淳熙十四年之春,一在绍熙二年之冬,与此词时令皆不合。惟淳熙十四年冬有过吴松《点绛唇》词,或其年尝在苏州作此。周汝昌先生见告:成大生于六月初四,其《吴船录》卷上自记:'六月己巳朔,壬申泊青城山,始生之辰也。'此词'绿香红舞'写荷花,与时令合。又成大罢官后,尝以淳熙十五年起知福州,词云'闻好语,明年定在槐府',或其时已传起用消息。据此,词当作于淳熙十四年之夏。"

【校记】

[一]寿石湖居士:《词综》作"寄石湖处士"。《绝妙词选》"寿"一句上有"越调"二字。

[二]似鸱夷:《绝妙词选》"似"作"侣",当为"侣"字因形似而误。侣,《集韵》:"'似'本字。"

[三]敧雨:《绝妙词选》"敧"作"欹",二字通用。陆本、厉钞、《词综》"雨"作"羽"。

【注释】

①石湖居士:范成大(1126－1193),字致能,号石湖居士。吴郡(今江苏苏州)人。曾以起居郎假资政殿大学士为祈请国信使赴金,"区处家事,为不归计",勇敢交涉归还河南陵寝与修改跪拜受书礼节,几被杀。历任地方官,官至参知政事(仅两月)。几次辞官或被劾落职,最后十余年退闲家居。居士,犹处士,古称有才德而隐居不仕的人。《礼记·玉藻》:"居士锦带。"郑玄注:"居士,道艺处士也。"又佛教中"在家修道,居家道士,名为居士"(《维摩诘经》慧远疏语)。按:宋代儒、佛、道文化皆极盛行,士大夫文人几无不自称"居士"。"石湖",在苏州西南,范成大晚年在此面湖筑亭,孝宗御书"石湖"赐之,因自称石湖居士。白石受石湖之助甚多,二人过从甚密。

②松江:即吴淞江,一称苏州河,到吴淞口入长江。

③三高:吴江有三高祠,祀越国范蠡、晋张翰、唐陆龟蒙三位高洁之士。

范成大有《三高祠记》。白石作《三高祠》诗云:"越国霸来头已白,洛京归后梦犹惊。沉思只羡天随子,蓑笠寒江过一生。"

④游衍:纵情游乐。谢朓《和伏武昌登孙权故城》:"于役傥有期,鄂渚同游衍。"

⑤鸱夷:指范蠡,春秋时越国大夫。辅佐越王勾践灭吴后,功成身退,泛江浮海至齐国,变姓名,自号鸱夷子皮(《史记·越王勾践世家》)。

⑥浮云:比喻无实际意义、不值得关心的事。《论语·述而》:"不义而富且贵,于我如浮云。"

⑦绿香红舞:指荷花开放。

⑧容与:悠闲自得貌。陶渊明《闲情赋》:"拥劳情而罔诉,步容与于南林。"

⑨"卢沟"二句:卢沟,即永定河。宋孝宗乾道六年(1170),范成大出使金国,时金都北京,范成大行经卢沟,所作诗、词中都写到菊花:"黄花为我,一笑不管鬓霜羞"(《水调歌头·燕山九日作》),"雪满西山把菊看"(《卢沟燕宾馆》)。

⑩"见说胡儿"二句:谓金人爱慕范成大的纶巾装束。《宋史·范成大传》云,范成大使金,金国迎接的官员"慕成大名,至求巾帻效之"。成大《踢鸱巾》诗云:"雨中折角君何爱。"自注:"接送伴田彦皋,爱予巾裹,求其样,指所戴踢鸱巾,有愧色。"纶巾敧雨,用汉郭林宗头巾低垂一角挡雨为时人所效,表明范成大的风范为金人倾慕。《后汉书·郭泰传》:郭"尝于陈梁间行遇雨,巾一角垫(被雨打湿后垂下),时人乃故折巾一角,以为'林宗巾'。"

⑪玉友:酒名。宋时以糯米和酒曲制酒,色白如玉,称玉友。辛弃疾《鹧鸪天》:"呼玉友,荐溪毛,殷勤野老苦相邀。"金蕉:酒杯名。周邦彦《蓦山溪》:"翠袖捧金蕉,酒红潮、香凝沁粉。"

⑫玉人:肌肤如玉的美人。金缕:即《金缕曲》,此泛指乐歌。

⑬缓移筝柱:从容弹筝侑酒。筝,古代一种弦乐,唐宋时多用十三弦,弦下柱可移动调节音高。

⑭槐府:即宋学士院之槐厅。沈括《梦溪笔谈·故事》:"学士院第三厅学士阁子,当前有一巨槐,素号槐厅。旧传居此阁者,多至入相。"梅尧臣

《送王著作赴西京寿安》:"闲寻前代迹,净扫古槐厅。"

【评析】

此白石自度曲而为范成大祝寿,故以"石湖仙"命名。起三句赞石湖所居,其地有三高祠,所谓人杰地灵也。接着以石湖比拟功成身退的著名典型范蠡,并于"浮云"至上片末,直接铺写其人格内涵:视富贵如浮云,爱江湖间自然风光,从容自得地面对人事浮沉、古今变幻。利用地方人文名胜非常恰当地表现了范成大的胸襟与品格。范成大自己在《念奴娇》词中就以"家世回首沧洲,烟波渔钓,有鸱夷仙迹"自豪。范蠡是辅佐越王勾践建立了复国兴邦不世功勋的人,所以换头也写石湖的非凡功勋:冒险出使金国,全节而归。当初朝廷选人到金国索求北宋诸帝陵寝之地,并想改跪拜受书之礼,像李涛这样有气节的名流都不敢应承,范成大却做好了赴死的准备,慨然受任。但修改绍兴和议中宋作为金的附属国接受国书时须向金行跪拜礼的约定,连孝宗本人都不敢在给金国的文书中提出,而要范成大自己去交涉(《宋史·范成大传》:"上面谕受书事,成大乞并载书中,不从。")。范成大在见金主的朝堂上违规拿出自己写好的疏本(金法严禁使者递私人疏奏),使"金主大骇","太子欲杀成大"。范成大还曾拒绝起草任用外戚佞臣张说的诏书,在四川等地方官任上多有善政,但使金这件事当时在南北与朝野引起了巨大反响,所以姜夔特别提出这件事赞美他。最妙的是"卢沟"以下四句,不直说使金立功,而说他于卢沟名胜之地驻马流连,赏菊吟诗(范成大此行共写下 72 首绝句等),以及其风范为金人倾慕,是善用诗材,也是注笔于人的精神与风致一面,与上赞美范蠡"翩然"云云一致。"玉友"三句,折回眼前写寿筵情景,是祝寿最当景的一句话,不当受"鄙俚纤俗"之讥。结拍就传闻朝廷将再度起用石湖,贺寿兼贺喜,一"定"字,肯定、推测、祝愿兼而有之,十分切合而得体。

【汇评】

陈廷焯《词则·大雅集》卷二:言外有多少惋惜。"金"、"玉"字对举未免纤俗。

陈廷焯《白雨斋词话》卷二:白石《石湖仙》一阕,自是有感而作,词亦超妙入神。惟"玉友金蕉,玉人金缕"八字,鄙俚纤俗,与通篇不类。正如贤人高士中著一伧父,愈觉俗不可耐。

陈廷焯《白雨斋词话》卷五:此类皆失之不检,致使敲金戛玉之词,忽与瓦缶竞奏。白璧微瑕,固是恨事。

刘乃昌《姜夔词新释辑评》:本篇不同于祝寿词多阿谀虚夸,而是以翰墨交谊的身份,紧扣对方的生活经历,由当前追述往事,再折返现境,而收结到预测来日。全词通过具体意象,着重展现友人不迷恋富贵的雅洁风致和不辱使命的坚定情操,煞拍微含激励进取之意。

点绛唇

丁未冬过吴松作[一]①

　　燕雁无心②,太湖西畔随云去③。数峰清苦④,商略黄昏雨⑤。　　第四桥边[二]⑥,拟共天随住⑦。今何许,凭阑怀古,残柳参差舞。

【编年】

　　丁未为孝宗淳熙十四年(1187)。该年春,姜夔尝由杨万里介绍,往苏州见范成大。此词或冬天自湖州再往,道经松江作(见夏承焘《姜白石词编年笺校》卷二)。又陈思《白石道人年谱》云:"此阕为诚斋以诗送谒石湖,归途所作。诗集有《姑苏怀古》诗。"

【校记】

[一]过吴松作:《绝妙词选》无"作"字。

[二]桥边:厉钞作"桥头"。

【注释】

①吴松:今江苏省苏州市吴江区。又称松江、松陵。

②燕雁:北方飞来的大雁。燕,本春秋战国之燕国地(今北京、河北一带),这里泛指北方。

③太湖：在江苏省南部。

④清苦：形容冬日山峰清寂、寥落。

⑤商略：商量，酝酿。《精选明贤词话草堂诗余》评王充《天香》（《草堂诗余》作无名氏）："重阴未解，云共雪、商量不少。"下注："古诗'云情雨意商量雪'。"按俞平伯谓"此见得雨意浓酣，垂垂欲下"，但解"商略"为"评量"，并以《世说新语·赏誉》"孙兴公、许玄度共在白楼亭，共商略先贤名达"为证，则非。

⑥第四桥：吴江城外的甘泉桥，"以泉品居第四"（《苏州府志》），故名。

⑦天随：晚唐诗人陆龟蒙（？－881?），自称江湖散人，又号天随子。"天随"是尊崇天性与自然的意思，出自《庄子·在宥》："神动而天随。"陆龟蒙是松江人，为人聪悟有高致，举进士不第，短暂在湖州、苏州做过幕僚，后一直隐居松江甫里。虽有数百亩洼田，每苦水涝，身自畚锸不休而常患饥馑。闲时携书籍、茶灶、笔床、钓具泛舟太湖。朝廷以高士召，不赴。有《甫里集》，《全唐诗》录其诗十四卷。白石向慕陆龟蒙，其诗中有"沉思只羡天随子，蓑笠寒江过一生"（《三高祠》），"三生定是陆天随，又向吴松作客归"（《除夜自石湖归苕溪》）。

【评析】

此过吴松即景怀古以抒怀，是白石名篇，也是南宋骚雅派小令的杰作，艺术水平极高。其主题或基调浑厚沉郁，富于张力。

一者全词以写景为主，情感寓于景中，可以引起多种感受。起拍写"燕雁无心""随云去"，重心在"无心"、"随云"，写出无所容心、超然无碍的意境；下一句却紧接"数峰清苦，商略黄昏雨"，冬日山间的萧条，加上黄昏的暗淡与雨前的阴寒，使"清苦"二字触目惊心，而"商略"更以拟人手法写出其萧瑟阴寒的有意酝酿。四句景语包含两种相反的情调，故沈祖棻说："首二句言本无容心，自然超脱；次二句则未免有情，仍苦执着也。"（《宋词赏析》）

一者所表现的两个人——自己和陆天随，其性情的超逸洒脱，与人生的清苦寂寥，两面共生。换头表示追随陆天随，就是白石基于人生境况和志趣相同而对陆龟蒙的倾慕。"今何许"三字，本义为现今是怎样的时候、怎样的情景，其中所暗含的，似乎是还不如陆天随当时，想像他那样可能都不行了！"今何许！"——"凭阑怀古，残柳参差舞。""凭阑"所以远眺，关合上片；"怀古"怀想天随，关合上句——而自己就是天随的影子，所以怀古即是伤今。在笔法上，沈祖棻分析得极好："柳舞本属纤柔，而'柳'上着'残'字，'舞'上着'参差'，便觉悲壮苍凉，有'俯仰悲今古'之意。"这种"悲"，是古今才人同有的悲剧命运乎？是古今王朝共同的成败兴亡乎（陆、姜分别生活在唐、宋没落的晚期）？无限哀感，以景结之，力透纸背，有余不尽。

姜白石和陆天随，是高士，也是寒士；意趣超然，也颇多苦情。姜夔在创作中，将这两方面融合为一，以清空之笔写之，造成了一种词学的极致境界。但我们千万不要因其清空超逸而忽视了另一面。这是进入白石词境的开门钥匙。深入理解《点绛唇》这首小词，可以帮助我们便捷地拿到这把钥匙。

【汇评】

卓人月《古今词统》卷三："商略"二字诞妙。

许昂霄《词综偶评》："数峰清苦"二句，道紧。

陈廷焯《词则·大雅集》卷三：字字清虚，无一笔犯实，只摹叹眼前景物而令读者吊古伤今不能自止，真绝调也。"今何许"三字提唱，"凭阑怀古"下只以"残柳"五字咏叹之，神韵无尽。

陈廷焯《白雨斋词话》卷二：白石长调之妙，冠绝南宋。短章亦有不可及者，如《点绛唇》……一阕，通首只写眼前景物。至结处云："今何许，凭阑怀古，残柳参差舞。"感时伤事，只用"今何许"三字提唱。"凭阑怀古"以下，仅以残柳五字，咏叹了之。无穷哀感，都在虚处。令读者吊古伤今，不能自止。洵推绝调。

陈匪石《宋词举》：陈氏所评（即上陈廷焯语），盖以其沉郁虚浑也。详味本词，燕春来秋去，雁秋来春去，随云来往，无所容心，开口便饶闲适之味，谓为白石自况，亦无不可。"数峰清苦"，所"商略"者又是"黄昏"之"雨"，则红尘不到，万籁俱寂，而有四顾苍茫之慨，与后遍"怀古"二字息息相关。"第四桥"即吴江城外之甘泉桥，见《苏州府志》。天随子为陆龟蒙自号，即笠泽所祀"三高"之一。通首只此二句稍实。然"拟共天随住"，又所

"商略"者,与"太湖西畔"、"无心""随云"同一境界也。"今何许",以提为转。"凭阑怀古",承上起下。"残柳参差舞",则烟水迷离之境、桑田沧海之感,兼而有之。所谓"篇终接混茫"者,仍以淡远之致出之。以词言,为小令正轨。以境言,则诚所谓"襟期洒落"、"意到语工,不期高远而自高远"者。

俞陛云《唐五代两宋词选释》:欲雨而待"商略","商略"而在"清苦"之"数峰",乃词人幽渺之思。白石泛舟吴江,见太湖西畔诸峰,阴沉欲雨,以此二句状之。"凭阑"二句其言往事烟消,仅余残柳耶?抑谓古今多少感慨,而垂柳无情,犹是临风学舞耶?清虚秀逸,悠然骚雅遗音。

唐圭璋《唐宋词简释》:此首过吴松作,通首写景,极淡远之致,而胸襟之洒落亦可概见。起写燕雁随云,南北无定,实以自况,一种潇洒自在之情,写来飘然若仙。"数峰"两句,体会深山幽静之境,亦极微妙。"清苦"二字,写山容欲活,盖山中沉阴不开,万籁俱寂,故觉群峰都似呈清苦之色也。"商略"二字,亦生动,盖当山雨欲来之际,谛视峰与峰之状态,似商略如何降雨也。换头,申怀古之意。"今何许"三字提唱,"凭阑"两句落应,哀感殊深。但捉住残柳一点言之,已见古今沧桑之异。用笔轻灵,而令人吊古伤今,不能自止。

夜行船

己酉岁,寓吴兴①,同田几道寻梅北山沈氏圃②,载雪而归。

略彴横溪人不度③。听流澌[一]④、佩环无数。屋角垂枝,船头生影,算唯有春知处。　　回首江南天欲暮,折寒香、倩谁传语。玉笛无声,诗人有句。花休道轻分付⑤。

【编年】

己酉为孝宗淳熙十六年(1189)。

〔一〕流澌:张本"澌"作"嘶"。

【注释】

①吴兴:今浙江湖州。

②田几道:生平未详。《白石诗集》有《寄田郎》一首,当是其人。北山
沈氏圃:吴兴宋时有南北沈尚书二园,北沈乃沈宾王尚书园,在城北奉胜门
外。宾王号北村,又名自足。见《癸辛杂识》前集。

③略彴(zhuó):独木桥。彴,《广韵》:"横木渡水也。"李商隐《和郑愚赠
汝阳王孙家筝妓二十韵》:"长彴压河心,白道连地尾。"苏轼《同王胜之游蒋
山》:"略彴横秋水,浮图插暮烟。"

④流澌:解冻时冰水混流。澌,通"嘶",流冰。

⑤分付:交付、交给。苏轼《洞仙歌》:"江南腊尽,早梅花开后,分付新
春与垂柳。"

【评析】

此赏梅词,清谧之境中微寓怀人之情。上片描绘了一幅绝美的荡舟赏
梅图。"屋角"就是沈尚书园林之一隅。江南水乡,河汊纵横,居处有水道,
出行十分方便,作者与友人荡舟而至。眼前一架独木桥静静地横卧溪流之
上,溶化的流冰互相撞击,犹如美人环佩的叮咚之声,清脆悦耳。在这清谧
优美的环境之中,数枝梅花斜展低垂,倒影在船头清晰可见。以"垂枝"和
"生影"写梅,完全是林逋名句"疏影横斜水清浅"的意境。"人不度"是说无
人度(状静谧),也是船行到此不度过(驻此赏梅)。"算唯有春知处"是耐寒
的梅花最早预示春的信息。下片用两个有关梅花的典故成篇,稍嫌凑合。
折梅而无人可为寄远,是用北魏陆凯《赠范晔》"折梅逢驿使,寄与陇头人。
江南无所有,聊赠一枝春"的典故,隐含怀人之怅惘。笛曲有《梅花落》,常
作为典故用来写落梅;此写"玉笛无声",是说梅之方开(尚不及凋落之时)。
"花休道,轻分付"是"诗人有句"语,指休说轻易将自己交付给《梅花落》这
样的话,表示惜花,要梅花珍重芳华,与怀人之情互相映射。全词赋梅而不
出一"梅"字,有讲究。

浣溪沙

己酉岁，客吴兴①，收灯夜阖户无聊②，俞商卿呼之共出[一]③，因记所见。

春点疏梅雨后枝。剪灯心事峭寒时④。市桥携手步迟迟⑤。　蜜炬来时人更好⑥，玉笙吹彻夜何其⑦。东风落靥不成归⑧。

【编年】

己酉为孝宗淳熙十六年(1189)。

【校记】

[一]共出：陆本、张本、厉钞“共”皆作“不”，误。由“因记所见”、“市桥携手”等，即当为“共出”。

【注释】

①吴兴：今浙江湖州。

②收灯夜：指元宵节过后灯节结束之夜，即正月十六日夜。孟元老《东京梦华录》卷六：“至十九日收灯。”吴自牧《梦粱录》卷一：“至十六夜收灯”。盖前者所记为北宋风习，后者所记为南宋风习。

③俞商卿：俞灏，字商卿，世居杭州，晚年筑室杭州西湖九里松，有《青松居士集》。

④剪灯心事：指怀念家人的情怀。李商隐《夜雨寄北》：“君问归期未有期，巴山夜雨涨秋池。何当共剪西窗烛，却话巴山夜雨时。”剪灯，犹挑灯，古代灯盏烧动植物油脂，灯芯上易结灯花，需不断将其挑去或剪去，使灯光明亮。

⑤迟迟：徐行貌。《诗经·邶风·谷风》：“行道迟迟，中心有违。”

⑥蜜炬：蜡烛，烛用蜜蜡(蜂房含蜡)所制，故称。此指灯。

⑦吹彻:吹尽。"彻",大曲中的最后一遍。"吹彻"意谓吹到最后一曲。李璟《山花子》:"细雨梦回鸡塞远,小楼吹彻玉笙寒。"夜何其:夜已何时。《诗经·小雅·庭燎》:"夜如何其? 夜未央。"

⑧靥:面颊上的酒窝,此比喻娇嫩的梅花。

【评析】

此元宵出游观灯怀人。起句疏梅雨后为时令之景,次句灯节挑灯不眠与春寒劲峭之感,皆因怀人之故。第三句应友人之邀出游,携手缓步,是夜行观灯情景。过遍先写挑灯而游之人比灯更灿烂,再写歌吹不断直至深夜,分别撷取所见、所闻着笔。结拍与起拍相应,"东风落靥"应"疏梅雨后","不成归"应"剪灯心事"——梅落春归而人不能归,怀人思乡之情蕴含至深。这种结构和表情方式,就是所谓"沉郁顿挫"。不细心体察,以"不成归"为写看灯的人乐而忘返,到深夜不肯归去,乃浅赏致误也。

琵琶仙

《吴都赋》云:"户藏烟浦,家具画船。①"唯吴兴为然②。春游之盛,西湖未能过也。己酉岁,予与萧时父载酒南郭③,感遇成歌。[一]

双桨来时,有人似、旧曲桃根桃叶④。歌扇轻约飞花⑤,蛾眉正奇绝。春渐远、汀洲自绿⑥,更添了、几声啼鴂⑦。十里扬州,三生杜牧,前事休说⑧。　又还是、宫烛分烟[二]⑨,奈愁里、匆匆换时节。都把一襟芳思[三],与空阶榆荚⑩。千万缕、藏鸦细柳⑪,为玉尊、起舞回雪⑫。想见西出阳关⑬,故人初别。

【编年】

己酉,即孝宗淳熙十六年(1189)。

57

【校记】

［一］小序《绝妙词选》仅"吴兴感遇"四字；《绝妙好词》作"吴兴春游"。《词综》仅"吴兴"二字。又唐圭璋《全宋词》调名下有"黄钟宫"，谓从《彊村丛书》本《白石道人歌曲》卷四录出，查《彊村丛书》(三次校补印行)本《白石道人歌曲》卷四其调下无宫调注。

［二］宫烛：陆本"宫"作"官"，误。此用唐诗"汉宫传烛"典。分烟：柯南陔刊本《绝妙好词》"分"作"生"。

［三］都把：张本"都"作"多"。

【注释】

①烟浦：绿树苍翠如烟的水岸。画船：有彩绘的华美游船。按：此处引文，实为《唐文粹》中李庚《西都赋》语："户闭烟浦，家藏画舟。"白石记忆有误。(据顾广圻《思适斋集·姜白石集跋》)。

②吴兴：今浙江湖州。

③萧时父：白石叔岳丈萧德藻的侄子。南郭：南城外。《管子·度地》："内为之城，城外为之郭。"

④旧曲：旧时坊曲。郑文焯《清真集校》："倡家谓之曲，其入选教坊者，居处则曰坊。"桃根桃叶：晋王献之爱姜名桃叶，其妹名桃根。夏承焘《姜白石词编年笺校》云："此湖州冶游，枨触合肥旧事之作，'桃根桃叶'比其人姊妹。合肥人善琵琶，《解连环》有'大乔能拨春风'句，《浣溪沙》有'恨入四弦'句，可知此调名《琵琶仙》之故(此调始见于《白石集》，《词律》十六，《词谱》廿八皆谓是其自创)。

⑤约：阻止，阻拦。程垓《凤栖梧》："门外飞花风约住。"

⑥汀洲：水中小洲。《九歌·湘夫人》："搴汀洲兮杜若，将以遗兮远者。"

⑦啼鹃：即杜鹃，又名子规。传说杜鹃啼声似"不如归去"，所以诗词中常作思念家乡和亲人的意象。

⑧"十里扬州"三句：自比为杜牧后生，怀念旧游美好，感慨前情不堪回首。杜牧《遣怀》："十年一觉扬州梦，赢得青楼薄幸名。"(按杜牧30余岁在扬州牛僧孺幕实为两年)又黄庭坚《广陵早春》："春风十里珠帘卷，仿佛三

生杜牧之。"三生,佛教语,指前生、今生、来生。

⑨宫烛分烟:代指寒食节。古代寒食日(清明节前一日)禁火,节后宫中取新火传赐群臣。韩翃《寒食》:"日暮汉宫传蜡烛,青烟散入五侯家。"

⑩"都把"二句:意谓把满怀的美好愿望付与无情之物。韩愈《晚春》:"扬花榆荚无才思,唯解漫天作雪飞。"榆荚,榆树的果实,也称榆钱(形似钱串)。

⑪藏鸦细柳:形容柳条生长繁茂。周邦彦《渡江云》:"千万丝、陌头杨柳,渐渐可藏鸦。"

⑫回雪:指柳絮回旋飘舞。

⑬阳关:在今甘肃敦煌西南,因居玉门关之南,故称。王维《送元二使安西》:"渭城朝雨浥轻尘,客舍青青柳色新。劝君更进一杯酒,西出阳关无故人。"所谓"想见",盖感受与之相同而起共鸣也。

【评析】

此词以春游起兴,影写离情,为白石极见功力之作。起笔写所遇:画船远来,船中人似当时坊曲中那一双姊妹。接笔特写此所遇之人:"歌扇轻约飞花",其人情态美妙;"蛾眉正奇绝",其人面容出众("正"为副词,义为恰是。"奇绝"者,非凡也)。下写所感,虽由所遇似"故人"者引发,但写来却从眼前景物着笔:春天的景物都是春光的流逝,所以"汀洲自绿"不过是"春渐远"之脚步,何况"更添了、几声啼鴂"(杜鹃又名"催春鸟",故有"啼鴂鸣百花歇"之说)!春去之景用递进之笔来写,看似平淡而实含深情。"十里扬州"三句,用杜牧之典,映射与眼前"眉目奇绝"之人相似的"故人"的情事,即所谓"前事"是也。"休说",是说之难受不愿说,而过遍却偏又说起。"又还是"在时间上映照过去那也是在"宫烛分烟"时的情事,但因不愿说,所以一提即转,而说眼前春去夏来"匆匆换时节",与上片"春渐远"照应。就愁中换时节之感铺一笔:"把一襟芳思,与空阶榆荚"——满腔深情(芳思),如榆荚一样凋落在伊人不在的台阶上。"千万缕"两句回接"又还是",也是以现前映照过去。当日别筵,亦在"千万缕藏鸦细柳"、飞絮如雪之时,"起舞"是柳絮飞舞,也是伊人筵前离别之舞。结拍"想见""故人初别"之时"为玉尊、起舞回雪"的情景,遥缩起拍"有人似",文思绵密。全词由所遇引

59

起所感,抓住所遇之人与"故人"相似、当前之景与"故人初别"时节一致,中间用杜牧的典故,用"又还是"、"奈愁里"、"想见"等词语回环勾连,今与昔、景与人、眼前所见与情思所结,错落杂出而榫卯密合、浑然一体。正因为如此,深心里对伊人念念不忘的浓情蜜意,都在描写眼前之人与景及历史典故的映射之中透出,只是最后一句"故人初别"才明加提点。张炎说:"情至于离,则哀怨必至,苟能调感怆于融会中,斯为得矣。……离情当如此作(按:即白石《琵琶仙》),全在情景交炼,得言外意。"俞陛云说,此词藉感遇、景物以怀人,"便无滞相,其佳处在空灵也"。总之,这首词以曲折顿宕之结构与笔无滞相之空灵(亦谓之"情思绵邈"),而成为白石词的力作。所谓白石"清刚",当于此中参取。

又,前人将白石此词与秦观《八六子》并称,二词皆为念别伤离、情景交融之佳作。秦词:"倚危亭,恨如芳草,萋萋刬尽还生。念柳外青骢别后,水边红袂分时,怆然暗惊。 无端天与娉婷。夜月一帘幽恨,春风十里柔情。怎奈向、欢娱渐随流水,素弦声断,翠绡香减,那堪片片飞花弄晚,蒙蒙残雨笼晴。正销凝,黄鹂又啼数声。"其情意与景象都向柔婉处用力。与之相比,姜夔此词显得疏宕清劲,用笔较硬朗。

【汇评】

张炎《词源》:矧情至于离,则哀怨必至,苟能调感怆于融会中,斯为得矣。白石《琵琶仙》云……离情当如此作,全在情景交炼,得言外意。

沈际飞《草堂诗余》正集:"春草碧色,春水绿波;送君南浦,伤如之何?"四语约是此篇。

又:融情会景,与少游《八六子》词共传。

许昂霄《词综偶评》:"都把一襟芳思"至末,句句说景,句句说情,真能融情景于一家者也。曲折顿宕,又不待言。

周济《宋四家词选》:开头四句顺逆相足。

王闿运《湘绮楼词选》:此又以作态为妍。

陈廷焯《词则·大雅集》卷三:似周、秦笔墨而气格后上。"前事休说"四字咽住,藏得许多情事在内。

俞陛云《唐五代两宋词选释》:此在客吴兴时感遇而作。首四句叙往事，"春渐远"三句叙别后光阴，写愁中闻见，以疏秀之笔书之。下阕感节序而伤离，榆钱柳絮，皆借物怀人，便无滞相，其佳处在空灵也。

陈匪石《宋词举》："双桨来时"，从所遇说起，破空而来，笔势陡健，与他词徐徐引入者不同。固知未必即系故人，而觉其相似。"扇约飞花"，是人是景，又心目中认为相似者，所以为"奇绝"也。"春渐远"一转，不说其人之似是实非，但就景物言之："汀洲"绿矣，鹈鴂鸣矣。种种皆旧游不堪回首之象，则"旧曲"之"桃根桃叶"必难重遇，可以推知。妙在构一迷离惝恍之境，欲不说破而又不肯终不说破，故其下即痛快言之曰"十里扬州，三生杜牧，前事休说"，突换老辣之笔。所谓纤徐为妍、卓荦为杰者，于寸幅中见之。"野云孤飞"之境，即此是也。过变从"前事休说"翻出。"又还是"一转，风景依稀似昔，非不可说；"奈愁里"再转，流年逝水，去不可回，竟无从说。因念"空阶榆荚"忽生忽落，变化随时，不能自主，本一无情之物，"一襟芳思"都付之而无所萦怀，无是事，亦无是理；然鹈鴂先鸣，众芳皆歇，乃不得不付与之，真所谓"休说"者矣。顾人心之转换无常，见榆荚之飞，则寸心灰尽；见杨柳之舞，又情思飘扬。"藏鸦细柳"，"舞回雪"之容，今日所见，犹是当日别筵所见，其对"西出阳关"之"故人"劝以更进杯酒者，令人不追想而不得，则又如何意绪耶！全篇以跌宕之笔写绵邈之情，往复回环，情文兼至。结拍想到"初别"，即行收住，尤觉余味曲包，非徒以清刚胜也。张炎评之曰："离情当如此作，全在情景交融，得言外意。"读者宜深味之。

唐圭璋《唐宋词简释》：此首感怀旧游，情景交胜，而文笔清刚顿宕，尤人所难能。起写画船远来，中载有人，因远处隐约不清，仿佛旧游之人，故曰"似"。次写画船渐近，确似当年蛾眉，故曰"正"。"扇约飞花"，写景写人并妙。"春渐远"两句，一气径转，秀逸绝伦；不写人虽似实非之恨，但写出眼前见闻，以见旧游不堪回首之情。"十里扬州"三句，言前事之可哀，因说来伤感，故不如不说之为愈，语亦沉痛。换头，因景物似昔，颇感时光迁流之速。"都把"两句，因前事怕说，愁恨难消，故只有将无聊情思，付与榆荚。"千万缕"两句，言细柳起舞，更增人悲感。末句，回想当年初别时之情景，正与今同，亦有无限感伤。

61

鹧鸪天

己酉之秋[一]，苕溪记所见①。

京洛风流绝代人②，因何风絮落溪津③。笼鞋浅出鸦头袜④，知是凌波缥缈身⑤。　　红乍笑，绿长嚬[二]⑥。与谁同度可怜春⑦。鸳鸯独宿何曾惯，化作西楼一缕云⑧。

【编年】

己酉，为孝宗淳熙十六年(1189)。

【校记】

[一]己酉之秋：《绝妙词选》无此四字。

[二]绿长嚬：《绝妙词选》"嚬"作"颦"。按："嚬"同"颦"。

【注释】

①苕溪：一名苕水，源出浙江天目山。相传夹岸多苕花(芦苇花穗)，故名。

②京洛：即洛阳，东汉建都于此，故称京洛。此或借指京城临安。

③风絮：本指柳絮，此指苕花，喻词中所写的风尘女子身世飘零。

④鸦头袜：一种拇指与其它四指分开的布袜。李白《越女词》之一："屐上足如霜，不著鸦头袜。"

⑤凌波：形容女子身姿轻盈。曹植《洛神赋》："体迅飞凫，飘忽若神。凌波微步，罗袜生尘。"

⑥绿长嚬：黛眉长蹙。按：隋炀帝幸江都，摆舟女子争效为长蛾眉，司客吏遂每日给其螺子黛五斛，号为蛾绿。

⑦与谁同度可怜春：化用贺铸《青玉案》"锦瑟年华谁与度？月桥花院，琐窗朱户，只有春知处"，"与谁"二字暗含无人可真正托付春光之意。

⑧化作西楼一片云：暗用《高唐赋》"云雨"事。宋玉《高唐赋》谓：楚襄

王游云梦高塘,梦中巫山神女愿荐枕席,王因幸之。去而辞曰:"妾在巫山之阳,高丘之阳,旦为朝云,暮为行雨,朝朝暮暮,阳台之下。"

【评析】

此咏妓词。所写为一京城妓女像柳絮一样飘落到苕溪渡口的命运。"上片,首句仪容,次句身世,三句装束,四句总赞。过片两句着色,'红',樱口;'绿',翠眉。'乍笑',乐少;'长嚬',愁多。'与谁'句,贺铸《青玉案》所谓'月桥花院,琐窗朱户,只有春知处'也。'鸳鸯'句从杜诗《佳人》'合昏尚知时,鸳鸯不独宿'出,而化虚为实。'化作'句,暗用《高唐赋》。下片皆自'风絮落溪津'生发。"(沈祖棻《宋词赏析》)词中"风絮"、"缥缈"、"红乍笑,绿长嚬",皆写这名女子飘零悲愁的命运。末三句所谓"可怜春"(可怜义为可爱、可贵)、"独宿何曾惯"与"旦为朝云,暮为行雨"典故,实写风尘女子生活,用"与谁"二字提起,多少包含一些担忧与同情。尤其最后一句"一缕云"与前"风絮"、"缥缈"不无照应。但"与谁同度"、"鸳鸯独宿"两句与上片四句不相称,更无法与白居易"同是天涯沦落人"感同身受的同情相比,李调元谓其"韵高笔妙",直是大言欺人。

【汇评】

李调元《雨村词话》卷三:姜白石夔《鹧鸪天》词三首,如"鸳鸯独宿何曾惯,化作西楼一缕云",不但韵高,亦由笔妙。何必石湖所赞自制曲之敲金戛玉声、裁云缝月手也。

念奴娇

予客武陵①,湖北宪治在焉②。古城野水,乔木参天。予与二三友日荡舟其间,薄荷花而饮③,意象幽闲,不类人境。秋水且涸,荷叶出地寻丈④。因列坐其下,上不见日,清风徐来,绿云自动,间于疏处窥见游人画船,亦一乐也。揭来吴兴⑤,数得相羊荷花中⑥。又夜泛西湖⑦,光景奇绝。故以此句

写之。[一]

闹红一舸⑧，记来时、尝与鸳鸯为侣[二]。三十六陂人未
到⑨，水佩风裳无数⑩。翠叶吹凉[三]，玉容销酒⑪，更洒菰蒲
雨⑫。嫣然摇动，冷香飞上诗句。　　　日暮青盖亭亭⑬，情人
不见，争忍凌波去⑭。只恐舞衣寒易落，愁入西风南浦⑮。高
柳垂阴，老鱼吹浪⑯，留我花间住。田田多少⑰，几回沙际
归路。

【编年】

此词作于宋孝宗淳熙十六年(1189)。夏承焘《姜白石词编年笺校》卷
二:"姜虬绿《白石道人诗词年谱》:'考千岩老人曾参议湖北,公客武陵,殆
客萧邸耶。'案杨万里《诚斋集》(一一三)《淳熙荐士录》,萧德藻千岩为湖北
参议在淳熙十二年乙巳(1185)。陈思《白石道人年谱》谓白石于丁未、己酉
之间始往来临安、吴兴,定此词为己酉年到临安游西湖之作。若然,则此词
小序前段所述乃追忆作词前之十二三年之事。兹姑依其说。"按:夏说末句
误。淳熙十六年己酉(1189)距淳熙十二年乙巳(1185)仅四五年耳,且《夏
承焘集》本亦未订正。

【校记】

[一]小序《绝妙词选》仅"吴兴荷花"四字;《词综》仅"荷花"二字。

[二]尝与:《绝妙词选》"尝"作"长";厉钞、《词综》作"常"。

[三]吹凉:厉钞作"招凉"。

【注释】

①武陵:宋朗州武陵郡,即今湖南常德。

②湖北宪治:宋朝荆湖北路提点刑狱官署。

③薄:迫近,靠近。

④寻:古代长度单位,八尺为一寻。

⑤朅来:来到。朅(qiè),发语辞,略同"聿(yù)来"。辛弃疾《念奴娇·
戏赠善作墨梅者》:"疑是花神,朅来人世,占得佳名久。"

⑥相羊:同"徜徉"。徘徊,游玩。

⑦西湖:指杭州西湖。

⑧闹红:盛开的荷花。舸(gě):小船。

⑨三十六陂:即无数水塘,宋人习用。参见《惜红衣》(簟枕邀凉)注⑬。

⑩水佩风裳:以美人衣饰形容荷花高洁。李贺《苏小小墓》:"风为裳,水为佩。"

⑪玉容销酒:形容荷花红晕的颜色,仿佛美人酒后脸颊泛红。销,化开,泛。此指酒后红晕在脸颊泛开。

⑫菰、蒲:都属水草。菰,俗称茭白;蒲,即蒲草。

⑬青盖亭亭:形容荷叶高擎似亭亭玉立的仙子。

⑭凌波:形容女子步态轻盈。曹植《洛神赋》:"体迅飞凫,飘忽若神。凌波微步,罗袜生尘。"

⑮南浦:本在福建浦城县城南门外,江淹曾任浦城令,其《别赋》云:"送君南浦,伤之如何!"泛指送别之地。

⑯老鱼吹浪:大鱼在水面唼水造成无数浪圈。

⑰田田:片片荷叶浮于水面的样子。汉乐府《江南曲》:"江南可采莲,莲叶何田田。"

【评析】

此咏荷词,思逸语俊,堪称古今无二(有人统计宋咏荷词共 147 首,盖无出其右者)。起"闹红一舸"写荷花之盛,这船儿一路有摇荡清波的鸳鸯相伴,不仅画面优美,而且极富情致,所以俞陛云说"工于发端"。下一连七句,正面铺写荷花,俊语纷披,形神兼至。最妙是用拟人手法,把荷花人格化,写出了其风华清逸的姿韵。"水佩风裳"、"嫣然摇动"、"玉容销酒",美轮美奂;"翠叶吹凉"、"更洒菰蒲雨",富于意境;"冷香飞上诗句",融诗意与花香于一体。过遍,"日暮"为换一幅笔墨写荷作气氛铺垫。"日暮"三句,由荷花青春之盛虑及凌波凋去,中著"情人不见"一语,写出无限依依与惆怅;"只恐"两句,暗用李璟《山花子》词意:"菡萏香销翠叶残,西风愁起绿波间。还与韶光共憔悴,不堪看",融入无限珍惜与忧愁。"南浦"巧带别情,下文先曲一笔,以"留"写别。结末"田田"二句,用倒叙法,回忆初出水时即多少次相赏与相别,临别依依之一往情深,而以赋笔出之,正是四两拨千斤的功力!

这首词历来颇受词学专家好评,但王国维说它"隔",也有人说它"缺少直指人心的艺术魅力"。盖王氏早年论词而晚岁并不愿提起,因其中确有一些不成熟之论(如其对周邦彦就彻底推翻了自己早年的论断),所以此评不能作数。至于说"缺少直指人心的艺术魅力",是没有领会词中那种无限赏爱、万般珍惜、依依流连之情——这是一种十分重要、很有感染力的人生情怀,怎么会到不了人心里去呢?!

另,这首词既有进入一个纯美世界的悠然意度,又有活生生的感性,最好的概括是"清丽"。其中笔致不无"清空"色彩,但谓其"如仙人行空,足不履地",亦言之太过。张炎所谓"不惟清空,亦且骚雅",唐圭璋"俊语纷披,意趣深远",是帮助读此词最相宜的话。

【汇评】

卓人月《古今词统》卷十三:"冷香"六字,鬼工也。 ("高柳"二句)写出鱼柳深情,使人不能自绝。

陈廷焯《词则·大雅集》卷三:好句欲仙。炼意炼句归于纯雅。

梁启超《饮冰室评词》:麦丈(麦孺博)云:俊语。

王国维《人间词话》:美成《苏幕遮》词:"叶上初阳干宿雨,水面清圆,一一风荷举。"此真能得荷之神理者,觉白石《念奴娇》、《惜红衣》二词犹有隔雾看花之恨。

俞陛云《唐五代两宋词选释》:此调工于发端。"闹红"四字,花与人皆在其中。以下三句咏荷及赏荷之人,皆从空际着想。"翠叶"三句略点正面。接以"嫣然"二句,诗意与花香俱摇漾于水烟渺霭之中。下阕怀人而兼惜花,低回不去,而留客赏荷者,托诸"柳阴"、"鱼浪",仍在空处落笔。通首如仙人行空,足不履地,宜叔夏读之,"神观飞越也"。

唐圭璋《宋词简释》:此首写泛舟荷花中境界,俊语纷披,意趣深远。首言与鸳鸯为侣,即富逸趣。"三十六"两句,写湖远无人,荷叶无数,亦清绝幽绝。"翠叶"三句,兼写荷叶及雨、酒、菰蒲。"嫣然"两句,写荷花姿态生动,不说人闻香,而说冷香飞来,缀句峭俊。换头,言日暮不忍便去。"只恐"两句,言终于归去,仍扣住莲叶作收。上片写景,下片笔笔转换,一往情深。

浣溪沙

辛亥正月二十四日,发合肥①。

钗燕笼云晚不忺②。拟将裙带系郎船。别离滋味又今年。 杨柳夜寒犹自舞,鸳鸯风急不成眠。些儿闲事莫萦牵。

【编年】

辛亥,为光宗绍熙二年(1191)。

【注释】

①合肥:今安徽合肥,宋时为庐州治所。夏承焘《姜白石词编年笺校》卷三:"白石情词明著时地与事缘者,此首最早(此前丙午客山阳作《浣溪沙》,犹隐约其辞),时白石年将四十。初遇当在淳熙丙申、丙午间,至此盖十余载矣。"

②钗燕:镶有飞燕形装饰的发钗。笼云:收罗、拢住如云秀发。忺(xiān):快乐,适意。

【评析】

此合肥惜别词。上片从女方着笔。晚妆"钗燕笼云",着意打扮,但心中不乐,因为又一次的离别滋味难以忍受。"拟将裙带系郎船",以巧妙的修辞写出欲留留不住的深情与无奈。下片想象津渡河上(明朝出发处)的景象,岸上"杨柳犹自舞",似不知人之将别;水中"鸳鸯不成眠",似也为相恋不能相守所扰。一反一正都是写离情,再著以"夜寒"、"风急",把气氛渲染得十分凄伤。结拍却接一句强作慰勉之词:"些儿闲事莫萦牵!"这种手法曹植《赠白马王彪》后就不断被诗人使用,其实就是以慰勉写苦情:"莫萦牵"正是无法"莫萦牵"也。

满江红

《满江红》旧调用仄韵[一]，多不协律。如末句云"无心扑"三字①，歌者将"心"字融入去声，方谐音律。予欲以平韵为之，久不能成。因泛巢湖②，闻远岸箫鼓声，问之舟师③，云："居人为此湖神姥寿也④。"予因祝曰："得一席风径至居巢⑤，当以平韵《满江红》为迎送神曲。"言讫，风与笔俱驶[二]，顷刻而成。末句云"闻佩环"，则协律矣。书以绿笺，沉于白浪，辛亥正月晦也⑥。是岁六月，复过祠下，因刻之柱间。有客来自居巢云："土人祠姥，辄能歌此词。"按曹操至濡须口⑦，孙权遗操书曰："春水方生，公宜速去。"操曰："孙权不欺孤。"乃徽军还⑧。濡须口与东关相近⑨，江湖水之所出入。予意春水方生，必有司之者，故归其功于姥云。

仙姥来时，正一望千顷翠澜。旌旗共乱云俱下[三]，依约前山⑩。命驾群龙金作轭⑪，相从诸娣玉为冠⑫。向夜深、风定悄无人，闻佩环。　　神奇处，君试看。奠淮右⑬，阻江南⑭。遣六丁雷电⑮，别守东关。却笑英雄无好手，一篙春水走曹瞒⑯。又怎知、人在小红楼，帘影间。

【编年】
辛亥，为光宗绍熙二年(1191)。

【校记】
[一]旧调：张本"调"作"词"。
[二]俱驶：张本、陆本"驶"作"駃"。按：駃(kuài)，同"快"。

[三]共乱云:《词谱》"共"作"与"。

【注释】

①无心扑:周邦彦《满江红》(昼日移阴)结句:"最苦是、蝴蝶满园飞,无心扑。"

②巢湖:在今安徽合肥东南六十里,也称焦湖。

③舟师:犹言"舟子",驾船的艄公。

④湖神姥(mǔ):巢湖女神。据《舆地纪胜》,巢湖圣姥庙在城左厢明教台上。

⑤居巢:古县名,故城在今安徽巢湖境内。

⑥辛亥正月晦:宋光宗绍熙二年(1191)正月最后一日。晦,阴历月末一日。

⑦濡须:古水名,源出巢湖,入长江,为古代江淮间交通要道。一说濡须口为堡坞名,建安十七年(212),孙权据濡须水口筑堡以拒曹操,故名。

⑧此汉建安十八年(213)事,见于《三国志·吴书·吴主传》注引《吴历》。彻,通"撤",撤退。

⑨东关:故址在巢湖东,三国时吴筑,隔濡须水与西关相对。

⑩依约前山:这是说仙姥仪仗如云下落,仿佛落在前山。依约,隐约。

⑪轭:套在马颈上作拉车用的曲木。

⑫诸娣:神姥的随从仙姑。娣,本为古代随嫁女子。此句下有白石自注:"庙中列坐如夫人者十三人。"

⑬奠淮右:守护淮南西路一带。奠,定。淮右,宋时在淮扬一带设淮南东路和淮南西路,淮南西路称淮右(在淮水之西)。巢湖属淮右地区。

⑭阻江南:屏护江南。

⑮六丁:道教中,掌管雷电等的天神。韩愈《调张籍》:"仙宫敕六丁,雷电下取将。"

⑯曹瞒:曹操的小名。《三国志·魏书·武帝纪》裴松之注:"太祖一名吉利,小字阿瞒。"

【评析】

此咏仙词,所咏为巢湖仙姥。上片写"仙姥来时"景象,"一望千顷翠

69

澜",以巢湖的恢宏气势作衬托;"旌旗"以下,写仙姥车驾、仪仗的富丽华贵,本是难以起审美兴会之笔,一用"共乱云俱下,依约前山",一用"向夜深、风定悄无人,闻佩环",提起意兴,增强审美趣味。下片写仙姥的神奇威力,"奠淮右,阻江南。遣六丁雷电,别守东关",功绩非凡,但却似泛写;下用曹操出兵江南,在濡须口为春潮所退的历史故事,把泛写落实,使神奇的神话传说人物走进真实的人间。"却笑英雄无好手"一句调侃,为夺疆守土的沉重战事注入诙谐的意趣。结句最妙,说这么神奇非凡、连孙权也办不了的事,是一个女子"在小红楼帘影间"完成的。全词一句一转,步步出奇,无一笔稍弱。此种题材,却毫无敷写之弊。白石自述当时健笔直落,"风与笔俱驶,顷刻而成",可见此词体现了作者难得的才情兴会。又,作者改用平韵应律,使此词音调浏亮谐婉,琅琅上口,读者可吟诵以会之。

【汇评】

刘克庄《后村先生大全集·诗话续集》:姜尧章有平声《满江红》……此阕佳甚,惜无能歌之者。

俞陛云《唐五代两宋词选释》:此调用平韵,为白石所创,格调高亮,后来词家每效之。……杨诚斋评白石诗有"敲金戛玉之奇声",此词音节,颇类其评语。

淡黄柳 正平调近

客居合肥南城赤阑桥之西①,巷陌凄凉,与江左异②。唯柳色夹道,依依可怜。因度此阕,以纾客怀③。

空城晓角。吹入垂杨陌。马上单衣寒恻恻④。看尽鹅黄嫩绿⑤,都是江南旧相识。　　正岑寂[一]⑥,明朝又寒食⑦。强携酒、小桥宅[二]⑧,怕梨花落尽成秋色。燕燕飞来,问春何在,唯有池塘自碧。

【编年】

据夏承焘《姜白石词编年笺校》卷三及附录《行实考·合肥词事》,该词作于光宗绍熙二年(1191)。

【校记】

[一]正岑寂:《绝妙词选》、明钞《绝妙好词》、《花草粹编》、《词律》,此三字皆属上片。

[二]小桥宅:陆本"桥"作"乔"。

【注释】

①白石客居合肥赤阑桥约在宋绍熙二年(1191)。其《送范仲讷往合肥》诗云:"我家曾住赤阑桥,邻里相过不寂寥。君若到时秋已半,西风门巷柳萧萧。"

②江左:指江南,亦称江东。古人在地理上以东为左,以西为右,盖由坐北面南而然。

③纾(shū):缓和,解除。

④恻恻:寒冷之感,亦作"侧侧"。周邦彦《渔家傲》:"几日轻阴寒恻恻。"

⑤鹅黄嫩绿:形容柳叶如鹅绒一样金黄,似青草一般嫩绿。

⑥岑寂:寂寞。杜甫《树间》:"岑寂双柑树,寂寞一院香。"

⑦寒食:旧时清明前一天为寒食节,相传起于晋文公悼念介子推。是日禁烟禁火。

⑧小桥宅:代指合肥情人处。一说指序中赤阑桥之西客居处。夏承焘《姜白石词编年笺校》:"郑文焯校:'"桥"陆本作"乔",非是。此所谓"小桥"者,即题叙所云"赤阑桥之西"客居处也。故云"小桥宅"。若作"小乔",则不得其解已。《绝妙好词》亦作"桥",可证。'按:郑说非,《解连环》亦有'大乔''小乔'句,张本正作'桥'。《三国志·周瑜传》大小桥皆从'木'。乔姓本作'桥'……是姜词作'桥'不误也。且词云'强携酒小桥宅',其非自己寓居之赤阑桥甚明。此小桥盖谓合肥情人也。"

【评析】

此词所写,夏承焘定为合肥情侣,陈匪石亦谓"小桥"指所眷之人,而词中漫溢着身世之感和世事之哀，是将各种情怀打并在一起，而又空灵恍惚的名篇，是姜夔"清空"风格十分鲜明的一首代表作。序文"纾客怀"将身世漂泊之感点明，而"合肥……巷陌凄凉，与江左异"，将南宋半壁江山的殆危揭出，所以陈匪石说："就合肥之地当时视为边城者观之，寓意极深。"盖自建炎三年(1129)、绍兴十一年(1141)金兀术两次南犯，加之荆湖两淮地区盗匪四起，悬于江北前线的合肥，繁华凋尽，所以起拍之"空城"，绝非泛笔，角声飘荡在广袤的巷陌之上，更加强了其空旷之感。"马上"一句出客子，漂泊者面对空城之萧条、角声之凄咽，更觉衣服单薄、寒气袭人。听觉、气氛感觉之后，加写视觉："看尽"二句，是即景描绘的一点亮色，但"都是江南旧相识"，点出与"江南"对比，而柳色无异旧时、无异江南可人的样子，不过让人聊以"解嘲"罢了！所以紧接"正岑寂"，承上而启下。启下者，与"又"字呼应，转出时令一层。携酒访艳，应寒食节过节之事，而着一"强"字，见得落寞无绪之苦情。"岑寂"照应"空城"，自然的"鹅黄嫩绿"之所在不过一座空城！此为承上。所谓"如此凄凉，何心携酒"也。"怕"字句补一笔，申足过节时趁春强乐之意。但春倏忽而去，故结拍以燕燕问答，深寓花落春尽之感；"唯有池塘自碧"，则其余都无，暗应起手之"空"——城空、春空，凄寒客子之感思，不言而自见。全词绘景赋事，句句鲜明，而寓情纾感，都在隐微之间，向虚处生发。这种虚实妙合的艺术表现，是姜夔词独诣之境，即张炎所谓"清空"者也。

【汇评】

张炎《词源》：白石词如……《淡黄柳》等曲，不惟清空，又且骚雅，读之使人神观飞越。

谭献《谭评词辨》：白石、稼轩，同音笙磬，但清脆与鞺鞳异响，此事自关性分。（评此词起句）

王闿运《湘绮楼词选》：亦以眼前语妙。

郑文焯校《白石道人歌曲》：长吉有"梨花落尽成秋苑"之句，白石正用以入词，而改一"色"字协韵。当时清真、方回多取贺诗秀句为字面。

陈匪石《宋词举》：调属引、近一类，为小令入慢曲之关键。但南宋人令、近多参慢曲作法，时有腾挪之笔耳。起二句，一片凄凉景色。"马上"句则人在陌上所感者。细嚼此中神味，"恻恻"之"寒"是从身外来，抑从心中出？是人是天？是虚是实？虽自身亦不能辨之，此五代作法也。"看尽"句拍到柳色。"都是"句一转，则无异江左，差足解嘲者耳。过变"正岑寂"三字，承上起下，然如置前遍之末，则语气未了，不独与下句"又"字呼应也。"明朝又寒食"，转入时令。八字二句，共分两层。如此凄凉，何心携酒？何心访艳？故下一"强"字为转语——"小桥"借指所眷之人，《解连环》云"为大桥、能拨春风，小桥妙搊筝（原作"移筝"，依张文虎校），雁啼秋水"可证——盖于荒凉寂寞中强遣客怀者。然心境不同，终觉凄异。故"怕"字又一转。下即放笔为之："梨花落尽"，虽春亦秋。"燕燕飞来"，"池塘自碧"。淡淡说景，而寥落无人之感见于言外。就合肥之地当时视为边城者观之（据白石《凄凉犯》第二句），凡寓意极深。神味隽永，意境超妙，耐人三日思。此与《扬州慢》、《凄凉犯》两词同一枨触，而作法不同者，慢与近之界也。

唐圭璋《唐宋词简释》：此首写客居合肥情况。"空城"两句，写凄凉景色。"马上"一句，倒卷之笔，盖晓起骏马过垂杨巷陌，既感角声凄咽，又感衣单寒重也。"看尽"两句，写柳色如旧识最有味。换头，又转悲凉。"强携酒"三句，勉自解宽。"梨花落尽成秋苑"，长吉诗，白石只易一"色"字叶韵。"燕燕"两句是提唱，"唯有"一句，以景拍合，但言池塘自碧，则花落春尽，不言自明。

长亭怨慢 中吕宫

予颇喜自制曲，初率意为长短句，然后协以律，故前后阕多不同[一]。桓大司马①云："昔年种柳，依依汉南。今看摇落，凄怆江潭[二]。树犹如此，人何以堪。②"此语予深爱之。[三]

渐吹尽、枝头香絮，是处人家③，绿深门户。远浦萦回，暮帆零乱向何许④。阅人多矣，谁得似、长亭树⑤。树若有情时，

73

不会得、青青如此⑥。　　　日暮[四]。望高城不见⑦,只见乱山无数。韦郎去也⑧,怎忘得、玉环分付。第一是、早早归来,怕红萼、无人为主。算空有并刀[五]⑨,难剪离愁千缕。

【编年】

夏承焘《姜白石词编年笺校》卷三:"此亦合肥惜别之词,原引《枯树赋》云云,故乱以他辞也。词无甲子,陈疏(五)定为'辛亥(1191)春,自合肥东归忆别所作',兹从之。"

【校记】

[一]《绝妙词选》无此四句。

[二]凄怆:清钞本作"凄凄"。

[三]《词综》无此序文。亦不标宫调。

[四]日暮:《绝妙词选》此二字属上片,误。

[五]算空有:《绝妙词选》、《词综》"空"作"只"。夏承焘、郑文焯认为系草书形近致误,其集中《江梅引》亦作"算空有",是其习用者。

【注释】

①桓大司马:桓温,字元子,东晋明帝婿,官至大司马。《世说新语·言语》:"桓公北征经金城,见前为琅邪时种柳,皆已十围,慨然曰:'木犹如此,人何以堪!'攀枝执条,泫然流泪。"

②"昔年"六句:系北周庾信《枯树赋》中之句。

③是处:处处,到处。柳永《八声甘州》:"是处红衰翠减,冉冉物华休。"

④何许:何处。刘长卿《抄秋洞庭湖中怀亡道士谢太虚》:"故园复何许,江海徒迟留。"

⑤长亭:古代旅人休息、送别之处。《唐宋白孔六帖》"馆驿"条:"十里一长亭,五里一短亭。"

⑥"树若有情时"两句:翻用李贺《金铜仙人辞汉歌》"天若有情天亦老",正用李商隐《咏蝉》"五更疏欲断,一树碧无情"。如此造句的还有李白《劳劳亭》:"春风知别苦,不遣柳条青。"

⑦高城:或代指合肥。隐含所恋。欧阳詹赠太原妓诗《初发太原途中寄太原所思》:"趋马渐觉远,回头长路尘。高城已不见,况复城中人。"

⑧"韦郎去也"二句:化用《云溪友议》中韦皋事:唐韦皋游江夏,与姜使君馆侍女玉箫相恋,临别,以玉指环相赠,约七年后再会。第八年春,韦皋未至,玉箫绝食而亡。后韦得一歌姬,酷似玉箫,中指有肉隆起如指环。又:吴世昌《词林新话》:"'玉环'应作'玉箫','玉环'可误解为杨妃矣。'怕红萼、无人为主',谓怕有力者强娶她,无人为主以拒强暴也。"

⑨并刀:并州(今山西太原)出产的剪刀,以锋利著称。此处化用李煜《相见欢》"剪不断,理还乱,是离愁"句意。

【评析】

此词离别寓感。上片行笔脉络从序文而出,放开序文,难得其行笔脉络之真。序文引桓温对柳抒感之文,起即言柳密、絮飞。"渐吹尽"寓春过无奈之感。"远浦"二句,拟浦上柳树所见(由下"阅人多矣"推之),见远浦,见江水萦回,见暮帆零乱;"向何许",是树木不解人事之问,正以木拙而见人事人情之纷扰无奈。"阅人"以下四句,正面议论。"阅人"的主语是柳树,江河水岸多种柳,古人远行,乘船为便,折柳送别成为习俗,所以柳树所见的离别情景无人可及。但见了许多离别之苦,还是那样青翠茂盛,真是无情之物。此与柳树不解人间"暮帆零乱向何许"自然应接,意脉极紧极细。所谓以无理形有情,人责柳之无情,是无理,而此种无理正见其情多。序文"今看摇落,凄怆江潭。树犹如此,人何以堪",此翻用其意。过遍"日暮","暮"字与起句"尽"字相应,以见其情之低沉黯然。"望高城"两句,正写离人情态:抛下城中人,回望京城,高城已望不见,只见无数乱山阻隔其间。平平两句,中含三层转折。"乱山无数"与前"暮帆零乱",两"乱"字正是其"剪不断,理还乱"离愁的外化。"韦郎"四句,换笔从居者写,"怎忘得"是我不忘你所赠之玉环信物,你莫忘我临别之叮咛吩咐:尽早归来,不让红萼无人护惜赏解,白白凋谢(吴世昌说是"怕有力者强娶她,无人为主以拒强暴也",亦通,但意思稍逊)。俞陛云谓:"凝望早归而托言红梅,以雅逸之笔,致缠绵之思。"结拍总收,言纷乱离愁难断难了,正是"怎忘得"其情坚固的表现。"千缕"仍暗带柳丝,与起句"吹絮"关合,自始至终以"柳"寓情,紧贴序文。全词层层换笔转折，而文字笔笔应接，细密紧凑，极见功力。

【汇评】

卓人月《古今词统》卷十二：（"树若"二句）人言情，我言无情，立意璧绝。

许昂霄《词综偶评》："是处人家"四句，先言别时之景。"阅人多矣，谁得似、长亭树。树若有情时，不会得、青青如此"，借树以言别时之情。阅人既多，安得尚有情耶，一笑。"此"字借叶。"日暮。望高城不见，只见乱山无数"，别后。何记室诗："日夕望高城，缈缈青云外。""韦郎去也"四句，望其早归。韦皋与玉箫别，留玉指环，约七年再会。以其地在江夏，故用之。后遂沿为通用语。"算空有并刀"二句，总收。

先著、程洪《词洁辑评》卷四："时"字凑，"不会得"三字呆，"韦郎"二句，口气不雅，"只"字疑误，"只"字唤不起"难"字。白石人工熔炼特至，此一二笔容是率处。

孙麟趾《词径》：路已尽而复开出之，谓之转。如："谁得似长亭树，树若有情时，不会得青青如此。"

陈廷焯《词则·大雅集》卷三：哀怨无端，无中生有，海枯石烂之情，缠绵沉著。

陈廷焯《白雨斋词话》卷八：白石《长亭怨慢》云："阅人多矣，谁得似、长亭树。树若有情时，不会得、青青如此。"白石诸词，惟此数语最沉痛迫烈。此外如"最可惜一片江山，总付与啼鴂"，又"文章信美知何用，漫赢得、天涯羁旅"，皆无此沉至。

陈锐《袌碧斋词话》：姜白石《长亭怨慢》云："树若有情时，不会得、青青如此。"王碧山云："水远。怎知流水外，却是乱山尤远。"似觉轻俏可喜，细读之，毫无理由。所以词贵清空，尤贵质实。

俞陛云《唐五代两宋词选释》：此词颇有桓司马江潭之感。虽似怨别之辞，而实则乱愁无次，触绪纷来。凡怀人恋阙，抚今追昔，悉寓其中。首言春望景物，即紧接以"暮帆零乱"句发挥本意。望接天帆影，其中思妇离人，不知凡几，何忍入愁人之眼。惟亭树则冷漠无情，虽长年送尽行人，而青青依旧，与李白之"春风知别苦，不遣柳条青"皆伤心人语。下阕言举目河山，高城阻绝，望远而兼有"浮云蔽日"之感。以下叙离情，临歧片语，历久难忘，凝望早归而托言红萼，以雅逸之笔，致缠绵之思，犹《楚辞》之山间采秀，怅公子之忘归，深人无浅语也。

梁启超《饮冰室评词》：麦丈云：浑灏流转，夺胎稼轩。

沈祖棻《宋词赏析》：首句记时，二、三句记地，即苏轼《蝶恋花》"枝上柳绵吹又少，天涯何处无芳草"意，同为一往情深。四、五两句写景，景中有情。"阅人多矣"语出《左传》。文姜云："妾阅人多矣，未有如公子者。"以下翻用庾赋，语意新奇，感情深挚。换头"日暮"二字，写天色，亦暗点心情。"望高城"两句，谓关山间阻，会合无由，但远望高城，聊抒离恨，已极可悲，况此高城，亦望而不见，所见者惟有乱山重叠而已。高城且不可见，又况此城中之人乎？"韦郎"以下，谓对景难排，无非为去时玉环有约耳。"第一是"两句，乃分付之语，没齿难忘，情蕴藉而语分明，而愈蕴藉愈缠绵，愈分明愈凄苦，则虽有并州快剪刀，其于"离愁"，亦还是"剪不断，理还乱"也。

唐圭璋《唐宋词简释》：此首写旅况，情意亦厚。首句从别时别处写起。"远浦"两句，记水驿经历。"阅人"两句，因见长亭树而生感，用《枯树赋》语。"树若"两句，翻"天若有情天亦老"意，措语亦俊。换头，记山程经历，文字如奇峰突起，拔地千丈。乱山深处，最难忘玉环分付，"第一"两句正是分付之语，言情极真挚。末以离愁难消作收。下片一气直贯到底，仿佛苏、辛。

吴世昌《词林新话》：有以为此词首三句即东坡"枝上柳棉吹又少，天涯何处无芳草"意。其实二者不同。苏语乃从《楚辞》化出，着重在"尔何怀乎故宇"，此朝云所以泣不成声也。上结反用李商隐《咏蝉》："五更疏欲断，一树碧无情。"又"青青如此"，"此"字出韵，故汲古阁本以"日暮"属上片。下片"玉环"应作"玉箫"，"玉环"可误解为杨妃矣。"怕红萼、无人为主"，谓怕有力者强娶她，无人为主以拒强暴也。

醉吟商小品

石湖老人谓予云①："琵琶有四曲,今不传矣。日濩索（一曰濩弦）梁州[一]、转关绿腰、醉吟商湖渭州[二]、历弦薄媚也[三]②。"予每念之。辛亥之夏,予谒杨廷秀丈于金陵邸中③,遇琵琶工解作醉吟商湖渭州,因求得品弦法,译成此谱④,实双声耳[四]⑤。

又正是春归,细柳暗黄千缕。暮鸦啼处[五]。梦逐金鞍去⑥。一点芳心休诉,琵琶解语。

【编年】
辛亥为光宗绍熙二年(1191)。

【校记】
[一]一曰濩弦:厉钞无此四字注。

[二]湖渭州:《词谱》"湖"作"胡"。夏承焘《姜白石词编年笺校》:"各本皆作'湖',盖清初人避嫌改。"

[三]历弦:《词谱》"弦"作"统",误。

[四]双声:《词谱》"声"下有"调"字。

[五]啼处:张本"处"下空一格,分作两片。

【注释】
①石湖老人:范成大,号石湖居士。长白石约30岁,此年已65岁。

②濩索梁州、转关绿腰、醉吟商湖渭州、历弦薄媚:皆唐宋大曲,此翻为琵琶调者。夏承焘《姜白石词编年笺校》引据甚详,可参看。

③杨廷秀:杨万里,字廷秀,南宋诗人,为白石知交,时杨出为江东转运副使,驻节金陵。白石谒石湖,系经杨万里介绍。杨有《送姜尧章谒石湖先生》诗。邸:官员办事或居住的处所。

④译成此谱:即根据琵琶工弹奏醉吟商湖渭州之品弦法,自度此曲。

⑤双声:即"双声调"。《词源》"夹钟商俗名双声调"。《钦定词谱》正作"双声调"。

⑥金鞍:马鞍的美化说法,此代指马上的恋人。

【评析】

此词回忆与所恋分别时情景。夏承焘谓:"作于别合肥之年,用琵琶曲调,又全词以柳起兴,疑亦怀人之作。"所怀之人即合肥歌楼之琵琶女。"合肥巷陌皆种柳",夏承焘考断白石词凡言柳与琵琶的怀人之作,皆与其在合肥所恋之琵琶女有关。序言"辛亥之夏",表明作词时间;而起拍"正是春归",是回忆分别的时间。"细柳"句刻画春归时的景物,"暮鸦"句提点分别时的环境,"梦逐金鞍去"是女子魂梦相随的痴恋。末二句换笔从男子一方写,临行前要女子不要再叮咛倾诉,所有的情意你在琵琶弹奏中都表达了,我也都理解了。这两句不仅表明二人情感中的音乐因素,而且表明二人的音乐造诣。全词短短 30 字,两句一层,凡三换笔。周姜派词多转折,于此可见一斑。

摸鱼儿

辛亥秋期,予寓合肥。小雨初霁,偃卧窗下,心事悠然。起与赵君猷露坐月饮①,戏吟此曲,盖欲一洗钿合金钗之尘②。他日野处见之③,甚为予击节也④。

向秋来、渐疏斑扇[一]⑤,雨声时过金井⑥。堂虚已放新凉入,湘竹最宜欹枕⑦。闲记省⑧,又还是、斜河旧约今再整⑨。天风夜冷,自织锦人归⑩,乘槎客去⑪,此意有谁领⑫。　　空赢得今古三星炯炯⑬。银波相望千顷。柳州老矣犹儿戏⑭,瓜果为伊三请⑮。云路迥,漫说道、年年野鹊曾并影⑯。无人与问,但浊酒相呼,疏帘自卷,微月照清饮。

辛亥为光宗绍熙二年(1191)。
[一]厉钞"班"作"斑"。王念孙《读书杂志》:"班、斑、辩,古字通。"
【注释】
①赵君猷:白石友人,事迹未详。

②钿合金钗:男女定情信物。钿合,镶嵌金玉珠贝等的首饰盒。"合"同"盒"。金钗,女子用来整理头发的饰物。陈鸿《长恨歌传》载,唐玄宗召见杨玉环,甚悦之,"定情之夕,授金钗钿合以固之"。此句意为:借以除去尘俗之情的烦恼。但此处"洗"字有抒泄意,通于亚里斯多德之"净化说"也。

③野处:洪迈(1123-1202),字景卢,号野处。著有《容斋随笔》、《夷坚志》等。

④击节:指赞赏他人诗文。"节"是一种乐器。王朗《答曹操书》:"承旨之日,抚掌击节。"按:此二句文意表明为后来所加。

⑤班扇:纨扇,团扇。汉成帝妃班婕妤因赵飞燕姊妹得宠而受冷落,供养长信宫,作《怨歌行》,以纨扇自喻:"新裂齐纨素,皎洁如霜雪。裁为合欢扇,团团似明月。出入君怀袖,动摇随风发。常恐秋节至,凉飙夺炎热。弃捐箧笥中,恩情中道绝。"后因称纨扇为班扇。

⑥金井:围有雕栏的水井。李白《长相思》:"络纬秋啼金井阑,微霜凄凄簟色寒。"

⑦湘竹:此指竹制的凉席。湘竹即湘妃竹,产于南方。欹枕:倚枕而卧。

⑧闲记省:空记起。闲,空。刘克庄《水调歌头》:"向来幻境安在,回首总成闲。"

⑨斜河旧约:指牛郎、织女七夕在银河相会。斜河,形容银河斜悬天际。今再整:犹言银河约会之事再一次齐备。整,齐备。

⑩织锦人:指织女星。

⑪乘槎客:传说海边有人乘飘来的木筏到达天河,得见织女牛郎。张

华《博物志》:"天河与海通。近世有人居海渚者,乘槎而去。至一处,有城郭状,屋舍甚严。遥望宫中多织妇;见一丈夫,牵牛渚次饮之。"槎(chá),木筏。

⑫此意:指牛郎织女的离情别绪。

⑬三星:指参宿、心宿、河鼓三个星座。《诗经·唐风·绸缪》:"绸缪束薪,三星在天。今夕何夕,见此良人。子兮子兮,如此良人何!"后以三星为男女好合之代称。

⑭"柳州"句:柳宗元曾作《乞巧文》记七夕"乞巧"风俗,并说自己效儿女子乞巧而不得。柳宗元,以其曾贬官柳州刺史,世称柳柳州。当时柳已42岁,四年后卒于柳州。

⑮"瓜果"句:指七夕陈几筵酒脯瓜果于庭,向天汉乞巧。此俗见《荆楚岁时记》,柳宗元《乞巧文》开首述之。

⑯"年年"句:指每年七夕群鹊搭桥,供牛郎织女渡河相会。并影:犹成双,指牛女相会。

【评析】

此七夕词,述天仙恋情,寓人间幽怨。起四句写秋至,雨来,凉气入户,似是最好睡觉的舒服时光。但"班扇"见疏的历史典故,表明了凄寂的心情,故所写雨声与秋凉,不是给人凉爽之感,而是给人凄凉之感。"闲记省"是提唱全篇的关键词,有两层意思。面上说:喔,又是七夕,天仙的银河相会如期而至;里面却包含着:"旧约"只是徒然留在记忆中而已。用"闲"(空、徒),用"记省",提示"旧约"只是过去的心灵留影,而非眼前实际之事。下面就这一层意思申写,说牛郎织女那样如期而至的"旧约"无人理会。过遍"空赢得"仍承"闲记省",所以只能隔着千顷银波"相望"。人间借牛郎织女相会乞巧,但"云路迥",野鹊搭桥让牛郎、织女相会也只是徒然(漫:亦徒、空义)说说而已吧,仍是就"记省"而非实际的事实写。"闲"、"空"、"漫"紧密关合,一线相联,在传说和典故的错杂中将作者的情感隐隐透出。"无人与问"关合"此意有谁领",还是写天上鹊桥之会年年有,而人间有情难合无人管。所以下接呼酒、卷帘、在月牙的微光里(初七月小,故称"微月")作清夜之饮——大有李白"对影成三人"的情态。全词以牛郎织女七夕会为话头层层敷写,反衬抒情主人公情怀的孤寂。正是这种方法,使作者可以避开正面描写,而只在一二字句间透出孤寂的情怀,笔致极为清空——所谓"盖欲一洗钿合金钗之尘",不过如此而已。"堂虚"句,"浊酒"句等,都不无李白似的放达,但最终还是掩映在全词清寂的意境中,这是白石词品也是其人品的一种典型表达。词序说写词时"心事悠然",词里却很少悠然的心情,但也因之避免了沉郁的苦情,处理情事高出一着。

凄凉犯[一]

　　合肥巷陌皆种柳,秋风夕起,骚骚然①。予客居阖户,时闻马嘶;出城四顾,则荒烟野草,不胜凄黯,乃著此解②。琴有凄凉调,假以为名。凡曲言犯者③,谓以宫犯商、商犯宫之类。如道调宫"上"字住④,双调亦"上"字住,所住字同,故道调曲中犯双调,或于双调曲中犯道调[二],其他准此。唐人《乐书》云:"犯有正、旁、偏、侧[三]。宫犯宫为正,宫犯商为旁,宫犯角为偏,宫犯羽为侧[四]。"此说非也。十二宫所住字各不同⑤,不容相犯,十二宫特可犯商、角、羽耳。予归行都⑥,以此曲示国工田正德⑦,使以哑觱栗角吹之[五]⑧,其韵极美。亦曰《瑞鹤仙影》⑨。

　　绿杨巷陌。秋风起[六]、边城一片离索⑩。马嘶渐远,人归甚处,戍楼吹角⑪。情怀正恶,更衰草寒烟淡薄。似当时、将军部曲⑫,迤逦度沙漠⑬。　　追念西湖上⑭,小舫携歌⑮,晚花行乐。旧游在否,想如今、翠凋红落。漫写羊裙[七]⑯,等新雁来时系著⑰。怕匆匆、不肯寄与⑱,误后约。

【编年】

　　作于光宗绍熙二年(1191)。

【校记】

[一]凄凉犯:《绝妙词选》下注"仙吕宫犯商调。合肥秋夕"。

[二]双调曲中:张本"双"(雙)作"霍"。按:"霍"与"雙"同。

[三]犯有正、旁、偏、侧:夏校"厉钞'正'下羡一'正'字"。按:羡,衍也,多余。

[四]宫犯羽为侧:陆本此句下衍一'宫'字。

[五]哑觱栗角:陆本无"角"字。

[六]秋风:《绝妙词选》"秋"作"西"。

[七]漫写:《绝妙词选》"漫"作"谩"。

【注释】

①骚骚然:象声词,风声。张衡《思玄赋》:"寒风凄其永至今,拂穹岫之骚骚。"

②著:谱写乐曲。解:音乐名词,乐曲一章为一解。

③犯:音乐名词,即不同宫调相犯以增加乐曲的变化,类似于西乐之转调。

④住:音乐名词,指乐曲的结束音,《梦溪笔谈》谓之"杀声",《词源》谓之"结声",《律吕新书》谓之"毕曲"。道调宫以谱字"上"结束。"上"为音乐谱字,不是上下的上。

⑤十二宫:古乐分为十二宫调,即黄钟、太蔟、姑洗、蕤宾、夷则、无射、大吕、应钟、南吕、林钟、小吕、夹钟。

⑥行都:指南宋都城临安。宋朝京城本是汴京,被金人侵迫南迁杭州,只能称行都或行在,以宣示国家的主权意识。

⑦国工:宫廷乐工,时田正德为"教坊大使"。

⑧哑觱(bì)栗角:来自西域的一种乐器,以竹为管,软芦为哨,其音比横笛低而比竖箫高,圆润和谐。《词源》:"慢曲、引、近……名曰小唱,须得声字清圆,以哑觱栗合之,其音甚正,箫则弗及也。"可见慢曲以哑觱栗角伴奏乃宋时习惯。

⑨亦曰《瑞鹤仙影》:《舒艺室余笔》:"此与《瑞鹤仙》句调亦大同小异。"影,犹翻版。按:据文意,"予归行都"下五句,当为后来所加。

⑩边城:南宋淮北沦陷,淮河成为边界。合肥离淮河不远,故称"边城"。离索:萧条荒凉。

⑪戍楼:古代城墙上的岗楼。角:古代军中的一种乐器。

⑫部曲:古代军队编制单位,此泛指军队。《续汉书·百官志》:"将军领军,皆有部曲。"此句说,合肥边城,已似汉代诸名将远度沙漠所历的荒凉景象。

⑬迤逦:曲折连绵。

⑭西湖:指杭州西湖。

⑮携歌:带着歌妓。

⑯漫写羊裙:此借指草写给友人的书信。《南史·羊欣传》:南朝羊欣昼寝,王献之在他的新裙上挥笔写字。羊醒后十分高兴,将此裙作墨宝珍藏。

⑰"新雁"句:即将写好的书信系在雁足上,捎与远方的友人。

⑱"不肯寄与"主语是"雁",即边城与后方音讯难通也。

【评析】

此合肥对景抒怀之作。上片哀时伤乱,以秋风肃杀起,点明"边城"之景。下就"边城离索"景况一一敷写:"马嘶渐远,人归其处",是行人游子?是逃难者? 总之是一幅无所归依的"离索"图;"戍楼"句,以军中号角声声,写出边城的警备不宁;"衰草寒烟",申写边城"离索"的荒凉;"似当时、将军部曲,迤逦度沙漠",申足其似塞北绝域荒无人烟的景象。合肥本为江、淮之间,两条肥水交汇之宝地,一度是淮南西路治所。但自绍兴十年(1140)金兀术渡淮南侵,十一年重来,连陷淮南重镇,宋金在柘皋(今合肥东南、巢湖西北)交战。不久和议成,两国东境以淮河为界,合肥成为极边之地,不仅昔日繁华不复存在,而且已仿佛"弃儿"一般。开篇"离索"一词,实而且重! 王之望《出合肥北门二首》云:"断垣甃石新修垒,折戟埋沙旧战场。阛阓凋零煨烬里,春风生草没牛羊。"周密《齐东野语》也说自合肥渡寿州抵蒙城,"沿途茂林长草,白骨相望,虻蝇扑面,杳无人踪"。下片追念西湖旧游与同游友人。"漫写羊裙"以下,说欲凭大雁捎信,大雁不肯,所以无法"后约",写出边域与后方音信难通,还是"边城离索"之意。"小舫携歌"二句,俞陛云说:"忆当日小舫清歌之乐,换客中西风画角之悲,情怀更劣矣。"整首词所写,其实都是"周京黍离之感也"。

龙榆生《词曲概论》分析此词声韵:"在整个上片中没有一个平收的句子,把喷薄的语气,运用逼侧短促的入声韵尽情发泄。后片虽然用了两个平收的句子(按:即歌、约),把紧促的情感调节一下;到结尾再用一连七仄的拗句,显示生硬峭拔的情调。"所谓"以哑觱栗角吹之,其韵极美",大概就是这种沉郁清峭的声情吧。这与辛弃疾的慷慨激越颇为不同,而更注重用形式来表现。把握姜词,此等处宜细加参取。

【汇评】

周济《宋四家词选目录序论》:白石号为宗工,然亦有……敷衍处(《凄凉犯》"追念西湖上"半阕),……不可不知。

邓廷桢《双砚斋词话》:词家之有白石,犹书家之有逸少,诗家之有浣花。盖缘识趣既高,兴象自别。其时临安半壁,相率恬熙。白石往来江淮,缘情触绪,百端交集,托意哀丝。故舞席歌场,时有击碎唾壶之意。如……《凄凉犯》之"马嘶渐远,人归甚处,戍楼吹角。情怀正恶,更衰草寒烟淡薄。似当时、将军部曲,迤逦度沙漠"……则周京离黍之感也。

俞陛云《唐五代两宋词选释》:词在合肥秋夕作。上阕汴洛回看,慨收京之无望;下阕临安南望,叹俊赏之难追。合肥本属江淮腹地,以其时南北分疆,其地遂为防秋边徼,故"边城"、"觱角"等句,宛如塞上也。度漠雄帅,徒劳追念,则南朝之不振可知。下阕忆当日小舫清歌之乐,换客中西风画角之悲,情怀更劣矣。

秋宵吟 越调[一]

古帘空①,坠月皎[二]。坐久西窗人悄②。蛩吟苦③,渐漏水丁丁[三],箭壶催晓④。　　引凉飔⑤,动翠葆⑥。露脚斜飞云表⑦。因嗟念、似去国情怀⑧,暮帆烟草[四]。　　带眼销磨⑨,为近日愁多顿老。卫娘何在⑩,宋玉归来⑪,两地暗萦绕。摇落江枫早。嫩约无凭⑫,幽梦又杳。但盈盈⑬、泪洒单衣,今夕何夕恨未了⑭。

【编年】

光宗绍熙二年(1191)作。夏承焘《姜白石词编年笺校》:"此词'卫娘'、'宋玉'句与前首《摸鱼儿》'织锦人归,乘槎客去'之语合。白石以绍熙二年夏间往金陵,秋间返合肥,时令亦合。据'卫娘'、'织锦'句,其时所眷恋者殆已离肥他去,故白石此年之后遂无合肥踪迹。此二词当同时作。"

【校记】

[一]秋宵吟:张本"宵"作"霄",误。又,调名下毛刻本、清钞本有题"秋夜"。

[二]坠月皎:清钞本"坠"作"垂"。

[三]漏水:《宋六十名家词》"水"作"永"。

[四]暮帆烟草:厉钞作"暮烟衰草"。

【注释】

①古帘:陈旧的门帘。

②悄:忧愁貌。《诗经·陈风·月出》:"月出皎兮,佼人僚兮。舒窈纠兮,劳心悄兮。"

③蛩:蟋蟀,又名促织。

④箭壶:古代滴水记时的仪器,又称漏壶、漏刻等。其原理是壶中承盘上立一漏箭,标有刻度,水漏入壶中使之浮升,以上升刻度来定时。

⑤凉飔(sī):凉风。

⑥翠葆:本为翠羽装饰的车盖,此指苍翠的竹丛。周邦彦《隔浦莲近拍》:"新篁摇动翠葆"。

⑦露脚:本指露水,此指雨。李贺《李凭箜篌引》:"吴质不眠倚桂树,露脚斜飞湿寒兔。"云表:云外。

⑧去国:被流放离开国都。屈原《九章·哀郢》:"去故乡而就远兮……

出国门而轸怀兮"。范仲淹《岳阳楼记》:"登斯楼也,则有去国怀乡,忧谗畏讥,满目萧然,感极而悲者矣。"

⑨带眼销磨:指衣带渐渐宽松。带眼,带孔,腰带上的孔眼。

⑩卫娘:汉武帝皇后卫子夫,以发美得宠。后常借"卫娘"称美女。李贺《浩歌》:"漏催水咽玉蟾蜍,卫娘发薄不胜梳。"此指所恋之人。

⑪宋玉:战国楚人,辞赋家,著有《九辩》、《高唐赋》等。此处系作者自指。

⑫嫩约:初约,早先之约。

⑬盈盈:本指水之清澈。《古诗十九首·迢迢牵牛星》:"盈盈一水间,脉脉不得语。"此处指晶莹的泪水。句义可理解为"盈盈泪,洒单衣"。

⑭今夕何夕:《诗经·唐风·绸缪》:"今夕何夕,见此良人。"

【评析】

此写秋宵怀人。据夏考,"白石以绍熙二年夏间往金陵,秋间返合肥",其所恋已他去或他适,所以起拍写旧帘已空。他回到原处,"坐久西窗",所见所闻,月色、雨丝、蛩吟、漏滴、凉飔,种种物态与声响,其实都是表现一人独坐而面对万籁静寂之感,其"悄"(愁)、其"苦"可想而知。这种感觉,用"似去国情怀,暮帆烟草"形容,即好像被放逐,黄昏时飘荡在前路渺渺的小船上,无处可归。草色如烟,正是满眼迷茫的情形。以上主要以景物渲染,以下则正面描写怀人。"带眼"两句,写愁苦对人的摧残。"两地暗萦绕"——明明是彼此思念,但"宋玉归来","卫娘何在"? 真是教人费解。下连接三句:"摇落江枫早。嫩约无凭,幽梦又杳",一层又一层地表达无望之感。"今夕何夕"——此时此地、此情此景,使人不知何所着落,独自兀坐,只有满眼洒泪,无限憾恨! 在白石词中,这是一首不仅不怎么"清空",反而十分沉重郁滞的作品。很像是他满怀希望地奔回恋人住地,只见人去楼空,被一闷棍打闷了的当下之作。

此词为双拽头调,《词律》分为三叠,是。《词谱》作两片,夏承焘指出为双拽头,但仍分为上下片,或是印刷错误。

点绛唇

金谷人归①,绿杨低扫吹笙道。数声啼鸟,也学相思调。月落潮生,掇送刘郎老②。淮南好③,甚时重到? 陌上生春草④。

【编年】

陈思《年谱》定此词为光宗绍熙二年(1191)作,夏承焘《姜白石词编年笺校》从之。

【注释】

①金谷人:本为西晋石崇洛阳金谷园名妓绿珠,此指作者合肥恋人。

②掇送:催送。掇有强的意思。刘郎:刘义庆《幽明录》:刘晨、阮肇入天台山采药迷路,遇二仙女,半年后回家,子孙已过七代。后重往天台山寻访,仙女已无踪影。此处以刘晨自指。

③淮南:淮水以南,指合肥。

④陌上生春草:《楚辞·招隐士》:"王孙游兮不归,春草生兮萋萋。"

【评析】

此离开合肥抒感之作。据陈、夏年谱和上首《秋宵吟》,绍熙二年秋,白石返合肥,"卫娘何在"? 所恋歌妓已人去楼空。此首继上首《秋宵吟》而作。起言"金谷人归",只剩绿杨低垂于"吹笙道"。"归"是归去,解"归"为归来相聚者,非。下文也毫无恋人相聚之情。故下接其地鸟啼都似在述说相思,若相聚则不得言"相思"也。过遍用刘晨典故,也是说再入天台,仙子已杳。所以淮南这个留下了自己美好回忆的地方,怕是不会再来了(因所恋不在也)。夏谱说"白石此年之后遂无合肥踪迹",此可一证。结拍"陌上生春草",用《楚辞·招隐士》"春草生兮萋萋",表明"王孙游兮不归",将情景打为一片,蕴藉至深。多本释此词主题为"惜别",其实无人可别,是难言惜别的。细绎之，所表现的是很深的怅惘无奈之情。

解连环

玉鞭重倚^[一]，却沉吟未上①，又萦离思。为大乔能拨春风，小乔妙移筝^[二]②，雁啼秋水③。柳怯云松④，更何必、十分梳洗。道"郎携羽扇⑤，那日隔帘，半面曾记⑥"。　　西窗夜凉雨霁，叹幽欢未足，何事轻弃。问后约、空指蔷薇⑦。算如此溪山，甚时重至。水驿灯昏⑧，又见在、曲屏近底⑨。念唯有、夜来皓月，照伊自睡。

【编年】

约作于绍熙二年（1191）。

按：此依夏承焘《姜白石词编年笺校》。夏氏将此词置于《秋宵吟》（古帘空）、《点绛唇》（金谷人归）之下，而《秋宵吟》笺曰："其时所眷者已离肥他去"（夏承焘、吴无闻《姜白石词校注》又曰：其人"已经他适或他往"），故词有"宋玉归来"，"卫娘何在"，"嫩约无凭，幽梦又杳"云云。如此，则若白石此词所写为与《秋宵吟》同一年秋季从金陵回合肥时，如何能与"大乔"、"小乔"有如此聚别？岂非自相矛盾？此智者千虑，编年未稳。

【校记】

[一]玉鞭：《绝妙词选》、《历代诗余》、《词综》"鞭"作"鞍"。

[二]大乔、小乔：张本二"乔"字皆作"桥"，乔姓原本从"木"，是。移筝：《词综》"移"作"携"，非，与下"郎携羽扇"重复。白石《石湖仙》"缓移筝柱"。

【注释】

①沉吟未上：犹豫不决未忍上马遽别。《后汉书·隗嚣传》："邯（牛邯）得书，沈吟十余日，乃谢士众，归命洛阳。"

②大乔、小乔：本为三国东吴桥公二女，皆国色，分别嫁孙策、周瑜；这

里指白石合肥恋人。据夏承焘考证,她们是勾栏中一对姐妹,善琵琶、筝等。拨春风:指弹琵琶。黄庭坚《次韵答曹子方杂言》:"侍儿琵琶春风手"。

③雁啼:弹筝。筝之弦柱斜列如雁行,故云。

④柳怯:形容腰肢柔软,云松:形容头发蓬乱。

⑤羽扇:羽毛扇,汉末盛行于江东。晋陆机、傅咸均有《羽扇赋》。苏轼《念奴娇》:"遥想公瑾当年,小乔初嫁了,雄姿英发。羽扇纶巾,谈笑间,樯橹灰飞烟灭。"

⑥半面:指初次见面。《后汉书·应奉传》注说,应奉特别善记住人的面孔,一次有人露半面看他,数十年后,应奉在路上见到此人,还能清楚地认得。又《北史·杨愔传》:"其聪记强识,半面不忘。"

⑦空指蔷薇:徒然以蔷薇花事为期。杜牧《留赠》:"不用镜前空有泪,蔷薇花谢即归来。"

⑧水驿:码头上供人休息住宿的驿站。李白《流夜郎至西塞驿寄裴隐》:"扬帆借天风,水驿苦不缓。"

⑨曲屏近底:曲折的画屏跟前。近底,近旁。底,边,旁。按:屏风多片连结,故竖立呈曲折之形。

【评析】

此惜别恋人。起三句写主人公别时情景:马鞭倚怀,却迟疑不能上马。"萦离思"总领全篇。下倒叙和恋人相聚的种种情态,以"为"字领起,申明所以"沉吟"之故:为能拨、移,为柳怯云松,为道郎云云,为幽欢未足。白石深通音律,故与此"二乔"趣味相投;且其人姿色天成,"柳怯云松",不十分梳洗亦自动人,"郎道"云云,更着伊人对自己倾心爱慕之深;"幽欢未足",更见幽欢之欢……如此佳人、如此情味,如何忍上马遽别! 故已行至途中在"水驿"住下,昏暗的灯光中,恍惚伊人又在屏风跟前,可见其"萦思"之如梦如魇!"叹"、"问"主语皆为伊人,"空指蔷薇"主语为主人公。"甚时重至"由"空指蔷薇"出,比秦观"此去何时见也"笔致深曲。结拍补一笔,表现对伊人的体贴怜惜,亦见用其情至深。全篇从别时起,倒叙别前,转出别后,最后以念及伊人别后境况收结,用笔矫变莫测。

此词铺叙情人情事,用细节,用语态,可谓淋漓尽致,非"清空"之体。

故"柳怯云松"、"幽欢未足"、"照伊自睡",形象感很强,而陈廷焯以典雅词派标准衡之,曰"非大雅"。

【汇评】

许昂霄《词综偶评》:"玉鞍重倚"三句,冒起。"为大乔能拨春风",以下倒叙。"柳怯云松"二句,固知浓抹不如淡妆。"叹幽欢未足"二句,与起处遥接。从合至离,他人必用铺排,当看其省笔处。"问后约空指蔷薇"三句,深情无限,觉少游"此去何时见也",浅率寡味矣。"又见在曲屏近底","近"字,花庵选本注曰平声,不知出处,义亦未详。

先著、程洪《词洁辑评》卷六:意转而句自转,虚字皆揉入字内。一词之中,如是问答,抑之沉,扬之浮,玉轸渐调,朱弦应指,不能形容其妙。

吴衡照《莲子居词话》卷二:言情之词,必藉景色映托,乃具深宛流美之致。白石"问后约、空指蔷薇,叹如此溪山,甚时重至",……似此造境,觉秦七、黄九尚有未到,何论余子。

陈廷焯《词则·闲情集》卷二:写离别情事妙在起四字,已将题说完,却以"沉吟"二字起下,以"为"字为一篇总领,申明所以沉吟之故,用笔矫变莫测。"柳怯云松"四字精绝,左与言"滴粉搓酥"不足道也。

陈廷焯《白雨斋词话》卷八:词人好作精艳语。如左与言之"滴粉搓酥",姜白石之"柳怯云松",李易安之"绿肥红瘦"、"宠柳娇花"等类,造句虽工,然非大雅。

玉梅令[一] 高平调

石湖家自制此声①,未有语实之②,命予作。石湖宅南,隔河有圃③,曰范村④,梅开雪落,竹院深静,而石湖畏寒不出,故戏及之。

疏疏雪片。散入溪南苑。春寒锁、旧家亭馆⑤。有玉梅几树,背立怨东风,高花未吐,暗香已远⑥。　　公来领略[二],

梅花能劝。花长好、愿公更健。便揉春为酒，翦雪作新诗⑦，
拚一日⑧、绕花千转。

【编年】

该词作于光宗绍熙二年(1191)。

【校记】

[一]玉梅令:夏承焘《姜白石词编年笺校》校此调:"《词谱》(十五)依
《词纬》本,删上片'高花未吐'之'高'字,以对下片之'拚一日';又于下片
'梅花能劝'句'梅'下增'下'字,对上片'散入溪南苑'句。《词律》(五)亦
云:'高'字恐赘,盖自'春寒'以下,前后同也。案白石自谓自度曲'前后阕
多不同',见《长亭怨慢》序。《词纬》臆改,不可从。此首宋元词中,无他首
可校。"

[二]领略:陆本、张本、厉钞、《绝妙词选》"略"作"客"。夏笺谓"'领客'
较长","白石畏寒不出,故云'花能领客'",并引白石《汉宫春》"临皋领客",
杜甫诗"故人能领客,携酒重相看"为证。

【注释】

①石湖:范成大,号石湖,官至参知政事。淳熙九年(1182)于知建康任
上以病退居石湖,至此已近十年。

②未有语实之:指范家乐工自制《玉梅令》乐曲,尚未填写歌词。

③鬲:通"隔"。《汉书·薛宣传》:"阴阳否鬲。"

④范村:范成大家园圃。范成大《梅谱》自序:"余于石湖玉雪坡既有梅
数百本,比年又于舍南买王氏僦舍七十楹,尽拆除之,治为范村。以其地三
分之一与梅。"

⑤旧家亭馆:即范村,《梅谱》自序所谓"买王氏僦舍七十楹"者。

⑥暗香:本林逋《山园小梅》:"疏影横斜水清浅,暗香浮动月黄昏。"

⑦翦:同"剪"。

⑧拚(pàn):不顾,豁出去。

【评析】

此于范成大家雪中访梅之作。所咏为"梅开雪落"景象。起三句雪落

春寒,着一"锁"字,为下文梅花冲破严寒而开立势。"有玉梅"四句,正面写梅。雪片飘飞中,几树梅花挺立,是一幅别样梅化图。"高花未吐,暗香已远"八字,对仗工稳,将梅花写得精神百倍,读之令人神观飞跃。"背立怨东风",盖怨春风脚步甚慢,与"高花未吐"相接。过遍三句,切石湖罹病畏寒不出而发,劝其赏梅,祝其康健。末三句从"梅花能劝"转出,雪中梅景甚美,如酒如诗,亦引发人想要把酒赋诗,不顾一切地整日为之盘桓流连。下片结合对石湖的劝、祝,写梅花的魅力,一笔两意,题面圆足。吴世昌谓"揉春为酒,翦雪作诗"做作,考虑到姜、范为诗友,此等语正在应情应景之中,吴氏似过于苛责了。

【汇评】

李佳《左庵词话》:姜白石《玉梅令》下阕……词中寓祝寿意,写来却见语妙意新,与俗手固自不同。

吴世昌《词林新话》:白石《玉梅令》下片云"揉春为酒,剪雪作诗",都是做作过甚,雅得太俗。

暗 香^[一] 仙吕宫

辛亥之冬,予载雪诣石湖①。止既月②,授简索句③,且征新声④,作此两曲,石湖把玩不已,使工妓隶习之^[二]⑤,音节谐婉,乃名之曰:《暗香》、《疏影》^[三]⑥。

旧时月色,算几番照我,梅边吹笛。唤起玉人⑦,不管清寒与攀摘。何逊而今渐老⑧,都忘却、春风词笔⑨。但怪得、竹外疏花⑩,香冷入瑶席⑪。　　江国⑫,正寂寂。叹寄与路遥⑬,夜雪初积。翠尊易泣^[四]⑭,红萼无言耿相忆⑮。长记曾携手处,千树压⑯、西湖寒碧。又片片、吹尽也,几时见得。

【编年】

辛亥为光宗绍熙二年(1191)。

【校记】

[一]《绝妙好词》调名下题"梅"。《词综》调名下题"石湖咏梅"。

[二]工妓:毛刻本、清抄本作"二妓"。隶:《砚北杂志》作"肄",是。

[三]名之:《绝妙词选》"名"作"命"。

[四]泣:柯南陔刻本《绝妙好词》注:"当作'竭'。"有刻本作"竭"者,夏承焘《姜白石词编年笺校》谓当从嘉泰本作"泣",引陈允平、邵亨贞和此词皆作"泣",知是"泣"字无疑。

【注释】

①石湖:此指范成大。按石湖位于今苏州西南,与太湖通。范成大晚年居此,自号石湖居士。诣:往,到。

②止既月:停留一个月。既,尽。

③授简索句:给予纸笺,要白石作词。简,竹简,上古用来刻携文章,此指纸笺(笺是供题诗写信等使用的精美纸张)。

④征新声:征求新的曲调。

⑤工妓:指乐工、歌妓,即演唱和伴奏者。隶习:当作"肄习"。肄(yì),练习,演练。

⑥暗香、疏影:北宋林逋《山园小梅》"疏影横斜水清浅,暗香浮动月黄昏"为咏梅名句,姜夔取两句首词,为自度咏梅曲之调名。

⑦玉人:美人、心爱之人。以玉形容人,兼该形质。贺铸《浣溪沙》:"玉人和月摘梅花。"

⑧何逊:梁朝诗人,酷爱梅花,有《咏早梅》等诗。作者以何逊自拟,说自己年岁渐老。

⑨春风词笔:何逊有《咏春风》诗。此借指美丽的才情。作者此时36岁,两句这样说也表现了对石湖授简索句的自谦。

⑩竹外疏花:指梅。苏轼《和秦太虚梅花》:"江头千树春欲暗,竹外一枝斜更好。"

⑪瑶席:精美的宴席。

⑫江国:江南水乡,作者所在之地。

⑬"叹寄与"句:借陆凯折梅赠友的典故,表达与所思念的人分离,无法两情相通。

⑭翠尊:用绿宝石制成的酒杯,诗词中惯用的美化写法。这句说端起酒杯,潸然泪下。

⑮红萼:指梅花。这句说对着默默无语的梅花,思念当时一同冒寒折梅的玉人的情感更加强烈。

⑯千树:宋时杭州孤山上梅花成林,"千树"言其盛也。

【评析】

《暗香》、《疏影》为咏梅词名篇,张炎谓其"前无古人,后无来者,自立新意,真为绝唱"。回想年轻时阅读经验,觉其文字优美,而意义深复,似懂非懂,不能十分欣赏。加之评析者或称其义兼怀人,或谓其寓今昔盛衰,或揭橥为二帝北狩而发,还有为石湖而作,为柔福帝姬而作,为合肥所恋而作等等,其中又互相攻驳,樊然淆乱,令人莫衷一是,徒生困扰。故读者须抓住文字脉络,理解其直接的文本意义,玩之既久,即生深爱,就自己之所会,把握其深层意义。读姜夔这类格律派的代表作,忌穿凿,亦忌浅尝辄止,前人所谓须"于深造得之"也,不然易任情轻诋之——即使名家也不无此过。

这首词的意脉,陈匪石引周济说:"前五句为'盛时如此';'何逊而今渐老'四句为'衰时如此';'长记曾携手处'二句为'想其盛时';'又片片'二句为'感其衰时'。愚就全词观之,以局势转折论,周说诚谛。"全词在今昔对比中,寓盛衰之感和怀人之思。至于盛衰是一己的还是家国的,怀人是怀所恋还是怀帝妃,可见仁见智,不必强求。上片"旧时"、"而今",下片"正"、"曾"、"又",将今昔脉络标示得十分清楚。起五句写旧时赏梅情景,无论文字与意境,皆优美之极:"梅边月下,笛声悠扬,当斯时也,复唤起玉人,犯寒摘花,月色笛声,花光人影,融成一片,试思此何等境界,何等情致!"(沈祖棻语)"何逊"两句陡落:"都忘却",是苦境中人无赏花赋诗的兴致,也是旧时的美好不堪提起,着笔浑简,将现状之衰飒寄于言外。"但怪得"再转,写人衰颓不堪对花,花却以馨香袭人——旧时之赏,而今却"怪",一字之中深含今昔之变。"瑶席"美称石湖之精雅,非言奢也。过遍两句,字面上是写江南冬末万木萧条之景，实际也是上片衰飒之情的外化。"寄与路遥"，以陆凯折梅赠友的典故，递入怀人。"叹"是路遥无从寄与，故怀人实为绝望。"翠尊"由上"瑶席"出，"红萼"由上"疏花"出，关合紧密。盖把酒生悲，对花无言，只有"耿相忆"，"耿"，相忆之清晰而锐利的感觉。"长记"紧承"相忆"，再折入"旧时"，与玉人携手西湖，但见千万树梅花犯寒而开，势压千顷寒波，是何等精神，何等气象，堪称千古名句！"又"字跌落到眼前，翻进一层描写现境作结：片片吹尽，"竹外疏花"自然不得见；玉人攀摘，就更不可能了。极沉痛之情，寄之花事，笔致婉丽，真个空前绝后也！

【汇评】

先著、程洪《词洁辑评》卷四：落笔得"旧时月色"四字，便欲使千古作者皆出其下。咏梅嫌纯是素色，故用"红萼"字，此谓之破色笔。又恐突然，故先出"翠尊"字配之，说来甚浅，然大家亦不外此。用意之妙，总使人不觉。则烹锻之工也。

王又华《古今词论》：沈伯时《乐府指迷》论填词咏物不宜说出题字，余谓此说虽是，然作哑迷亦可憎。须令在神情离即间，乃佳。如姜夔《暗香》咏梅云："算几番照我，梅边吹笛。"岂害其佳？

张惠言《词选》：题曰"石湖咏梅"，此为石湖作也；时石湖盖有隐遁之志，故作此二词以沮之。白石《石湖仙》云："须信石湖仙，似鸱夷飘然引去。"末云："闻好语，明年定在槐府。"此与同意。又曰：首章言己尝有用世之志，今老无能，但望之石湖也。

周济《宋四家词选》：前半阕言盛时如此，衰时如此。后半阕想其盛时，感其衰时。

邓廷桢《双砚斋随笔》：朱希真之"引魂枝，消瘦一如无，但空里疏花数点"，姜石帚之"长记曾携手处，千树压、西湖寒碧"，一状梅之少，一状梅之多，皆神情超越，不可思议，写生独步也。

谭献《谭评词辨》：石湖咏梅，是尧章独到处（评姜夔《疏影》、《暗香》咏梅，首阕起句"旧时月色"）。一气旋折，作壮词须识此法。白石嘤求稼轩，脱胎耆卿，此中消息，愿与知音人参之。

沈泽棠《忏庵词话》：白石词，初看如花中没骨，无勾勒可寻，而蛛丝马迹，呼吸灵通，又时于深造得之。如《暗香》一阕云……上半以"旧时"、"而今"作开合耳，而夭折变化，能令读者揽挹不尽，是为笔妙，亦由此老胸次萧旷，故能作此等语。

陈匪石《宋词举》：张炎曰："词之赋梅，惟白石《暗香》、《疏影》二曲，前无古人，后无来者，自立新意，真为绝唱。"宋翔凤曰："《暗香》、《疏影》，恨偏安也。"陈廷焯曰："《暗香》、《疏影》二章，发二帝之幽愤，伤在位之无人也。"张惠言曰："石湖盖有隐遁之志，故作此二词以沮之。《暗香》一章，言己尝有用世之志，今老无能，但望之石湖也。"周济评《暗香》词前五句为"盛时如此"；"何逊而今渐老"四句为"衰时如此"；"长记曾携手处"二句为"想其盛时"；"又片片"二句为"感其衰时"。愚就全词观之，以局势转折论，周说诚谛。盖此章立言，以赏梅之人为主，而言其经历，述其感想，就梅花之盛时、衰时、开时、落时，反复论叙，无限情事，即寓其中。此张氏所谓"自立新意"，谭献许为"独到"者也。起处首标"旧时"，月色中吹笛，唤玉人"与攀摘"，是鸡人叫旦之用心，是击楫中流之气象。"何逊"句一转，或自喻，或喻人。"春风词笔"之"忘却"，则非畴向吹笛兴致，以喻壮志消磨。"竹外"下九字，极写清寒。"冷"字与"春风"针对。"但怪得"者，前此无此顾虑，今则无可奈何，即"渐老"与"忘却"之归宿。宋氏所谓"恨偏安"，陈氏所谓"伤在位无人"，张氏所谓"己尝有用世之志，今老无能"，皆从此种用意推测而出也。过变承前结而下，由"瑶席"之"香冷"说到"江国"之"寂寂"。"寄与路遥"，暗用陆凯诗，于陆诗所谓"陇头人"必有所喻，"路遥"则音问隔绝也。"夜雪初积"，似喻绝漠荒寒之境，又似喻阴霾四合，开朗无期。"易泣"以此，"无言"以此，陈氏所谓"发二帝之幽愤"，又从此看出。"长记"承"相忆"而一转，又回想旧时，与首句应。"携手"，极痛痒相关之旨。"西湖寒碧"，又与"琼楼玉宇，高不胜寒"同意，则张氏所谓"望之石湖"者，实于言外得之，忠爱之至者也。"又片片"再一转，落到现在。"片片吹尽"，则"竹外疏花"亦不得见，玉人攀摘，更无可为。伤之极，恨之极。仍曰"几时得见"，则犹欲见之，不认为绝望，又张氏所谓"望之石湖"者，亦陈氏所谓"在位无人"之感，宋氏所谓"偏安之恨"也。特其旨隐微，其词浑脱，不见寄托之迹，只运化梅花故实，说看梅者之心事。陈氏称白石"感慨全在虚处，无迹可寻"，盖如此乃真能"以有寄托入、无寄托出"者。

　　刘永济《微睇堂说词》：此词起四字便有情，下二句即旧时月下梅边之韵事。"唤起"二句亦旧时之风趣。"何逊"二句言今日之情怀，借用何逊以自拟。何逊有《咏早梅诗》，故"春风词笔"。"但怪得"二句以今日逢花遇酒，尚不免有情作过拍。换头以下正逢花遇酒之情。"江国寂寂"四字包含偏安朝廷苟且局势。"叹寄与"二句用陆凯寄范晔梅枝事，意却指徽、钦二帝被幽之地，故用"夜雪初积"点明北地。"翠尊"二句曰"泣"，曰"忆"，用意甚明，如以为怀合肥旧妓，则未免使白石难堪。歇拍数句，仍切梅作结，而言外有岁晚芳残之慨。大抵咏物之词，要不粘不脱，乍合乍离。细玩此词，不难领会。

　　刘永济《唐五代两宋词简析》：此绍熙二年冬，尧章至石湖所作，与后《疏影》词为尧章集中有名之作。词虽咏梅而非敷衍梅花故实，盖寄身世之感于梅花，故其辞虽不离梅而又不黏着于梅。此首前半阕就作者本身言；后半阕则其感于世事之词。"月色"而曰"旧时"，一起即有今昔之感，"梅边吹笛"、"玉人""攀摘"，皆旧时赏梅情事也。"何逊而今渐老"以下，则今日观梅之情。何逊以自比也。今何逊虽"忘却春风词笔"，然逢花遇酒，亦不能不兴感。后半阕即就所感着笔。"江国，正寂寂"句，言外有南宋朝政昏暗之意。"寄与路遥"，虽暗用陆凯寄梅故事，实逼指被金人掳去之二帝、后妃及宗室而言。"路遥"、"夜雪"皆北地也。思念及此，故有"翠尊"之"泣"，与"红萼"之"忆"。翠尊非能泣，红萼非能忆，泣与忆皆此饮翠尊与观红萼之人也。而"千树压西湖"与"片片吹尽"句，则又以昔盛今衰作结，仍归到梅花。此种写法，在技术上，合于诗人比兴之义，而以身世之感贯穿于咏梅之中，似咏梅而实非咏梅，非咏梅又句句与梅有关，用意空灵，此石湖所以"把玩不已"也。

　　沈祖棻《宋词赏析》：首三句从题前说起，极言情景之美。"唤起"两句，承上，仍是旧时情事。梅边月下，笛声悠扬，当斯时也，复唤起玉人，犯寒摘梅，月色笛声，花光人影，融成一片，试思此何等境界、何等情致；而"何逊"两句，笔锋陡落，折入现状，又何等苍飒。此周济《宋四家词选》所谓"盛时如此，衰时如此"，周尔塾《〈绝妙好词〉评》所谓"以'旧时'、'而今'作开合"

也。旧梦词心,都归遗忘,而续以"但怪得"两句,则竹外疏花,冷香入席,又复引人幽思。未免有情,谁能遣此耶?下片仍从盛衰见脉胳。换头起笔即用"江国,正寂寂",点出衰时,"叹寄与"两句,谓欲寄相思,则路遥雪积,极低徊往复,忠爱缠绵之情。"翠尊"两句,则此情欲寄无从,但余悲泣,"红萼无言",殆已至无可说之境地,然终耿耿不忘。其情深至,其音凄厉。"长记"两句,复苦忆当时之盛,结二句又陡转入此日之衰。周济所谓"想其盛时,感其衰时"也。"又片片"句,谓一片一片,吹之不尽,终至于尽。"几时得见"斩钉截铁之言,实千回百转而后出之,如瓶落井,一去不回,意极沉痛。

唐圭璋《唐宋词简释》:此首咏梅,无句非梅,尤意不深,而托喻君国,感怀今昔,尤极宛转回坼之妙。起四句,写旧时豪情,一气流走,峭警无匹。月下吹笛,皆为烘托梅花而设。试想月下赏梅,梅边吹笛,何等境界,何等情致。"唤起"两句承上,因笛声而又唤起玉人来摘梅,其境更美。"何逊"两句,陡转入如今衰时景象,人老才尽,既无吹笛之兴,亦无咏梅之才,壮志消磨,感喟无穷。"但怪得"两句,再转,实写梅花之疏影暗香,意谓虽不欲咏梅,但花香入席,引人诗思,又不能自己。换头推开,言折梅寄远,用陆凯诗,但路遥雪深,欲寄无从,徒有惆怅之情。"翠尊"两句,承上申说相思之苦,因不得寄,故对翠尊红萼而伤心。白石此等郁勃情深之处,不减稼轩。谭复堂谓此两句得《骚》《辨》之意,宋于庭亦谓白石词似杜陵之诗,洵属知言。"长记"两句,回忆当年梅之盛、人之乐,与篇首相应,造境既美,缀语亦精,此是缩笔。末句,又展开,言梅落已尽,旧欢难寻,情极委婉。问"几时见得",想见"白头吟望苦低垂"之情。章法自清真《六丑》得来。

(通评《暗香》《疏影》二首,请参看下《疏影》汇评之后。)

疏　影 [一]

苔枝缀玉①,有翠禽小小,枝上同宿②。客里相逢③,篱角黄昏,无言自倚修竹④。昭君不惯胡沙远 [二]⑤,但暗忆、江南江北。想佩环、月夜归来[三]⑥，化作此花幽独。　　犹记深宫旧事，那人正睡里，飞近蛾绿[四]⑦。莫似春风，不管盈盈⑧，早与安排金屋⑨。还教一片随波去，又却怨、玉龙哀曲⑩。等恁时、重觅幽香[五]，已入小窗横幅⑪。

【编年】

与《暗香》同作于光宗绍熙二年(1191)。

【校记】

[一]《绝妙词选》有"仙吕宫"三字。《绝妙好词》调名下题"梅"。

[二]胡沙：许增校：《历代诗余》、《词谱》"胡"皆作"龙"。清人避嫌改。

[三]月夜：柯南陔刻本《绝妙好词》、《词综》"夜"作"下"。

[四]飞近：《明贤法帖》卷九、《白石手迹》"近"作"上"。

[五]重觅：陆本、厉钞"重"作"再"。

【注释】

①苔枝缀玉：长满苔藓的梅枝间点缀着如玉的花朵。范成大《梅谱》：会稽一带的古梅，"其枝柏曲万状，苍藓鳞皴"。《武林旧事》卷七：苔梅有二种，一者"苔藓极厚，花极香"；一者"苔如绿丝，长尺余"。

②"有翠禽"二句：用赵师雄罗浮山遇花神典，写梅花乃仙子精魂，陈匪石所谓"二三句是花神，四五六句是与花神相遇时所见"。宋曾造《类说》引《异人录》：隋唐时人赵师雄行罗浮山，日暮于林中遇一美人，与之对饮，有绿衣童子戏舞其侧。师雄醉后入睡，天明醒来，"起视大梅花树上，有翠羽刺嘈相顾。所见盖花神。月落参横，惆怅而已。"

③客里：姜夔是江西人，此时住在苏州，故自称"客里"。

④"无言"句：杜甫《佳人》："天寒翠袖薄，日暮倚修竹。"这里借以将梅花比作佳人。

⑤昭君：汉代宫女王嫱。《后汉书·南匈奴传》：汉元帝为和亲，把王嫱远嫁匈奴边塞沙漠之地。郑文焯校本云："考唐王建《塞上咏梅》诗曰：'天山路边一株梅，年年花发黄云下。昭君已没汉使回，前后征人谁系马。'白

石词意当本此。"

⑥"想佩环"二句：化用杜甫《咏怀古迹》写王昭君"环佩空归夜月魂"句。

⑦"深宫旧事"三句：《太平御览》引《杂五行书》："宋武帝女寿阳公主，人日卧于含章殿檐下，梅花落公主额上，成五出花，拂之不去。皇后留之，看得几时。经三日，洗之乃落。宫女奇其异，竞效之，今'梅花妆'是也。"蛾绿：指眉黛。

⑧盈盈：仪态美好貌。《古诗十九首》："盈盈楼上女，皎皎当窗牖。"此借以比喻梅花。

⑨安排金屋：借指如对待美女般珍惜梅花。《汉武故事》记汉武帝刘彻幼时对姑母说："若得阿娇作妇，当作金屋贮之也。"阿娇即后来的陈皇后。

⑩玉龙哀曲：玉龙，笛名。玉饰指笛之美，龙吟状笛之音。哀曲，指笛曲《梅花落》。李白《与史郎中钦听黄鹤楼上吹笛》："一为迁客去长沙，西望长安不见家。黄鹤楼上吹玉笛，江城五月落梅花。"落梅花，即《梅花落》。

⑪横幅：画幅。

【评析】

此词较上首《暗香》，辞加沉晦，义更深覆，读者尤宜就直接的文本意义入手，先弄清其意脉，欣赏其美观，再求其所寓，引申作解。若一上来即以某句寓何事、某句念何事、某句斥何事求之，就失去了玩味其美的读诗本旨，将之视为奠二宫蒙难的挽词了。

此词意脉，可分上下二片把握：上片写花开，花形、花魂、花品、花境无一不到；下片写花落，护惜、无奈、怨悱、拟想交错成文。"苔枝缀玉"极贴切地绘出梅花的形态美。"翠禽"二句，就形象美而言，是花、鸟相互映衬，如同摄影拍花得鸟而生色；但亦用赵师雄罗浮山遇美人仙童，醉醒后但见大梅树上有翠鸟刺嘈（鸣叫声，犹啁啾）相顾故事，写梅花乃仙子精魂。"客里"三句，化用杜甫写幽居远浊的《佳人》诗句，以梅着竹中，表现梅花高洁拔俗的品格。"昭君"下四句，再以梅花乃历尽塞北千辛万苦的昭君魂魄归来所化，写其与百花争艳不同的"幽独"境界（王嫱正以不贿宠争艳被远嫁）。过遍先以宋武帝女寿阳公主梅花妆典故，写梅花飞落。"莫似春风，不管盈盈",顺接,申惜花之意;"早与安排金屋",一转,表护花之情。"还教"二句,花落水流,无奈已甚,只有借笛曲《梅花落》吹出哀怨而已。结拍说花落无迹,所见不过横幅上几笔图画罢了。陈匪石说,这是不得已"作无聊之想"。全词化用古典,活用古句,表现梅花特有的美和作者的护惜、怨悱、无奈之情,内涵极其丰富和深长。

用上述意脉来对读《疏影》,会发现其思路十分清顺,但词中还有不少溢出信息,无法为上述意脉所概括。其尤著者,"昭君"数句,铺写其"不惯胡沙远","暗忆江南江北";"深宫"数句,也只"飞近蛾绿"四字与梅落有关。这两个典故,如果仅仅当作用来表现梅花之开与落的形象表达方式,关合梅的少,溢出的多,多少都有点勉强。所以才有谢章铤、王国维、叶绍钧、胡适之的批评。如果当中熔铸了靖康之乱、徽钦及后宫被掳,沦殁北地,而以昭君之事写梅的同时暗中托喻,就没有什么勉强的了。研究者拈出徽宗被掳后的《眼儿媚》词:"花城人去今萧索,春梦绕胡沙。家山何处,忍听羌笛,吹彻梅花。"又徽宗《燕山亭》:"天遥地远,万水千山,知他故宫何处?怎不思量,除梦里、有时曾去。"其中胡沙、笛曲、梅花、梦归,《疏影》皆与之相关,所以说其中寓有其事,借咏梅兼发君国之恨,是成立的。沈祖棻说:"白石既止石湖弥月,酒边纵谈,或及靖康之事,逮其索句,遂亦涉笔及之。"虽系以意推断,但合情合理。其他种种,所录诸家解说甚多,颇可参考。唯放开写梅不谈,一味讲某句寓某义者,不无胶柱之偏耳。

《暗香》《疏影》无疑是咏梅名篇。就咏梅说,两首"蝉联而下,似画家的通景"(俞平伯语),前者"又片片吹尽也",后者"还教一片随波去"等等,有迹可循。但前者相关个人身世,后者亦及家国之恨,主题各有所重。

【汇评】

张炎《词源》:词用事最难,要体认著题,融化不涩。如……白石《疏影》云:"犹记深宫旧事,那人正睡里,飞近蛾绿。"用寿阳事。又云:"昭君不惯胡沙远,但暗忆江南江北。想佩环月夜归来,化作此花幽独。"用少陵事。此皆用事,不为事所使。

张惠言《张惠言论词》:此章更以二帝之愤发之,故有"昭君"之句。

谢章铤《赌棋山庄词话》卷一:长调最难工,芜累与痴重同忌。衬字不可少，又忌浅熟。咏物至词更难于诗，即"昭君不惯胡沙远，但时忆江南江北"亦费解。此词音节固佳，至其文则多有欠解处，白石极纯正娴雅，然此阕及《暗香》阕则尚有可议，盖白石字雕句炼，雕炼太过，故气时不免滞，意时不免晦。

谢章铤《赌棋山庄词话》卷十二："那人正睡里，飞近蛾绿"，此即熟事虚用之法。

陈廷焯《词则·大雅集》卷三：上章已极精妙，此更运用故事，设色煊染，而一往情深，了无痕迹，既清虚，又腴练，直是压遍千古。

郑文焯校《白石道人歌曲》：此盖伤心二帝蒙尘，诸后妃相从北辕，沦落胡地，故以昭君托喻，发言哀断。考唐王建《塞上咏梅》诗曰："天山路边一株梅，年年北发黄云下。昭君已没汉使回，前后征人谁系马？"白石词意当本此。……至下阕藉《宋书》寿阳公主故事，引申前意，寄情遥远，所谓怨深文绮，得风人温厚之旨已。

汪瑔《旅谭》：近人张氏惠言谓："白石此词为感汴梁宫人之入金者。"陈兰甫亦以为然。鄙意以词中语意求之，则似为伪柔福帝姬而作。按《宋史·公主传》云："开封尼静善者，内人言其貌似柔福，静善即自称柔福。蕲州兵马钤辖韩世清送至行在，遣内侍冯益等验视，遂封福国长公主，适永州防御使高世荣。其后内人从显仁太后归，言其妄，送法寺治之。内侍李㙔自北还，又言柔福在五国城适徐还而薨，静善遂伏诛。"宋人私家记载，如《四朝闻见录》、《三朝北盟会编》、《古杭杂录》、《鹤林玉露》、《浩然斋雅谈》，所记虽小有参差，大致要不相远。惟《琐碎录》独言其非伪，韦太后恶其言房中隐事，故急命诛之耳。意当时世俗传闻，有此一说。白石《疏影》词所云："昭君不惯胡沙远，但暗忆江南江北。想佩环月下归来，化作此花幽独。"言其自金逃归也。又云："犹记深宫旧事，那人正睡里，飞近蛾绿。莫似春风，不管盈盈，早与安排金屋。"则言其封福国长公主，适高世荣也。又云："还教一片随波去，又却怨玉龙哀曲。"则言其为韦后所恶，下狱诛死也。至《暗香》一阕，所云："翠尊易泣，红萼无言耿相忆。长记曾携手处，千树压西湖寒碧。"则就高世荣言之，于事败之后，追忆曩欢，故有"易泣"、"无言"之语也。

周尔墉《周评〈绝妙好词〉》：何逊、昭君，皆属故事，但运气空灵，变化虚实，不同獭祭钝机耳。

陈匪石《宋词举》：此词以美人为喻。"苔枝缀玉"，先点题面。"翠禽"使罗浮事，以美人素妆迎赵师雄，故以"客里相逢"三句继之。"无言自倚修竹"，明用杜诗《佳人》末句，暗用苏诗"竹外一枝"，所以状梅之孤洁，亦比石湖之清高。若以章法言，首句是梅花，二、三两句是花神，四、五、六句是与花神相遇时所见，而"昭君"四句则由"无言"句引出者也。王建《塞上梅》诗有"昭君已殁汉使回"之句，兹即借以立意。"不惯胡沙"、"暗忆江南江北"、月夜魂归"化作此花幽独"，当然是徽、钦遗恨。徽宗《燕山亭》后遍曰："凭寄离恨重重，这双燕何曾，会人言语？天遥地远，万水千山，知他故宫何处。怎不思量，除梦里、有时曾去。"可为笺注之资。张、陈诸氏谓为"发二帝之幽愤"是已。至其命意警辟，运掉空灵，又玉田所谓"自立新意"者，实高出王、张咏物各词之上；梦窗"郭希道送水仙"《花犯》，过变即脱胎于此。不独"佩环"句运化杜诗，使事而不为事使，如玉田所赞赏也。过变"深宫旧事"，词面、词意均遥承"昭君"句。曰"犹记"，则不堪回首之情。"睡里飞近蛾绿"，用寿阳点额事，写一憨态，反照前之幽独。"安排金屋"，承"飞近蛾绿"。一片护惜之情，未忍似"春风"之听其飘落，又不使沦入胡沙；不料沦入胡沙者，即最可忆者也。"还教"，一转。"随波去"后，"却怨玉龙"，谁为为之？此恨遂成终古！无可奈何语，以跌宕之笔出之。结拍作无聊之想，犹欲"重觅幽香"，而"小窗横幅"，惟存幻影，并香亦不可留，语更沉重。寻味后遍"飞"者、"安排"者、"随波"者，言已落之梅花；"睡里"喻太平时沉酣之状；"金屋"喻忠爱之忱；"玉龙"亦隐有所指，特其言微隐耳。

胡适《词选》：（姜夔）词长于音调的谐婉，但往往因音节而牺牲内容。有些词读起来很可听，而其实没有什么意义。如他的《暗香》、《疏影》二曲……这两首词只是用了几个梅花的古典，毫无新意可取，《疏影》一首更劣下。

刘永济《唐五代两宋词简释》：此词更明显为徽、钦二帝作。起数句，暗用赵师雄梦见花神事以形容梅花之丽。"客里"三句，以梅花比倚竹美人，"无言"者，见其情岑寂也。"昭君"二句，明用徽宗《眼儿媚》词语。徽宗此词有故国之思，故曰"暗忆江南江北"。"佩环"二句，言魂归故国，此时徽、钦二帝均死于北地也。后半阕，一起点明"深宫旧事"，乃是追念北宋未亡前，徽宗荒淫逸乐之事。"睡里"者，正斥其醉生梦死也。"莫似"三句，又责其不重国事，而以不能惜花相比。"一片"二句，则言其国亡被掳，空托词语以念家国。"玉龙哀曲"，即指徽宗《眼儿媚》词中"忍听羌管"语也。"等恁时"二句，则表面言梅花落后，只有向画中寻觅，言外却悲国事已坏，欲重如旧时之盛，惟有空想而已。此首比前首更为悲愤，但皆以梅花托言，故非个中人知当时事如范成大者，不能感受其深意所在也。此词后人误解甚多，大都不知"昭君"句之用意何在，故说来多不莹彻。

刘永济《微睇室说词》：此词"昭君"究何所指，如不能明，则白石之意终无从知。我曾以徽宗在北所作《眼儿媚》词说之，觉最确切。《眼儿媚》词曰："玉京曾忆旧繁华，万里帝王家。琼楼玉殿，朝喧弦管，暮列笙琶。花城人去今萧索，春梦绕胡沙。家山何在，忍听羌管，吹彻梅花。"《疏影》词中"昭君"二句显系用《眼儿媚》词意。"暗忆"句即"春梦绕胡沙。家山何在"也，也即"玉京曾忆旧繁华"也。"又却怨、玉龙哀曲"亦即"忍听羌管，吹彻梅花"也。"彻"，乐曲最末一遍名。"梅花"，笛曲有《梅花落》调也。……统观全首，张、郑二家之论，大旨无误，惟于"昭君"、"胡沙"等辞，未能从徽宗之词著眼，乃搜唐人诗，得王建《塞上咏梅》诗，遂以为"白石词意当本此"，则尚未达一间。

夏承焘《姜白石词编年笺校》卷三：此词以有"昭君胡沙"语，前人皆谓指徽、钦、后妃。……近人刘永济氏以《南烬纪闻》载徽宗北行道中闻笳笛作《眼儿媚》词，有"春梦绕胡沙，向晚不堪回首，坡头吹彻梅花"之句，谓即白石"昭君"云云之由来；此又前人所未及者。然靖康之乱距白石为此词时已六十七年，谓专为此作，殆不可信。此犹今人咏物忽无故阑入六十年前光绪庚子八国联军之事，岂非可诧。……若谓白石感慨，泛指南宋时局，则未尝不可。予又疑白石此词亦与合肥别情有关：如"叹寄与路遥"、"红萼无言耿相忆"、"早与安排金屋"等句，皆可作怀人体会。又二词作于辛亥之冬，正其最后别合肥之年（时所眷者已离合肥他去，参前《秋宵吟》笺）；范成大赠以小红，似亦为慰其合肥别情。以此互参，寓意可见。唯二词为应成大之折简索句，不专为怀人而作，不似《江梅引》、《踏莎行》诸阕之属辞明显耳。

又：张惠言《词选》又谓："首章（即《暗香》）言己尝有用事之志，今老无能，但望之石湖也。"案石湖此时六十六岁，已宦成身退，白石实少于石湖二十余岁，张说误。蒋敦复《芬陀利室词话》谓指南北议和事，亦嫌无征据。汪瑔作《旅谭》，谓为徽宗女柔福作（《宋书·公主传》：开封尼静善者，内人言其貌似柔福。韩世忠送至行在，封福国长公主，适永州防御使高世荣。其后，内人从显仁太后归，言其妄，静善遂伏诛。《琐碎录》言其非伪，韦太后恶其言房中隐事，故急命诛之耳。叶绍翁《四朝见闻录》二集六十六页柔福帝姬条亦云："或谓太后与柔福俱处北方，恐其讦己，故文之以伪。"）。"昭君"四句，言其自金逃归；"深宫旧事"六句，言其封公主、适高世荣；"一片随波"二句，言为韦后诛死；至《暗香》"翠尊易泣"四句，则就高世荣追忆曩欢言之。其说甚新，其无可征信，亦同前说。

唐圭璋《唐宋词简释》：此首咏梅，寄托亦深。起写梅花之貌，次写梅花之神，梅之美，梅之孤高，并于六句中写足。"昭君"两句，用王建咏梅诗意，抒寄怀二帝之情。"想佩环"两句，用杜诗意，拍到梅花，更见想望二帝之切，此玉田所谓"用事不为事所使"也。换头，用寿阳公主事，以喻昔时太平沉酣之状。"莫似"三句，申护花之情，即以申爱君之情。"还教"两句，言空劳爱护，终于随波飘流，但闻笛里梅花，吹出千里关山之怨来，又令人抱恨无限。"等恁时"两句，用崔橹诗，言幽香难觅，惟余幻影在横幅之上，语更沉痛。篇中虽隶事，然运气空灵，笔墨飞舞。下片虚字，如"犹记"、"莫似"、"早与"、"还教"、"又却怨"、"等恁时"、"已入"之类，皆能曲折传神。

俞平伯《唐宋词选释》：二首均咏梅花，蝉联而下，似画家的通景。第一首即景咏石湖梅，回忆西湖孤山千树盛开，直说到"片片飞尽也"；第二首即从梅花落英直说到画里的梅花。与周邦彦《红林檎近》词两首，由初雪说到雪盛、残雪，再欲雪，章法自似，却不是纯粹写景咏物，多身世家国之感，与周词又不同。上首多关个人身世，故以何逊自比；下首写家国之恨居多，故引昭君、胡沙、深宫等等为喻。更有一点可注意的，"江南江北"之"北"字出韵，系用南方土音押韵。岂因主要意思所在，故不回避出韵失律之病，因之也更觉突出。窃谓旧说大致不误，惟亦不必穿凿比附以求之。至谓作词时离徽、钦被掳已六十年，就未必再提旧话，此点却似无甚关系；因南渡以后，依然是个残局，而且更危险，是不妨有所感慨。词多比兴，虽字面上说梅花，却处处关到自己，关到国家。引用古句甚多，自是用心之作。虽稍有沉晦处，参看注文，大意可通。夏氏怀念旧欢之说，在本词看来不甚显明。

下通论《暗香》、《疏影》二首：

张炎《词源》：词以意趣为主，要不蹈袭前人语意。如……姜白石《暗香》赋梅云(词略)，《疏影》云(词略)。此数词皆清空中有意趣，无笔力者未易到。

又：诗之赋梅，惟和靖一联而已。世非无诗，不能与之齐驱耳。词之赋梅，惟姜白石《暗香》、《疏影》二曲，前无古人，后无来者，自立新意，真为绝唱。太白云："眼前有景道不得，崔颢题诗在上头。"诚哉是言也。

周济《介存斋论词杂著》：北宋词多就景叙情，故珠圆玉润，四照玲珑。至稼轩、白石一变而为即事叙景，使深者反浅，曲者反直。吾十年来服膺白石而以稼轩为外道，由今思之，可谓瞽人扪龠也。稼轩郁勃，故情深；白石放旷，故情浅。稼轩纵横，故才大；白石局促，故才小。惟《暗香》、《疏影》二词，寄意题外，包蕴无穷，可与稼轩伯仲，余俱据事直书，不过手意近辣耳。

宋翔凤《乐府余论》：词家之有姜石帚，犹诗家之有杜少陵，继往开来，文中关键。其流落江湖，不忘君国，皆借托比兴，于长短句寄之。如《齐天乐》伤二帝北狩也，《扬州慢》惜无意恢复也，《暗香》、《疏影》恨偏安也。盖意愈切则辞愈微，屈宋之心，谁能见之，乃长短句中复有白石道人也。

缪荃孙《宋元词四十家序》：《暗香》、《疏影》，石帚以坚洁自秒；《绿意》、《红情》，春水以清空流誉。淘足药粗豪之病，涤佚荡之疵，于是有《双白词》之刻。

李佳《左庵诗话》卷上：白石笔致骚雅，非他人所及，最多佳作。石湖咏梅二词，尤为空前绝后，独有千古。……清虚婉约，用典亦复不涉呆相。风雅如此，老倩小红低唱，吹箫和之，洵无愧色。

王闿运《湘绮楼词选》：此二词最有名，然语高品下，以其贪用典故也。

柴望《凉州鼓吹自序》：词起于唐而盛于宋，宋作尤盛于宣、靖间，美成、伯可各自堂奥，俱号称作者。近世姜白石一洗而更之，《暗香》、《疏影》等作，当别家数也。大抵词以隽永委婉为上，组织涂泽次之，呼噪叫啸抑末也。唯白石登高眺远，慨然感今悼往之趣，悠然托物寄兴之思，殆与古《西河》、《桂枝香》同风致，视青楼歌红扇曲万万矣。

陈廷焯《词则·大雅集》卷三：二章脱尽恒蹊，永为千年绝调。

陈廷焯《白雨斋词话》卷二：南渡以后，国势日非，白石目击心伤，多于词中寄慨，不独《暗香》、《疏影》二章发二帝之幽愤，伤在位之无人也。特感慨全在虚处，无迹可寻，人自不察耳。感慨时事，发为诗歌，便已力据上游，特不宜说破，只可用比兴体。即比兴中亦须含蓄不露，斯为沉郁，斯为忠厚。若王子文之《西河》，曹西士之和作，陈经国之《沁园春》，方巨山之《满江红》、《水调歌头》，李秋田之《贺新凉》等类，慷慨发越，终病浅显。南宋词人，感时伤事，缠绵温厚者，无过碧山，次则白石，白石郁处不及碧山，而清虚过之。

陈廷焯《白雨斋词话》卷六：或问"比"与"兴"之别。余曰：宋德祐太学生《百字令》、《祝英台近》两篇，字字譬喻，然不得谓之"比"也。以词太浅露，未合风人之旨。如王碧山咏萤、咏蝉诸篇，低回深婉，托讽于有意无意之间，可谓精于"比"义，若"兴"则难言之矣。托喻不深，树义不厚，不足以言"兴"。深矣厚矣，而喻可专指，义可强附，亦不足以言"兴"。所谓"兴"者，意在笔先，神余言外，极虚极活，极沉极郁，若远若近，可喻不可喻，反覆缠绵，都归忠厚。求之两宋，如东坡《水调歌头》、《卜算子·雁》，白石《暗香》、《疏影》，……亦庶乎近之矣。

俞陛云《唐五代两宋词选释》：白石词仅数十首，而流传勿替，可见词贵精不贵多也。其《暗香》、《疏影》二首，尤脍炙人口。……今寻绎《暗香》词意，乃发怀旧之思，而托诸美人香草。起笔"旧时月色"句已标明本旨，"何逊渐老"二句有"同学少年多不贱，五陵裘马自轻肥"之慨，通篇一往情深。"翠尊"、"红萼"四句在西湖千树幽香中与玉人携手，如见绿萼仙人，一笑嫣然，在残雪轻冰之外，词意清迥，不得以妮子语视之。况"寄与路遥"句与《疏影》曲"胡沙忆远"同意，则咏花而兼有人在也。《疏影》曲叔夏言其"用事不为事所使"，诚然。但其意不仅用明妃、寿阳事，殆以两宫北狩，有故主

108

蒙尘之感，故云花片随波，胡沙忆远，寓霜塞玉鞭之慨。转头处即言深宫旧事，与《暗香》曲"旧时月色"相应。否则落花随水及"玉龙哀曲"句与寿阳何涉耶？白石之《小重山令》咏红梅云："九疑云杳断魂啼。相思血，都沁绿筠枝。"殆亦此意。二曲藉花写怨，一片神行，宜推绝唱也。

郑文焯校《白石道人歌曲》：案此二曲为千古词人咏梅绝调。以托喻遥深，自成馨逸。其《暗香》一解，凡三字句逗皆为夹协。梦窗墨守甚严，但近世知者盖寡，用特著之。

王国维《人间词话》：咏物之词，自以东坡《水龙吟》为工，邦卿《双双燕》次之，白石《暗香》《疏影》格调虽高，然无一语道着，视古人"江边一树垂垂发"等句何如耶！

叶绍钧《周姜词绪言》：《暗香》《疏影》两词，论音节实在可爱。只觉有咏物体的支离破碎的通病。

吴昌硕《词林新话》：白石《暗香》《疏影》二首，游戏之作耳。虽艺术性强，实无甚深意。乍看似新颖可喜，细按则勉强做作，不耐咬嚼，此本拟人格之通病。白石以花比美人，甚至谓"暗忆江南江北"，即昭君本人又何尝有此感念。且"环佩空归月下魂"，老杜先已发其想象，白石学舌，已落第二乘矣。亦峰谓此二词"发二帝之幽愤，伤在位之无人也，特感慨全在虚处，无迹可寻，人自不察耳"。"斯为沉郁，斯为忠厚"云云，全是自欺欺人之谈。白石自写情词，与时事无关。所谓沉郁忠厚，意凡词叫人看不懂就好，就有寄托。《儒林外史》中就有"九门提督待兄是没法说的了"，即此美也，皇帝新衣亦此类也。

水龙吟

黄庆长夜泛鉴湖[①]，有怀归之曲，课予和之[②]。

夜深客子移舟处[③]，两两沙禽惊起。红衣入桨[④]，青灯摇浪[⑤]，微凉意思。把酒临风，不思归去，有如此水[⑥]。况茂陵游倦[⑦]，长干望久[⑧]，芳心事，箫声里[⑨]。　　屈指归期尚未，鹊南飞、有人应喜⑩。画阑桂子,留香小待,提携影底⑪。我已情多,十年幽梦,略曾如此。甚谢郎、也恨飘零,解道月明千里⑫?

【编年】

作于光宗绍熙四年(1193)。

【注释】

①黄庆长:不详。鉴湖:在绍兴城南三里,原名镜湖,以宋讳改。

②课予:犹嘱予。课,要求,督促。这是姜夔自谦的说法。

③客子:离开家乡客居他乡的人。这里实际包括黄庆长与作者自己。但字面上是指黄庆长,题目说"黄庆长夜泛鉴湖",而不是与黄庆长夜泛鉴湖。

④红衣入桨:船桨划入红衣队中。红衣,指荷花,拟人手法。

⑤青灯摇浪:船灯的倒影在波浪中摇漾。青灯,油灯光焰青莹,故称。

⑥有如此水:此是指水为誓,犹言把酒临风之时,那里不思归家呢? 有湖水为证! 表明归心之坚切。《左传·僖公二十四年》记公子重耳对子犯发誓:"所不与舅氏同心者,有如白水。"

⑦茂陵游倦:比喻客居情状。茂陵,汉武帝陵墓,在长安西,汉代为富豪聚居之区。成都司马相如在长安为官,晚年"病免,家居茂陵"(《史记·司马相如传》)。

⑧长干盼久:指黄庆长的家人盼归。古代建业长干巷,故址在今南京市。乐府古辞《长干曲》、李白《长干行》皆写女子盼夫归之情。

⑨箫声里:这是说家乡妻子夜晚听着远处的箫声久久伫立,怀抱一片芳心盼归。陈与义《临江仙》:"杏花疏影里,吹笛到天明。"

⑩"鹊南飞"句:旧俗谓喜鹊鸣,行人归。刘歆《西京杂记》:"乾鹊噪而行人至。"有人应喜:想象黄庆长家人听到喜鹊叫声满怀欢喜地等待团聚。

⑪"画阑"三句:庭园画阑间的桂花延迟凋落,留香暂待,待客子归来与佳人在花光月影之下携手共游。

⑫谢郎:南朝宋谢庄。谢庄《月赋》:"美人迈兮音尘阙,隔千里兮共明月。临风叹兮将焉歇,川路长兮不可越。"

【评析】

此词写客子思归之情,为对黄庆长游鉴湖怀归之曲的唱和之作。首五句夜游之景。第一句叙夜游事,其下用四句描写夜游景况:"沙禽惊起"是夜晚宿鸟被游船惊飞,"青灯摇浪"是灯光倒影为波浪摇漾;"微凉意思"则是秋夜气候之感;"红衣入桨"承起首再叙一句,且点明游入荷花丛,设色渲染。以下从三方面写客子思归:一从黄庆长这面说,一从黄庆长妻子说,一关合到作者自身。"把酒临风"三句,从游湖之兴致,生出"思归"之坚切,指水为誓。下接一"况"字,递进一层,先借司马相如来说自己久客厌倦之情,再拟想家乡妻子在静夜伫听箫笛思念自己的一片芳心。过遍说自己这里屈指计算归期尚未决定,而家乡妻子已闻鹊噪而欢喜起来了。这一句语虽平白无奇,而其中表现的恋家思归之情却十分迫切,是浅语写深情的好例。"画阑"三句,更拟想自己回到家中与妻子在桂花树下携手盘桓的景象,"留香小待",既指花,又指人,绮艳之极。上面都是就黄庆长与其妻子两方面写。"我已情多"三句,落到姜夔自身,说自己长为客子,何尝不是与黄庆长一样呢?盖姜夔数十年浪迹鄂、皖、江、浙各地,依食于人,和黄庆长"怀归之曲",万千情思一触辄发!最后借刘宋谢庄典故:"美人迈兮音尘阙,隔千里兮共明月。临风叹兮将焉歇,川路长兮不可越。"绾合前文三面所写,但又放开三者,有含蓄不尽之致。此词的特点,是善于变换笔触,尤其用拟想、从对面着笔的写法,使整首词结构十分灵动。

现代注家讲这首词,多谓作者"与黄庆长夜泛鉴湖",而无所据。题目明明说的是"黄庆长夜泛鉴湖",篇中后面明白点出"我……略曾如此",见得前面所写都是就黄庆长及其妻子而言。说作者"与黄庆长夜泛鉴湖",显系主观揣度,过度阐释。

【汇评】

俞陛云《唐五代两宋词选释》:此乃和友人镜湖怀归之作。借杯酒自浇块垒,言愁欲愁,曲折写来,绝无平衍之笔。"鹊南飞"四句从对面着想,便饶有情致。

玲珑四犯[一]

越中岁暮①，闻箫鼓感怀[二]。

叠鼓夜寒②，垂灯春浅③，匆匆时事如许。倦游欢意少，俯仰悲今古。江淹又吟恨赋④，记当时、送君南浦⑤。万里乾坤，百年身世，唯有此情苦[三]。　　扬州柳垂官路，有轻盈换马[四]⑥，端正窥户⑦。酒醒明月下，梦逐潮声去。文章信美知何用⑧，漫赢得[五]、天涯羁旅。教说与，春来要、寻花伴侣。

【编年】

作于孝宗绍熙四年(1193)。

【校记】

[一]陆本调下注："此曲双调，世别有大石调一曲。"《绝妙好词》查为仁、厉鹗笺本调下注："黄钟商。"

[二]闻箫鼓感怀：《词综》无此五字。

[三]唯：《绝妙词选》、查为仁等《绝妙好词笺》、《词综》等作"惟"。

[四]换马：《花草粹编》"换"作"唤"，误。

[五]赢：《绝妙词选》作"嬴"，误。

【注释】

①越中：今浙江绍兴，春秋时越国建都会稽(即今绍兴)。据夏承焘《姜白石词编年笺校·行实考·系年》，绍熙四年(1193)岁暮，姜夔客居绍兴。

②叠鼓：一阵又一阵接连不断的鼓声。客子闻箫鼓迎岁，"感怀"何极！

③垂灯：张挂彩灯，准备过年。

④江淹：南朝文学家，有《恨赋》、《别赋》等名作。江淹又吟，明以江淹指代自己。

⑤送君南浦：江淹《别赋》："春草碧色，春水绿波，送君南浦，伤如之

112

何!"南浦,南面的水滨,诗文中常用作送别之地。

⑥换马:古乐府《杂曲歌辞》有《爱妾换马》篇。元代林坤《诚斋杂记》载有曹魏时期曹彰曾以妓女换马的故事。《异闻实录》载有鲍生蓄养声妓,韦生好乘骏马,二人以女妓换马的故事。后以"换马"作为妓女的代称。

⑦端正:面貌端正的美女。窥户:窥视门户,指情遇之事。周邦彦《瑞龙吟》:"因念个人痴小,乍窥门户。"

⑧信:确实。

【评析】

此词岁暮抒怀。据夏承焘《系年》,姜夔22岁离开汉川姊家,漂流在湘、皖、江、浙一带,依食于人,至此已39岁。这时他家在湖州,而从本年春天开始,客游绍兴,直至岁暮。客中之客,在年关里"闻箫鼓感怀",其半生郁结奔突而出,率情倾吐,直发牢骚,不同于他一贯清虚宛转的风格,在姜词中是少见的别调之作。陈廷焯说:"白石诸阕惟此篇词最激,意亦最显,盖亦身世之感,有情不容已者。"全词押仄韵,用四去声韵,音调苍凉。

首三句就题目写岁暮"时事":"叠鼓"、"垂灯",本是过年热闹景象,但却缀以"夜寒"、"春浅",不由得透出清冷孤寂气息。"如许"二字是说说不出的话,不得不作解释就是"客中看人过年是这样子啊",内中情味要读者自己领会。这二句融情于景还是含蓄地说,下面却禁不住作放笔直吐了。"倦游"提起多年浪迹江湖的身世,是万端感怀之根,所以俯仰所见、沉浮于世(沉浮亦俯仰),无非一个"悲"字。自己一身是如此,自古以来都是如此!由"今古"顺笔而出江淹《恨赋》、《别赋》种种悲凉不如意的典型情景,很有力地借典故抒写己情。"记当时,送君南浦",是《别赋》所写,也是自己不止一次的经历。"送君南浦,伤如之何","黯然销魂者,唯别而已矣!"自己漂泊不定中,这种经历太多了!其下三句,"万里"说宇宙世间,"百年"说人生一世,用"唯有"聚焦到自己当下"此情苦"!这是一种"反形法"——本来相对于宇宙之大,自己那点"苦"也可以说没什么,但作者却偏拿"此情苦"与"万里乾坤"、"百年身世"相形相较。"此情"是过年闻处处箫鼓之情,是倦游之情,是离别之情。开笔之后,由一己当下而及"今古",又由"万里"、"百

113

年"而及"此情",这种思绪的奔突恰是情绪激荡的表现。过遍从"记当时"生发。姜夔早年出鄂后曾驻足扬州,"轻盈换马,端正窥户",作为一个富于音乐才情的年轻人,在歌楼妓馆与歌妓盘桓,可醒来时花落水流,不过徒成杜牧当年"十年一觉扬州梦"之感罢了。往事不堪,折笔写现实。"文章"两句,直抒怀才不遇之恨,"天涯羁旅"归到"倦游"。这是牢骚,更是对人生无理的抗议,故刘乃昌引白居易"诗称国手徒为尔,命压人头不奈何"(《醉赠刘二十八使君》)等,认为抒发的是"历代知识人群的共同心声"。结拍以来春仍要"寻花伴侣"自解,沈祖棻说是"执拗得妙,痴顽得妙",似乎要"寻花伴侣"一条路走到黑,其实还是柳永《鹤冲天》"未遂风云便,争不恣狂荡"的意思,不过说得没有那样激烈罢了。

【汇评】

先著、程洪《词洁辑评》卷四:字句与前数调异而名同。

陈廷焯《词则·大雅集》卷三:音调苍凉,白石诸阕惟此篇词最激,意亦最显,盖亦身世之感,有情不容己者。

梁启超《饮冰室评词》:与清真之"斜阳冉冉春无极",同一风格。

吴世昌《词林新话》:"文章信美知何用,漫赢得天涯羁旅",二句浅薄。白石不应作此类语。此介存所以讥其貌为恬淡而实热中也。

沈祖棻《宋词赏析》:起三句,扣题。"倦游"四句,"倦游"是一层,"欢意少"又是一层。总之,俯仰宇宙,本以抑郁寡欢,何堪又吟《恨赋》,忆当时别况耶?"万里"三句,言空间虽大、时间虽久,而于此混沌渺茫之中,惟此一点不变之情足以苦人耳。收缩"万里"、"百年"于方寸之间,则此情之厚、此苦之深,断可知矣。过片谓彼美虽"轻盈"、"端庄",然当月下酒醒,旧梦亦逐潮声而去矣。此亦杜牧"十年一觉扬州梦"之感。"文章"二句,沉痛。"教说与"二句,质直中见深婉,执拗得妙,痴顽得妙,以见此"要"字乃从肺腑中来,当知此所要之"寻花伴侣",即南浦所送之"君",故非要不可也。

莺声绕红楼

甲寅春^[一]，平甫与予自越来吴①，携家妓观梅于孤山之西村②，命国工吹笛③，妓皆以柳黄为衣。

十亩梅花作雪飞。冷香下、携手多时④。两年不到断桥西⑤，长笛为予吹。　　人妒垂杨绿，春风为染作仙衣。垂杨却又妒腰肢，近前舞丝丝^[二]。

【编年】
甲寅为光宗绍熙五年(1194)。

【校记】
[一]甲寅：《彊村丛书·白石道人歌曲》作"甲辰"。此"甲辰"当为1184年，比"甲寅"早11年。

[二]近前：夏承焘《姜白石词编年笺校》："各本'近'字下皆注'平声'二字。《舒艺室余笔》：'案"近"有上去二音，无平声，此音疑误。'案《花庵词选》白石《解连环》'曲屏近底'句，'近'字下亦注'平声'。"

【注释】
①平甫：张鉴，字平甫，南宋名将张俊之孙。姜夔与张鉴感情很深。周密《齐东野语》卷十二载《姜尧章自叙》云："旧所依倚，惟有张兄平甫。其人甚贤，十年相处，情甚骨肉。而某亦竭诚尽力，忧乐同念。"自越来吴：从绍兴来到杭州。杭州有吴山，春秋时为吴国南界。

②家妓：富贵的士大夫之家蓄养的歌妓。唐宋时歌妓分为宫妓、官妓（或营妓）、家妓、市妓。孤山：在杭州西湖，耸立于里外二湖侧。西村，周密《武林旧事》卷五："西陵桥又名西林桥，又名西泠桥，又名西村。"姜夔《卜算子》（绿萼更横枝）词后注："西村在孤山后，梅皆阜陵时所种。"按即当时挖湖成山种上了梅花。

③国工:宫廷乐师。

④携手:此泛指与张鉴并肩同游。

⑤断桥:在孤山西,因雪后桥似断绝不通而得名,"断桥残雪"为西湖名胜之一。《武林旧事》:"断桥,又名'段家桥',万柳如云,望如裙带。白乐天诗云:'谁开湖寺西南路,草绿裙腰一带斜。'"

【评析】

此词纪游,小序交待甚明,词句也多处与小序照应。此游是与平生最好的朋友一起,又带着歌妓、乐师,所以兴致特别好。这首词的特点,即在于对盎然、轻快兴致的表现。头两句,重点在"携手多时",梅花的"冷香"和"作雪飞",不过作为背景罢了;若泛论咏梅的写法,引许多咏梅词,容易引起对主题的误解。三、四句,重点则在"长笛为予吹"。乐师吹笛,听者皆有份,说"为予吹",是表示自己特别的有感觉。这份感觉是与别人无关的,单单属于自己,所以好像整个笛声都是自己的了。下片以美人与垂杨互相比拟映衬着笔,一者写色:初春杨柳之嫩绿,让美人生"妒",所以她们特意穿上"柳黄衣",似要一较高下——一个"仙"字,分明美人颜色胜垂柳;而"春风为染",又把杨柳当春这样生命的春意贯注到美人的颜色中去了。一者写形:美人起舞,腰肢软媚,又让垂杨生"妒",所以每每有人近前,杨柳就丝丝起舞,似要与美人争胜。词人写美人与杨柳相妒相较,其实还是写他与好友携游,在美景美人丛中,如春天一样形色俱生的勃勃意兴。下片四句,修辞尚巧,虽为贵巧者所好,但其实是写得太巧了。过巧则过露,容易显得薄而浅,缺乏浑厚的风致。姜夔的成就与主导风格并不是这样的。这首词应是一时游玩得意的率性之作,结拍两句若换一种写法,不把巧推到极致,美学上会完美些。

【汇评】

夏承焘、吴无闻《姜白石词校注》:此为纪游词。"携手多时"应词序"平甫与予"句。"长笛"应词序"国工吹笛"句。下片应词序"妓皆以柳黄为衣"句。"人妒垂杨绿"二句,以颜色刻划家妓衣着之美;"垂杨却又妒腰肢"二句,则以舞姿刻划家妓体态之轻盈。而且垂杨会妒人的腰肢,则其人体态之美可想而知。

角　招 黄钟角

甲寅春,予与俞商卿燕游西湖①,观梅于孤山之西村②。玉雪照映,吹香薄人③。已而商卿归吴兴④,予独来,则山横春烟,新柳被水⑤,游人容与飞花中⑥,怅然有怀,作此寄之。商卿善歌声,稍以儒雅缘饰⑦。予每自度曲⑧,吟洞箫⑨,商卿辄歌而和之,极有山林缥缈之思⑩。今予离忧,商卿一行作吏⑪,殆无复此乐矣。

为春瘦,何堪更、绕西湖尽是垂柳[一]。自看烟外岫⑫。记得与君,湖上携手。君归未久,早乱落、香红千亩。一叶凌波缥缈,过三十六离宫⑬,遣游人回首。　　犹有,画船障袖⑭。青楼倚扇⑮,相映人争秀。翠翘光欲溜⑯,爱著宫黄⑰,而今时候。伤春似旧,荡一点、春心如酒。写入吴丝自奏⑱,问谁识、曲中心,花前友[二]。

【编年】

甲寅为光宗绍熙五年(1194)。

【校记】

[一]绕西湖:陈锐《裒碧斋词话》:"此调第三句本只六字,不知何时'湖'上多一'西'字,遂使旁注少一宫谱,此皆沿旧本之误。"朱孝臧《白石道人歌曲校记》:"宋赵以夫、元邵亨贞俱有是调,是句俱作九字。此缺一旁谱,'西'字疑衍。"按此词为姜夔现存17首标有旁谱的词作之一(见《彊村丛书·白石道人歌曲》卷五),独"西"字标旁谱符号处空缺。是句九字即"何堪更、绕湖尽是垂柳"。夏承焘《姜白石词编年笺校》:"'西'字误衍无疑。丘彊斋疑'是'字衍,恐非。"

[二]花前友：夏承焘《姜白石词编年笺校》曰："陆本、厉钞'友'作'后'。《舒艺室余笔》初稿谓应依陆本作'后'，'作友大谬'。刊余笔时，旋删去此校。郑文焯校张本，主当作'友'，谓'此结处盖用对句例'。缪大年曰：'《广韵》"东"下云："舜七友有东不訾"，元刊简本作"舜之后"，亦误'友'为'后'，由"后"字草书与"友"形近也。'案此词作'友'字较长。"

【注释】

①俞商卿：俞灏，字商卿，世代居杭州，父迁往乌程（今浙江湖州）。晚年筑室杭州九里松，号青松居士。有《青松居士集》。姜夔居湖州、杭州时与之交游。燕游：犹宴游、游宴，即闲游、游玩。燕，通"宴"，安逸，安闲。

②孤山之西村：在杭州西湖东侧，详见上首《莺声绕红楼》注②。

③薄：迫近。

④吴兴：今浙江湖州。

⑤被水：悬于水面，拂水。

⑥容与：徜徉（悠闲自在地步行）。

⑦缘饰：文饰。

⑧自度曲：自己谱曲作歌。《彊村丛书·白石道人歌曲》卷五录姜夔"自度曲"调，卷六录"自制曲"调。

⑨吟：吹。

⑩山林缥缈之思：指山林隐士般的高逸情怀和萧洒情思。

⑪商卿一行作吏：《咸淳临安志》："俞灏绍熙四年登第。"嵇康《与山巨源绝交书》："游山泽，观鱼鸟，心甚乐之。一行作吏，此事便废。"一行，犹言一去、一经。

⑫岫：峰峦。

⑬三十六离宫：借指南宋京城临安（今杭州）的众多宫殿。骆宾王《帝京篇》："秦塞重关一百二，汉家离宫三十六。"

⑭画船障袖：画船上的游女以衣袖挡风遮面。周邦彦《瑞龙吟》："障风映袖，盈盈笑语。"

⑮青楼倚扇：歌妓持扇伫立。青楼，此指歌妓住处。

⑯翠翘：美人首饰，状似翠鸟尾上的长羽。白居易《长恨歌》："翠翘金

雀玉搔头。"

⑰宫黄：黄粉,宫人用以涂额。梁简文帝《美女篇》："约黄能效月。"民间多效仿者。也称额黄。

⑱吴丝：指琴弦。李贺《李凭箜篌引》："吴丝蜀桐张高丘。"

【评析】

此词念友抒怀。首三句从序文"予今离忧"出,故用"为春瘦"去声韵短句唤起,"何堪更"递进一层,又作去声顿,声情凄厉。"何堪更"者,"绕西湖尽是垂柳"也。盖"柳"谐音"留",为送别意象,点明别情。"自看"即别后独游,亦"何堪"之情状也。"记得"两句,逆笔倒折,"携手"与"自看"相形。"君归"再折入眼前,"乱落香红千亩",凄然之景,兼点时序。"一叶",湖上游船,作者在其中之一。"过三十六离宫",言外别有兴托。盖"离宫"本为皇帝行宫别馆之称,但宋室丢掉汴京而偏安江左,以临安(今杭州)为行都。"遣游人回首",当然是回望宫殿延绵之壮观,但也隐含着一份缅忆与反思的意味。仿佛说:偏安一隅宫殿却依然这么豪华! 过遍直承,"犹有"二字极重,字面上是继续展写游湖景象,内里似含进一步的反思,故用"而今时候"收,仍是重笔,俨然有而今时候不识愁,直把杭州作汴州的意味。当然字面上是说他人欢游依旧,"而今"与上"记得"、"早乱落"关联。"伤春似旧"申写"为春瘦"。"春心如酒"之"春心",伤春之心也,"荡"、"如酒",伤得很重的情状。结拍关涉序中与商卿音乐之交,"自奏"应"自看",与"携手"比照;"问谁识"九字,谓无人似商卿知我者,即序文"无复此乐矣"。"友",商卿之友,作者自指。

此词结构腾挪展衍,是一特色;言外兴托,是又一特色。另,序中"玉雪照映,吹香薄人","山横春烟,新柳被水"等,写景如晋宋小品。但词中写景之句,皆融情于景,不宜简单作写景看,是美景更使人难堪,是透过一层的深度表达。

【汇评】

俞陛云《唐五代两宋词选释》：此调为重过西湖,梅花已落,怀人而作。独客伤春之际,花落人遥,旧欢回首,谁能遣此! 前半首随笔写来,含思凄婉;转头六句皆追写伊人情态,至"春心如酒"句为题珠所在! 旧欢则欢如蜀荔,新愁则酸若江海,两味相荡,浑如中酒。后主所谓"别有一番滋味在心头"也。以"花前友"三字结束全篇,悲愉之境,前后迥殊矣。

刘乃昌、崔正海《唐宋词鉴赏辞典·角招》:本篇词紧紧扣住西湖景物,即地兴感,借落花烘托,用青楼反衬,然后归结到"吴丝自奏",同上文"湖上携手"在照映中进行对比,尾句以"问谁识"提醒全篇,余韵悠然。在思路上,上片由眼前追怀往昔,再折转到当今;下片由旁写转入正写,由外景收束到内在心灵。全词几经转折,逐步递进地写出了对友人的真挚怀念。

鹧鸪天

予与张平甫自南昌同游西山玉隆宫①,止宿而返,盖乙卯三月十四日也②。是日即平甫初度③,因买酒茅舍,并坐古枫下。古枫,旌阳在时物也④。旌阳尝以草屦悬其上,土人谓屦为屩[一]⑤,因名曰挂屩枫。苍山四围,平野尽绿,鬲涧野花红白,照影可喜,使人采撷,以藤纠缠著枫上。少焉月出,大于黄金盆。逸兴横生,遂成痛饮,午夜乃寝。明年,平甫初度,欲治舟往封禺松竹间⑥,念此游之不可再也,歌以寿之。

曾共君侯历聘来⑦,去年今日踏莓苔。旌阳宅里疏疏磬⑧,挂屩枫前草草杯。　　呼煮酒⑨,摘青梅,今年官事莫徘徊。移家径入蓝田县⑩,急急船头打鼓催。

【编年】
该词作于宁宗庆元二年丙辰(即乙卯之明年,1196)。
【校记】
[一]谓屦为屩:陆本"谓"作"以"。
【注释】
①张平甫:张鉴,字平甫,详见前《莺声绕红楼》注①。南昌:南宋隆兴

府,即今江西南昌。西山:又名南昌山,在江西省南昌市新建区西。玉隆宫:道观名,亦作玉隆观。据《舆地纪胜》卷二十六,旧名为游帷观,宋真宗改名并御题"玉隆观"匾额。又据《豫章古今记》:游帷观本为晋旌阳令许逊宅第,许于晋永和间合家仙去,遂变为道观。

②乙卯:宋宁宗庆元元年(1195)。

③初度:生日。屈原《离骚》:"皇览揆余初度兮,肇锡余以嘉名。"

④旌阳:指晋时旌阳令许逊。《能改斋漫录》卷十:"晋许真君为旌阳令,时江西有蛟为害,旌阳与其徒吴猛仗剑杀之,遂作大铁柱以镇压其处。今豫章有铁柱观,而柱犹存矣。"

⑤屦(jù):麻、葛制成的草鞋。属(juē):草鞋。

⑥封禺:封山、禺山合称封禺,在今浙江湖州武康(今属德清)。传说是禹十二代子孙禺所居之处。

⑦君侯:秦汉时称列侯而为丞相者为君侯,后用为对达官贵人的敬称。此指张鉴。历聘:多次游访。聘,访。

⑧磬:上古石制乐器,形似曲尺。后来佛寺中一种用铜、铁制成的似钵的打击器,也称磬。

⑨煮酒:烫酒,饮酒时将执壶放热水中将酒温热。苏轼《赠岭上梅》:"且趁青梅尝煮酒,要看细雨熟黄梅。"

⑩蓝田县:今属陕西。古代以出产美玉著名。夏承焘《姜白石词编年笺校》:"王维有辋川蓝田别业,此以比平甫封禺别业。又杜甫《去矣行》:'未试囊中餐玉法,朝明且入蓝田山。'仇注引《后魏书》,李预居长安,采访蓝田玉,为屑食之。案词序,时平甫初度,此或兼用杜诗为引年之祝。"

【评析】

这是一首与好友张鉴同游南昌西山玉隆观的纪游词。因游玩时正是张鉴生日,所以词中也暗带祝寿之意。词前小序写得楚楚有致,纪游、述古、写景、兴情,造语古雅而有韵致。开篇逆笔倒叙"去年今日",故言"曾共"、"历聘"。"旌阳"二句语气似过去时,可看作去年所历。"疏疏磬"切合宫观之乐的特点(非急管繁弦),"草草杯"实述山野饮食的简朴("草草"不是马虎)。过片接到今年。三月青梅出,取其"煮酒"可以开胃,故成为风

121

俗,晏殊有"青梅煮酒斗时新",诗词中此类语句甚多。一个"呼"字,可见兴致之高,即序中"逸兴横生"表现之一。"官事莫徘徊",因张鉴有职在身,所以勉励他进取有为,不必在山林江湖与仕途官守之间徘徊不定。结拍以蓝田代张鉴在封禺的别墅,并暗以食玉长生的古典为张鉴祝寿——此夏承焘等言之甚详。纪游抒怀,此词平平无奇;但作为与好友生日同游的祝寿词,却有道家老祖"大音希声"、不言而喻的风格。以记共游兼带祝寿,看来是写寿词比较高明的办法,下面《阮郎归》二首也是这种写法。

【汇评】

夏承焘、吴无闻《姜白石词校注》:此词寿张平甫初度。全首以记游占绝大篇幅,而差无祝寿俗套。所用两个典故:一个是许真君逊,他合家成仙,仙人是长生不老的。另一个是蓝田山,杜甫《去矣行》:"未试囊中餐玉法,明朝且入蓝田山。"蓝田山产美玉,古人有炼玉法,李白诗:"仙人炼玉处,羽化留遗踪。"亦有餐玉法,认为"玉是阳精之纯者,食之以御水气",见《周礼·天官·玉府》"王齐,则供食玉"句注。《后魏书》载,李预居长安,羡古人餐玉之法,"乃采访蓝田,掘得若环璧杂器者,大小百余……预乃椎七十枚为屑食之。"综此两典,其隐寓祝愿平甫长寿之意甚明。

阮郎归

为张平甫寿①,是日同宿湖西定香寺②。

红云低压碧玻璃③,惺憁花上啼④。静看楼角拂长枝,朝寒吹翠眉⑤。　休涉笔⑥,且裁诗⑦,年年风絮时。绣衣夜半草符移⑧,月中双桨归。

又

旌阳宫殿昔徘徊⑨,一坛云叶垂⑩。与君闲看壁间题,夜凉笙鹤期⑪。　茅店酒,寿君时,老枫临路歧。年年强健得

122

追随,名山游遍归。

【编年】
均作于庆元二年(1196)。

【注释】
①张平甫:张鉴,字平甫,详见前《莺声绕红楼》注①。

②定香寺:在杭州西湖。《武林旧事》卷五"西湖三堤路":"旌德观,元系定香寺旧址。宝庆间,京尹袁韶改建为观。有西湖道院,虚舟、云锦二亭。今复为定香寺。"

③红云:喻满树繁花。碧玻璃:喻碧绿的湖水。

④惺憁(sōng):形容声音轻快悦耳。元稹《春六十韵》:"燕巢才点缀,莺舌最惺憁。"

⑤翠眉:喻柳叶新绿。

⑥涉笔:指起草公文。"笔"与"文"相对,指不重文采的公文。

⑦裁诗:指创作诗篇。杜甫《江亭》:"故林归未得,排闷强裁诗。"

⑧绣衣:本汉代官名,全称绣衣直指,为执法、警务一类官吏。草符:非正式的公文。按:符是晋以后上对下告事的文体。移,此处作动词。按:有将"草符移"解作动宾结构者,则主语成为张鉴,但序中说"是日同宿湖西定香寺",与"夜半草符移"不符,故不取。

⑨旌阳宫殿:晋旌阳令许逊的故宅,后改作道观。详见上首《鹧鸪天》注①。

⑩一坛云叶:当指玉隆观的挂屩枫。上首《鹧鸪天》词序:"古枫,旌阳在时物也。旌阳尝以草屩悬其上,士人谓屩为屩,因名曰挂屩枫。"

⑪笙鹤期:吹笙乘鹤的期约。刘向《列仙传》:"王子乔者,周灵王太子晋也。好吹笙,作凤凰鸣,游伊洛之间,道士浮丘公接以上嵩高山。三十余年后……果乘白鹤驻山头,望之不可到,举手谢时人,数日而去。"

【评析】
此二词亦为纪游兼庆寿之作。即上首《鹧鸪天》所谓"历聘"西湖之一也。《鹧鸪天》说到"去年"(绍熙五年,1194)、"今年"(庆元元年,1195),而此是下一年(庆元二年,1196)与张鉴再次游湖,时间还是三月间张鉴生日时。

第一首西湖之游。上片写景,以红花、碧水、春鸟、绿柳,写春光骀荡。过片说"休涉笔,且裁诗",在一年一度风絮飘飞春光中,就应陶醉于诗情而遗落俗务。所以一直玩到深夜,直到"绣衣"前来宣布已到禁夜清场之时,方才"月中双桨归"。

第二首玉隆观之游。全篇都是逆笔追忆,首句用"昔徘徊"点出。从欣赏观前古枫,到闲看壁间题诗,到在茅店把酒祝寿,是游观的活动。"夜凉笙鹤期",借王子乔吹笙驾鹤而成仙的故事为张鉴祝寿——由于在中国文化中,仙人被赋予长生不老的特性,所以称仙祝寿成为风习。结拍抒身体健康、友谊永存之愿,堪称警句。

这两首词与前面《莺声绕红楼》、《鹧鸪天》一起,都是写与张鉴游西湖,可以互相参照。

【汇评】

夏承焘、吴无闻《姜白石词校注》:这两首《阮郎归》,题曰"为张平甫寿",实际也是记游之作。前首记夜泛西湖,后首追忆玉隆观之游。在记游中带出"年年风絮时"、"年年强健得追随"两句,如此作法,不落俗套。

齐天乐 黄钟宫[一]

丙辰岁,与张功父会饮张达可之堂①,闻屋壁间蟋蟀有声,功父约予同赋,以授歌者。功父先成,词甚美②。予徘徊茉莉花间,仰见秋月,顿起幽思,寻亦得此。蟋蟀,中都呼为促织③,善斗。好事者或以三、二十万钱致一枚[二],镂象齿为楼观以贮之④。

庾郎先自吟秋赋[三]⑤,凄凄更闻私语。露湿铜铺⑥,苔侵石井,都是曾听伊处。哀音似诉,正思妇无眠,起寻机杼⑦。曲曲屏山⑧,夜凉独自甚情绪。　　西窗又吹暗雨,为谁频断续,相和砧杵⑨。候馆迎秋[四]⑩,离宫吊月⑪,别有伤心无数。幽诗漫与[五]⑫。笑篱落呼灯,世间儿女⑬。写入琴丝⑭,一声声更苦。

【编年】

丙辰为宁宗庆元二年(1196),词作于此年。

【校记】

[一]黄钟宫:张本无此宫调名。《绝妙词选》有"蟋蟀,中都呼为促织"题注,而无"丙辰岁……"一段词序。《词综》题"蟋蟀",无词序。

[二]三二:陆本作"二三"。

[三]先自:《阳春白雪》"先"字下注"去声"。

[四]候馆:张本"候"作"侯",误。

[五]漫与:张本、陆本"漫"作"谩"。

【注释】

①张功父:张镃,字功父(一作功甫),南宋名将张俊之孙,张鉴异母兄,有《南湖集》。张达可:据杨万里《诚斋集》卷二十一"张功甫旧字时可",达可当是张镃兄弟辈人。

②功父先成,辞甚美:张镃《南湖诗余·满庭芳·促织儿》:"月洗高梧,露溥幽草,宝钗楼外秋深。土花沿翠,萤火坠墙阴。静听寒声断续,微韵转、凄咽悲沈。争求侣,殷勤劝织,促破晓机心。儿时曾记得,呼灯灌穴,敛步随音。任满身花影,犹自追寻。携向华堂戏斗,亭台小,笼巧妆金。今休说,从渠床下,凉夜伴孤吟。"

③中都:即都中,指南宋都城临安(今浙江杭州)

④镂象齿为楼观以贮之:将象牙雕作楼观状用来装蟋蟀。《西湖老人繁胜录》:"促织盛出,都民好养,或用银丝为笼,或作楼台为笼。"

⑤庾郎:庾信,南北朝文学家,其《愁赋》有"谁知一寸心,乃有万斛愁"

之句。

⑥铜铺：铜制铺首，即大门上安装门环的兽形底座。

⑦机杼：织布机。《古诗十九首》："纤纤擢素手，扎扎弄机杼。"

⑧屏山：指画有山水的屏风。

⑨砧杵：用来捣衣（清洗衣服的方法）的工具，砧即垫在下面的捣衣石，杵即捶打衣物的棒槌。古人制作寒衣（冬天御寒衣物），需将衣料捣软，制成后寄给在外的亲人。古诗中常用捣衣这一生活细节来表现思妇对征夫游子的思念。《乐府诗集·子夜四时歌·秋歌》："佳人理寒衣，万结砧杵劳。"

⑩候馆：旅馆。《周礼·地官·遗人》："五十里有市，市有候馆。"

⑪离宫：行宫，皇帝出行时所居。词句化用白居易《长恨歌》唐玄宗"行宫见月伤心色"之意。

⑫豳诗：《诗经·豳风·七月》描写蟋蟀："七月在野，八月在宇，九月在户，十月蟋蟀入我床下。"漫与：随意挥洒。杜甫《江上值水如海势聊短述》："老夫诗篇浑漫与，春来花鸟莫深愁。"

⑬世间儿女：此指捉蟋蟀的儿童。

⑭写入琴丝：白石自注："宣政间，有士大夫制《蟋蟀吟》。"琴丝，代指曲谱。宣政：即宋徽宗政和（1111－1118）、宣和（1119－1125）年间。

【评析】

此咏蟋蟀，为咏物词名篇。张镃所咏（见注②），就其本题，刻划精工（见下贺裳、郑文焯语）；而姜夔更重寄托，不仅求物之妙，而且托物兴怀，抒发人生幽恨，乃至隐寓家国兴亡。起句用"庾郎"自喻，点"愁"，次句即接到蟋蟀，"更闻"与"自吟"关锁，人蛩为一，借物抒情。"私语"写蛩声，用拟人妙。"露湿"三句，就"闻"字展写，并交代环境；"哀音"三句，就"私语"展写，借"思妇"进一步抒写愁怀。"曲曲"两句，递入室内，"独自"应"思妇"，在寒夜无眠、孤独寂寥中其愁之苦更加深刻。过片由"屏山"而"西窗"、由"夜凉"而"暗雨"，"又"字递进，承上而启下，过接甚妙，为张炎激赏。"为谁"二句，"频断续"承上"哀音"等吟声与鸣声，"砧杵"承上"思妇"与"机杼"，还是进一步言"愁"。但这两句作问语，却大有深意。它提示读者注意：前片所写之"愁赋"、"私语"、"哀音",究"为谁"而发?下直接"候馆"、"离宫",就是回答。这当中有作者自己的漂泊依人之苦("候馆"是也),也似有北宋徽钦二帝被掳北行之哀("离宫"是也),"别有"一词,将其中所寄托内容的张力直接说出,读者可以见仁见智各自理解。《豳》诗"句,遥绾开篇庾郎之吟。"笑篱落"二语,写孩童未识世间愁苦,听到蟋蟀的叫声呼灯抓寻的情状,一"笑"字,再加"世间儿女"这样的语气,颇见其不以为然,也是对历经世间哀愁情思的反衬。周济以为是"补凑"敷衍之笔,显然是自己粗心失言。陈廷焯认为:"以无知儿女之乐,反衬出有心人之苦,最为入妙,用笔亦有神味。"末两句收绾全篇,"琴丝"应"哀音"等,"苦"字明点主题,即上"愁赋"、"哀音"、"甚情绪"是也。全词写蟋蟀即写人,把自己带进去,并进而发时代哀音。夏承焘等说:"词中用六种声音,即吟声、私语声、机杼声、雨声、砧杵声、琴声,来描绘和衬托蟋蟀的鸣声。这六种声音,都带有哀愁的色彩。……隐约含蓄地透露出兴亡之感。"(参下所录评语)

【汇评】

张炎《词源》:作慢词……最是过片不要断了曲意,须要承上接下。如姜白石词云:"曲曲屏山,夜凉独自甚情绪。"于过片则云:"西窗又吹暗雨。"此则曲之意脉不断矣。

又:《齐天乐》赋促织云……此皆全章精粹,所咏了然在目,且不留滞于物。

王士禛《花草蒙拾》:张玉田谓咏物最难。体认稍真,则拘而不畅;摹写差远,则晦而不明。而以史梅溪之咏春雪、咏燕,姜白石之咏促织为绝唱。

杨慎《词品》卷四:姜夔……词极精妙,不减清真乐府,其间高处有周美成不能及者。善吹箫,自制曲,初则率意为长短句,然后协以音律云。其咏蟋蟀《齐天乐》一词最胜。

许昂霄《词综偶评》:将蟋蟀与听蟋蟀者层层夹写,如环无端,真化工之笔也。"候馆迎秋"三句,音响一何悲。"笑篱落呼灯"二句,高绝。

贺裳《皱水轩词筌》:稗史称韩干画马,人入其斋,见干身作马形,凝思之极,理或然也。作诗文亦必如此始工。如史邦卿咏燕,几于形神俱似矣;次则姜白石咏蟋蟀:"露湿铜铺,苔侵石井,都是曾听伊处。哀音似诉,正思妇无眠,起寻机杼。"又云:"西窗又吹暗雨,为谁频断续,相和砧杵。"数语刻划亦工。蟋蟀无可言,而言听蟋蟀者,正姚铉所谓"赋水不当仅言水,而言水之前后左右"也。然尚不如张功甫"月洗高梧……凉夜听孤吟"。不惟曼声胜其高调,兼形容处心细如丝发,皆姜词之所未发。常观姜论史词,不称其"软语商量",而赏其"柳昏花暝",固知不免项羽学兵法之恨。

周济《宋四家词选目录序论》:白石号为宗工,然亦有……补凑处(《齐天乐》"豳诗漫与,笑篱落呼灯,世间儿女")。

谢章铤《赌棋山庄词话》卷二:咏物词虽不作可也,别有寄托如东坡之咏雁,独写哀怨如白石之咏蟋蟀,斯最善矣。

吴衡照《莲子居词话》卷一:咏物虽小题,然极难作,贵有不粘不脱之妙,此体南宋诸老尤擅长。姜白石云:"候馆迎秋,离宫吊月,别有伤心无数。"……数语刻画精巧,运用生动,所谓空前绝后矣。

沈祥龙《论词随笔》:词中虚字,犹曲中衬字。前呼后应,仰承俯注,全赖虚字灵活,其词始妥溜而不板实。不特句首虚字易讲,句中虚字亦当留意。如白石词云:"庾郎先自吟愁赋,凄凄更闻私语。""先自"、"更闻",互相呼应,余可类推。

又:沈伯时谓上去不宜相替,故万氏《词律》于仄声辨上去最严。其曰上声舒徐和软,其腔低。去声激厉劲远,其腔高。此说本诸明沈璟去声当高唱,上声当低唱也。词必用上去者,如白石"哀音似诉"句之"似诉"字。必用去上者,如西窗"又吹暗雨"句之"暗雨"字。

陈锐《袌碧斋词话》:古人文字,难可吹求,尝谓杜诗"国初以来画马"句,何能着一"鞍"字,此等处绝不通也。词句尤甚,姜尧章《齐天乐》咏蟋蟀最为有名,然开口便说"庾郎愁赋",捏造故典。"豳诗"四字,太觉呆诠。至"铜铺"、"石井"、"候馆"、"离宫",亦嫌重复。其《扬州慢》"纵豆蔻词工"三句,语意亦不贯。若张玉田之《南浦》咏春水一首,了不知其佳处,今人和者如牛毛,何也。

陈廷焯《词则·大雅集》卷三:此词精绝。一直说去,其中自有顿挫起伏,正如大江无风,波涛自涌,前无古后无今。"篱落"二句平常意,一经点缀便觉神味渊永,其妙真令人不可思议。

陈廷焯《白雨斋词话》卷二：白石《齐天乐》一阕，全篇皆写怨情，独后半云"笑篱落呼灯，世间儿女"，以无知儿女之乐，反衬出有心人之苦，最为入妙，用笔亦别有神味，难以言传。

俞陛云《唐五代两宋词选释》：起笔振裘挈领，未闻蟋蟀，先已赋愁，则以下所咏，处处皆含愁意，一线贯注。若由蟋蟀起笔，便无意味，学词者可悟起句之一种用笔也。咏正面仅"露湿"、"苔侵"三句，此后砧韵机声，皆人与物夹写。"候馆"三句局势开拓，寄情绵邈，与咏蝉之汉苑秦宫，同一意境。结笔灯影琴丝，仍由侧面着想，首尾无一滞笔。时人称其全章精粹，不留滞于物，泂然也。

郑文焯校《白石道人歌曲》：《负暄杂录》："斗蛩之戏始于天宝间，长安富人镂象牙为笼以蓄之，以万金之资，付之一喙。"此叙好事者云云，可知其习尚至宋宣政间，殆有甚于唐之天宝时矣。功父《满庭芳》词咏促织儿，清俊秀美，实擅词家能事，有观止之叹；白石别构一格，下阕托寄遥深，亦足千古已。

唐圭璋《唐宋词简释》：此首咏蟋蟀，寄托遥深。起言愁人不能更闻蟋蟀。观"先自"与"更闻"，正相呼应。而庾郎不过言愁人，并非谓庾郎曾有蟋蟀之吟也，其《霓裳中序第一》有云"动庾信清愁似织"可证。陈伯弢讥庾郎《愁赋》无出典，未免深文罗织。言蟋蟀声如私语，体会甚细。"露湿"三句，记闻声之处。"哀音似诉"比"私语"更深一层，起下思妇闻声之感。"曲曲"两句，承上言思妇之悲伤，而出之以且叹、且问语气，文笔极疏俊委婉。换头，用"又"字承上，词意不断。夜凉闻声，已是感伤，何况又添暗雨，伤更甚矣。仍用问语叙述，亦令人叹惋不置，此类虚处传神，白石最擅长。"候馆"三句，言闻声者之感伤，不独思妇，皆愁极不堪者，一闻蟋蟀皆愁，故更有无数伤心也。伯弢又谓"候馆""离宫"与"铜铺""石井"重复，不知"铜铺""石井"乃白言听蟋蟀发声之处，"候馆""离宫"乃他人听蟋蟀之所在。一是听蟋蟀在何处，一是何处听蟋蟀，用意各别，毫不重复。"齮诗"两句陡转，以无知儿女之欢笑，反衬出有心人之悲哀，意亦深厚。未言蟋蟀声谱入琴丝更苦，余意不尽。

沈祖棻《宋词赏析》：起句写人。庾郎，自况。次句写蟋蟀。以下皆人蛩夹写。先自听者说起，未闻之前，已"先自吟愁赋"，则何堪"更闻"耶？以"私语"状蛩鸣，甚切而新。"更闻"应上"先自"，透进一层。"露湿"二句，听蛩之地。"哀音"应"私语"，"语"非独"私"也，其"音"亦"哀"，又透进一层。"正思妇"二句，听蛩之人。"曲曲"二句，似问似叹，益见低徊往复之情。过片为张炎所赏，以其"曲之意脉不断"（《词源》）也。"暗雨"应上"夜凉"，"夜凉"已是"独自甚情绪"，况"又吹暗雨"耶，再透进一层。"为谁"二句，更作一问，理愈无愈妙，情愈痴愈深。"《豳》诗"句，周济所谓"补凑处"（《宋四家词选序论》），陈锐所谓"太觉呆诠"（《袌碧斋词话》）者也，其病在与下文不连。若李清照《凤凰台上忆吹箫》，于武陵、秦楼之下，续以"唯有楼前流水"，则通体皆活矣。一结亦绾合"私语"、"哀音"，有余不尽。收尾蛩"声更苦"，亦与开头人"先自吟愁赋"呼应。此词下片，当与王沂孙同调《咏蝉》比观。

夏承焘、吴无闻《姜白石词校注》：咏物而有所寄托，在我国文学史上有悠久的传统。……白石此首咏蟋蟀，郑文焯谓其"下阕寄托遥深"，此语甚是。蟋蟀虽小，但从人们养蟋蟀、斗蟋蟀活动中，却可以反映出有关国家兴亡的大问题。《负暄杂录》载："斗蛩之戏始于天宝间，长安富人镂象牙为笼而蓄之，以万金之资，付之一啄。"白石此词自注云："宣政间，有士大夫制《蟋蟀吟》。"《类书纂要》也载："贾似道于半闲堂斗蟋蟀。"可见从唐初到宋末，养蟋蟀、斗蟋蟀之风非常盛行。贾似道在南宋末年平章军国事，襄阳被元军围困数年，他隐匿不报，却在西湖葛岭半闲堂斗蟋蟀。白石……为这种玩物丧志的现象而忧愁、而叹息。所以此词起句即用"庾郎"、"愁赋"。庾信《愁赋》说："谁知一寸心，乃有万斛愁。"（见《海录碎事》卷九下"愁乐门"）白石此词以"愁"字领起全篇，说明他寸心中也有万斛之愁。他在词中用六种声音，即吟声、私语声、机杼声、雨声、砧杵声、琴声，来描绘和衬托蟋蟀的鸣声。这六种声音，都带有哀愁的色彩。只有小儿女"篱落呼灯"两句，是用欢乐来反衬愁苦的。"候馆迎秋，离宫吊月，别有伤心无数"三句，当是感念二帝北行。郑文焯所谓"下阕寄托遥深"者，也许是指此三句而言。联系白石自注数语，其用意就更明显。政和、宣和，是汴京陷落前的徽宗年号，而白石所见斗蟋蟀的年代，南宋政局也已经是日薄西山，摇摇欲坠了。白石此词在"愁"字背后，隐约含蓄地透出兴亡之感，这就是这首词的寄托吧。

庆宫春

绍熙辛亥除夕①，予别石湖归吴兴②，雪后夜过垂虹③，尝赋诗云④："笠泽茫茫雁影微⑤，玉峰重叠护云衣⑥。长桥寂寞春寒夜，只有诗人一舸归。"后五年冬，复与俞商卿、张平甫、铦朴翁自封禺同载诣梁溪⑦，道经吴松⑧，山寒天迥，云浪四合[一]。中夕相呼步垂虹⑨，星斗下垂，错杂渔火，朔吹凛凛，卮酒不能支⑩。朴翁以衾自缠，犹相与行吟。因赋此阕，盖过旬涂稿乃定。朴翁咎予无益⑪，然意所耽⑫，不能自已也。平甫、商卿、朴翁皆工于诗，所出奇诡⑬，予亦强追逐之。此行既归，各得五十余解⑭。

双桨莼波⑮，一蓑松雨，暮愁渐满空阔。呼我盟鸥⑯，翩翩欲下，背人还过木末⑰。那回归去⑱，荡云雪、孤舟夜发。伤心重见，依约眉山⑲，黛痕低压⑳。　　采香径里春寒[二]㉑，老子婆娑㉒，自歌谁答。垂虹西望，飘然引去，此兴平生难遏。酒醒波远，政凝想㉓、明珰素袜㉔。如今安在，惟有阑干，伴人一霎。

【编年】
此词作于宁宗庆元二年(1196)。

【校记】
[一]云浪：张本"云"作"雪"。按，"雲"、"雪"形近，此处皆可通。

[二]采香径：陆本"径"作"泾"，张本作"逕"。按："径"、"逕"为异体字。

泾,小溪;径,小路。据词意应作"泾",作"径"乃假借。

有,可作药、食用。

⑯盟鸥:曾与之定盟的鸥鸟。古人以与鸥鸟订盟,同住水云乡中,比喻退隐江湖。陆游《雨夜怀唐安》:"小阁帘栊频梦蝶,平湖烟水已盟鸥。"黄机《西江月》:"白鸥容我作同盟,占取两湖清影。"

⑰木末:树梢。屈原《九歌·湘君》:"采薜荔兮水中,搴芙蓉兮木末。"

⑱那回归去:指序中"绍熙辛亥除夕,予别石湖归吴兴"。

⑲依约:仿佛。眉山:远山如眉峰。

⑳黛痕:形容远山一抹淡淡的青黑色,像女子画过的眉毛。黛,古代女子画眉用的黑色颜料。

㉑采香径:苏州香山旁的小溪。《苏州府志》:"采香径在苏州之旁,小溪也。吴王种香于香山,使美人泛舟于溪以采香。今自灵岩山望之,一水直如矢,故俗名箭径。"此下六句,接上片"那回归去",仍以回忆之笔写当年携小红至采香径溪水边起舞高歌,乘舟飘然远去的逸兴。有解"采香径"与"飘然引去"为暗用春秋吴国范蠡与西施故事的,我在讲课时曾采用,虽也可通,但不如解作仍写回忆当年明顺,读者识之。

㉒老子:作者自指。婆娑:手舞足蹈之状。按婆娑有舞蹈义,有徘徊义,下言"此兴平生难遇",作徘徊义不胜。

㉓政:同"正"。

㉔明珰素襟:明珠的耳饰,洁白的罗袜,代指所思念的美人。曹植《洛神赋》:"献江南之明珰","凌波微步,罗袜生尘"。

【评析】

此词纪游抒怀。作者与俞灏、张鉴、葛天民自湖州封禺往无锡梁溪张鉴别墅,途中游览吴江垂虹亭等处。五年之前,他在范成大的苏州石湖别墅盘桓月余,作《暗香》、《疏影》,宾主相得,带着范所赠歌姬小红经吴江垂虹回浙江湖州,当时有诗:"自作新词韵最娇,小红低唱我吹箫。曲终过尽松陵路,回首烟波十四桥",别有兴致。现在重临吴江,范成大已仙逝三年,小红则已属他人,目睹旧日景物,感慨莫名。"过旬涂稿乃定"、"朴翁咎予无益",都可见这首词是姜夔用情很深的精心之作。

开篇六句写景。吴江面临太湖,首八字对起,一言湖面,一言湖边。

"空阔"极得力，既是形容纵目所见的旷远境界，又是形容对景而生的无限情思——"暮愁渐满"——仿佛整个空际都充满了自己的一腔愁思！"盟鸥"从纵目空际出，接得极顺。"呼我"，人鸥互动，声音最有味。"翩翩欲下"、"背人"飞过，情态极生动。"那回"三句由对景生情跌入回忆，盖五年前携小红而归也。"荡云雪，孤舟夜发"，写得极有气势，与柳宗元"独钓寒江雪"相似，其中寄寓着一种孤峭的情思（情调与序中所引"笠泽茫茫"诗有别），遥开下"此兴平生难遇"。"伤心重见"接到眼前，"依约眉山"，仍着回忆中恍惚之色，"黛痕低压"则是回忆中情感的压抑。眼前看到的是景，浮现于脑际的却是伊人，"以景传情"之笔也。过片仍接上片回忆，写"那回"与伊人溪边起舞高歌，乘舟飘然引去的逸兴。"老子婆娑，自歌谁答"，真有一空寰宇之概！下接到眼前，"酒醒波远"应"飘然引去"，一个对着远波而追忆"凝想"的抒情主人公跃然纸上。"明珰素袜"，忆念中人，当指与作者"那回归去"的小红。"如今安在"三句，说只有当时共倚的阑干还在，还可以与我霎时相伴！从一空寰宇的豪放，跌入一切无凭的无奈，写出抒情主人公形象的反差和情感的跌宕，且"如今安在"下接一独立阑干极目空际追思渺渺的抒情主人公，结笔有余不尽。

此词纪游而感慨今昔，说"愁"、说"伤心"、说"春寒"，是因今昔之变、物是人非引起的悲情；但"空阔"、"荡云雪"、"老子婆娑"、"飘然引去"等，则是与友人"相呼步垂虹"豪放兴致的投射。此词写景着笔宏阔，但阔大之景包含着悲伤之情；而物是人非的悲情，又难抑呼朋共游的豪放，其中对"那回归去"、"明珰素袜"的绮丽怀想，与健举的笔致并行。这种相反相成的艺术表达结构，很好地成就了作者特有的孤峭、清刚的风格。姜词所谓"清刚"很抽象，当于此类词认真体认才能把握。其中有飘然远引的逸怀、有耿耿不忘的情思，有悲哀、有豪放，有执着、有超迈。这一切经过艺术的熔炼而合成为"清刚"。因此，这首词是一首很能表现作者个性化及其风格的作品，也是一首表现了作者极深的词学功力的作品，朱孝臧《宋词三百首》、施蛰存《宋词经典》等选之，可谓具眼。

【汇评】

陆友仁《砚北杂志》：近世以笔墨为事者，无如姜尧章、赵子固二公，往余见姜尧章《庆宫春》词,爱其词翰丰茸,故备载之。

况周颐《蕙风词话》卷二:元人沈伯时作《乐府指迷》,于清真词推许甚至。唯以"天便教人,霎时厮见何妨"、"梦魂凝想鸳侣"等句为不可学,则非真能知词者也。清真又有句云:"多少暗愁密意,唯有天知。""最苦梦魂、今宵不到伊行。""拚今生、对花对酒,为伊泪落。"此等语愈朴愈厚,愈厚愈雅,至真之情,由性灵肺腑中流出,不妨说尽而愈无尽。南宋人词如姜白石云:"酒醒波远,正凝想、明珰素袜。"庶几近似。然已微嫌刷色。

俞陛云《唐五代两宋词选释》:白石于冬夜偕友过吴江,卮酒御寒,相与赓和,乃赋此调。起笔即秀逸而工,承以"盟鸥"三句,着笔轻灵。此下回首前游,凄然凝望,山压眉低,此中当有人在。故下阕言旧地重过,已明珰人去,酒醒波远,倚阑之惆怅可知。白石曾在吴江垂虹亭谱一曲新词,付小红低唱,传为韵事。观"如今安在"句,当是小红去后之作,虽无词序言明,以重过垂虹相证,或非虚造之谈也。白石赋此词,几经涂稿而成,知吟安一字之难。以横溢之天才,而审慎如是,学词者未可以轻心掉之。

唐圭璋《唐宋词简释》:此首夜泛垂虹作,写境极空阔,写情亦放旷。初点湖天空阔、日暮天寒之境,次写盟鸥呼我之情,翩翩欲下,又过木末,写鸥飞最生动,而呼我之情尤觉亲切有味。"那回"两句,回忆昔年雪夜泛湖情景,宛然在目。"伤心"两句,折入现景,点明山况。换头,因荡舟山川之间,又起怀古之思。"采香"三句,极写乐极而歌。"垂虹"二句,写孤舟远引,胸次浩然,逸兴遄飞,有翛然物外,浑忘尘世之高致,诚玉田所谓"野云孤飞,去留无迹"也。"酒醒"两句,复写极乐而饮,并酒醒后怀古之情。"如今安在"四字提唱,与《点绛唇》之"今何许"三字作法相同。"惟有"两句应上句,倍觉前尘如梦,只余一片苍茫,令人叹惜。王静安论词,辄标举境界之首,而诋白石,然若此首境界幽绝,又曷可轻诋。且白石所作,类皆情景交融,独臻神秀,又非一二写境之语,足以尽其词之美也。

夏承焘、吴无闻《姜白石词校注》:首二句"双桨莼波,一蓑松雨"以写景开始,是很工整的对仗。接下来第三句由写景到抒情,"暮愁"的"愁"领起全篇。"盟鸥"三句,当指俞商卿、张平甫等同游者。"那回归去"以下五句,开始进入一种梦幻那样的回忆境界:五年以前,也是在严寒的冬天,白石辞别范石湖由苏州归苕溪，石湖以青衣小红相赠。在那次归途中，白石作《除夜自石湖归苕溪》七绝十首，其中二句云："少小知名翰墨场，十年心事转凄凉。"反映其久困科场的凄楚心情。当时白石还作了一首《过垂虹》的七绝……事隔五年，白石此次重到垂虹，又值隆冬之夜，寒山黛色，仍如愁眉。"伤心重见"四字，既点明两次过垂虹的游踪，复与上文"暮愁"的"愁"字相呼应，起到一箭双雕的作用。下片纵笔史事，"采香径"、"垂虹西望，飘然引去"诸句，说的是西施之事。他借这个故事，来表明"此兴平生难遏"的幽思。"如今安在"三句，又回到实际生活中来。此词情节有虚有实；有向往，有回忆；以向往和回忆衬托其"暮愁满空阔"的现实生活和凄凉心情。这首《庆功春》，在白石诸词中，色泽较为浓密，在梦窗、清真之间，然而仍然有清远幽渺的风致。如云："垂虹西望，飘然引去……唯有阑干，伴人一霎。"翡翠兰苕间，仍有鸾飞凤举气象。或谓此词为怀念小红而作，从词序所言的时间和地点来考察，亦差可信。柔情绮怀，能为高调，非周清真、吴梦窗所能及。

江梅引

丙辰之冬，予留梁溪①，将诣淮而不得[一]②，因梦思以述志。

人间离别易多时，见梅枝，忽相思③。几度小窗幽梦手同携。今夜梦中无觅处，漫徘徊④，寒侵被，尚未知。　　湿红恨墨浅封题⑤，宝筝空，无雁飞⑥。俊游巷陌，算空有、古木斜晖。旧约扁舟，心事已成非。歌罢淮南春草赋⑦，又萋萋。飘零客，泪满衣。

【编年】

丙辰为宁宗庆元二年(1196)，词作于此年冬。

【校记】

〔一〕淮而:夏承焘《姜白石词编年笺校》:"朱孝臧校张本:'而'当作'南',倪鸿刊本作'南'。"

【注释】

①梁溪:流经浙江无锡城西的一条小河。详见上首《庆功春》注⑦。张鉴在无锡有庄园,姜夔此时依张鉴居此。

②将诣淮:想要到淮南去。淮南,指合肥(合肥在淮河以南)。

③见梅枝,忽相思:卢仝《有所思》:"相思一夜梅花发,忽到窗前疑是君。"

④漫徘徊:此指在梦境中寻觅徘徊。

⑤湿红:一说指为泪水浸湿的红笺。晏几道《思远人》:"泪弹不尽当窗滴,就砚旋研墨。渐写到别来,此情深处,红笺为无色。"一说指红泪,即血泪,所谓泪尽继之以血者。《丽情集》载蜀妓灼灼以软绡聚红泪寄裴质。前说为常情,后说多夸张。浅封题:浅浅题写。此为倒装句,即"浅封题湿红恨墨"——含恨洒泪写信给对方,不敢深述离情之苦,故言"浅封题"。贺铸《绿头鸭》:"翠钗分、银笺封泪,舞鞋从此生尘。"

⑥无雁飞:指无人弹奏,雁柱不动。晏几道《菩萨蛮》:"纤指十三弦,细将幽恨传。当筵秋水慢,玉柱斜飞雁。"按:夏承焘考订姜夔淮南词多为怀念合肥情人而作。其人乃两姐妹,《解连环》"大乔能拨春风,小乔妙移筝",即其人也。此句或解作"天边不见雁飞,信笺无法传递",亦可通。

⑦淮南春草赋:指抒写别情的作品。淮南小山《招隐士》:"王孙游兮不归,春草生兮萋萋。"姜夔五年前离合肥时作《点绛唇》:"淮南好,甚时重到?陌上生春草。"

【评析】

此词写因梦而怀念合肥情人。词一般多以写景、叙事起,而此词以感喟离别容易觉得时间漫长("多")起笔,可见其乃金圣叹所谓"心头舌尖所万不获已必欲说出之一句说话"(周亮工《尺牍新抄》卷五)之情也。据考证,姜夔有两次在合肥与情人分别都是梅花开放时,所以"见梅"最易触动情思。"忽"是突然、迫切,不是平时不思此时忽然而思。"几度"句即见其

137

常常在梦中携手、不能忘怀。下用转笔："今夜"梦中却找不到恋人，只能徒然寻觅徘徊——连以往梦中携手都无法实现，思念之苦，又过平常。结句寒气侵透被底而浑然不知，进一层形容思念之专注与深刻。过片拟想对方：含恨洒泪写信，却不敢深写离别之苦；宝筝空悬，如雁翼般展开的筝柱上那双纤手已不再弹奏。歌姬悬筝不弹，所以下接"俊游巷陌，算空有"——此亦倒装句；空有俊游巷陌，除了歌姬悬筝不弹，也是情人不至。"古木斜晖"渲染苍凉的气氛。下又归到自己，说旧约成空，一腔深情无法实现。这种情怀，姜夔在诗词中曾一再表示，《长亭怨慢》："第一是早早归来……怎忘得玉环分付"，《送范仲讷往合肥》："未老刘郎定重到"，但现实无情，有情人徒劳相思。"歌罢"句以典故切到风景，"又"字带出时间推移、春光又至，而自己仍不能践约前去相会，故结拍"飘零客，泪满衣"苦情唱叹，复与开篇抒情呼应。

【汇评】

夏承焘《姜白石词编年笺校》卷四：此忆合肥人作。白石绍熙二年辛亥别合肥，至此五年矣。《诗集（下）·送范仲讷往合肥》第三首云："小帘灯火屡题诗，回首青山失后期。未老刘郎定重到，烦君说与故人知。"可与此互参。

沈祖棻《宋词赏析》：上片冬留梁溪，下片诣淮不得，因梦述志。"见梅枝"两句，从卢仝《有所思》"相思一夜梅花发，忽到窗前疑是君"来。"歌罢"两句用淮南小山"王孙游兮不归，春草生兮萋萋"，仍是离别之感，绾合起句。离别之难，相思之苦，似应度日如年矣，而言"易多时"，是一拗。既已多时，似不相思矣，而承以"忽相思"，又是一转。相思在"见梅枝"之后，似见花而怀人，然证之"几度"一句，则固未尝一日忘也。或谓"几度小窗幽梦"亦可在"见梅枝"之后，然其下紧接"今夜梦中"作一对比，则此"几度"，固谓"今夜"以前。

鬲溪梅令[一]

丙辰冬，自无锡归①，作此寓意。

好花不与殢香人②，浪粼粼。又恐春风归去绿成阴③。玉钿何处寻④。　　木兰双桨梦中云⑤，小横陈[二]⑥。漫向孤山山下觅盈盈⑦，翠禽啼一春。

【编年】

丙辰为宁宗庆元二年（1196）。

【校记】

[一]《绝妙词选》调下作："仙吕调。无锡归寓意。"不录序。

[二]小横陈：《词谱》、《词律》"小"作"水"。

【注释】

①自无锡归：本年冬，姜夔曾与俞灏等往无锡张鉴别墅，此词写归杭州所感。

②好花：此指梅花。殢香人：此指迷恋梅花之人。殢（tì），沉溺于。

③"又恐"句：《唐才子传》云，杜牧在湖州"目成"一少女，"结以金币"，以十年为期；后乞守湖州，而在十四年后，少女已嫁人生两子。赋诗曰："自恨寻芳去较迟，不须惆怅怨芳时。如今风摆花狼藉，绿叶成荫子满枝。"姜化用杜诗，担心错过花期，亦寓怀人意。

④玉钿：以金玉做成的精美的首饰。此兼指梅花与美人。

⑤木兰双桨：香木做成的船桨，诗词中常用的美化写法。梦中云：梦本无凭，云亦易散，写其无奈；亦可解作楚襄王于云梦梦"巫山之女"，"旦为朝云，暮为行雨"之"梦中云"。

⑥小横陈："小"，今注本多作"水"。陈亮《念奴娇》"一水横陈，连岗三

139

面"。按：联系"巫山云雨"典故，作"小横陈"，指人，亦通，惟过于绮靡，于姜词格调不牟。

⑦孤山：即杭州西湖孤山，宋时为游览胜地，多梅花。盈盈：此亦兼指梅花与美人。《古诗十九首》："盈盈楼上女，皎皎当窗牖。"

【评析】

此词怀念情人，为姜夔自度曲。据其"鬲溪梅"之名，"好花"指梅花，"不与"即"鬲溪"。"浪粼粼"，眼前实景，亦暗喻时光如逝水。或谓起二句写花落水流，以"不与"指花落，稍嫌粗。"又恐"两句，更虑及春去花落、绿叶成荫，"玉钿"用拟人手法，巧妙地由"好花"过渡到情人。过片追忆与伊人泛舟西湖，然眼前徒见一水横陈，当时携手同游之乐如梦幻、如流云，将回忆、感受、景象三者融为一笔，力透纸背，篇中警策。"漫向"从"梦中云"出，梦幻为虚，流云已逝，故突然踯躅于孤山山下，再也难觅"盈盈"之伊人，而只有翠鸟不停的啼声。歇拍以景结，含情无限，亦词中极得力之笔也。

此词由"瓣香"而怀人，花为起兴，人才是注目处。但妙处在于笔笔是花，亦笔笔是人，如"好花"句可以是人，"漫向"句可以是花。花与人为一，笔致幽妙，是一首别致的小令。

【汇评】

陈廷焯《词则·别调集》卷二：节短音长，酝酿可喜。

俞陛云《唐五代两宋词选释》：此词原题云："自无锡归，作此寓意"，实则忆西湖看梅往事，观词中"双桨"、"孤山"等句可见，与《角招》词之忆孤山梅花，同一感怀。此言玉钿难觅，即《角招》词翠翘罗袖之感。结句不着边际，含情无限，如赵师雄之罗浮梦醒，但闻翠羽飞鸣耳。

夏承焘、吴无闻《姜白石词校注》：此词以落花起兴，主要是写离情。"好花不与瓣人香，浪粼粼"二句，写水流花谢，是暮春景象。"又恐春归去绿成荫"是承上启下句：它既补充上文的伤春，又引导词意折入思念情人这个主题，使下接"玉钿何处寻"，得以顺理成章。下片首二句，回忆往日"木兰双桨"同泛西湖之乐，如今旧游如梦，不堪回首。末二句说：一春来枉自向"孤山山下"寻觅旧情人，而伊人不见，惟闻翠禽啼声，仍如往昔而已。白石作词,好用杜牧诗句,如"扬州十年一梦"(《汉宫春·次韵稼轩》)、"豆蔻词工,青楼梦好"(《扬州慢》)等等。此词"又恐春风归去绿成荫"句,疑亦用杜牧事。据《太平广记》载:杜牧游湖州,见一小女,国色也。因以重币与女母,约十年来娶。越十四年,牧始再至。至则女已嫁三年,且生三子。牧俯首移晷,因赋诗以自伤。诗云:"自恨寻芳到已迟,往年曾见未开时。如今风摆花狼藉,绿叶成荫子满枝。"则白石词在"又恐春风归去绿成荫"句下,接"玉钿何处寻",当是其旧情人,此时或已他适。

浣溪沙

　　丙辰腊,与俞商卿、铦朴翁同寓新安溪庄舍[一]①,得腊花韵甚[二],赋二首。

　　花里春风未觉时。美人呵蕊缀横枝②。隔帘飞过蜜蜂儿。　　书寄岭头封不到③,影浮杯面误人吹。寂寥惟有夜寒知。

又

　　羃羃寒花小更垂④。阿琼愁里弄妆迟⑤。东风烧烛夜深归。　　落蕊半粘钗上燕⑥,露黄斜映鬓边犀[三]⑦。老夫无味已多时。

【编年】

丙辰为宁宗庆元二年(1196)。

【校记】

[一]庄舍:张本脱"庄"字。

[二]腊花:夏承焘《姜白石词编年笺校》:"厉钞'腊'作'蜡'。郑文焯

校:'案"腊"当作"蜡"。此因上"腊"字并列成讹。词中用"蜜蜂"烘托"蜡"字,用庾岭暗切"梅"字,是咏梅可证。'又校下首:'结句用嚼蜡事甚新。'许增校:'"花",旧钞本作"梅"。'陈疏引范成大《梅谱》:'人言腊时开故以"腊"名,非也,为色正如黄蜡耳。'"

[三]露黄:陆本"黄"作"横",误。

【注释】

①俞商卿:俞灏,字商卿。铦朴翁:葛天民早年曾出家为僧,僧名义铦字朴翁。新安:无锡东南三十里的新安镇。庄舍:即庄园。即张鉴在新安镇的梁溪庄园。

②横枝:梅花以横斜之枝最有姿态。林逋《梅花》:"雪后园林才半树,水边篱落忽横枝。"《香园小梅》:"疏影横斜水清浅。"

③岭头:指大庾岭,又称梅岭。按:此句暗带陆凯自江南寄梅花与长安范晔的典故,而说信无法寄到,抒发花好而无法分享的寂寥。封不到:信不到。封,指信。或解封为量词,一封、封封,迂曲。此句说寄自岭头的书信无法到达收信人手中。

④翦翦:同"剪剪"。风拂或寒气侵袭貌。韩偓《夜深》:"恻恻清寒剪剪风,小梅飘雪杏花红。"翦,"剪"的异体字。

⑤阿琼:代指美女。弄妆迟:指心绪不佳,无心打扮。温庭筠《菩萨蛮》:"懒起画蛾眉,弄妆梳洗迟。"

⑥钗上燕:即燕钗,燕子形发钗。李贺《湖中曲》:"燕钗玉股照青渠,越王娇郎小字书。"

⑦"露黄"句:额头上的额黄妆与鬓角犀角簪斜向相映。"露黄"与"落蕊"正对。黄,即额黄,妇女在额头涂黄色为饰,六朝已有此习。梁简文帝萧纲《戏赠丽人》:"丽姐与妖嫱,共拂可怜妆。同安鬟里拨,异作额间黄。"温庭筠《偶游》:"云髻几迷芳草蝶,额黄无限夕阳山。"犀,即犀簪,用犀牛角制成的发簪。吴融《和韩致光侍郎无题三首十四韵》:"珠佩元消暑,犀簪自辟尘。"

【评析】

此二首在友人张鉴无锡庄园赏梅作。

第一首,起笔说梅花在人尚未感觉春风到来时就开放了,花蕊缀于横斜的枝头,美人爱恋呵护,蜜蜂也动情地飞来。"呵蕊",言花蕊娇嫩也;"蜜蜂"句,加笔衬托梅花的魅力。过片借陆凯自江南寄梅花与长安范晔的典故,过渡到离情;而说书信无法寄到,反用典故,极言离情之苦。"影浮"句说梅花映入酒杯中使人产生错觉,而想要吹去花瓣,又折回当前,重点在"影浮"与"误人"。或将这一句错觉描写解释为趣味横生,是一件使抒情主人公发出会心一笑的赏心乐事,情调与上、下句皆不牟。结拍直接抒情,点明春来花开而不能与伊人相共的凄寒与寂寥。

第二首,起笔仍写早梅的娇小。"阿琼"可连上句作比拟理解:"蔫蔫寒花小更垂",犹如"阿琼愁里弄妆迟"。也可连下句,说美人离愁无绪,懒得妆扮,直到晚间才点燃蜡烛到花下盘桓,直至深夜。或谓此写少女赏梅投入的情景,也与整首词的格调不牟。过片工整对句从"弄妆"出,就美人展写一笔,凑合。结句仍直接抒情,说离情寂寥之中无兴赏花也。

二词平平,第二首尤其平淡寡味。

浣溪沙

丙辰岁不尽五日①,吴松作②。

雁怯重云不肯啼。画船愁过石塘西③。打头风浪恶禁持④。　　春浦渐生迎棹绿,小梅应长亚门枝⑤。一年灯火要人归⑥。

【编年】

丙辰为宁宗庆元二年(1196)。

①岁不尽五日:距年终还有五天,即除夕前五日。

②吴松:指松江,即今吴江。

③石塘:在苏州小长桥附近。《方舆胜览》:"小长桥在石塘,垒石为之。"

④打头风浪:顶头而来的风浪。禁持:宋人口语,掌控、摆布。

⑤亚:傍、靠。柳永《二郎神》:"抬粉面,云鬟相亚。"

⑥一年灯火:岁末至元宵的灯火。《岁时广记》:"自十二月十五日便放灯,直至上元。"

【评析】

此词岁末归途述感。庆元二年(1196),姜夔"移家行都(临安)依张鉴,居近冬青门。"(陈思《白石道人年谱》)本年冬,他曾与友人北上江苏无锡,寓居张鉴梁溪庄园。岁末,自梁溪归杭,道经苏州吴松,作此词。

起笔借雁写人,盖岁末应无归雁,故句中"雁"为虚笔拟人,非实写雁,"云重"才是实写阴沉天气。"怯"与下句"愁"字都是担心云重风劲,影响行程。"打头风浪恶禁持",写一路风急浪高,扑向船头,故"怯"、"愁"——担心不能赶回家,因为离除夕只剩五天。或谓"怯"字有宋之问"近乡情更怯"之意,此联想与下片情调不牟。下片情绪一变。船到吴松,或是天气转晴,所以景象变得明亮,河岸边的绿色好像在欢迎自己归来。说"渐生",表明其绿色主要是作者心中的意象——春节前杨柳的绿色尚不明显,青草更是尚未长出。"小梅"句着一"应"字,将作者的主观向往直接托出——那是自家庭院里的温馨之景。或谓"小梅"兼指家中小儿女,写其傍门盼望,极有情味。结拍用过年灯火辉煌的热烈景象召唤人归,把归家情兴推向高潮。此词虚笔实笔兼用,上下片情调互衬,是一首很有特色的小令。

【汇评】

沈祖棻《宋词赏析》:"春浦"句,客中之景,谓可以归矣。"小梅"句,家中之景,谓待人归去。

夏承焘、吴无闻《姜白石词校注》:此词是白石归舟过吴松作。陈思《白石道人年谱》谓白石"此年(丙辰)移家行都(临安)依张鉴,居近冬青门"。

白石是年浪游武康、无锡各地，至年终始归。上片三句写归舟，连用“重云”、“愁过”、“风浪恶禁持”等辞，使人感到作者心情的沉重。下片稍露喜悦。见船头春波涨绿，想到小梅应长出亚门新枝，以迎远客。此小梅亦可比喻家中幼小儿女。结拍写出家人盼望归人之殷切。

鹧鸪天

丁巳元日[①]

柏绿椒红事事新[②]，鬲篱灯影贺年人[③]。三茅钟动西窗晓[④]，诗鬓无端又一春。　　慵对客，缓开门，梅花闲伴老来身。娇儿学作人间字，郁垒神荼写未真[⑤]。

【编年】

丁巳为宁宗庆元三年（1197）。该词于此年在杭州作。

【注释】

①丁巳元日：宋宁宗庆元三年（1197）正月初一。

②柏绿椒红：绿色的柏酒，红色的椒酒。《荆楚岁时记》：正月初一，“长幼悉正衣冠，以次拜贺，进椒、柏酒，饮桃汤”。

③鬲：通“隔”，阻隔、隔开。《汉书·薛宣传》：“阴阳否鬲。”

④三茅钟：指寺观的钟声。据《咸淳临安志》卷十三：临安（杭州）七宝山有宁寿观，原本为三茅堂。绍兴中御赐古玩三种，其中有两口唐钟，是唐澄清观之旧物。皇宫中每听钟声以为寝兴食息之节。陆游《纵笔》：“三茅钟残窗欲明。”又《天竺晓行》：“三茅听彻五更钟。”

⑤郁垒神荼：传说中能驱鬼魅的两个神。王充《论衡·订鬼》引《山海经》：沧海度朔山上有神荼、郁垒二神人，掌管万鬼。为恶之鬼，则以苇索缚之以饲虎。于是黄帝在门户上画神荼、郁垒与虎，悬苇索以御凶魅。应劭《风俗演义》：“神荼、郁垒为两兄弟，掌伺察诸鬼。凡有为非作恶者，即投以

饲虎。"此句说"鬱壘(郁垒)"二字笔画繁多、"神荼"之"荼"字容易写错,故"写未真",即写得不像、不正确。

【评析】

此词写过年种种情形。上片写除旧迎新之事。所谓"事事新",是节日的环境气氛乃至心情都不同平日。其实像饮椒柏酒、相互拜贺新年等,都是传统习俗,但家家张灯挂彩、张贴门画等等,确实是新年新气象,是不同以往的新的开始,其中寄寓着新的希望。巴赫金说节日带来一种狂欢化的生活状态,使人体验一种不同于日常常规生活的情景,获得一种充分的自由感(《托斯妥耶夫斯基诗学问题》)。中国人新年种种旧俗之为"新",其深层含义也在这里。"三茅"句说钟声报告除夜破晓、元旦来临;"诗鬓"句说很容易又是一年开春之日。"无端"指来得没有缘故,好像不知不觉突然就到了。这两句都是说时光运行、新年的脚步来临。过片先写自己的感受。此时姜夔约42岁,而自称"老来身",是出于古人四十余岁即叹老的习惯(如欧阳修词中屡见)。这三句说"慵"、说"缓"、说"闲",的是老人过年节的情态,其中已无采烈兴高而别有闲适趣味。末二句写小儿女模仿写门帖,"鬱壘神荼"这种难写的字总也写不好,妙趣横生!

【汇评】

刘永济《微睇堂说词》:"三茅钟",《咸淳临安志·行在所录》:"宁寿观在七宝山,本三茅堂。绍兴中赐古器玩三种,……其二唐钟,……禁中每听钟声以为寝兴食息之节。""柏绿椒红"皆元日故事。《玉烛宝典》:"正月为端月,其一日为元日。……庭前爆竹,进椒柏酒。""诗鬓无端"句,"无端"言其容易又一年春到也。以上皆叙元日事。换头乃写元日人情。曰"慵",曰"缓",曰"闲",写出老人逢令节情态如此。歇拍二句换写儿童过元日之事,皆老人眼中所见者,闲闲说来,自有风味。"郁垒神荼",二神名,相传能缚鬼,见《风俗通》。后人元日书二神名于门,以御凶物。"郁垒"二字笔画甚繁,故儿童写不真也。

鹧鸪天

正月十一日观灯①

巷陌风光纵赏时,笼纱未出马先嘶②。白头居士无呵殿③,只有乘肩小女随④。　　花满市⑤,月侵衣。少年情事老来悲。沙河塘上春寒浅⑥,看了游人缓缓归。

【编年】

据夏承焘《姜白石词编年笺校》卷五,该词亦于庆元三年(1197)杭州作。

【注释】

①正月十一日观灯:正月十五元宵节,亦为灯节。但布设、试灯甚早。陈元靓《岁时广记》:"自十二月十五日便放灯,直至上元,谓之预赏。"故元宵节前亦可观灯。

②笼纱:蒙纱罩的灯笼(防风且有色彩)。吴自牧《梦粱录·元宵》:"公子王孙,五陵少年,更以笼纱喝道,将带佳人美女,遍地游赏。"

③白头居士:不做官的文化人。白头,即无官帽。居士,古称有才德而隐居不仕的人。《礼记·玉藻》"居士锦带"郑玄注:"居士,道艺处士也。"佛教亦称在家修道者为居士。呵殿:官员出行的排场。呵,吆喝开道;殿,跟随殿后。

④乘肩小女:坐在肩头的小女儿。黄庭坚《陈留市隐》诗有"乘肩娇小女"句,其序曰:"陈留市上有刀镊工,年四十余无室家子姓,惟一女年七岁矣。日以刀镊所得钱与女醉饱,醉则簪花吹长笛,肩女而归。"

⑤花满市:"花"指种种造型的花灯。苏味道《正月十五夜》:"火树银花合。"辛弃疾《青玉案·元夕》:"东风夜放花千树。"

⑥沙河塘:在杭州城南五里,为当时繁华之地。苏轼《虞美人·有美堂

赠述古》："沙河塘里灯初上,水调谁家唱。"傅干注："沙河塘,钱塘繁会之地。"地在余杭门内,因余杭门外为里沙河堰,故街市名沙河塘。

【评析】

此词写元宵节前观灯情景。首二句写大街小巷人们倾巢而出纵情观玩的盛况,突出豪贵之家的排场。况周颐说:"'笼纱未出马先嘶',七字写出华贵气象。"下转到自身,前两句的"纵赏"与气派,恰衬托出自家冷清与孤寂的情状。"无呵殿"与"笼纱未出马先嘶"正相比照,写出自己观灯的落寞,但"只有"句却又写出一种极亲切感人的趣味,带小女儿"乘肩"观灯,落寞中也不失为最温馨的慰藉吧。过片先说花市繁盛、游人盘桓之久,"月侵衣"又着冷寂意味,自然带出"少年情事老来悲",揭出自家眼前和从前这一层对比——少年时与所欲观灯的"情事",只衬托出如今的寂寞悲伤!结拍高出一头着笔,一个冷眼旁观的抒情主人公跃然纸上。短短一首小令,运用人与己、今与昔两重衬托或对比。抒情主人公即在灯市之中,又在灯市之外,所以情感既悲伤又清淡,真是一首很特别的作品。

【汇评】

况周颐《蕙风词话》卷二:"笼纱未出马先嘶",七字写出华贵气象,却淡隽不涉俗。……白石词"少年情事老来悲",宋朱服句"而今乐事他年泪",二语合参,可悟一意化两之法。

夏承焘、吴无闻《姜白石词校注》:此正月观灯词,但亦寓身世之感。以"笼纱未出马先嘶"与"白头居士无呵殿"二句对比显宦与寒士生活,形象极其鲜明。归结到"少年情事老来悲"。白石诗中曾有两句:"少年擅名翰墨场,百年心事只凄凉。"可作为"老来悲"的注脚。

鹧鸪天

元夕不出①

忆昨天街预赏时[一]②,柳悭梅小未教知③。而今正是欢

148

游夕④,却怕春寒自掩扉。　　帘寂寂,月低低,旧情惟有绛
都词。芙蓉影暗三更后⑤,卧听邻娃笑语归。

【编年】

该词庆元三年(1197)杭州作。

【校记】

[一]忆昨:张本、陆本"忆"作"一"。街:张本误作"阶"。

【注释】

①元夕:即元宵,农历止月十五夜。

②天街:京城(此即临安,今杭州)的街道。杜牧《秋夕》:"天街夜色凉
如水,卧看牵牛织女星。"预赏:宋代风俗,旧年腊月十五至新年正月十五元
宵节前进行试灯,称为"预赏"。见上首注①。

③柳悭梅小:柳叶未肯长出,梅花多是骨朵儿。悭(qiān),吝啬。

④绛都词:《绛都春》为词调名,《词律》《词谱》均有收录。北宋丁仙观
有《绛都春·上元》词一首,歌咏汴京灯节盛况,疑为此词所指。又刘永济
《微睇室说词》:"白石此语,或系记昔日曾作此调,写元夕观灯事,未必定指
丁作。"

⑤芙蓉:荷花,亦名芙蕖,此指花灯。陆游《灯夕有感》:"芙蕖红绿亦
参差。"

【评析】

此词写元宵节的寂寞。"忆昨"承上首"正月十一日观灯"。"柳悭梅
小","春寒"花迟之景;"未教知",极言春事未形,为全词情调作铺垫。"而
今"与"忆昨"关锁。"正是"两句点明"元夕不出"题意;"春寒"应上"柳悭梅
小",是写实,也是言情。下片敷写"元夕不出"境况,"旧情惟有绛都词",将
元夕不出的原因翻进一层,点明其不仅是为"春寒",更是为"旧情"。刘永
济、吴世昌都将集中几首《鹧鸪天》关联起来看,以为白石曾作《绛都春》词,
以纪念其所欢者;夏承焘、吴无闻则认为是指北宋丁仙观《绛都春》,以其
所写当时汴京灯节的繁华热烈与如今临安灯节作个映照,寄托故国之思,

见仁见智耳。结拍以深夜观灯人的欢笑声,与自己"掩扉寂寂"境况对比,将主题推向高潮。此词结拍与李清照《永遇乐》"不如向帘儿底下,听人笑语"相似,但有有意、无意之别耳。全词文脉紧细,笔致含蓄,颇能表现格律派词人小令的特色。

【汇评】

贺裳《皱水轩词筌》:《鹧鸪天》最多佳辞,《草堂》所载,无一不善者。……姜白石《元夕不出》"芙蓉影暗三更后,卧听邻娃笑语归",骎骎有诗人之致,选不之及,何也。

刘永济《微睇堂说词》:以上三词,反复吟咏,如见此老当日情态,盖由其情真景实,不假雕琢,自能动人。

夏承焘、吴无闻《姜白石词校注》:词题是"元夕不出",上片"而今正是欢游夕",应"元夕";"却怕春寒自掩扉",应"不出"。为什么元夕不出游?这在"旧情惟有绛都词"一句中透露出来。所谓"春寒"也者,乃是托词。李清照有一首《永遇乐》咏元宵词,其结句云:"如今憔悴,风鬟雾鬓,怕见夜间出去。不如向帘儿底下,听人笑语。"李清照以回忆往日汴京元夕盛况与目前遭乱后的漂泊心情相对照,所以"怕见夜间出去"。白石则以丁仙观《绛都春》词反映的汴京元夕盛况和临安的元夕对照,亦隐含故国之思。"芙蓉影暗三更后,卧听邻娃笑语归"二句,与"不如向帘儿底下,听人笑语"的艺术表现手法颇相似。

吴世昌《词林新话》:梦窗有《绛都春》,乃忆旧悼亡之作,白石之绛都词,当亦为《绛都春》,以纪念其所欢者,但不必为悼亡之作,以下首占之,则其人故犹在也,否则不至"两处沉吟"矣。集中不见《绛都春》,殆作者不欲骗人,或年久失传矣。

鹧鸪天

元夕有所梦①

肥水东流无尽期②,当初不合种相思③。梦中未比丹青见④,暗里忽惊山鸟啼。　　　春未绿,鬓先丝,人间别久不成悲。谁教岁岁红莲夜⑤,两处沉吟各自知。

【编年】

该词亦于庆元三年(1197)杭州作。

【注释】

①元夕:即元宵,农历正月十五夜。

②肥水:源出安徽合肥紫蓬山,分东西两支:东流经合肥入巢湖;西流经寿县入淮河。此指东流的一支。

③不合:不应该。相思:即相思树。双关语。

④丹青:本为绘画颜料,泛指绘画,此指伊人画像。

⑤红莲夜:元宵灯节之夜。红莲,指莲花灯。周邦彦《解语花·元宵》:"露浥红莲,灯市花相射。"

【评析】

此词记梦。元宵节是中国的情人节,"月上柳梢头,人约黄昏后",而作者此次元宵,只能孤独地面对"帘寂寂,月低低",思念往日所爱而已!故因思成梦,因梦成词。词中所梦,乃早年所遇合肥姊妹。夏承焘《姜白石词编年笺校》卷五:"白石怀人各词,此首记时地最显。时白石四十余岁,距合肥初遇,已二十余年矣。"首句"肥水东流无尽期",以流水无尽比相思无极。此乃中国诗词中常见意象(见"汇评"沈祖棻引戴叔伦、鱼玄机二联),白石巧在用暗喻与点所恋之地合一。"当初"一句,字面是因绵绵思念之苦故生悔恨,其实是以悔恨写绵绵相思之苦。第三句写梦中芳容不实,还不如画中肖像清晰可感;第四句递进一层,连隐约不实的梦境也被山鸟啼破,可见梦中恍惚的欢会也难保持,造句有力。过片以"春未绿"衬"鬓先丝",言春事尚浅(元宵),而人已老去,既抒发未得尽领春情之恨,又以人老之速与开篇流水无尽照应。"人间别久不成悲",诗词中极老辣之语!盖时间无情,多么悲伤的分别与多么珍贵的思念,都会为时间所剥蚀;沈祖棻则谓"盖缘饱经创痛,遂类冥顽耳",以人的经历来解释,更深一层。结拍点元夕,兼写两面,"岁岁"仍是相思"无尽期";"谁教"问得无理,有责天公不成人之美意,唐圭璋谓"以峭劲之笔,写缠绵之深情",是。与李清照《一剪梅》"一处相思,两处闲愁"意同笔不同。

【汇评】

陈思《白石道人年谱》:案所梦即《淡黄柳》之小乔宅中人也。

郑文焯校《白石道人歌曲》:红莲谓灯。此可与丁未元日金陵江上感梦之作参看。

沈祖棻《宋词赏析》:水流无尽,重见无期,翻悔前种相思之误。别久难会,惟有求之梦寐;而梦境依稀,尚不如对画图中之春风面,可以灼见其容仪,况此依稀之梦境,又为山鸟所惊,复不得久留乎?上片之意如此,下片则言未及芳时,难成欢会,而人已垂垂老矣,足见别之久、愁之深。夫"黯然销魂者,惟别而已矣",而竟至"不成悲",盖缘饱经创痛,遂类冥顽耳。然而当"岁岁红莲夜",则依然触景生情,一念之来,九死不悔,惟两心各自知之,故一息尚存,终相印也。戴叔伦《湘南即事》云:"沅湘日夜东流去,不为愁人住少时。"鱼玄机《江陵愁望寄子安》云:"忆君心似西江水,日夜东流无歇时。"可与首二句比观。

唐圭璋《唐宋词简释》:此首元夕感梦之作。起句沉痛,谓水无尽期,犹恨无尽期。"当初"一句,因恨而悔,悔当初错种相思,致今日有此恨也。"梦中"两句,写缠绵颠倒之情,既经相思,遂不能忘,以致入梦,而梦中隐约模糊,又不如丹青所见之真。"暗里"一句,谓即此隐约模糊之梦,亦不能久做,偏被山鸟惊醒。换头,伤羁旅之久。"别久不成悲"一语,尤道出人在天涯况味。"谁教"两句,点明元夕,兼写两面,以峭劲之笔,写缠绵之深情,一种无可奈何之苦,令读者难以为情。

夏承焘、吴无闻《姜白石词校注》:白石怀念合肥恋人名词,此首最为显露。首句明点肥水,次句明点相思,第三句写梦中,第四句写梦醒。白石初遇合肥恋人时,约二十余岁。宋绍熙二年(1191),白石两次到合肥,作《浣溪沙》、《摸鱼儿》、《凄凉犯》诸词。到宋庆元三年(1197)作此词,距离合肥初遇,已有二十来年。所谓"人间别久不成悲",指此而言。

鹧鸪天

十六夜出

辇路珠帘两行垂①,千枝银烛舞僛僛②。东风历历红楼下③,谁识三生杜牧之④。 欢正好,夜何其⑤,明朝春过小桃枝。鼓声渐远游人散[一],惆怅归来有月知。

【编年】

作于庆元三年(1197)。

【校记】

[一]游人:陆本"游"作"行"。

【注释】

①辇路:京城中天子车驾常经过的大道,亦称辇道。辇,用人拉挽的车,秦汉后专指帝王后妃所乘的车子。《唐诗纪事》卷二文宗《宫中题》:"辇路生春草,上林花满枝。"

②僛僛(qī):形容舞摆之状。《诗经·小雅·宾之初筵》:"屡舞僛僛。"王安石《春雨》:"城云如梦柳僛僛。"

③历历:清晰可数。崔颢《黄鹤楼》:"晴川历历汉阳树,芳草萋萋鹦鹉洲。"

④三生杜牧:以杜牧自拟,说杜牧是自己的前生,自己是杜牧的来生。三生,即佛教之前生、今生、来生。杜牧之,杜牧,字牧之,晚唐诗人,早年落魄,曾放浪于诗酒歌楼间。白石时以杜牧自拟,《琵琶仙》中亦有"十里扬州,三生杜牧,前事休说"句。

⑤夜何其:夜如何,指夜深。《诗经·小雅·庭燎》:"夜如何其?夜未央。"

【评析】

此词写出游观灯而感叹身世。入笔写辇路的繁华:两侧楼阁以珠帘为饰,无数华灯在风中摇曳。在这红墙绿瓦的豪宅之下,没有人认识孑孓盘桓的落魄词人。上片犹如一个电影长镜头,由辇路、珠帘、华灯、红楼摇拍,最终聚焦到孤独的主人公身上,用画面本身形成一种有冲击力的反衬。过片三句贴合节日气氛写,欢游不知归,直至夜深,而明朝春染桃枝,空气中满是欢快与希望。结拍大转,以"鼓声渐远游人散"过渡一笔,再接到落魄孤独的主人公身上:"惆怅归来有月知",点明"惆怅"主题,"有月知"回答上接"谁识"之问,关合紧密。词中的"惆怅",与杜牧一样,既有"困踬不振,怏怏难平"(《唐才子传》),也有"十年一觉扬州梦,赢得青楼薄幸名"(《遣怀》)。所以感叹不遇中,亦或有怀人之思。夏承焘认为本首与前几首同为怀想早年所遇合肥姊妹(《姜白石词编年笺校》卷五及附录《行实考·合肥词事》),文字上没有明显迹象,乃以意推想。

【汇评】

夏承焘、吴无闻《姜白石词校注》:此词写元夕观灯,实则借以抒发身世之感。"东风历历红楼下,谁识三生杜牧之"二句,回顾自己"酒祓清愁,花销英气"的生活,如今惟余惆怅而已。白石以杜牧自比,问有谁知道杜牧(包括白石)呢?杜牧有一首《遣怀》诗:"落魄江湖载酒行,楚腰纤细掌中轻。十年一觉扬州梦,赢得青楼薄幸名。"落魄者,失意之谓。杜牧著《罪言》,其生平以济世才自负。然壮志不遂,故纵情声色,借以消愁。《遣怀》是杜牧自解之诗,而此首《鹧鸪天》,亦可视为白石自解之词。

月下笛

与客携壶,梅花过了①,夜来风雨。幽禽自语②,啄香心、度墙去。春衣都是柔荑剪[一]③,尚沾惹、残茸半缕④。怅玉钿似扫[二]⑤,朱门深闭,再见无路⑥。　　凝伫,曾游处。但系马垂杨,认郎鹦鹉⑦。扬州梦觉⑧,彩云飞过何许⑨。多情须倩梁间燕[三]⑩,问吟袖、弓腰在否⑪。怎知道,误了人,年少自恁虚度⑫。

【编年】

此词陈思《白石道人年谱》定于庆元三年(1197)作。夏承焘依陈谱“附系”于是年诸首《鹧鸪天》之后,而不录其《系年》。此词实难系年,陈谱实有疑问。夏承焘《姜白石词编年笺校》谓“此亦追念合肥人词”。若此,据“凝伫,曾游处”,则当在合肥。庆元三年(1197)姜夔作《鹧鸪天》诸词均在杭州,似不曾往游合肥。要么非念合肥人,要么非为是年作,难以实断。

【校记】

[一]都是:张本“都”作“多”。

[二]似扫:张本“似”作“侣”,盖“侣”与“侣”形近致误。

[三]梁间:夏承焘校:“张本、厉钞‘间’作‘上’。案此字对上片‘黄’字,应用平声‘间’字。”

【注释】

①梅花过了:梅花被风雨打落地上。

②幽禽:对鸟的美称。此外“幽”为幽独、幽雅之意。杜甫《有客》:“幽居地僻经过少。”

③柔荑:以茅草的嫩芽比喻美女的纤手。《诗经·卫风·硕人》:“手如柔荑,肤如凝脂。”

④残茸:细小的纤维、线头。

⑤玉钿:古代女子的珍贵首饰。此处形容吹落的梅花像钗钿一样。

⑥“朱门”二句:化用崔郊《赠去婢》“侯门一入深似海,从此萧郎是路人”句。

⑦“但系马”二句:只有系马的垂杨还在,架上的鹦鹉还认得我。鹦鹉能学舌,又能识人。

⑧扬州梦觉:追忆当年纵情声色,化用杜牧《遣怀》“十年一觉扬州梦,

赢得青楼薄幸名"句。

⑨彩云：比喻美好事物或薄命佳人。李白《宫中行乐词》："只愁歌舞散,化作彩云飞。"白居易《简简吟》："大都好物不坚牢,彩云易散琉璃脆。"何许：何处。

⑩倩：请别人代自己做事。杜甫《九日蓝田崔氏庄》："笑倩傍人为正冠。"（傍：旁）

⑪吟袖：诗人的衣袖,此为作者自指。弓腰：舞者柔软的腰肢,此指所恋之歌舞妓。《酉阳杂俎》前集载：有士人醉卧,见妇人床前踏歌曰："舞袖弓腰浑忘却,蛾眉空带九秋霜。"人问："如何是弓腰?"乃反首,髻及地,腰势如规焉。

⑫恁：如此。

【评析】

此故地怀人之作。其地在何处？夏承焘以为"追念合肥人",其地当为合肥了,姑依之为解。上片"梅花过了……啄香心……怅玉钿似扫"当为一体,故"与客携壶"当与"曾游处"相关。连夜风雨,梅花都被打落,幽禽自语,啄食梅蕊,飞越院墙而去,应是作者"与客携壶"的环境——将之解释为"春游踏青"则与文意不符。"春衣"三句,即物忆人,"柔荑"、"沾惹"都是动情的细节。"怅玉钿"三句,以钗钿比梅,花落随风吹尽,玉钿佳人难觅："朱门深闭,再见无路",殆成永诀！过片承"朱门深闭",以有写无：抒情主人公凝伫楼前,楼边系马的垂杨与能认人的鹦鹉尚在,而一个"但"字,再次表明伊人难觅的绝望。绝望中反思过往,真如杜牧当年"十年一觉扬州梦",梦中欢好,醒来一切都如彩云飘散。既有此反思,接下来却还要"倩梁间燕问吟袖、弓腰在否",仍坠情迷之中！结拍又反省这一段梦幻般的恋情"误了人,年少自恁虚度"。如此反反复复的笔法,无非一往情深、心中纠结不已的表现罢了。

【汇评】

刘乃昌《姜夔词新释辑评》：全词由春景引出春衣,睹衣怀人,临故地冥想,借梁燕寄情,折回抚躬自伤。思路精微,长于细节刻画,笔法新巧不俗。

156

喜迁莺慢 太蔟宫[一]

功父新第落成①

玉珂朱组②，又占了道人，林下真趣。窗户新成，青红犹润，双燕为君胥宇③。秦淮贵人宅第④，问谁记六朝歌舞⑤。总付与，在柳桥花馆，玲珑深处。　　居士⑥，闲记取。高卧未成⑦，且种松千树⑧。觅句堂深，写经窗静⑨，他日任听风雨。列仙更教谁做，一院双成俦侣[一]⑩。世间住，且休将鸡犬，云中飞去⑪。

【编年】

此词宁宗庆元六年(1200)作。夏承焘《姜白石词编年笺校》卷五："淳熙十四年丁未，始为桂隐，庆元六年庚申成……此词当是贺桂隐落成。""系年"庆元六年下曰："作《喜迁莺慢》'功父新第落成'。"

【校记】

[一]太蔟宫：《彊村丛书》及所据江内炎钞本外，各本皆无此三字注。

[二]"列仙"两句：夏承焘《姜白石词编年笺校》："《舒艺室余笔》(二一)：'此与前段"秦淮贵人宅第"句同而缺一字，或移入下句首'做'字辏韵，不知此句本不须韵，文义又不通，而下句仍缺一字，虽宋人亦有六字句者，而与本词前后又不合。'案《词谱》(六)《喜迁莺》下引此词，'一院双成俦侣'上多一'伴'字，以与上片'问谁记六朝歌舞'句相对，然与上文语意不相承，似不可从。"俦侣：厉钞"俦"作"伴"。

【注释】

①功父：张镃，字功父(甫)，南宋名将、循王张俊之孙，张鉴异母兄，有吏才，官至司农少卿，能诗，著有《南湖集》。新第落成：张镃新第在杭州北城南湖，《齐东野语》称其"园池声妓服玩之丽甲天下"，淳熙至庆元间建成

玉照堂与桂隐园亭等。《浙江通志》:"白洋地一名南湖。宋时张镃功甫构园亭其上,号曰桂隐。后舍为广寿慧云寺,俗呼张家寺。"

②玉珂:洁白如玉的马勒。张华《轻薄篇》:"文轩树羽盖,乘马鸣玉珂。"朱组:古代用来系印章或玉饰的红色丝带。《礼记》:"诸侯佩山玄玉而朱组绶。"此言张镃身份高贵。

③胥宇:相看宅舍。胥,相。《诗经·大雅·绵》:"爰及姜女,聿来胥宇。"

④秦淮:秦淮河,流经南京城,沿河一带古来即为繁华之地。

⑤六朝:吴、东晋、宋、齐、梁、陈,相继建都于建康(今南京),史称六朝。

⑥居士:指张镃。张镃自号约斋居士。

⑦高卧:隐居不仕,也指高闲自在的生活。《晋书·陶潜传》:"尝言夏月虚闲,高卧北窗下,清风飒至,自谓羲皇上人。"

⑧种松千树:张镃桂隐北园有"苍寒堂",种植青松二百株。

⑨写经窗静:桂隐园中有"写经寮"。

⑩双成:董双成,古代传说中的女仙。《汉武帝内传》载:双成侍西王母炼丹,丹成得道,驾鹤飞升成仙。此处指张镃家的姬妾艺妓。《齐东野语》"张功甫豪侈"条,记王简卿尝与功甫牡丹会,极称其声伎之盛。晚年远声色,薄滋味。《南湖集》卷五自咏曰"红裙遣去如僧榻"。

⑪"且休将"二句:化用神仙故事赞美张镃高逸欲仙。王充《论衡·道虚》载:淮南王学道,招集天下有道之人会于淮南,"奇方异术,莫不争出。王遂得道,举家升天,畜产皆仙,犬吠于天上,鸡鸣于云端。"

【评析】

此词贺张镃新第落成。首三句用一"又"字,并列"玉珂朱组"与"道人林下真趣"。前者实写张镃身份高贵,但点到为止;后者是姜夔要赞美的重点,下文多面敷写。"窗户"三句正面写新第落成:一写油漆莹然透亮("润",犹玉之水色也),一写燕子飞来察看(也准备迁入新居筑巢)。"秦淮"下五句,当作一个句子看:南京秦淮河畔王谢贵第,"总付与"此处的"柳桥花馆"了。这五句着落到"玲珑深处",说王谢贵第、六朝歌舞虽知名一时,而今却无人能记;而张镃新第建于如玉色般莹亮("玲珑")的水光山色深处，是修道为仙之地。关合前新第落成"占了道人林下真趣"。或谓临安与建康都是偏安一隅，这五句所写多少让人感到一些弦外之音，融别样沧桑于喜庆之中，增加耐人寻味的厚重感。但这是文字之上的别解，不是词句文字的直接意义。换头呼名直述营造园林与高逸生活之种种。"闲记取"，主语当是作者，所谓不意间就记住，可见二人关系亲密熟络。"高卧"两句，写未能出世高隐，姑且"种松千树"。"觅句"、"写经"，赞扬张镃用功文雅，潜心佛学。"他日任听风雨"，则日久得道，人世的阴晴风雨都听任不计了，犹如苏轼"莫听穿林打叶声，何妨吟啸且徐行"。至此境地，世间即出世间，人生即仙境，张镃合家也都位列仙班。结拍说：修成仙班之后，可别离开世间，别让鸡犬都飞升成仙。末五句，语带滑稽，以幽默调笑口吻，使赞美的话稍脱俗腻，得体而增趣。这种美赞之词，虽难免浮泛不实，但在"功父新第落成"题下，贴着"道人林下真趣"一面写，也可谓用心良苦。

徵　招

　　越中山水幽远。予数上下西兴、钱清间①，襟抱清旷。越人善为舟，卷篷方底[一]，舟师行歌[二]，徐徐曳之，如偃卧榻上，无动摇突兀势，以故得尽情骋望。予欲家焉而未得，作《徵招》以寄兴。《徵招》、《角招》者②，政和间大晟府③，尝制数十曲，音节驳矣④。予尝考唐田畸《声律要诀》云⑤："徵与二变之调⑥，咸非流美[三]。"故自古少徵调曲也。徵为去母调⑦，如黄钟之徵⑧，以黄钟为母，不用黄钟乃谐，故隋唐旧谱不用母声。琴家无媒调、商调之类，皆徵也，亦皆具母弦而不用[四]。其说详予所作《琴书》⑨。然黄钟以林钟为徵，住声于林钟⑩。若不用黄钟声，便自成林钟宫矣。故大晟府徵调兼母声，一句似黄钟均，一句似林钟均，所以当时有落韵之讥⑪。予尝使人吹而听之，寄君声于臣民事物之中⑫，清者高而亢，浊者下而遗，万宝常所谓"宫离而不附"者是已⑬。因再三推寻唐谱并琴弦法而得其意。黄钟徵虽不用母声，亦不可多用变徵蕤宾、变宫应钟声。若不用黄钟而用蕤宾、应钟，即是林钟宫矣。余十二均徵调仿此，其法可谓善矣。然无清声，只可施之琴瑟，难入燕乐⑭，故燕乐阙徵调，不必补可也。此一曲乃予昔所制，因旧曲正宫《齐天乐慢》前两拍是徵调，故足成之。虽兼用母声，较大晟曲为无病矣。此曲依晋史，名曰黄钟下徵调，角招曰黄钟清角调。

　　潮回却过西陵浦⑮，扁舟仅容居士⑯。去得几何时，黍离离如此⑰。客途今倦矣，漫赢得[五]、一襟诗思。记忆江南，落帆沙际，此行还是。　　　迤逦剡中山[六]⑱，重相见、依依故人情味。似怨不来游，拥愁鬓十二⑲。一丘聊复尔⑳。也孤负、幼舆高志[七]㉑。水葓晚㉒，漠漠摇烟㉓，奈未成归计。

【编年】

此词作于嘉泰元年(1201)。夏承焘《姜白石词编年笺校》卷五："此词不注甲子。姜虬绿《年谱》定为绍熙四年。然词序谓'数上下西兴、钱清间'。据《绛平帖》自序，嘉泰元年曾入越，《保母帖跋》亦谓嘉泰中曾至钱清。陈谱编嘉泰元年，是也。词序又云'其说详于予所作《琴书》'，《琴书》当指《琴瑟考古图》，乃庆元三年作，亦此词非绍熙四年作之证。"

【校记】

[一]卷篷：张本、厉钞"篷"作"蓬"，误。

[二]行歌：张本"歌"误作"哥"。

[三]咸非：厉钞"咸"误作"成"。

[四]母弦：张本"弦"作"絃"。

[五]漫赢：张本误作"慢赢"。

[六]迤逦剡中山：夏承焘校曰："此句可作五字句读，前人亦多如此。

惟赵以夫作'天际绝人行',张炎作'客里可消忧','际'、'里'皆作句中韵,以白石'逦'字叶韵也。"

[七]高志:厉钞"志"作"致"。

【注释】

①西兴:古地名,在浙江萧山西二十里,六朝时谓之西陵,吴越时以陵非吉语,改曰西兴。钱清:江名,在绍兴西北,上流即浦阳江,以东汉太守刘宠受父老一钱而名。

②徵招、角招:招,通"韶"。贺铸《木兰花》:"徵韶新谱日边来。"王光祈曰:"孟子所谓徵招、角招,即徵调之韶与角调之韶。"《礼记·乐记》:"韶,继也。"郑玄注:"韶之言绍也。"徵招、角招,即徵调与角调的演变。

③政和:宋徽宗年号,公元 1111 至 1118 年。大晟府:宋徽宗诏令设置的音乐机构。徽宗亲制《大晟乐志》,命大中大夫刘昺修《乐书》,诏以大晟雅乐施于燕飨。

④尝制数十曲,音节驳矣:《宋史·乐志》:"政和初,命大晟府改用大晟律,其声下唐乐已两律。然刘昺止用所谓中声八寸七分琯为之,又作瓠、笙、埙、篪,皆入夷部。至于徵招、角招,终不得其本均,大率皆假之以见徵音;然其谱颇和美,故一时盛行于天下;然教坊乐工嫉之如仇。其后蔡攸复与教坊用事乐工附会,又上唐谱徵、角二声,遂再命教坊制曲谱。既成,亦不克行而止。然政和徵招、角招,遂传于世矣。"此可略见政和间大晟府制曲之繁驳情形。

⑤唐田畸《声律要诀》:《声律要诀》为唐代司马田畸("畸"一作"畴",又作"琦")所撰写的音律学著作,十卷。已佚。

⑥徵与二变之调:徵,古代五音之一(宫、商、角、徵、羽)。二变,古代变宫、变徵两种乐调。

⑦"徵为夫母调"三句:即自黄钟律为宫,下生林钟为徵,是黄钟为黄钟徵之母。按:此下论古乐律,因田畸《声律要诀》、姜夔《琴书》等已亡佚,加以古乐谱失传,难以考索。夏承焘《姜白石词编年笺校》尽力作了一定的注解,但也限于文字推绎,研究者可以参考。

⑧黄钟:古乐十二律(黄钟、大吕、太蔟、夹钟、姑洗、中吕、蕤宾、林钟、

夷则、南吕、无射、应钟。下"林钟"、"蕤宾"等不重注)之一。

⑨琴书：姜夔所作音乐著作，已佚。

⑩住声：即杀声，古代音乐术语。

⑪落韵之讥：崇宁初年，大乐缺徵调，有人献议请补，命教坊、宴乐同为之。教坊大使丁仙现反对说：音已久亡，并非乐工所能恢复，不可随意妄增，贻笑后人。蔡京不听，强命人谱曲，作成《黄河清》一类曲子，而声终不谐，末音寄杀他声。蔡京不通音律，敢为而自喜，急招乐工演奏，问仙现"如何"，仙现环顾座中，曰："曲甚好，只是落韵。"即其乐不遵调律。又：宋人以作诗出韵为"落韵"。如裴虔余绝句"垂"、"归"同叶，而二字《广韵》、《集韵》、《韵略》皆不同韵，是为落韵。

⑫寄君声于臣民事物之中：即寄林钟宫于商、角、徵、羽。《乐记》云："宫为君，商为臣，角为人，徵为事，羽为物。"丘彊斋曰："黄钟徵调以林钟为宫，宫声应为林钟。"

⑬万宝常：隋代民间音乐家。他曾根据宫商变化规律，将乐曲定为八十四调。据《北史·万宝常传》附乐人王令言事，为王令言语。又宫离而不附：唐郑棨《开天传信录》载，宁王宪闻歌《凉州曲》，曰："斯曲也，宫离而不属，臣恐一日有播迁之祸。"按：此非万宝常语，姜夔误记。

⑭燕乐：即燕射之乐，隋唐以来在吸收少数民族音乐的基础上所形成的宫廷雅乐，多在宴请宾客的宴会上演奏。

⑮西陵：即浙江西兴。

⑯居士：此姜夔自称。

⑰黍离离：破败荒凉的样子。《诗经·王风·黍离》："彼黍离离，彼稷之苗。行迈靡靡，中心摇摇。知我者谓我心忧，不知我者谓我何求。"

⑱迤逦：蜿蜒曲折，绵延不绝。剡中山：剡县一带的山。剡县，今浙江嵊(shèng)州，其地有剡山、剡溪。李白《秋下荆门》："此行不为鲈鱼脍，自爱名山入剡中。"

⑲愁鬟十二：形容剡山诸峰如同女子髻鬟排列。黄庭坚《雨中登岳阳楼望君山》："满川风雨独凭栏，绾结湘娥十二鬟。"

⑳一丘：指退隐之地。《世说新语·品藻》："明帝问谢鲲：'君何如庾

162

亮?'答曰:'端委庙堂,使百官准则,臣不如亮;一丘一壑,自谓过之。'"聊复尔:姑且如此。《世说新语·任诞》:"阮仲容(阮咸)步兵居道南,诸阮居道北,北阮富,南阮贫。七月七日,北阮盛晒衣,皆纱罗锦绮。仲容以竿挂大布犊鼻于中庭,人或怪之,答曰:'未能免俗,聊复尔耳。'"

㉑幼舆高志:谢鲲,字幼舆,少小知名,通简有高识,恬于荣辱,不徇功名。王敦引用他为长史,以讨杜弢功,封咸亭侯,母忧去职,服阕,迁敦大将军长史。后见王敦有不臣之心,知不可以道匡弼,遂优游自适,不屑于政事。此即所谓"高志"。《晋书》卷四十九有传。

㉒水萍:生于池塘沼泽中的一种水草。李贺《湖中曲》:"长眉越沙采兰若,桂叶水萍春漠漠。"

㉓漠漠:远望烟雾迷蒙之状。李白《菩萨蛮》:"平林漠漠烟如织,寒山一带伤心碧。"

【评析】

此词泛舟西兴纪游抒感。起二句写落潮时乘仅容一人的小船再过西陵。"潮回"暗点傍晚时间;"却过"应序中"数上下西兴、钱江";"仅容"言船之逼窄,透露主人公的境况。"去得"二句言离上次不多时,面前却是一片残破荒凉的景象。这种景象,不是触发游兴,而是勾起苦情。顺势接"客途"三句,写倦于旅食依人、来往奔波的心情,"一襟诗思"即其个中感怀 联系所用《诗经》"黍离离"典故,所表达的就是"知我者谓我心忧,不知我者谓我何求"的失志之感。"记忆"三句,说此行还是和从前一般,"落帆沙际"照应首句"西陵浦"。"此行还是"又逗起下"重相见"。"迤逦"二字过片绝妙:承上,是从时间上一次次往返迤逦而来;启下,是在空间上所历之山势绵延。下以拟人手法,写与剡山如故人相见之亲切,又如恋人以久不来游相怨,写得山水情长,在全词中尤为摇曳生姿。下就山水情长展写。说自己面对如此之丘壑,却苦于为衣食奔波,辜负了谢鲲那样优游远畅的志兴。"孤负"一词,似悔,更是叹——叹自己徒有雅致,却无法与丘壑相亲不离。结三句,主人公在迷蒙的暮烟中,面对西陵浦上的野草,对人生无尽的漂泊,无计可施!"奈未成归计"与上片"客途今倦矣"遥相呼应,把全词的主题锁定在客子旅食的倦怀上。

163

词序中所谓"予数上下西兴、钱清间，襟抱清旷"，下片又突出表现山水情味，并引谢鲲"高志"自况，但此词所表现的情感却是与此相异的。谢鲲作为魏晋望族、名士之英，"不徇功名，无砥砺行，居身于可否之间，虽自处若秽，而动不累高"（《晋书·谢鲲传》）。这在少年早孤、终身旅食依人的姜夔是做不到的。姜夔不是没有高旷的情怀，而是缺乏高旷的条件。所以，他虽被范成大称赞"翰墨人品皆似晋宋之雅士"（周密《齐东野语》），在困顿不遇的士人中也确实不失清旷与高志（如谢绝张鉴为之买官爵、词作如《水调歌头·日落爱山紫》、《湘月·五湖旧约》等），但他一生寄人篱下的身世，加上南宋日渐衰微的国势，在他的性情、理想与境遇、现实之间，产生了巨大的分裂，所以产生本词中的"孤负高志"，《湘月》中的"长负清景"，而倦客自伤、对景生忧之情，在各种题材的作品中往往掩抑不住地透露出来。

【汇评】

　　俞陛云《唐五代两宋词选释》：曲中自古少徵调。大晟府尝制徵调，而音节近驳。白石乃自制此曲，虽兼用母声，较大晟府为无病。因忆越中水乡风景，赋此奇兴，音谐而词婉。"依依故人"三句尤摇曳生姿。

蓦山溪

题钱氏溪月①

　　与鸥为客②，绿野留吟屐③。两行柳垂阴，是当日[一]、仙翁手植④。一亭寂寞[二]，烟外带愁横。荷苒苒⑤，展凉云⑥，横卧虹千尺⑦。　　才因老尽⑧，秀句君休觅⑨。万绿正迷人，更愁入[三]、山阳夜笛⑩。百年心事⑪，惟有玉阑知⑫。吟未了，放船回，月下空相忆。

【编年】

　　此词作于嘉泰二年（1202）。

【校记】

[一]是当日:陶湘影宋本《绝妙词选》"日"作"年"(《宋六十名家词》同)。夏承焘《姜白石词编年笺校》:"《花庵词选》'日'作'时'。案此对下片'入'字,仄声,当作'日'。"

[二]一亭:南京图书馆藏清钞本《绝妙词选》"亭"作"庭"。

[三]更愁入:张本"愁"作"秋"。

【注释】

①钱氏溪月:指钱良臣园林的景致。钱良臣,字友魏,松江人,宋绍兴二十四年(1154)进士,历官端明殿学士、签书枢密院事、参知政事等。钱氏在华亭(今上海市松江区)有别墅,号"云间洞天",园内有东岩堂、巫山十二峰、观音岩、桃花洞等景观。从词中"绿野留吟屐"等看,姜夔曾游园中。夏承焘《姜白石词编年笺校》:"良臣与石湖同岁同榜(见《石湖诗集》),受知之由,其由石湖欤?"

②与鸥为客:与鸥鸟为伴,即向往与自然亲近的隐居生活。

③绿野:此处代指钱氏园林。唐裴度晚年退居洛阳,建绿野堂别墅,植花木万株,与白居易、刘禹锡等,以诗酒为乐,不问世事。吟屐:吟诗者的脚步。屐,古代底部有木齿的鞋。

④仙翁:指钱良臣。姜夔嘉泰二年(1202)作此词时,钱良臣已仙逝多年,故称"仙翁"。按:康熙《松江府志》谓良臣孝宗淳熙十六年(1189)十一月卒。

⑤苒苒:草木茂盛的样子。唐彦谦《移莎》:"苒苒齐芳草,飘飘笑断蓬。"

⑥凉云:此指风中大面积飘动的荷叶。姜夔《念奴娇》咏荷亦有"翠叶吹凉"之句。

⑦虹:本为水气在空中为阳光照射所形成的虹霓,此指桥梁。陆龟蒙《和袭美咏皋桥》:"横截春流架断虹。"

⑧才因老尽:由于年纪衰老而文才丧失。南朝江淹,早年以能文名,晚年文思衰退,写不出美丽的诗句,"时人谓之才尽"(《南史·江淹传》)。

⑨君:指钱良臣的后人钱希武。见夏承焘《姜白石词编年笺校》。

⑩山阳夜笛:晋时,向秀经过山阳旧居,听到邻人吹笛,引起对亡友嵇康、吕安的怀念(二人为司马昭杀害),作《思旧赋》。后世以"山阳笛"为思念旧友的典故。

⑪百年:一生,既指自己漂泊老去,也指对良臣的怀念。

⑫玉阑:栏杆的美称。此句说凭栏之久,栏杆最了解自己的心事。

【评析】

此词重游钱氏园林而忆友叹逝。题目是"题钱氏溪月",起拍说"与鸥为客",表明自己具有如隐士般亲近自然的野逸之性,下句一个"野"字,兼写园林风貌与作者性情。"留吟屐"表明从前曾经游历。"两行柳垂阴"切题目中的"溪"字(柳树多沿水而种),"是当日、仙翁手植",由景及人,怀念故人钱良臣。下"亭"、"烟"、"荷"、"虹"(桥)种种景物,无不寄托着故人之思,故说"一亭寂寞","烟带愁横",连绿色的荷叶在眼前也成了"凉云"——弥漫着一种冷意。两个"横"字下得特别,第一个"横"主语是"寂寞",第二个"横"主语是"虹"——桥的气势也表现了情感的力度。下片切到自身。"秀句君休觅"的"君",指良臣后人钱希武,当是希武此次有向作者乞诗之事。"才因老尽"既是自谦,也是自叹老境。"万绿"句应上"仙翁手植"(据前"两行柳"与结末"放船回",此游当是沿溪而行),因己及友,对景生情,用向秀山阳闻笛的典故,再一次表达对钱良臣的伤悼之情。"百年心事"既是怀念老友的心事,又是自己漂泊叹老的心事,这种心事,无法对人述说,默默凭栏,所以说"惟有玉阑知"。结拍"放船"、"月下"呼应题目"溪月","相忆"点明"怀人"主题,笔致老到,又摇漾不尽。

汉宫春

次韵稼轩①

云曰归欤②,纵垂天曳曳③,终反衡庐④。扬州十年一梦⑤,俯仰差殊⑥。秦碑越殿⑦,悔旧游、作计全疏⑧。分付与、高怀老尹⑨，管弦丝竹宁无。 知公爱山入剡，若南寻李白，问讯何如⑩。年年雁飞波上，愁亦关予。临皋领客，向月边、携酒携鲈⑪。今但借、秋风一榻⑫，公歌我亦能书⑬。

【编年】

此词作于嘉泰三年(1203)。

【注释】

①此词和辛弃疾《汉春宫·会稽秋风亭观雨》韵。稼轩自宁宗庆元元年(1195)被罢职，至嘉泰三年(1203)，始起为知绍兴府兼浙东安抚使。时在会稽建秋风亭，作《汉宫春·会稽秋风亭观雨》，词曰："亭上秋风，记去年袅袅，曾到吾庐。山河举目虽异，风景非殊。功成者去，觉团扇、便与人疏。吹不断、斜阳依旧，茫茫禹迹都无。 千古茂陵词在，甚风流章句，解拟相如。只今木落江冷，眇眇愁余。故人书报，莫因循、忘却莼鲈。谁念我、新凉灯火，一编太史公书。"次韵：和韵作诗的三种方式之一，亦称"步韵"，即用所和之作的原韵原字，且先后次序都需相同。

②云曰归欤：我说"回家吧"。归欤，此指隐退返乡。《论语·公冶长》："子在陈曰：'归欤！归欤！'"范成大《病起初见宾僚时上书丐祠未报》："迨此良辰公事少，天恩倘许赋归欤。"按：辛词有"故人书报，莫因循、忘了莼鲈"句，是才经起废，而归兴已浓，故白石起手便唱"归欤"。"归欤"的主语既是稼轩，也是白石。

③垂天曳曳：形容大鹏展翅飞翔的气势。《庄子·逍遥游》写大鹏高飞，"其翼若垂天之云"。曳曳，伸展得很长。

④衡庐：衡山、庐山，代指隐退之地。《宋书·王僧达传》："生平素念，愿闲衡庐。"亦可解作"衡宇"，即简朴的住宅。陶渊明《归去来辞》："乃瞻衡宇，载欣载奔。"

⑤扬州十年一梦：概括自己往年的游乐生活。杜牧《遣怀》："十年一觉扬州梦，赢得青楼薄幸名。"

⑥俯仰：低头抬头之间，指流逝的人生。

⑦秦碑越殿：代指江浙一带的古迹。秦碑：会稽秦望山碑刻，秦始皇登此山，曾令李斯刻石为纪。越殿：临安(今杭州)遗存的古代宫殿，其中亦有春秋越国的宫殿。

⑧疏：疏劣，错。

⑨老尹：指辛弃疾。当时辛弃疾起知绍兴府兼浙东安抚使。尹：古代官名，如府尹、京兆尹。

⑩"知公"三句：谓辛弃疾畅游剡山，如果碰到同样爱游剡山的李白，可问他自己对剡山的爱能否与之相比。李白《秋下荆门》："此行不为鲈鱼鲙，自爱名山入剡中。"

⑪"临皋"二句：说苏轼在临皋带着客人，乘着月色，饮酒食鲈，畅游赤壁。此以苏轼比拟稼轩。苏轼《后赤壁赋》："是岁十月之望，步自雪堂，将归于临皋，二客从予……仰见明月，顾而乐之……于是携酒与鱼，复游于赤壁之下。"临皋，即临皋亭，在黄冈南，长江边上。

⑫秋风：秋风亭，稼轩所建。张镃《汉宫春》词序云："稼轩帅浙东，作秋风亭成，以长短句寄余……因次来韵，代书奉酬。"

⑬我亦能书：姜夔擅书法。《砚北杂志》："宋人书习钟法者五人：黄长睿伯思、洛阳朱敦儒希真、李处权巽伯、姜夔尧章、赵孟坚子固。"陶九成《书史会要》："姜尧章书法，迥脱脂粉，一洗尘俗，有如山人隐者，难登庙堂。"

【评析】

此词和稼轩韵，表达了在进取功业与退游山水、浪迹江湖诸种人生之间，引起的激荡之情。首三句就稼轩词中"故人书报，莫因循、忘却莼鲈"入笔，说纵有庄子笔下"其翼若垂天之云"的大鹏一样的才志，也不得不发"归欤"之叹，半途归田。横空一语，感慨莫名！辛弃疾是一位以气节自负、以功业自许、有将相之才的豪杰之士，而在当时君臣宴安的环境下，才有作为，即被劾罢。此次起为绍兴府尹前，即在家赋闲八年。而上任不久，即赋词明归乡之思，实大有深意。姜夔用"纵垂天曳曳"将其才志一笔提过，重点着笔其引退归田的情怀。人生进、退两面，将进的一面推到背后，而着重退的一面。"扬州"以下数句，反思自身：自己浪迹江湖，游宴歌楼，俯仰之间,年华逝去,与稼轩实不能比。虽不无"秦碑越殿"的雅游之趣(姜于音律文章外,精于鉴赏,"图史翰墨之藏,汗牛允栋"),但漂泊依人,所以人生之计全错。"分付"两句以虚笔写稼轩,说他归"反衡庐",畅散高怀,岂无"管弦丝竹"之雅。下片赞稼轩的山水之兴,引李白、苏轼两大文豪相衬。"年年"二句,应辛词"只今木落江冷,眇眇愁余",又暗用汉武帝《秋风辞》"秋风起兮白云飞,草木黄落雁南飞",在"爱山入剡"、"携酒携鲈"的雅趣之间,着笔写"愁",是进与退、风流与漂泊之间情感激荡主题的再次呈露。"但借秋风一榻"应辛词"亭上秋风","公歌我亦能书"应辛词"风流章句,解拟相如"与此词上片"管弦丝竹"。结拍二句切合两人文人情怀,庄中带谑,写彼此酬唱之乐。

辛词《汉宫春》耿耿于怀者,在家国兴亡之感;其退隐归乡,是愤激不平之情的表现。这在姜词中,也有一"愁"字加以表现,但姜词重点却在归兴与山水诗酒管弦之情。同样面对愁怀,姜夔心中总是没有辛弃疾那样多的"垒块",这是两人性情相异所致。辛词豪放,姜词清刚,豪放较易把握,清刚不易把握。从二者的比较中可获得一个思路:清刚是文人耿介独守的情愫。

【汇评】

刘熙载《艺概·词概》:张玉田盛称白石而不甚许稼轩,耳食者遂于两家有轩轾意。不知稼轩之体,白石尝效之矣。集中如《永遇乐》、《汉宫春》诸阕,均次稼轩韵,其吐属气味,皆若秘响相通。何后人过分门户耶!

汉宫春

次韵稼轩蓬莱阁①

一顾倾吴②,苎萝人不见③,烟杳重湖④。当时事如对弈⑤,此亦天乎。大夫仙去⑥,笑人间、千古须臾。有倦客、扁舟夜泛,犹疑水鸟相呼。　　秦山对楼自绿⑦,怕越王故垒⑧,

时下樵苏⑨。只今倚阑一笑,然则非欤。小丛解唱⑩,倩松风、为我吹竿。更坐待、千岩月落,城头眇眇啼乌[一]⑪。

【编年】

该词与前首同作于嘉泰三年(1203)。

【校记】

[一]眇眇:张本作"眆眆"。按:"眆"即"眇"的异体字。

【注释】

①蓬莱阁:在会稽(今浙江绍兴)。《会稽续志》:"蓬莱阁在州治设厅后卧龙山下,吴越王钱镠所建。名以蓬莱,盖取元稹之诗。"辛弃疾《汉宫春·会稽蓬莱阁怀古》:"秦望山头,看乱云急雨,倒立江湖。不知云者为雨,雨者云乎。长空万里,被西风、变灭须臾。回首听、月明天籁,人间万窍号呼。

谁向若耶溪上,倩美人西去,麋鹿姑苏。至今故国,人望一舸归欤。岁云莫矣,问何不、鼓瑟吹竽。君不见,王亭谢观,冷烟寒树啼乌。"

②一顾倾吴:美女回眸一笑有倾覆吴国的力量。据《吴越春秋》:吴越交兵,越国战败,范蠡把西施献给吴王夫差,夫差沉溺于宴乐,最后为越国所灭。又汉李延年《北方有佳人》:"北方有佳人,绝世而独立。一顾倾人城,再顾倾人国。"倾,本为倾慕义,后变为倾覆义。

③苎萝人:指西施。相传她是越国苎萝村(在今浙江诸暨)人。

④重湖:即鉴湖,在浙江绍兴西南。

⑤对弈:本为下棋,这里比喻吴越之争。杜甫《秋兴八首》:"闻道长安似弈棋,百年世事不胜悲。"

⑥大夫:指越国大夫文种。文种献计贿赂吴国太宰伯嚭,使越国免于覆亡,越王授以国政,发愤灭吴。范蠡劝其引退,不听,终被越王赐剑自尽。文种墓在会稽卧龙山。

⑦秦山:即秦望山,在会稽东南,为群峰之冠,秦始皇曾登之以望南海。

⑧越王故垒:越王勾践的遗迹。《浙江通志》载,越王台在卧龙山之西。

⑨樵苏:打柴割草的人。范成大《科桑》:"饱尽春蚕收罢茧,更殚余力

付樵苏。"

⑩**小丛**：歌女盛小丛,此代指辛弃疾的家妓。《碧鸡漫志》卷五："崔元范自越州幕府拜侍御史,李讷尚书饯于鉴湖,命盛小丛歌,坐客各赋诗送之。"

⑪**眇眇啼乌**：乌鸦的啼声渐远。此是听其飞鸣渐远之声,而非见其形。眇眇,形容微小,望不清楚。屈原《九歌·湘夫人》："帝子降兮北渚,目眇眇兮愁予。"张继《枫桥夜泊》："月落乌啼霜满天,江枫渔火对愁眠。"

【评析】

　　此词次韵稼轩而感叹吴越兴亡。这是由所和稼轩《汉宫春·会稽蓬莱阁怀古》的主题而来。起笔应辛词过片三句："一顾倾吴"概括"麋鹿姑苏";"苎萝人"应"若耶溪"(西施浣纱处,亦称浣纱溪);"烟杳重湖"以景写情,发挥"不见"二字,说吴越之间的纷争已杳然于历史的烟云之中。"当时"两句进一步申发议论:吴越之争就像一场下棋的游戏,输赢自有天数。越灭吴,但越王委之国政、发愤灭吴的文种却在灭吴不久被赐死!"笑人间、千古须臾",应辛词"长空万里,被西风、变灭须臾",感慨中有哂笑:当时斗雄争胜,败固勿论,胜又何存?一会儿都过去了!故下接"倦客"云云。"倦客"指谁?或谓"水鸟当是用来比拟泛舟五湖的范蠡的"(夏承焘、吴无闻《姜白石词校注》),则"水鸟相呼",是呼人引退江湖,莫恋台阁,就像当时范蠡劝文种引退一样。如此,"倦客"就是指在宦海沉浮的人,推广一点说,也指所有搅在人世纷争之中的人。这两句是内涵具有较大不定性的难句,像"相呼",呼谁?呼大夫?呼苎萝人?呼世人?给读者很大的理解空间。过片写会稽自然景物与历史遗迹。"秦山自绿",山水自在,与人间的闹腾无关;"越王故垒",已为人们割草打柴之地。倚栏对此,付之一笑。又出一"笑"字,仍是感慨中的哂笑,提示一种超越的情怀。"然则非欤",当时的纷争与变灭难道不是这样可笑么?但这个散文句出得突兀,从造语与表意上说都嫌生凑,是词中疵句,无需为讳。"小丛"代稼轩家妓,作者拟想与稼轩一起在蓬莱阁上,自己作歌,小丛演唱,松风伴奏,直至夜深;而"坐待千岩月落",听"城头眇眇啼乌"。末四句为虚笔。最后以景结情——其景则是拟想之景,非作者亲临实景也。或谓"坐待"是"夜宿驿馆,辗转不寐",是未辨文脉与笔法的误解。

与所和辛词比较,辛词上片以自然意象喻人世沧桑,下片虽用西施典故,但一笔直下。整首词行文疏朗流畅,颇近北宋风致。姜词文笔的参差摇曳、虚实互用,纯是南宋笔法。辛词风格沉郁顿挫、豪宕不平之气凛凛然。姜词从西施典故入手,而抒吴越兴亡、胜败无凭之感,在姜词中诚属豪放之作,但对胜败无凭,姜更多是承认、委顺,接近历史虚无主义。而辛对胜败无凭,更多是质疑、不平,底里埋藏着一种耿耿之气。姜和辛,虽有风格非常接近的一面,但两词的风格的差异,比其风格的相似,更为明显,则是一眼即知的。评论界谈论姜、辛同的一面,往往过分其词,回到细致的文本阅读,会发现同中之差异也不小。

【汇评】

俞陛云《唐五代两宋词选释》:白石学清真,心摹手追,犹觉挽强命中而未能穿孔。和稼轩二首,则工力相等。宜杜少陵评诗谓材力未能跨越,有"鲸鱼"、"翡翠"之喻也。

夏承焘、吴无闻《姜白石词校注》:"一顾倾吴……",一开头即给人一个"劈空而来"的感觉。全词以绝大篇幅议论吴越之事,此亦不平常。……这首词是次韵和辛稼轩《汉宫春·会稽蓬莱阁怀古》的,辛词下片"谁向若耶溪上,倩美人西去,麋鹿姑苏",谈西施事,故白石据之而发千古兴亡的感慨。"大夫仙去"的大夫,是咏文种事。……"怕越王故垒,时下樵苏",则是自后人观之。越王与文种,同属古人。所以说:"笑人间、千古须臾。"但是在范蠡与文种两人中与其说白石同情文种的有功而见杀,无宁说白石尤其欣赏范蠡的功成而引退。词中说:"有倦客、扁舟夜泛,犹疑水鸟相呼。"水鸟,当是用来比拟泛舟五湖的范蠡的。"怕越王故垒,时下樵苏",跟"倩美人西去,麋鹿姑苏",同样是对一代霸业消亡的感慨。白石生当偏安江左的南宋时期,外有强邻压境,内有权臣误国,作为一个敏感的词人,抚事兴悲,触目伤怀,当有不能自已者。结句"更坐待、千岩月落,城头眇眇啼乌",正是这位多愁善感的词人终宵耿耿不寐的写照。这首词议论的是千古兴亡的大事,笔致苍凉沉郁;唯独下片"小丛解唱,倩松风、为我吹竽"数句,是颇饶生活情趣的。这犹如东坡《念奴娇》(大江东去)词,写的是赤壁之战,中间忽插入"遥想公瑾当年,小乔初嫁了,雄姿英发"一段文字。于大题目中加点小风趣,可见这两位大词人具有同样的大趣和技巧。

洞仙歌

黄木香赠辛稼轩①

花中惯识,压架玲珑雪[一]②。乍见缃蕤间琅叶[二]③。恨春风将了,染额人归④,留得个、袅袅垂香带月。 鹅儿真似酒⑤,我爱幽芳,还比酴醾又娇绝⑥。自种古松根,待看黄龙⑦,乱飞上、苍髯五鬣⑧。更老仙、添与笔端春,敢唤起桃花,问谁优劣。

【编年】

宁宗嘉泰三年(1203)作。

【校记】

[一]玲珑:这首《洞仙歌》又见于毛晋刻《梦窗词甲稿》,其中"玲珑"作"珑璁"。夏承焘《姜白石词编年笺校》:"吴文英不及交弃疾,盖误入。"

[二]乍见:张本"乍"作"可"。缃蕤:毛晋刻《梦窗词甲稿》中的这首词"缃蕤"作"湘英"。张奕枢刊本"蕤"作"枝"。

【注释】

①黄木香:即木香,蔓生植物,春夏之交开花,有白色或淡黄色两种,味香。据词中所写,淡黄色比较少见。

②压架:形容攀附花架。玲珑雪:形容木香花小巧洁白。

③缃蕤:形容淡黄色的花下垂。缃,淡黄色。蕤,花朵下垂貌。琅:莹润如玉。

④染额人:代指美女。古代女子化妆,有额头涂黄色的习惯。梁简文帝《戏赠丽人》:"同安鬟里拨,异作额间黄。"

⑤"鹅儿"句:形容黄木香的颜色如同鹅黄酒一样,美丽,醉人。鹅儿,即鹅儿黄,嫩黄色。古代有"鹅黄酒"。杜甫《舟前小鹅儿》:"鹅儿黄似酒,对酒爱新鹅。"

⑥酴醾(túmí):落叶灌木,初夏开花,有香气,也作荼蘼。苏轼《酴醾花菩萨泉》:"酴醾不争春,寂寞开最晚。"

⑦黄龙:形容开满花的黄木香枝条。

⑧苍髯五鬣(liè):形容古松苍劲,松叶如苍髯,如马鬣。鬣,马颈上部粗长的毛。《酉阳杂俎》:段成式修竹里私第,"大堂前有五鬣松"。

【评析】

此词咏黄木香赠辛稼轩。起三句"乍见"与"贯识"相对,说黄木香稀见难得。"压架"形容其多;"间"形容其少——只是零星地开在翠玉般的绿叶之间。接下来借用"额黄妆"的典故,以美人比黄木香。"恨春风将了"点节令,"袅袅垂香带月"形容其姿态与意境。过片以鹅黄酒比拟黄木香,其美丽令人陶醉。又以酴醾衬托黄木香,谓其"娇艳"无比。"幽芳"是高洁不凡,与上"乍见"、下"古松"相映。"自种"句当是"自种于古松根",而非"自种古松之根",所以说"待看黄龙,乱飞上、苍髯五鬣",即黄木香向上攀长,直至古松枝叶顶端。"乱飞上"形容黄木香枝条沿着松枝四处攀长,极富力量与动势。"黄龙"与"苍髯五鬣"相互映衬。结拍以含蓄的笔法,希望稼轩酬和咏唱黄木香,所以说"添与"。"笔端春"即妙笔生花,意谓稼轩写的黄木香更美,敢于与桃花的美艳比优劣。这是对稼轩的直接赞美。

咏物词常即物而有所寓。据夏承焘《姜白石词编年笺校》,此词当是作于嘉泰三年辛弃疾被召入京受任浙东安抚使之际,其中隐含有以黄木香之美寓譬辛稼轩的意思。说黄木香的稀见(非"贯识")、"似酒"、胜酴醾、与古松互映,都是赞美稼轩,只是一意说花,特不露痕迹耳。就此而论,这首词是十分高明的。

念奴娇

毁舍后作①

　　昔游未远，记湘皋闻瑟②，澧浦捐褋[一]③。因觅孤山林处士④，来踏梅根残雪。獠女供花⑤，伧儿行酒⑥，卧看青门辙⑦。一邱吾老[二]⑧，可怜情事空切。　　曾见海作桑田⑨，仙人云表，笑汝真痴绝。说与依依王谢燕⑩，应有凉风时节。越只青山⑪，吴惟芳草⑫，万古皆沉灭。绕枝三匝⑬，白头歌尽明月。

【编年】

宁宗嘉泰四年(1204)作。

【校记】

[一]捐褋：陆本"褋"作"堞"。按：《九歌·湘夫人》："捐余袂兮江中，遗余褋兮澧浦。"作"褋"是。

[二]一邱：四库全书本《白石道人歌曲别集》"邱"作"丘"。按："邱"同"丘"。

【注释】

①毁舍：姜夔在杭州的住所曾被大火焚毁。周晋仙《题尧章新成草堂》："壁间古书身都碎，架上枯琴尾半焦。"《宋史·五行志》："(嘉泰)四年三月丁卯，行都大火，燔尚书中书省、枢密院、六部、右丞相府……火作时，分数道，燔二千七十余家。"按：嘉泰元年杭州大火，亦焚五万二千余家，亘卅里。陈思《白石道人歌曲疏证》引白石《上张参政》诗，有"应念无枝夜飞鹊，月寒风劲羽毛摧"之语。而"嘉泰三年张岩罢参知政事，以资政殿学士知平江府，四年十月，张岩自资政殿学士知扬州，除参知政事"(《宋史·宰辅表》)，陈疏据此定姜夔住宅被焚当在嘉泰四年。

②湘皋：湘江之滨。闻瑟：《楚辞·远游》："使湘灵鼓瑟兮，令海若舞

冯夷。"

③澧浦:澧水之滨。捐袂:《九歌·湘夫人》:"捐余袂兮江中,遗余褋兮澧浦。"褋,单衣。

④林处士:北宋隐士林逋,隐居西湖孤山,与梅鹤为伴,终身不仕,卒谥和靖。有《林和靖先生集》。

⑤獠:面容丑陋。

⑥伧:形象粗鄙。

⑦青门:南宋临安府的城东门,又称菜市门。《咸淳临安志》:"城东东青门,俗呼菜市门。"青门辙,犹言青门道。

⑧一邱:指容身之地。《太平御览》卷七九《苻子》:黄帝谓容成子曰:"吾将钓于一壑,栖于一丘。"

⑨海作桑田:指天翻地覆的变化。葛洪《神仙传·王远》:"麻姑自说云:'接待以来,已见东海三为桑田。'"

⑩王谢:东晋江东以王导、谢安为代表的两大家族。刘禹锡《乌衣巷》:"旧时王谢堂前燕,飞入寻常百姓家。"

⑪越只青山:春秋时的越国所在地只有一脉青山。越国都会稽(今浙江绍兴),与吴国争霸,先败后胜,攻灭吴国。

⑫吴惟芳草:春秋时的吴国所在地仅存萋萋芳草。吴国建都吴(今江苏苏州),吴王阖闾曾攻破楚国,其子夫差又战胜越国,后终为越所灭。

⑬绕枝三匝:曹操《短歌行》:"月明星稀,乌鹊南飞,绕树三匝,何枝可依?"此处借指自己房屋被焚毁后生活无依。匝,周,圈。

【评析】

此词由房舍被焚而抒发人生感怀。上片回忆自己的漂泊生涯。"昔"、"记"等领字提示逆入倒叙,从客游湖南一带,到依友人张鉴定居杭州("因觅孤山林处士",既是用典,又兼指张鉴)。"湘皋闻瑟"、"澧浦捐褋"、"来踏梅根残雪",写得雅致优美;"獠女供花,伧儿行酒,卧看青门辙",则细腻地表现了居住之地的生活情景。"一邱吾老"四字重,是作者美好的人生愿望。"可怜情事空切"陡转,将这美好的人生愿望一笔抹去。陈思《白石道人年谱》等考证,张鉴有新宅在东青门一带,白石的住处离张鉴新宅不远,是张鉴提供给白石在杭州居住的。白石本想即此地终老,不再四处漂泊,不意房舍被毁,"可怜情事空切"!下片就毁舍而感叹人世沧桑。"笑汝真痴绝"指"一邱吾老"而言。"说与"两句的主语应是"仙人"。借《神仙传》麻姑语、刘禹锡咏王谢诗、吴越拼死相争而今只见青山芳草,说明无不变之物事,存在者终归消亡。"万古皆沉灭",这样的宇宙人世的大道理,都是接着"情事空切"来的,都是"情事空切"的表现。从中可获得两种理解,由变灭而生空幻超脱;由变灭而生悲慨绝望。词中这两种情感都有,但悲慨是其主调。结拍借曹操《短歌行》"绕树三匝,何枝可依"切到"毁舍"本题,表现生活无依的悲怀。"白头歌尽明月"——一个白头老翁(姜夔此年 50岁),整晚歌吟曹操那几句诗,直到月落,文句虽然含蓄,悲怀却极其深刻,与上结"可怜情事"共同构成本词的情感基调。又,"绕枝三匝"也表达了对好友张鉴的怀念。姜夔得到张鉴的帮助得以安居,两人"十年相处情甚骨肉",现在张鉴提供的房屋被毁,张鉴也已在两年前过世,自己真的是一无所依了!此情此景,对老友的怀念自然特别深长——"白头歌尽明月"!

【汇评】

夏承焘、吴无闻《姜白石词校注》:此词上片追昔游,从湘潭之行写到临安定居,有一丘终老之想。不料"海作桑田",临安寓舍被焚,使得这位白头词仙,对明月歌曹孟德的诗句:"绕树三匝,何枝可依?"据思陈《白石道人年谱》引张炎《台城路》"迷却青门瓜圃"之句,定张平甫新宅近临安的东青门。又引白石此词"卧看青门辙"以及刘过寄白石诗"东城有佳士,词笔最华逸",定白石寓所亦近东青门,去平甫宅不远。宅毁之后,白石在此词下片有"应有凉风时节"、"万古皆沉灭"等句,说明他对毁舍小事,能够提到盛衰成败皆自然之理这个角度来认识。那么,所谓"仙人云表",实际是"夫子自道也"。

永遇乐

云鬲迷楼^[二]②，苔封很石^[三]③，人向何处？数骑秋烟，一篙寒汐④，千古空来去。使君心在^[四]⑤，苍厓绿嶂，苦被北门留住⑥。有尊中酒差可饮⑦，大旗尽绣熊虎。　　前身诸葛⑧，来游此地，数语便酬三顾⑨。楼外冥冥，江皋隐隐⑩，认得征西路⑪。中原生聚⑫，神京耆老⑬，南望长淮金鼓^[五]⑭。问当时、依依种柳⑮，至今在否？

【编年】

此词作于宁宗开禧元年（1205）。

【校记】

[一]次稼轩北固楼词韵：陆本作"北固楼次稼轩韵"。张本作"次韵稼轩北固楼"。厉钞作"稼轩北固楼词永遇乐韵"。

[二]云鬲：陆本"鬲"作"隔"。

[三]很石：张本"很"作"狠"。

[四]使君：厉钞"使"作"史"。

[五]长淮：张本"长"作"清"。

【注释】

①北固楼：在镇江城北北固山上，下临长江，三面环水。晋蔡谟起盖此楼，梁武帝至京口登北固楼，改名北顾。开禧元年（1205），辛弃疾知镇江府（即京口），登楼而作《永遇乐·京口北固亭怀古》。词曰："千古江山，英雄无觅、孙仲谋处。舞榭歌台，风流总被、雨打风吹去。斜阳草树，寻常巷陌，人道寄奴曾住。想当年，金戈铁马，气吞万里如虎。　　元嘉草草，封狼居胥，赢得仓皇北顾。四十三年，望中犹记，烽火扬州路。可堪回首，佛狸祠

下，一片神鸦社鼓。凭谁问，廉颇老矣，尚能饭否。"

②迷楼：在扬州，为隋炀帝幸江都时所建，与镇江北固山隔江相对。《古今诗话》："炀帝时，新宫既成。帝幸之，曰：'使真仙游此，亦当自迷。'乃名迷楼。"

③很石：在镇江北固山甘露寺内。《苕溪渔隐丛话》前集引《蔡宽夫诗话》："润州甘露寺，有块石，状如伏羊，形制略具，号很石。相传孙权尝据其上，与先主（刘备）论曹公。壁间旧有罗隐诗板云：'紫髯桑盖两沉吟，很石空存事莫寻。'"陆游《入蜀记》："石已久亡，寺僧辄取一石充数。'"

④汐：夜间的海潮。此泛指海潮。

⑤使君：汉代以后对州郡长官的尊称。此指辛弃疾。辛弃疾主张抗战恢复国土，因苟安主和势力抬头，屡经参劾罢职，其中淳熙八年（1181）自两浙西路提点刑狱罢职，绍熙五年（1194）自福建提点刑狱罢职，前后在上饶、铅山家居逾二十年，只能用情于田园山水之间，故姜夔说他"心在苍厓绿嶂"。

⑥北门：此指北方边疆门户。当时宋金东线以淮河为界，镇江已临近前线，成为南宋的北方门户之一。辛弃疾时知镇江府，练兵备战，故姜夔说他"苦被北门留住"。《旧唐书·裴度传》：唐开成二年（837），"文宗遣吏部郎中卢弘往东部宣旨曰：'卿（按指裴度）虽多病，年未甚老，为朕卧镇北门可也。'"

⑦"尊中酒"句：以桓温喻稼轩。《晋书·郗超传》载桓温语："京口酒可饮，兵可用。"

⑧诸葛：指诸葛亮。辛弃疾词中多以诸葛亮自拟，故姜夔以诸葛比稼轩。

⑨三顾：刘备三顾茅庐请诸葛亮出山，诸葛亮为之分析形势，制定战略，故姜夔说"数语便酬三顾"。

⑩江皋：江边之地。此指在镇江往长江北岸眺望所见。

⑪征西：代指北伐。诸葛亮取益州，是向西进军；桓温曾拜征西大将军，在京口一带率军北伐苻秦。辛弃疾从山东到江南，熟悉北方山川形势，故曰"认得征西路"。所和辛词《永遇乐》中亦云"望中犹记，烽火扬州路"。

179

按扬州在镇江正北。

⑫生聚：指繁殖人口，聚集财力。

⑬神京耆老：指北宋都城汴京（今河南开封）父老。代指沦陷区百姓。

⑭长淮：淮河。金鼓：北伐的战鼓。

⑮依依种柳：《世说新语·言语》："桓公（桓温）北征，经金城，见前为琅邪时种柳皆已十围，慨然曰：'木犹如此，人何以堪！'攀枝执条，泫然流泪。"庾信《枯树赋》："桓大司马闻而叹曰：'昔年种柳，依依汉南。今看摇落，凄怆江潭。树犹如此，人何以堪！'"

【评析】

此词次韵稼轩京口怀古词，对其屡受压抑表示同情，对其一意抗战表示赞扬。辛弃疾《永遇乐·京口北固亭怀古》抒发的是英雄报国无门的悲愤和对英雄业绩的向往。辛词主题内涵激荡的特色对姜夔的和作有直接影响。起三句写景。"迷楼"就在对岸的扬州，用一"高"字，有一种遥不可及之感；"很石"就在眼前，用一"封"字，有一种无法展露之情；"人在何处"收此二者，杨广、孙权、刘备这些一时的风云人物，都已沉没在历史的烟云之中！三句情感激荡之至，而说得不露痕迹，是姜夔本色！下接"数骑秋烟，一篙寒汐，千古空去来"，即景议论。其景当为虚笔泛写：即秋烟中的征骑，晚潮中的旅船，千百年来徒然奔忙。一个"空"字，与"人在何处"用意相同。这六句，写的是面对眼前江山古迹，而往古英雄豪杰已不可复见！与辛词"千古江山，英雄无觅、孙仲谋处"同一。辛弃疾伟志长才，而长期罢职赋闲，不能有所作为，其委屈与不平，借古代英雄不可复见加以表达。"使君"三句说辛弃疾"心在苍厓绿嶂"，而"苦被北门留住"，还是替稼轩抒泄不平。"苦"字表面看是不甘于、不得已——不得已上前线，而不能在苍厓绿嶂中赋闲——实际是"心在北门"无法实现，苦被"苍厓绿嶂留住"！所以下面顺着"心在北门"这个意思一气畅发。先以桓温"京口酒可饮，兵可用"典故，写辛弃疾手下的兵容兵威。再以诸葛亮隆中对"数语酬三顾"，赞扬辛弃疾的抗敌才略，隐含辛弃疾殿前陈奏受到宁宗赏识。接下来三句，想象辛弃疾在北固楼上向北眺望，冥漠长空，隐约江皋，谋划收复中原的路线图。"中原"三句转笔写北方民众盼望辛弃疾率雄师北伐。"在白石词作中，发家国民族的大感慨，此数句最为显露。"(夏承焘、吴无闻《姜白石词校注》)结拍用桓温"木犹如此"典故，以岁月无情，英雄老去告诫世人，恢复大计，不可蹉跎；并也是用一个问句，很好地照应了原作收拍"廉颇老矣，尚能饭否"。此词与辛弃疾原作的情感和风格，比较接近，表现了姜夔词清刚风格刚大的一面，颇得沉郁豪放之佳致。

【汇评】

夏承焘、吴无闻《姜白石词校注》：据《续通鉴》载："宋嘉泰四年(1204)正月，时金为北鄙准部等所忧，无岁不兴师讨伐，府仓空匮……有劝(韩)侂胄立盖世功名以自固者，侂胄然之。遂定议伐金。……浙东安抚使辛弃疾入见，言金必乱亡，愿属元老大臣备兵为仓促应变之计。侂胄大喜……用师之意益锐。"于是差辛弃疾知镇江府，预为恢复之图。弃疾到镇江任，作《永遇乐·京口北固亭怀古》词，故白石这首和词中以裴度、诸葛亮、桓温来比拟辛弃疾。"有尊中酒差可饮，大旗尽绣熊虎"二句，不仅点明京口形势重要，抑且表示辛弃疾为恢复中原进行着积极的准备。下片"中原生聚，神京耆老，南望长淮金鼓"三句，则以中原父老的盼望南师北伐，痛斥南宋君臣的软弱和苟安。在白石词作中，发家国民族的大感慨，此数句最为显露。白石在晚年，几次与辛弃疾唱和，词风有所改变。这首词中的"有尊中酒差可饮，大旗尽绣熊虎"以及"中原生聚，神京耆老，南望长淮金鼓"等句，气派阔达，接近辛词的铠鞳之声。

虞美人

括苍烟雨楼①，石湖居士所造也②。风景似越之蓬莱阁③，而山势环绕，峰岭高秀过之。观居士题颜④，且歌其所作《虞美人》[一]，夔亦作一解⑤。

阑干表立苍龙背⑥，三面巉天翠[二]⑦。东游才上小蓬莱[三]⑧，不见此楼烟雨末应回。　　而今指点来时路，却是冥蒙处⑨。老仙鹤驭几时归⑩,未必山川城郭是耶非⑪。

【编年】

此词作于宁宗开禧二年(1206)。

【校记】

[一]且歌其所作《虞美人》:张本无"虞美人"三字。

[二]巉天翠:陆本"巉"作"搀"。

[三]才上:张本"才"(纔)作"绕",误。

【注释】

①括苍:古县名,在处州(今浙江丽水东南),因括苍山而得名。《唐书·地理志》:"丽水县有括苍山。"烟雨楼:为范成大任职括苍时所建。《浙江通志·处州·喻良能旧州治记》:"由好溪堂层级,三休至烟雨楼,凭栏四顾,目与天远。"

②石湖居士:范成大,字致能,号石湖居士。《石湖诗集·桂林中秋赋》有"戊子守括苍"之句。戊子,宋孝宗乾道四年(1168)。

③越:指绍兴府(今浙江绍兴)。蓬莱阁:在会稽卧龙山上,吴越王钱镠所建。

④居士题颜:范成大为烟雨楼题写的匾额。颜,门框上的横匾。《浙江通志》引《方舆胜览》:"烟雨楼在州治,范致能书。"范成大善书法,叶昌炽《语石》称许其为南渡第一。

⑤一解:犹一首、一阕。按:今《石湖词》无此首,当已佚。

⑥表立:特出。《楚辞·九歌·山鬼》:"表独立兮山之上。"苍龙背:指蜿蜒连绵的山峦。

⑦巉天翠:山势陡峭,翠岚连天。巉(chán),奇峰险峻。

⑧东游:从杭州东游绍兴、处州。小蓬莱:烟雨楼风景似蓬莱阁,故称"小蓬莱"。

⑨冥蒙:模糊不清,多因雾气或暮霭等所致。

⑩老仙:指范成大。鹤驭:本指仙人驾鹤飞升,亦用作对死亡的避讳说

法。范成大卒于绍熙四年(1193),至此已过世13年。

⑪山川城郭是耶非:《搜神后记》载:汉时辽东人丁令威,在虚灵山学道成仙,化鹤归来,落在城门华表柱上,有少年欲射之,鹤飞鸣而歌:"有鸟有鸟丁令威,去家千年今始归。城郭如故人民非,何不学仙冢累累。"

【评析】

此词旧地重游而对景怀人。处州烟雨楼为范成大所建,姜夔此次重登烟雨楼,范成大已仙逝十余年,于是唱其所作《虞美人》词,并"亦作一解"寄托情思。起二句描写烟雨楼耸立于三面巉岩、翠峦接天的括苍山顶,极具气势。三、四句以浙东名胜会稽蓬莱阁比喻烟雨楼,突出烟雨楼在"烟雨"中景致奇特,所以说"不见此楼烟雨未应回"。过片"来时路"一笔两义:既指作者从杭州向东南处州一路逦来的道路,又指姜夔与范成大在人生途程上的交谊。"冥蒙",既照应上文"烟雨"之景,更表现范成大仙逝已久、物是人非的缥缈之情。结二句,反用丁令威成仙化鹤归返故乡、"城郭如故人民非"的典故之意,说范成大若驾鹤归来,未必觉得城郭人民与从前不同,都还是他所熟悉的样子。这是一种含蓄很深的怀念之情。

【汇评】

叶绍钧《周姜词绪言》:"东游才上小蓬莱"……尤其是辛词的豪放的神韵。

水调歌头

富览亭永嘉作①

日落爱山紫,沙涨省潮回。平生梦犹不到,一叶眇西来②,欲讯桑田成海③,人世了无知者,鱼鸟两相推[ ]④。天外玉笙杳,子晋只空台[二]⑤。　　倚阑干,二三子⑥,总仙才。尔歌远游章句⑦,云气入吾杯⑧。不问王郎五马⑨,颇忆谢生双屐⑩,处处长青苔。东望赤城近⑪,吾兴亦悠哉!

183

【编年】

此词作于宁宗开禧二年(1206)。夏承焘《姜白石词编年笺校》:"词无甲子,当在游处州之后。词云'一叶眇西来',盖自处州泛瓯江至永嘉。"

【校记】

[一]相推:陆本"推"作"猜"。

[二]只空台:厉钞"只"作"亦"。

【注释】

①富览亭:在今浙江温州西北郭公山上,因晋代郭璞曾居于此而得名。《永嘉县志》:富览亭"在郭公山上,不越几席,而尽山水之胜"。永嘉:今浙江温州。

②"一叶"句:指自己乘舟自西而来。一叶,指小舟。眇,遥远。

③桑田成海:指世事变化巨大。葛洪《神仙传》载麻姑语:"接待以来,已见东海三为桑田。"

④鱼鸟两相推:对于作者的问讯鱼鸟互相推诿,不予回答。

⑤"天外"两句:谓自王子晋成仙去后,再也听不到那清彻入云的笙曲,而只剩下这座空台。《列仙传》载:周灵王太子晋,好吹笙,作凤凰鸣。游于伊洛之间,浮丘生接引上嵩山。后乘白鹤至缑氏山头,招手与世人告别,升仙而去。《永嘉县志》引《名胜志》:"吹台山在城南二十里,上有王子晋吹笙台。"

⑥二三子:指与作者同登富览亭的友人。"二三子"为故人习惯说法,表约数,《论语》中数见,如:"子曰:'二三子,偃之言是也。'"辛弃疾《贺新郎·甚矣吾衰矣》:"知我者,二三子。"

⑦远游:《楚辞》之《远游》篇,表现的是屈原方正直行,不容于世,遂托词于与仙人游戏,周游天地之间,抒发道家超尘远举、无为自得的妙思。

⑧云气:凌云超脱的气象,也指道家的仙气。《远游》中"涉青云以泛滥游兮"、"绝氛埃而淑尤兮"都与此有关。

⑨王郎五马:王羲之的五马坊。《永嘉县志》:"五马坊在旧县治前。王羲之守永嘉,庭列五马,绣鞍金勒,出即控之。今有五马坊。"又据《浙江通志》考辨,王羲之本传无守永嘉事,他书亦不载,或由后人误读《晋书·孙绰

传》中"会稽内史王羲之引为右军长史,转永嘉太守"之语,并附会成五马坊、洗砚池等古迹。又,古代以"五马"代称太守。古乐府《日出东南隅行》:"使君从南来,五马立踟蹰。"

⑩谢生双屐:谢灵运登山远游的木屐。《宋书·谢灵运传》:谢灵运曾为永嘉太守,亦以好游山水著称。他发明了一种登山的木屐,上山去掉前齿,下山去掉后齿,名为"谢公屐"。李白《梦游天姥吟留别》:"脚著谢公屐,身登青云梯。"

⑪赤城:道教名山,在今浙江天台县北。《会稽记》谓赤城山"土色皆赤,状似云霞,望之如雉堞"。

【评析】

此词写游永嘉(今温州)富览亭所感。起笔写富览亭上纵目之景。永嘉在瓯江入海口,故起笔一句山,一句水,气象宏大,对仗工整。以词调关系而用倒装句,意思实为"爱日落山紫,省沙涨潮回"。"山紫"乃日落时的颜色感觉。三、四两句交代行程,表达了对此地景观的向往。下以"讯"字引发奇思:桑田变沧海、沧海变桑田的奥妙,短促人生中没有人能知晓,游弋于其中的鱼与鸟也推说不解。"鱼鸟"句语带调侃,把宇宙人生的大问题幽默化。上片落到永嘉名胜吹台山:"天外"与上"人世"相对,落笔高远的仙界;但仙人王子晋的玉笙已不可闻,只剩下一座空旷的"吹台"!仍然是人世丕变,而不变的神仙悠邈难凭的意思。过片转笔描写游赏情景,以"仙才"赞扬同游之友。"尔"、"吾"两句,一句说同游之友的仙才,一句说自己飘飘凌云的胸襟,皆撇落"人世",而从"天外"一面用情。故下言"不问王郎五马,颇忆谢生双屐",官守富贵都不着意,而寄兴于优游山水、游戏自得。但"处处长青苔"写出当年谢灵运在永嘉游踪的荒芜,暗喻"谢生"的人生道路在"人世"也是难行的感喟,一笔跌落,为词中之大震荡。结拍再行振起:道教名山赤城就在近旁,与之相对而兴会悠然——以道家忘情于山水的高情逸趣作结。此词与辛弃疾描写山水的某些词作风致相近。

卜算子

吏部梅花八咏①，姜夔次韵②

江左咏梅人③，梦绕青青路。因向凌风台下看④，心事还将与。　　忆别庾郎时⑤，又过林逋处⑥。万古西湖寂寞春，惆怅谁能赋。

又

月上海云沉，鸥去吴波迥⑦。行过西泠有一枝⑧，竹暗人家静。　　又见水沉亭⑨，举目悲风景。花下铺毡把一杯，缓饮春风影。

又

藓干石斜妩⑩，玉蕊松底覆。日暮冥冥一见来，略比年时瘦。　　凉观酒初醒⑪，竹阁吟才就⑫。犹恨幽香作许悭⑬，小迟春心透⑭。

又

家在马城西⑮，今赋梅屏雪[一]⑯。梅雪相兼不见花，月影玲珑彻。　　前度带愁看，一饷和愁折[二]。若是逋仙及见之⑰，定自成愁绝。

又

摘蕊暝禽飞，倚树悬冰落。下竺桥边浅立时⑱，香已漂流却。　　　空径晚烟平，古寺春寒恶。老子寻花第一番⑲，常恐吴儿觉⑳。

又

绿萼更横枝㉑，多少梅花样。惆怅西村一坞春㉒，开遍无人赏[三]。　　　细草藉金舆㉓，岁岁长吟想。枝上幺禽一两声㉔，犹似宫娥唱。

又

象笔带香题㉕，龙笛吟春咽㉖。杨柳娇痴未觉愁，花管人离别。　　　路出古昌源㉗，石瘦冰霜洁。折得青须碧藓花[四]㉘，持向人间说。

又

御苑接湖波㉙，松下春风细。云绿峨峨玉万枝[五]，别有仙风味。　　　长信昨来看㉚，忆共东皇醉㉛。此树婆娑一惘然[六]㉜，苔藓生春意。

【编年】

此词作于宁宗开禧三年(1207)。

夏承焘《姜白石词编年笺校》卷五："张镃《南湖集》(十)有《卜算子》'无逸寄示近作梅词，次韵回赠'云：'常记十年前，共醉梅边路。别后烦收尺素书，依旧情相与。　　　早愿欲来看，玉照花深处。风暖还听柳际莺，休唱闲居赋。'与姜词第一首同韵。《南湖诗集》有与曾无逸酬唱诗多首。《酬曾无逸架阁见寄》一首自注云：'无逸兄无玷，今主大府簿。'案《宋史》(四二三)《曾三聘传》：'字无逸。'又(四一五)《曾三复传》：'字无玷，无逸兄。'是无逸即曾三聘。三聘宁宗初为考功郎，故白石称为'吏部'，此为和三聘词无疑。

又《南湖集》结集于宁宗嘉定三年庚午,见方回跋。白石此词在别集,别集十八首,其年代可考者:《汉宫春》二首,嘉泰三年作;《念奴娇》、《洞仙歌》、《永遇乐》,嘉泰四年作;《虞美人》、《水调歌头》,开禧初作;是别集一卷必嘉泰二年钱希武刻《歌曲》六卷之后续辑。陈《谱》以此词末首咏聚景园官梅,有‘长信昨来看’句,据《宋史·宁宗纪》:‘开禧二年三月己亥,从太皇太后幸聚景园。’定此词为开禧三年作,其说可信。白石词可考年代者,以此八首为最后矣。”

【校记】

[一]今赋:陆本、张本、厉钞“今”皆作“曾”。

[二]一饷:陆本“饷”作“响”。

[三]开遍:陆本、张本、厉钞“遍”皆作“过”。

[四]折得:张本“折”误作“拆”。

[五]峨峨:张本作“莪莪”,误。

[六]婆娑:陆本作“娑娑”,误。

【注释】

①吏部:指曾三聘。《宋史》本传:“曾三聘字无逸,临江新淦人。……宁宗立,兼考功郎。”故称为“吏部”。梅花八咏:指曾三聘咏梅词八首,已佚。

②次韵:依照原作的韵字、韵次和写诗词。

③江左:长江九江至南京段为东北流向,故安徽、江苏南部至浙江一带称江左,又称江东。曾吏部江西新淦人,作者居浙江湖州,都属江左。

④凌风台:在扬州。何逊《早梅》:“枝横却月观,花绕凌风台。”

⑤庾郎:庾信,字子山,先祖原居南阳新野(今属河南),后徙居江陵(今属湖北)。南朝梁朝人,出使西魏被留,历仕西魏、北周。有《哀江南赋》等。其《梅花》诗有句曰:“树动悬冰落,枝高出手寒。”

⑥林逋:字君复,钱塘(今浙江杭州)人,一生不仕不娶,隐居杭州孤山,种梅养鹤,死后谥和靖先生。其《山园小梅》“疏影横斜水清浅,暗香浮动月黄昏”为咏梅名句。

⑦吴波:浙江古曾是吴地,吴波与海云相对,当指西湖水。

⑧西泠:姜夔自注:"西泠桥在(杭州)孤山之西。"为后湖与里湖的界桥。

⑨水沉亭:姜夔自注:"水沉亭在孤山之北,亭废。"

⑩藓干:长满苔藓类寄生植物的枝干。范成大《梅谱》:"古梅会稽最多,四明、吴兴亦间有之。其枝樛曲万状。苍藓鳞皴,封满花身。"石斜妨:为斜矗的石头所阻。

⑪凉观:姜夔自注:"凉观在孤山之麓,南北梅最奇。"

⑫竹阁:姜夔自注:"竹阁在凉观西,今废。"

⑬作许悭:花开得如此少。悭,缺少;作拟人手法理解为吝啬亦可。

⑭小迟:稍许等待。

⑮马城:亦作马塍。姜夔晚年居住地,卒后亦葬此。《淳祐临安志》:"东西马塍,在余杭门外羊角埂之间。土细宜花卉,园人多工于接种,为都城之冠。或云是钱王旧城,非塍也。"

⑯梅屏:摆列梅花作屏风。《北涧集·梅屏赋》:"北山鲍家田尼庵,梅屏甲京都。高宗尝令待诏院图进。"白石自注:"马城在都城西北,梅屏甚见珍爱。"

⑰逋仙:林逋。见上注⑥。

⑱下竺:白石自注:"下竺寺前磵石上风景最妙。"《西湖志》卷十三:"下竺寺在灵鹫山麓,晋高僧慧理建。"《武林旧事》卷五:"大抵灵竺之胜,周回数十里,岩壑尤美,实聚于下天竺寺。"

⑲老子:犹老夫,作者自称。

⑳吴儿:吴地少年。杜甫《陪郑广文游何将军山林》之九:"刺船思郢客,解水乞吴儿。"

㉑绿萼、横枝:姜夔自注:"绿萼、横枝皆梅别种,凡二十许名。"范成大《梅谱》谓:"凡梅花附带皆绛紫色,惟此纯绿,枝梗亦清高,好事者比之九疑仙人萼绿华云。"林逋《梅花》:"雪后园林才半树,水边篱落忽横枝。"

㉒西村:姜夔自注:"西村在孤山后,梅皆阜陵时所种。"按:阜陵,宋孝宗葬永阜陵。

㉓金舆:指宋孝宗的辇驾。句谓此地的小草曾受孝宗皇帝的垂顾。

㉔幺禽：小鸟。

㉕象笔：犹言象管，用象牙为笔管的毛笔。形容笔之精美。

㉖龙笛：竹笛。王维《新竹》："乐府裁龙笛，渔家伐钓竿。"按：东汉马融《长笛赋》"龙吟水中不见己，截竹吹之声相似"，后遂称笛为龙笛。

㉗昌源：姜夔自注："越之昌源，古梅妙天下。"嘉泰《会稽志》："越州昌源梅最盛，实大而美。……多出古梅，尤奇古可爱。"昌源坂在会稽县南三十五里。

㉘青须碧藓花：指附着苔藓绿丝的梅花。范成大《梅谱》：会稽古梅"苍藓鳞皴，封满花身。又有苔须垂于枝间，或长数寸，风至绿丝飘飘可玩。"

㉙御苑：指聚景园。《武林旧事》卷四："御园：聚景园，清波门外孝宗致养之地。堂匾皆孝宗御书。淳熙中，屡经临幸。嘉泰间，宁宗奉成肃太后临幸。其后并皆荒芜不修。高疏寮诗曰：'翠华不向苑中来，可是年年惜露台。水际春风寒漠漠，官梅却作野梅开。'"姜夔自注："聚景官梅，皆植之高松之下，苽荫岁久，萼尽绿。夔昨岁观梅于彼，所闻于园官者如此，末章及之。"

㉚长信：《三辅黄图》："长信宫，汉太后常居之。"此以"长信"代指御园，因宁宗曾奉成肃皇太后谢氏临幸此地。

㉛东皇：司春之神，代指春光。

㉜婆娑：本形容舞姿翩跹，此处指枝叶纷披繁盛。张籍《新桃》："桃生叶婆娑，枝叶四面多。"

【评析】

此为姜夔和曾三聘"梅花八咏"组词。

第一首（江左咏梅人）写爱梅人之情。姜夔对梅花情有独钟，咏梅词达十八首之多，接近其所存词的四分之一。他和曾三聘《梅花八咏》，起手总写爱梅之情。"梦绕"、"因向"、"忆别"、"又过"等，都是恋梅、看梅、忆梅、访梅。"心事还将与"，一是将心与梅，一是与梅同其心性。结拍所谓"万古西湖寂寞春，惆怅谁能赋"，既表达了对春来梅谢的惋惜，又表达了对像梅花那样不与众花同的清高的慨叹。

第二首（月上海云沉）写月夕赏梅。首二句描绘辽阔的背景：月升云垂,人的视线随鸥鸟而被引向水天相接的远方。接下来描绘竹丛中的一户人家,而竹丛边有一枝梅花斜伸出来,这就像一个电影长镜头定格在特写画面上。"暗"点月夕情景,"静"是傍晚时分的意境。通过特写而不是全景,并且梅竹相托,在人家篱角来刻画梅花,就颇有些避世高逸的意味了。过片写遥望所见,"又见"实是见其遗址,作者自注"亭废","悲风景"由此而来。梅花之孤寂、景物之兴废,触景生情,比赏梅求乐就更深一层。结拍写把酒赏梅,"影"或解作梅花映在酒杯中的倩影,但作黄昏时影影绰绰之景更有意味。整首词着笔开阔,但调子却是低沉的。

第三首(藓干石斜妨)写有名的苔梅。苔梅因枝干上挂满苔藓类寄生植物,所以形象特别古朴。首二句将之放在奇石边、松枝下,意象十分幽奇。三、四句着一"瘦"字,点明今年梅花开得晚、稀少不茂盛。过片写一路饮酒吟诗,表明赏梅之趣。结拍"悭"字与上"瘦"相应,"小迟春心透"则抒发期待梅花盛开之情,其中也不无花心还不肯尽放的遗憾("恨"意为遗憾)。

第四首(家在马城西)写雪中之梅。理解这首词的关键点(也是难点)在三、四句,尤其是第四句。"玲珑彻"本是莹然透彻之貌,此处是光影相透、纯净莹彻,形容的是"月影"而非梅花,作者所面对的,只有玲珑的月影:一轮清泠的明月高悬,月光如水(玲珑彻),而一排排如屏风一样的梅花都被大雪覆盖,不能舒蕊绽放,因而无花可看。于是兴起下片三"愁"字,即爱而不见之愁。若把三、四句理解成写梅花为雪所掩、在月光映照下朦胧隐约的形象,理解为用高超的写意笔法表现月下梅"影"的意境,则这种意境颇为幽丽(若将此二句抽离出来,可与林逋"疏影横斜水清浅,暗香浮动月黄昏"相较),难以过多地往清冷、孤寂一面体会,而下结三"愁"字,两重意旨不太融合。虽然审美欣赏在乎会心所得,但前面的理解更能体现文本自身的圆满。

第五首(摘蕊暝禽飞)写下竺寺访梅。"摘蕊"、"倚树"二句写景,也写出赏花人的情态。三四句因桥及水,由水写花。整个上片"禽飞"、"冰落"、香飘水流,可谓物无住者,可参禅意。过片描写古寺傍晚之景,"春寒恶"即春寒重,"恶"是厉害的意思。结拍写自己寻花幽独的意致,"常恐吴儿觉"

191

语含幽默。整首词表现在严寒之下访梅寻花幽趣,抒情主人公的情兴跃然纸上。

第六首(绿尊更横枝)写西村(西泠)之梅。上片写西村梅花品种繁多,满山凹地盛开着,但却没有人光顾、观赏。下片回忆往日观梅情景:连"细草"都接待过皇帝的车驾。"岁岁长吟想"说孝宗驾崩之后,当日观梅的盛景就一去不返,只能沉吟追想了。结拍以"枝上幺禽一两声"渲染满坞梅开而无人光顾的寂寥,"犹似宫娥唱"更将读者引向人世盛衰之感,寓托微意。以此来看权力更迭人情盛衰,令人难堪。

第七首(象笔带香题)写于昌源赏梅、折梅。起二句对起,"象笔"虚笔赞梅(非梅林花香中把笔作诗),以与"龙笛"相衬,郊游赏梅,低沉的笛声("咽"表声音滞缓低沉,与欢快畅扬相对)渲染一种气氛。"杨柳"句反折,"娇痴未觉愁"是杨柳当春本色,而不解人折柳送别之离情;"花管人离别"与上"龙笛吟春咽"相应,为同一情绪基调。下片紧扣昌源古梅,"石瘦"、"冰霜洁"是以环境物衬托,"青须碧藓花"是描写梅花苍古的形象。"持向人间说",说什么? 当于上文情调之中寻求。有人解为"快意"、"满意"的心境,非是。

第八首(御苑接湖波)写御苑(聚景园)官梅。首二句是环境总观:御苑与西湖相接,并多万尺长松。梅树皆植于松树下,不仅都长得很高,而且因长期在松树的绿荫下而开带绿色的花。所以第三句说"云绿"(形容成片),说"峨峨"(形容高),"玉万枝"更是突出了御苑梅林的阵势,与"十亩梅花作雪飞"(《莺声绕红楼》)、"千树压西湖寒碧"(《暗香》)一样,都是广角摄取梅林的宏观气势。"别有仙风味"系从其与湖、松相伴,峨峨高耸而来。这两句一句写其势,一句写其魂,恰是御苑官梅,而非别处梅花。过片回忆去年游园观梅时春意骀荡的情态,也再次衬托了御苑官梅一年一年在春风中开放的盛景。歇拍先作陡转:面对枝叶纷披繁盛的梅林,却惘然若失! 盖淳熙间孝宗多次临幸,嘉泰时宁宗也奉成肃太后来赏,而其后荒芜不修,"官梅却作野梅开",其人世变迁,盛衰无常,作者足临此地,如何不相对"一惘然"!"长信"明指御苑,暗映太后来游事。下"苔藓生春意"与"惘然"之情再形对比:连梅林中的苔藓都绿得春意盎然,自然之生机无细弗入,人世之盛衰痕迹全无,真令人对之徒唤奈何矣!

【汇评】

　　夏承焘、吴无闻《姜白石词校注》:白石咏梅词有十八首,几乎接近全词的四分之一。其中最有名的是《暗香》、《疏影》,其他小令,如《小重山令》、《玉梅令》、《莺声绕红楼》、《浣溪沙》、《卜算子》等等,也都各具风韵。他把梅花的各个方面都写到了:"苔枝缀玉"写梅的姿态,"篱角黄昏,无言自倚修竹"写梅的神韵和品格,"高花未吐,暗香已远"写早梅,"十里梅花作飞雪"写落梅,"美人呵蕊缀横枝"写美人手中的梅,"落蕊半黏钗上燕,露黄斜映鬓边犀"写美人头上的梅,"玉蕊松低覆"写松下的梅,"斜横花树小,浸愁漪"写水边的梅,"绿萼更横枝"写绿萼梅,"红萼未宜簪"、"红萼无言耿相忆"写红萼梅,"行过西泠有一枝"写一枝梅,"云绕峨峨玉万枝"、"千树压西湖寒碧"写梅林,如此等等,不一而足。白石咏花词,梅最多,荷次之,其余牡丹、芍药、茉莉,只各咏一首。为什么白石对梅花特别钟情?这恐怕是由于其人其词与梅为近的缘故。刘熙载在《艺概》中说:"姜白石词幽韵冷香,令人把之无尽。拟诸形容,在乐则琴,在花则梅也。"

好事近

赋茉莉

　　凉夜摘花钿①,苒苒动摇云绿②。金络一团香露[一]③,正纱厨人独④。　　朝来碧缕放长穿⑤,钗头挂层玉⑥。记得如今时候,正荔枝初熟⑦。

【编年】

此首以下夏本不编年词。

【校记】

[一]一团:张本"团"作"围"。

【注释】

①花钿:女人首饰,用金片镶嵌成花型。此用拟人手法写茉莉。沈约《丽人赋》:"陆离羽佩,杂错花钿。"

②苒苒:形容枝叶茂盛。绿云:枝叶浓密如云。此句为"动摇苒苒云绿"倒装。

③金络:黄金络,马笼头,代骑马之人,"摘花钿"的主语。《玉台新咏·日出东南隅行》:"青丝系马尾,黄金络马头。"

④纱厨:指纱帐。李清照《醉花阴》:"佳节又重阳,玉枕纱厨,半夜凉初透。"

⑤碧缕放长穿:用长长的绿色丝线穿起来。

⑥层玉:指层层叠叠像玉一样莹洁的茉莉花。

⑦荔枝:南方水果,夏秋之间成熟。

【评析】

此"赋茉莉",实际写的是与茉莉有关的情事。上片写骑金络马的男子摘花送给深闺独守的佳人,"凉夜"、"香露"写早起带露摘花,既渲染气氛,又包含摘花人内心的一片殷勤。"花钿"、"云绿"、"一团香露"都是形容茉莉花之丰美,并衬托下"纱厨"美人。下片"钗头"与起拍"花钿"相照,其人即受花者。她收到心上人送的茉莉后做成种种装饰:放长线穿成挂件,又将小花串挂在金钗上。结拍两句写这一美好时刻令人难忘,"荔枝初熟"即是节令,又表达收获爱情的甜蜜。全词撷取一段情事,笔致偏于写实。

虞美人

赋牡丹

西园曾为梅花醉①,叶剪春云细。玉笙凉夜隔帘吹,卧看花梢摇动一枝枝。　　娉娉袅袅教谁惜②,空压纱巾侧。沉香亭北又青苔③,唯有当时蝴蝶自飞来。

不编年词。

①西园:汉末曹操在邺都(在今河北临漳西南)所建的园林。曹丕《芙蓉池作》:"乘辇夜行游,逍遥步西园。"

②娉娉袅袅:本是指少女苗条轻盈的身姿,此形容牡丹在微风中摇曳的情态。杜牧《赠别二首》:"娉娉袅袅十三余,豆蔻梢头二月初。"

③沉香亭:在唐兴庆宫龙池东。《太真外传》卷一:唐玄宗与杨贵妃在沉香亭前赏牡丹,召李白作新词助兴。李白进《清平乐》三章,其一曰:"名花倾国两相欢,长得君王带笑看。解释春风无限恨,沉香亭北倚阑干。"

【评析】

此以瘦劲清寂之笔写牡丹。起句虚提梅花为牡丹陪衬,第三句以凉夜笛声烘托清寂的气氛。"叶剪春云细"形容成片的牡丹造型精美(细:工细、精细)。"卧看"从"凉夜"出,"花梢摇动"是隔帘看花之状。过片"娉娉袅袅"即"摇动"姿态之美化,"空压纱巾侧"从"卧看"出,写牡丹花影徒然映现在纱巾之上——人已就卧,赏花之情无多矣。"谁教惜"的感叹,不只说别人不惜花,也将自己包含在其中了。逼出结拍当年明皇杨妃赏花胜地,一年又一年为青苔封闭,无人再至,只有蝴蝶飞来而已。"蝴蝶自飞来"不是写花开蝶舞之盛,而是写人迹不至之寂,着一"自"字可知。全词情调在"玉笙凉夜隔帘吹"一句,是一种脉脉清寂的意境。牡丹花型肥硕丰满,一般视作富贵的形象表现,此词却写出牡丹的清寂落寞,即是以情观物,物乃情之所形的结果。其中用"西园"、明皇杨妃的典故,提示今昔盛衰之感,当为白石晚年所作,其中寄寓有深微的身世家国之情。

虞美人

摩挲紫盖峰头石^①,下瞰苍厓立^②。玉盘摇动半厓花^③,花树扶疏一半白云遮④。　　盈盈相望无由摘⑤，惆怅归来屐⑥。而今仙迹杳难寻，那日青楼曾见似花人⑦。

【编年】

不编年词。

【注释】

①摩挲（suō）：抚摸，此指观玩。古乐府《琅琊王歌辞》："新买五尺刀……一日三摩挲。"紫盖峰：南岳衡山七十二峰之一。"紫盖"意为天空（云霞色紫，穹隆似盖），形容山峰高入云天。

②瞰（kàn）：俯视。

③玉盘：形容牡丹花大如玉盘。厓（yá）：山上陡立的侧面，也作崖。

④扶疏：犹婆娑，本指舞动的姿态，应上句"摇动"，写厓花婆娑的姿态。

⑤盈盈：本指女子姿容姣好，此指牡丹花。《古诗十九首》："盈盈楼上女，皎皎当窗牖。"

⑥屐：一种木底的鞋子，有的有齿，可登山践泥。

⑦青楼：美女或伎人所居。刘邈《万山见采桑人》："倡女不胜愁，结束下青楼。"

【评析】

此赋花忆旧。白石《昔游诗·昔游衡山上》有"北有嫌攒岩，大石庇樵牧。下窥半厓花，杯盂琢红玉"之句，与本词前三句所写一致，此词盖为忆衡山旧游之作。起笔先写在山顶观玩石峰，"摩挲"似是入情细赏，而实不过一种衬托罢了。主体是接下来的五句：高厓中间那丰美、婆娑的牡丹花可望而不可即，无法攀摘，所以归来的脚步满含惆怅。结拍先说那回仙游已久，踪迹难寻，而接笔着落到当时曾见的那个似花一样的青楼美人，原来中间主体所写的厓花，也只是一种大大的衬笔：以厓花之可望而不可即，来帮助抒发对似花之人徒忆难觅的情感！"而今"、"那日"相对，提示本词的时间结构，前面所写都是逆叙旧游，花与人，两美并集，逗起追忆，其艺术表达手法的运用颇有特色。

忆王孙

鄱阳彭氏小楼作①

冷红叶叶下塘秋，长与行云共一舟。零落江南不自由，两绸缪②，料得吟鸾夜夜愁③。

【编年】

不编年词。

【注释】

①鄱（pó）阳：即今江西鄱阳，宋时为饶州治所。彭氏小楼：指彭氏家族旧居。彭氏为宋时鄱阳世族，神宗、哲宗朝彭汝砺历官中书舍人、宝文阁直学士等，著《鄱阳集》，《宋史》卷三四六有传。其四世孙彭大雅嘉熙四年使北，后追谥忠烈。

②绸缪：缠绵，形容情意缠绵。卢谌《赠刘琨二十章并书》："绸缪之旨，有同骨肉。"

③吟鸾：鸾为传说中凤凰一类的鸟。诗词中常以鸾凤喻夫妻。李贺《湘妃》："离鸾别凤烟梧中，巫云蜀雨遥相通。"

【评析】

此写飘零怀人。起笔写红叶飘落水面，点秋；语法上"长与行云共一舟"的主语就是红叶，红叶随风飘零、行云飘忽无定、舟楫南北飘荡，这样三个意象下接"零落江南不自由"（"不自由"即不能自主，为谋生不得不飘荡），"长与行云共一舟"的主语实际是人——人在舟中，如行云飘荡——红叶只是这种情景的喻象。结拍"两绸缪，料得吟鸾夜夜愁"，着落到夫妻情深却只能忍受离别之苦，男性主人公飘零的身世之感与夫妻绸缪的分离之苦融为一体，前者是后者的原因，后者加深了前者的程度。加之全词以一"冷"字入笔，这首单片小令的情调是颇为凄伤凄婉的。

少年游

戏平甫[一]①

双螺未合②,双蛾先敛③,家在碧云西④。别母情怀,随郎滋味,桃叶渡江时⑤。　　扁舟载了,匆匆归去[二],今夜泊前溪。杨柳津头,梨花墙外,心事两人知。

【编年】
不编年词。

【校记】
[一]戏平甫:《宋六十名家词》"平"作"斗"。
[二]归去:《绝妙词选》、《词谱》无"归"字。

【注释】
①平甫:张鉴,字平甫,白石好友,两人"十年相处,情甚骨肉"(《齐东野语》)。
②双螺:少女发式,将头发在两鬓之上各绾一螺形发髻。古"丫头"之称来源于此。侯寘《浣溪沙·三衢陈签上作》:"双绾香螺春意浅。"
③双蛾:女子的双眉。因蚕蛾触须弯曲细长,故藉以形容美人眉毛,《诗经·卫风·硕人》已有"螓首蛾眉"之喻。徐陵《玉台新咏序》:"南都石黛,最发双蛾。"
④碧云西:此指佳人所居之处。江淹《休上人怨别》:"日暮碧云合,佳人殊未来。"
⑤桃叶:东晋王献之的爱妾。相传王献之曾在金陵秦淮河渡口送妾,作歌曰:"桃叶复桃叶,渡江不用楫。但渡无所苦,我自迎接汝。"(《隋书·五行志上》)

【评析】

此为张鉴纳妾而作。叶申芗《本事词》卷下:"张平甫纳雏姬,姜白石戏赋《少年游》赠之。"夏承焘《姜白石词编年笺校》也说"此戏张鉴纳妾"。陈书良《姜白石词笺注》则以为其说不当,理由主要是"桃叶渡江时"的典故说的是王献之送妾,故断为"是戏张鉴送妾归省之作"。但依陈说则"别母"两句解释很别扭。词题一"戏"字,"戏"在何处?细按词中微意,当从"双螺未合,双蛾先敛"、"别母情怀,随郎滋味"、"心事两人知"等句参取。盖其人年龄尚小,男女风情未张,故出阁之时其心惴惴,张鉴不经过一番等待与调理,恐怕还难以得到两情交欢之好合。这样的"戏",是一种善意地看朋友笑话的冷幽默。

上片从女子一方写。起二句写其远嫁前梳妆时皱眉含愁。下"别母情怀"是不忍离开母亲,这是女子出阁之常情;"随郎滋味"是何滋味?解作"缠绵甜蜜"多少有些过度诠释,恐怕主要是一种身不由己、惴惴不安的心情。"桃叶"典故表明女子出阁是做妾,因为是走水路,所以说"渡江"。诗词中典故的运用取其一点吻合即为贴切,而不必拘于完全一致。下片"匆匆归去"是说迎亲的小船赶路行进之速,对不忍离家的心情有反衬作用。"今夜泊前溪"说当晚到了张鉴的住地。"杨柳津头"写上岸码头,"梨花墙外"写张鉴住所。"心事两人知",男方女方心思各别,一方欢喜急切,一方惴惴不安,还没有达到交欢和谐境地。姜夔之"戏"在落笔处微微透出。

【汇评】

陈廷焯《词则·闲情集》卷二:绮语自白石出之,亦自闲雅具有仙笔。

陈廷焯《白雨斋词话》卷八:"别母情怀,随郎滋味,桃叶渡江时。"白石《少年游》戏平甫词也。"随郎滋味"四字,似不经心,而别有姿态。盖全以神味胜,不在字句之间寻痕迹也。

诉衷情

端午宿合路^①

石榴一树浸溪红,零落小桥东^②。五日凄凉心事^③,山雨打船篷。　　谙世味^④,楚人弓^⑤,莫忡忡^{[一]⑥}。白头行客^⑦,不采蘋花,孤负薰风^⑧。

【编年】

不编年词。

【校记】

[一]忡忡:陆本作"冲冲"。

【注释】

①端午:五月五日端午节,南朝梁吴均《续齐谐记》:"屈原五月五日投汨罗水,楚人哀之,至此日,以竹筒贮米,投水以祭之。"端午节遂融合了纪念忠臣屈原的文化内涵。合路:据陆游《入蜀记》,合路是嘉兴、平望、吴江间一市镇,地傍运河,居民繁夥。又据《吴郡志》:"合路桥在吴江县管下。"词中"零落小桥东"即指此。

②小桥:指合路桥。

③五日凄凉:五月五日,屈原投江殉国,其事令人伤心。万俟咏《南歌子》:"香芦结黍趁天中,五日凄凉,今古与谁同。"

④谙世味:洞悉人生世事。谙,熟悉、透彻。

⑤楚人弓:《孔子家语》载,春秋楚共王出游,遗失宝弓,侍臣寻之,王曰:"楚人失弓,楚人得之,又何求焉?"孔子闻之曰:"惜乎其不大也。不曰:'人遗之,人得之。'何必楚也?"

⑥忡忡:忧愁。《诗经·召南·草虫》:"未见君子,忧心忡忡。"

⑦白头行客:作者自指。

⑧孤负：同"辜负"。《三国志·蜀书·先主传》："常恐殒没，孤负国恩。"薰风：春夏间和暖的东南风。《吕氏春秋·有始》："东南曰薰风。"

【评析】

此游吴地遇雨抒怀。起笔交代时、地，并描绘出一种环境气氛：溪水中一片石榴花红晃晃的倒影，花事的繁盛从水中写出，用一个"浸"字，将红红的暖色进行冷调处理，与下面冷冷零落的气氛相应。第三句用屈原投江的典故对自己的心情作象征性表达，"山雨打船篷"是"凄凉心事"的环境言说。过片"世味"即上片"凄凉"人生体验的种种社会世相，"谙"则表明已将这种社会世相参透。参透到何种程度？楚人遗弓，楚人得之；或人遗弓，人得之，得失之事，不必在意，不必矻矻以求！这个典故用得真好，那种豪放显露的话不需直说，此是与苏轼表现豪放有所不同的方式（辛弃疾也用这种方法，所以姜、辛有相近处）。结三句说人生已是白头，更应把握美好之事，及时行乐。全词前片凄凉，后片豪放，用"谙世味"一句过渡勾连，小令中充满腾踔跌宕、大开大合的笔力。

念奴娇

谢人惠竹榻①

楚山修竹，自娟娟[一]②、不受人间袢暑③。我醉欲眠伊伴我④，一枕凉生如许。象齿为材⑤，花藤作面，终是无真趣。梅风吹溽⑥，此君直恁清苦⑦。　　须信下榻殷勤，翛然成梦[二]⑧，梦与秋相遇。翠袖佳人来共看⑨，漠漠风烟千亩⑩。蕉叶窗纱[三]，荷花池馆，别有留人处。此时归去，为君听尽秋雨。

【编年】

不编年词。

〔一〕娟娟:张本作"涓涓",误。

〔二〕翛然:张本"翛"作"倏",误。

〔三〕窗纱:厉钞作"纱窗"。

【注释】

①竹榻:竹床,夏天暑热睡的凉床。

②娟娟:美好貌,此形容竹子苗条修长。杜甫《狂夫》:"风含翠篠娟娟静。"

③袢(fán)署:炎热。

④我醉欲眠:萧统《陶渊明传》:"渊明若先醉,便语客:'我醉欲眠,卿可去。'"李白《山中与幽人对酌》:"我醉欲眠卿且去,明朝有意抱琴来。"

⑤象齿为材:用象牙作装饰材料,为美化的写法。

⑥梅风:夏初梅子黄时的风。溽(rù):湿热。

⑦此君:指竹榻。恁:如此。

⑧翛(xiāo)然:自在潇洒。《庄子·大宗师》:"翛然而往,翛然来而已矣。"

⑨翠袖佳人:杜甫《佳人》:"天寒翠袖薄,日暮倚修竹。"

⑩漠漠:广大无边的样子。王维《积雨辋川庄作》:"漠漠水田飞白鹭,阴阴夏木啭黄鹂。"

【评析】

这是一首为酬谢他人赠送竹榻而作的词,通过赞美竹榻来表现某些人生情景。头四句写用美丽的竹子做的竹榻不沾夏天的暑热,"我醉欲眠"即能伴我清凉入睡。这是正面直接赞竹榻。接下来反衬一笔,说象牙、花藤做成的床,虽然名贵,"终是无真趣",即没有真正的好处。继又以竹榻"直恁清苦"与"象齿花藤"对照,"清苦"一词绾床与人一并为言:竹榻清凉,读书人贫苦。过片用"须信"一转,说竹榻虽只是清苦生活的物件,但对人有深挚的情意("殷勤"),人在上面自在而卧,睡梦中感觉像秋天一样凉爽。接下来五句写梦境:或者,如杜甫诗中"天寒翠袖薄"那样的佳人与自己共同欣赏千里风烟;或者,在蕉叶纱窗之下,荷花池馆之旁,盘桓逗留。此种凉爽好梦,都是竹榻"殷勤"的赋予。"须信"二字管到此处。结拍"归去",有人解作从梦境中回来,甚好,"为君听尽秋雨","君"即赠送竹榻之人,说的是在暑热的夏天在凉爽的竹榻上美美的一梦,就像是过了一整个秋雨送凉的季节一样——落脚于竹榻之凉,并回扣人赠竹榻之"惠",文思极细。

法曲献仙音^[一]

张彦功官舍在铁冶岭上^①,即昔之教坊使宅^②。高斋下瞰湖山,光景奇绝。予数过之^③,为赋此。^[二]

虚阁笼寒,小帘通月,暮色偏怜高处。树隔离宫^④,水平驰道^⑤,湖山尽入尊俎^⑥。奈楚客^⑦,淹留久,砧声带愁去^⑧。

屡回顾^[三],过秋风未成归计。谁念我、重见冷枫红舞。唤起淡妆人^⑨,问遍仙^⑩、今在何许^{[四]⑪}?象笔鸾笺^⑫,甚而今、不道秀句。怕平生幽恨,化作沙边烟雨。

【编年】

不编年词。

【校记】

[一]陆本调下有"俗名大石,黄钟商"七字注。

[二]《绝妙词选》词序仅"张彦功官舍"五字。

[三]屡回顾:《宋六十名家词》、《花草粹编》此三字句属上片。

[四]何许:明抄《绝妙好词》"许"作"处"。

【注释】

①张彦功:其籍履未详。刘过有《贺新郎·赠张彦功》词。铁冶岭:在杭州云居山下。见《西湖志》。

②教坊使:官名。唐宋掌管女乐的官署名教坊,其中置教坊使。

③过:访问、探访。

④离宫:古代帝王的行宫。此指杭州清波门外的聚景园,孝宗晚年曾居此。

⑤驰道:天子御驾所行之道。《礼记·曲礼》"驰道"孔颖达疏:"驰道,正道,如今之御路也。是君驰车走马之处,故曰驰道也。"

⑥尊俎:古代盛酒肉的器皿,尊为酒器,俎为盛肉器。常用以代称酒宴。《礼记·乐记》:"铺筵席,陈尊俎。"此句说饮宴之间,湖光山色进入眼底。

⑦楚客:姜夔自幼随父宦居沔鄂,故以楚客自称。

⑧砧声:捣衣声。砧,捣衣石。古代诗词中捣衣声常为表达征人游子与思妇情感的意象。何逊《赠族人秣陵兄弟诗》:"羁旅无俦匹,形影自相亲。萧索高秋暮,砧杵鸣四邻。"

⑨淡妆人:比喻梅花。杨万里《梅花》:"月波成雾雾成霜,借与南枝作淡妆。"

⑩逋仙:北宋诗人林逋,长期隐居西湖孤山,种梅养鹤,以善咏梅花知名。

⑪何许:何处。

⑫象管鸾笺:用象牙做笔杆的毛笔,印有鸾凤的彩笺。即精美的纸笔。

【评析】

此游铁冶岭抒怀。首六句写在岭上楼阁观景之"奇绝"。两组四字对句修辞工致,写出登高四望景色。尊俎之间,湖山尽收眼底,所以观景"偏怜(爱)高处"。"奈"(无奈、奈何)字陡转,拍到不如意的身世。漂泊谋生,有家难回,阵阵捣衣声引发思乡的愁情。"屡回顾"应"淹留久",而"过秋风未成归计"更进一层:今年秋又将尽,还是无法归乡!"重见冷枫红舞"(枫叶飘零)是就"过秋风"再铺一笔,反反复复重笔以形"淹留久"之意。"谁念我"则长期漂泊客居的孤独之感。"唤起"以下,词笔再转,贴到杭州名胜,唤起梅花,问林逋所在,客居孤独之中欲引前贤作知己,而前贤"今在何许",其实更形孤独!所以孤独愁苦之人,写不出秀丽的诗句,其妙在以问句出之。半生漂泊愁苦的情怀,说不清道不明,故为"幽恨";"沙边烟雨"(水气烟雨迷蒙一片),是说不清道不明的"幽恨"的形象表达——全词化情为景作结,笔法颇为高妙。

【汇评】

周济《宋四家词选》:白石号为宗工,然亦有寒酸处(《法曲献仙音》"象笔鸾笺,甚而今、不道秀句"),……不可不知。

李佳《左庵词话》卷下:词中属对,亦有求工者。如……白石"虚阁笼寒,小帘通月"……经锻炼而出,然亦不可十分吃力。

冯金伯《词苑萃编》卷五:"过秋风未成归计,谁念我、重见冷枫红舞。"……句法奇丽,其腔皆自度者。

陈廷焯《词则·大雅集》卷三:白石词有以一二虚字唱叹,韵味俱出者,虽非最上乘,亦是灵境。篇中如"奈"字"屡"字及"谁念我"、"甚而今"、"怕平生"等字,俱极有意思,他可类推。

侧　犯

咏芍药[一]

恨春易去。甚春却向扬州住①。微雨。正茧栗梢头弄诗句②。红桥二十四③,总是行云处④。无语。渐半脱宫衣笑相顾⑤。　　金壶细叶⑥,千朵围歌舞⑦。谁念我、鬓成丝,来此共尊俎⑧。后日西园⑨,绿阴无数。寂寞刘郎⑩,自修花谱。

【编年】

不编年词。

【校记】

[一]咏芍药:《词综》无"咏"字。

【注释】

①"甚春"句:春光易过是很遗憾的,但为何春光在扬州停留呢?意谓扬州芍药使春色灿烂。吴曾《能改斋漫录》卷十五引《芍药谱》:"扬州芍药,

名于天下,非特以多为夸也。其敷腴盛大而纤丽巧密,皆他州所不及。至于名品相压,争妍斗奇,故者未厌,而新者已盛。"

②茧栗梢头:比喻枝头芍药花的蓓蕾如蚕茧、栗子之形。黄庭坚《广陵早春》:"红药梢头初茧栗,扬州风物鬓成丝。"

③红桥二十四:扬州古代名胜有二十四桥。杜牧《寄扬州韩绰判官》:"二十四桥明月夜,玉人何处教吹箫。"清李斗《扬州画舫录》卷十五谓二十四桥即吴家砖桥,亦名红药桥。

④行云:语出宋玉《高唐赋序》"旦为行云,暮为行雨",本指巫山神女,后亦以比游子。冯延巳《雀踏枝》:"几日行云何处去?忘了归来,不道春将暮。"此指漂泊无定的作者自己。

⑤半脱宫衣:比拟芍药花蕾逐渐开放。

⑥金壶:酒器。此处形容芍药花朵。

⑦"千朵"句:形容芍药盛开时游人笙歌不绝的热闹景象。《能改斋漫录》引《芍药谱》:扬州芍药"自三月初旬始开,浃旬而甚盛,游观者相属于路,幛幕相望,笙歌相闻"。

⑧尊俎:古代酒食器皿。代指酒宴。详见上首《法曲献仙音》注⑥。

⑨西园:汉末曹操所建园,在邺都。此作园林通称。

⑩刘郎:指刘攽,庆历六年进士,官至中书舍人,著有《芍药谱》一卷,《宋史·艺文志》著录,今不传。

【评析】

此咏芍药而伤身世寂寞。反诘句起笔,点明扬州乃芍药花名都。"茧栗梢头弄诗句"、"半脱宫衣笑相顾"形容芍药花的动人与姿态。"微雨"、"无语"皆有渲染气氛作用,"总是行云处",将自己置入景中,暗喻如行云般漂泊的身世。过片写花开之盛和游人之盛的热闹,反衬下文年华徒逝且无人共尊俎的寂寞。"后日西园,绿阴无数",就上句之意再铺一笔:以花事消歇表达人生落寞。结拍藉刘攽修《芍药谱》收题,如同卢照邻"寂寂寥寥扬子居,年年岁岁一床书"(《长安古意》),代表了身为寒士的清苦命运。

【汇评】

叶正则《爱日斋丛钞》:高续古红药词云"红翻茧栗梢头遍",姜尧章芍药词亦云"正茧栗梢头弄诗句",取譬花之含蕊为工。

小重山令

赵郎中谒告迎侍太夫人①,将来都下②,予喜为此曲。

寒食飞红满帝城③,慈乌相对立④,柳青青。玉阶端笏细陈情⑤,天恩许⑥,春尽可还京。　　鹊报倚门人⑦,安舆扶上了⑧,更亲擎⑨。看花携乐缓行程。争迎处,堂下拜公卿。

【编年】
不编年词。

【注释】
①赵郎中:其人籍履未详。谒告:宋代官员请假叫谒告。《宋史·林特传》:"特体素羸,然未尝一日谒告。"太夫人:旧时称官绅之母为太夫人。

②都下:京城,指南宋都城临安(今杭州)。

③寒食:节日名,在清明节前一日。相传起于晋文公悼念介子推事。因是日禁烟火,故称寒食节。

④慈乌:亦称慈鸦、孝乌,相传乌鸦长成后能反哺其母,故称。梁武帝《孝思赋》:"慈乌反哺以报亲。"

⑤端笏:持正手板。笏,古时官员朝见皇帝时所持的手板,备记事之用。陈情:陈述迎亲奉养之情。西晋李密有《陈情表》,备述因侍奉祖母不能应召服官的情由。

⑥天恩:皇恩。《后汉书·班超传》:"幸得以微功,特蒙重赏,爵列通侯,位二千石,天恩殊绝。"

⑦鹊报:旧俗有"喜鹊叫,喜事到"之说。《开元天宝遗事》下卷"灵鹊报喜"条:"旧时人家,闻喜鹊,皆为喜兆,故谓灵鹊报喜。"倚门人:盼儿女归来的慈母,此指赵郎中之母。《战国策·齐策六》记王孙贾之母曰:"女(汝)朝

出而晚来，则吾倚门而望；女暮出而不还，则吾倚闾而望。"

⑧安舆：安车，平稳舒适的车子。《新唐书·赵隐传》："懿宗诞日，筵慈恩寺，隐侍母以安舆临观。"

⑨亲擎：亲自擎举安舆。

【评析】

此赋赵郎中请假迎奉母亲之事。首三句点明时地，描绘景物。其中"慈乌"句揭出孝慈主题。"玉阶"三句简明叙述请假迎亲之事。过片从老家赵母一边着笔，写母亲盼望与喜讯传回。下"扶上"、"亲擎"、"安舆"、"缓行"，一路上携乐看花，表明赵郎中侍母孝谨，最后到达京城，连公卿都来拜见，将孝慈主题推向高峰。这种应酬题材，写得十分工稳得体。宋词中大量的是写男女恋情与艳遇，此写孝慈，比较稀见，有一定价值。

蓦山溪

咏柳

青青官柳①，飞过双双燕。楼上对春寒，卷珠帘瞥然一见[一]②。如今春去，香絮乱因风，沾径草，惹墙花，一一教谁管。　　阳关去也③，方表人断肠。几度拂行轩④，念衣冠尊前易散。翠眉织锦⑤，红叶浪题诗⑥，烟渡口，水亭边，长是心先乱。

【编年】

不编年词。

【校记】

[一]瞥然：张本作"偶然"。

【注释】

①官柳：官府组织种植的柳树，多在官道、河渠之旁。杜甫《西郊》："西

桥官柳细,江路野梅香。"

②瞥然:用日光掠过。

③阳关:在今甘肃敦煌西南,为唐时通西域隘口,因在玉门关之南,故称阳关。王维《送元二使安西》:"劝君更进一杯酒,西出阳关无故人。"

④行轩:犹云旅车。

⑤翠眉:此形容柳叶。

⑥"红叶"句:唐人小说有多种记红叶题诗故事,范摅《云溪友议》曰:卢渥赴京应举,在御沟拾到一片红叶,其上题有"流水何太急,深宫尽日闲。殷勤谢红叶,好去到人间"诗句。后宣宗放宫女,渥得一人,即叶上题诗者。浪,随便、徒然之意。如韩愈《秋怀诗》:"胡为浪自苦,得酒且欢喜。"

【评析】

此咏柳写别情。起笔柳、燕相衬,是春回大地美景。"卷帘瞥然一见",笔致尤俊。"如今"对"春寒"言,春去絮飞,四处飘散,"一一教谁管",着惜春之意。下片写别情,亦咏柳常规,盖柳早已成为离别的物象,乐府《折杨柳》主旨就是惜别,驿亭渡口折柳送别更是诗词中常见之笔。"拂行轩"主语是柳。"红叶浪题诗",一"浪"字,表明反用其典,表示红叶题诗只是徒然,难得卢渥与宫女那样的巧合,更加突出离合无常。最后"烟渡口,水亭边"即是柳树植立、柳絮飞落之地,也是离人分手之处,所以临之使人心乱——绾合柳与人作结,笔致自然。

永遇乐

次韵辛克清先生①

我与先生,夙期已久②,人间无此。不学杨郎③,南山种豆,十一征微利④。云霄直上,诸公衮衮⑤,乃作道边苦李⑥。五千言⑦、老来受用,肯教造物儿戏⑧。　　东冈记得,同来胥宇⑨,岁月几何难计。柳老悲桓⑩,松高对阮⑪,未办为邻地。

长干白下⑫，青楼朱阁，往往梦中槐蚁⑬。却不如、洼尊放满⑭，
老夫未醉。

【编年】

不编年词。

【注释】

①辛克清：名泌，汉阳诗人，姜夔居汉沔时的友人。姜夔《以长歌意无极好为老夫听为韵奉别沔鄂亲友》："诗人辛国士，句法似阿驹。别墅沧浪曲，绿阴禽鸟呼。颇参金粟眼，渐造文字无。儿辈例学语，屋壁祝蒲卢。"自注："辛泌，克清。"按：金粟，佛名。《文选·王中〈头陀寺碑文〉》"金粟来仪"李善注引《发迹经》："净名大士是往古金粟如来。"

②凤期：旧谊。宇文逌《庾信集序》："予与子山，凤期款密。"凤，平素，过去。

③杨郎：西汉杨恽，华阴（今属陕西）人，丞相杨敞子，司马迁外孙。曾因告发霍氏（霍光子孙）谋反封平通侯，后被人检举"以主上为戏"，废为庶人，又被诬告处死。

④"南山种豆"二句：杨恽免职废退后，在家大治产业，广结宾客，受到朝臣非议。朋友孙会宗为之不安，写信劝告，杨恽在《报孙会宗书》中发牢骚："田彼南山，芜秽不治，种一顷豆，落而为萁。""辛有余禄，方籴贱贩贵，逐什一之利。"

⑤诸公衮衮：言官宦众多。衮衮，相继不绝貌，言人数多。杜甫《醉时歌》："诸公衮衮登台省，广文先生馆独冷。"

⑥道边苦李：《晋书·王戎传》载：道边李树多实，群儿竞趋之，戎独不往。或问其故，戎曰："树在道边而多子，必苦李也。"取之信然。苏轼《次韵王定国南迁回见寄》："君知先竭是甘井，我愿得全如苦李。"

⑦五千言：指《老子》。《史记·老子韩非列传》："于是老子乃著书上下篇，言道德之意五千余言而去。"白居易《养拙》："逍遥无所为，时窥五千言。"

⑧造物：即天地造化，或自然造化，语出《庄子》。儿戏：犹戏弄。《新唐

书·杜审言传》："审言病甚,宋之问、武平一等省候何如,答曰:'甚为造化小儿相苦。'"

⑨胥宇:察看选择居所。《诗经·大雅·绵》:"爰及姜女,聿来胥宇。"《毛传》:"胥,相;宇,居也。"

⑩柳老悲桓:桓,指桓温。《世说新语·言语》:"桓公北征,经金城,见前为琅邪时种柳皆已十围,慨然曰:'木犹如此,人何以堪!'"

⑪松高对阮:阮籍等常在嵇康处竹林清谈,其《咏怀》有"瞻仰景山松,可以慰吾情"之句。杜甫《绝句四首》之一:"梅熟喜同朱老吃,松高拟对阮生论。"

⑫长干:古代金陵(今南京)有长干里。白下:故址在今南京市北,唐武德时改金陵为白下。

⑬梦中槐蚁:唐李公佐《南柯太守传》:淳于棼饮槐下,醉后梦入槐安国,被国王招为驸马,任南柯太守三十年。醒后,见槐下有一大蚁穴,即为梦中之槐安国国都;南枝上有一小蚁穴,即为梦中之南柯郡。

⑭洼尊:指酒器。唐开元中李适之登岘山,因山上有石窦如酒尊,乃建洼尊亭。后颜真卿为郡守,登亭宴饮,其《登岘山观李左相石尊联句》云:"李公登饮处,因石为洼尊。"又元结为道州刺史,发现东湖小山上石多坑洼如酒尊,于是建亭其上,其《宿尊诗》结句云:"此尊可常满,谁是陶渊明!"按:宿、洼义同。

【评析】

此次韵好友辛克清之作。潇洒中含悲慨,情谊深浓,堪称名作。从注①所引姜诗看,辛是沔鄂一位品格高洁的文人。辛词原作今已不可见。姜夔这首和作,首三句叙友谊,用散文句,笔致颇奇,情义不凡,动人心魄! 以下写辛之志行。"不学杨郎",表明辛不逐物利;"云霄"三句,说辛不慕名位。"云霄直上"形容"诸公衮衮","道边苦李"与"云霄直上"相对。"乃作"有自作、当作二义,皆可通;说者多从苏轼诗句"我愿得全如苦李"出发,解为自愿学作道边苦李。其实将"云霄直上,诸公衮衮"当作(乃作)"道旁苦李",才是语句的直接意思。"五千言"明其性情学养来历。人生之真正"受用",受用其平生学养性情而已。有此,造物岂能戏弄! 即是说,不逐名利,就无所谓损辱。辛克清这样的品性，确可受"国士"之称。过片遥承开篇"凤期"之谊，说二人曾经计划结邻而居，但岁月流逝，终未实现。下以典故就此意再铺写一笔以表强调："柳老悲桓"抒岁月流逝之悲，"松高对阮"明结邻对谈之期。这样"东冈"结邻的生活无法实现，追逐势利奢华的人生又如南柯一梦虚幻不实，所以不如满杯饮酒，豪放此生！"长干"三句也可有二解：一者作者认为长干白下、青楼朱阁只是梦中槐蚁；二者作者历年漂流长干白下，经历了青楼朱阁的风流浪漫，回首往往梦中槐蚁而已。"青楼朱阁"，美姬所居，所以第二种解释也是可通的。这首词用了不少典故，语句又多散文体，写来放笔驰骋，语句精警动人，意旨清旷高迈，与稼轩词风颇有相近之处。其中虽微含悲慨，但不似稼轩每于悲慨中著顿挫不平。白石往往总是悲慨而不失其雅致。

　　以此为白石词终篇，使人废书而起，一唱三叹，真乃文有尽而意无穷也！

总评

白石词总评_(共收录张鉴等112人)

张鉴《姜夔传论》：白石归吴，移情丝竹。经正者纬成，理足者词畅。清真滥觞于其前，梦窗推波于其后。学者宗尚，要非溢美。其后竹屋、玉田、梅溪、碧山之俦，递相祖习，转益多师。洗《草堂》之纤秾，演黄初之渺论。后有作者，可以止矣。（阮元《揅经精舍文集》卷五）

黄昇《绝妙词选》：白石道人中兴诗家名流，词极精妙，不减清真乐府；其间高处，有美成所不能及。善吹箫，自制曲，初则率意为长短句，然后协以音律云。

陈郁《藏一话腴》内编卷下：白石道人姜尧章，气貌若不胜衣，而笔力足以扛百斛之鼎，家无立锥，而一饭未尝无食客。图书翰墨之藏，汗牛充栋。襟期洒落，如晋宋间人。意到语工，不期于高远而自高远。

柴望《凉州鼓吹·自序》：词以隽永委婉为尚，组织涂泽次之，呼噪叫啸抑末也。惟白石词登高眺远，慨然感今悼往之趣，悠然托物寄兴之思，殆与古《西河》、《桂枝香》同风致，视青楼歌、红窗曲万万矣。

陈模《怀古录》卷中：近时作词，只说周美成、姜尧章，而以稼轩词为豪迈，非词家本色。……或曰：美成、尧章，以其晓音律，自能撰词调，故人尤服之。

张炎《词源》：美成负一代词名，所作词浑厚和雅，善于融化诗句，而于音谱且间有未谐，可见难矣。作词多效其体制，失之软媚而无所取。此惟美成为然，不能学也。所可仿效之词，岂一美成而已。旧有刊本《六十家词》，可歌可诵者，指不多屈，中间如秦少游、高竹屋、姜白石、史邦卿、吴梦窗，此数家格调不牟，句法挺异，俱能特立清新之意，删削靡曼之词，自成一家，各名于世。（冯金伯《词苑萃编》卷二录此，"格调不牟"作"格调不凡"。）

又:词要清空,不要质实。清空则古雅峭拔,质实则凝涩晦昧。姜白石词如野云孤飞,去留无迹;吴梦窗词如七宝楼台,眩人眼目,拆碎下来,不成片段。此清空质实之说。……白石词如《疏影》、《暗香》、《扬州慢》、《一萼红》、《琵琶仙》、《探春》、《八归》、《淡黄柳》等曲,不惟清空,又且骚雅,读之使人神观飞越。

又:词以意趣为主,要不蹈袭前人语义。(下举东坡中秋水调歌、夏夜洞仙歌、荆公金陵怀古桂枝香)姜白石《暗香》赋梅云……《疏影》云……此数词皆清空中有意趣,无笔力者未易到。

又:诗难于咏物,词为尤难。体认稍真,则拘而不畅;模写差远,则晦而不明。要须收纵联密,用事合题。一段意思,全在结句,斯为绝妙。(下举史邦卿《东风第一枝》咏春雪、《绮罗香》咏春雨、《双双燕》咏燕)白石《暗香》、《疏影》咏梅云……《齐天乐》赋促织云……此皆全章精粹,所咏了然在目,且不留滞于物。

又:情至于离,则哀怨必至。苟能调感怆于融会中,斯为得矣。白石《琵琶仙》云……秦少游《八六子》云……离情当如此作,全在情景交炼,得言外意。

又:美成词只当看他浑成处,于软媚中有气魄,采唐诗融化如自己者,乃其所长,惜乎意趣却不高远。所以出奇之语,以白石骚雅句法润色之,真天机云锦也。

邓牧《山中白云词序》:古所谓歌者,诗三百止尔。唐宋间始为长短句,法非古意,然数百年以来,工者几人,美成、白石,逮今脍炙人口。知音谓丽莫若周,赋情或近俚;骚莫若姜,放意或近率。(谢章铤《赌棋山庄词话》续编一录此,谓"此一节持论极精的"。)

沈义父《乐府指迷》:姜白石清劲知音,亦未免有生硬处。

虞集《中原音韵序》:宋代作者,如子瞻变化不测之才,犹不免制词如诗之诮;若周邦彦、姜尧章辈,自制谱曲,稍称通律,而词气又不无卑弱之憾。

陆辅之《词旨》上:词不用雕刻,刻则伤气,务在自然。周清真之典丽,姜白石之骚雅，史梅溪之句法，吴梦窗之字面，取四家之所长，去四家之所短，此翁（按张炎号乐笑翁）之要诀也。

杨慎《词品》卷四：白石道人南渡诗家名流，词极精妙，不减清真乐府。其间高处有周美成不能及者。善吹箫，自制曲，初则率意为长短句，然后协以音律云。……（《齐天乐》、《湘月》等）其腔皆自度者。传至今，不得其调，难入管弦，只爱其句之奇丽耳。（冯金伯《词苑萃编》卷五录此，个别句稍异，如末句作"句法奇丽"。）

王又华《古今词论》：朱承爵《存余堂诗话》云："诗词虽同一机杼，而词家意象与诗略有不同。句欲敏，字欲捷，长篇须曲折三致意，而气自流贯乃得。"此语可为作长调者法。盖词至长调，变已极矣。南宋诸家，凡偏师取胜者，莫不以此见长。而梅溪、白石、竹山、梦窗诸家，丽情密藻，尽态极妍。要其瑰琢处，无不有蛇灰蚓线之妙，则所谓一气流贯也。

宋征璧：苟举当家之词（按所谓"当家之词"系与苏轼、秦观等"我辈之词"相对而言），如……姜白石之能琢句，蒋竹山之能作态，史邦卿之能刷色，黄花庵之能选格，亦其选也。词至南宋而繁，亦至南宋而敝，作者纷如，难以概述。夫各因其姿之所近。苟去前人之病而务用其所长，必赖后人之力也夫。（田同之《西圃词说》袭述此语而文字稍异。《词苑丛谈》卷四引《倚声集》。）

刘体仁《七颂堂词绎》：词亦有初盛中晚，不以代也，牛峤、和凝、张泌、欧阳炯、韩偓、鹿虔扆辈，不离唐绝句，如唐之初未脱隋调也，然皆小令耳。至宋则极盛，周、张、柳、康，蔚然大家。至姜白石、史邦卿，则如唐之中。而明初比唐晚，盖非不欲胜前人，而中实枵然，取给而已，于神味处，全未梦见。

尤侗《词苑丛谈序》：词之系宋，犹诗之系唐也。唐诗有初、盛、中、晚，宋词亦有之。唐之诗，由六朝乐府而变；宋之词，由五代长短句而变。约而次之，小山、安陆，其词之初乎；淮海、清真，其词之盛乎；石帚、梦窗，似得其

217

中；碧山、玉田，风斯晚矣。唐诗以李杜为宗，而宋词苏、陆、辛、刘，有太白之风；秦、黄、周、柳，得少陵之体。

顾咸三《湖海楼词序》：宋名家词最盛，体非一格。苏、辛之雄放豪宕，秦、柳之妩媚风流，判然分途，各极其妙。而姜白石、张叔夏辈，以冲澹休洁得词之中正。

朱彝尊《词综·发凡》：世人言词，必称北宋，然词至南宋始极其工，至宋季始极其变。姜尧章氏最为杰出，惜乎《白石乐府》五卷，今仅存二十余阕也。……言情之作，易流于秽，此宋人选词，多以雅为目。法秀道人语涪翁曰："作艳词当堕犁舌地狱"，正指涪翁一等体制而言耳。填词最雅无过石帚，《草堂诗余》不登其只字，见胡浩《立春吉席》之作，蜜殊《咏桂》之章，亟收卷中，可谓无目者也。

《曝书亭集·黑蝶斋诗余序》：词莫善于姜夔，宗之者张辑、卢祖皋、史达祖、吴文英、蒋捷、王沂孙、张炎、周密、陈允平、张翥、杨基，皆具夔之一体；基之后，得其门者寡矣。（冯金伯《词苑萃编》卷八录此，仅举梅溪、玉田、碧山三人。）

《曝书亭集·鱼计庄词序》：在昔鄱阳姜尧章、张东泽、弁阳周草窗、西秦张玉田，咸非浙产，然言浙词者必称焉，是则浙词之盛，亦由侨居者为之助；犹夫豫章诗派不必皆江西人，亦取其同调焉尔矣。

《曝书亭集·群雅集序》：仁宗于禁中度曲，时则有若柳永；徽宗以大晟名乐，时则有若周邦彦、曹组、辛次膺、万俟雅言，皆明于宫调，无相夺伦者也。洎乎南渡，家各有词，虽道学如朱仲晦、真希元，亦能倚声中律吕，而姜夔审音尤精。

汪森《词综序》：西蜀、南唐而后，作者日盛，宣和君臣，转相矜尚，曲调愈多，流派因之亦别。短长互见，言情者或失之俚，使事者或失之伉。鄱阳姜夔出，句琢字炼，归于醇雅。于是史达祖、高观国羽翼之，张辑、吴文英师之于前，赵以夫、蒋捷、周密、陈允衡、王沂孙、张炎、张翥效之于后。譬之乐，舞箾至于九变，而词之能事毕矣。（李调元《雨村词话序》评姜夔袭述此语而文字稍异,值得注意的是"师之于前"中有辛弃疾。田同之《西圃词说》、冯金伯《词苑萃编》等录此语。)

邹祇谟《远志斋词衷》:余常与文友论词,谓小调不学《花间》,则当学欧、晏、秦、黄。《花间》绮琢处,于诗为靡,而于词则如古锦纹理,自有黯然异色。欧、晏蕴藉,秦、黄生动,一唱三叹,总以不尽为佳。清真、乐章,以短调行长调,故滔滔莽莽处,如唐初四杰,作七古嫌其不能尽变。至姜、史、高、吴,而融篇炼句琢字之法,无一不备。(田同之《西圃词说》袭述此语而文字稍异。)

又:僻调之多,以柳屯田为最。此外则周清真、史梅溪、姜白石、蒋竹山、吴梦窗、冯艾子集中,率多自制新调,余家亦复不乏。

又:咏物固不可不似,尤忌刻意太似。取形不如取神,用事不若用意。宋词至白石、梅溪,始得个中妙谛。

又:长调惟南宋诸家,才情踔躞,尽态极妍。阮亭尝云:词至姜、吴、蒋、史,有秦、李所未到者。正如晚唐绝句,以刘宾客、杜紫微为神诣,时出供奉、龙标一头地。

《倚声初集序》:南宋诸家,蒋、史、姜、吴,警迈瑰奇,穷姿构彩;而辛、刘、陈、陆诸家,乘间代禅,鲸吞鳌掷,遗怀壮气,超乎有高望远举之思。

王士禛《化草蒙拾》:南宋渡后,梅溪、白石、竹屋、梦窗诸子,极妍尽态,反有秦、李未到者,虽神韵天然或减,要自令人有观止之叹;正如唐绝句,至晚唐刘宾客、杜京兆,妙处反进青莲、龙标一尘。

彭孙遹《金粟词话》:咏物词,极不易工,要须字字刻画,字字天然,方为上乘。即间一使事,亦必脱化无迹乃妙。近在广陵,见程村、阮亭诸作,便为叹绝,始几几乎与白石、梅溪颉颃今古矣。

李良年:香脆欲绝,惟白石有此,柳、秦两七远不敌也。(《锦瑟词话》引)

汪懋麟《棠村词序》:予尝论宋词有三派:欧、晏正其始,秦、柳、周、姜、史、李清照之徒备其盛；东坡、稼轩放乎其言之矣。其余子，非无单词只句，可喜可诵，苟求其继，难矣哉！

鲁超《今词初集序》：余惟诗以苏、李为宗，自曹、刘迄鲍、谢，盛极而衰，至隋时风格一变，此有唐之正始所自开也。词以温、韦为则，自欧、秦迄姜、史，亦盛极而衰，至明末才情复畅，此昭代之大雅所由振也。

沈雄《古今词话·词品》卷上：南宋长调，如姜、史、蒋、吴，有秦、柳所不能及者。

先著、程洪《词洁·发凡》：韵，小乘也；艳，下驷也。词之工绝处，乃不主此。今人多以是二者言词，未免失之浅矣。盖韵则近于佻薄，艳则流于亵媟，往而不返，其去吴骚市曲无几。必先洗粉泽，后除珠缋，灵气勃发，古色黯然，而以情兴经纬其间。虽豪宕震激而不失于粗，缠绵轻婉而不入于靡，即宋名家固不一种，亦不能操一律以求。美成之集，自标清真，白石之词，无一凡近，况尘土垢秽乎。（冯金伯《词苑萃编》录此仅少一"固"字。）

《词洁辑评》卷二："生香真色"四字，可以移评石帚、玉田之词。（张先《醉落魄》评语。词中形容"云轻柳弱"的歌妓云"生香真色人难学"。冯金伯《词苑萃编》卷五录此。）

《词洁辑评》卷四：空淡深远，较之石帚作，宁复有异。石帚专得此种笔意，遂于词家另开宗派。如"条风布暖"句，至石帚皆淘洗尽矣。然渊源相沿，固是一祖一祢也。（评周邦彦《应天长慢》。冯金伯《词苑萃编》卷五录此。）

又：用笔拗折，不使一犹人字，遂极雕嵌，复有灵气行乎其间。今之治词者，高手知师法姜、史、梦窗一种，未见有取途涉津者，亦斯道中之《广陵散》也。（评吴文英《珍珠帘》）

又：史之逊姜，有一二欠自然处。雕镂有痕，未免伤雅，短处正不必为古人曲护。意欲灵动，不欲晦涩。语欲稳秀，不欲纤佻。人工胜则天趣减，梅溪、梦窗不能不让白石出一头地。（评史达祖《东风第一枝》。冯金伯《词苑萃编》卷五录此。）

《词洁辑评》卷五：美成如杜，白石兼王、孟、韦、柳之长。与白石并有中原者，后起之玉田也。梅溪、梦窗、竹山皆自成家，逊于白石，而优于诸人。（张炎《齐天乐》评语。）

田同之《西圃词说》：诗词风气，正自相循。贞观、开元之诗，多尚淡远。大历、元和后，温、李、韦、杜渐入香奁，遂启词端。金荃、兰畹之词，概崇芳艳。南唐、北宋后，辛、陆、姜、刘渐脱香奁，仍存诗意。

又：姜夔尧章崛起南宋，最为高洁，所谓"野云孤飞，去留无迹"者。惜乎《白石乐府》五卷，今已无传，惟《中兴绝妙词》仅存二十余阕耳。

又：《乐府指迷》云："词要清空，不要质实。"此八字是填词家金科玉律。清空则灵，质实则滞，玉田所以扬白石而抑梦窗也。

又：诗余者，院本之先声也。如耆卿分调，守斋择腔，尧章著蕠指之声，君特辨煞尾之字，或随宫造格，或遵调填音，其疾徐长短，平仄阴阳，莫不守一定而不移矣。

又：自沈吴兴分四声以来，凡用韵乐府，无不调平仄者。……以及白石、梦窗辈，各有所创，未有不悉音理而可造格律者。今虽音理失传，而词格具在，学者但依仿旧作，字字恪遵，庶不失其中矩矱耳。

王时翔《莫荆琰词序》：词自晚唐，温、韦主于柔婉，五季之末，李后主以哀艳之辞倡于上，而下皆靡然从之。入宋号为极盛，然欧阳、秦、黄诸君子且不免相沿袭，周、柳之徒无论已，独苏长公能盘硬语与时异，趋而复失之粗。南渡后得辛稼轩，寄情豪宕之中，其所制，往往苍凉悲壮，在古乐府当与魏武埒。斯可语于诗之变矣。迨姜白石出而后蕴藉深远，前人之作几可废。

厉鹗《樊榭山房集·张今涪红螺词序》：尝以词譬之画，画家以南宗胜北宗。稼轩、后村诸人，词之北宗也；清真、白石诸人，词之南宗也。

《樊榭山房集·红兰阁词序》：近日言词者，推浙西六家；独柘水沈岸登，善学白石老仙，为朱检讨所称。

《樊榭山房集·论诗绝句》：旧时月色最清妍，香影都从授简传。赠与小红应不错,赏音只有石湖仙。

李调元《雨村词话序》:鄱阳姜尧章郁为词宗,一归醇正。(所谓"醇正",即诗本体。前述从温、韦到柳、周等,"派衍愈别",至姜夔一归醇正而为词宗,其后开辛、史、吴、王等,极其变而叹观止。)

《雨村词话》卷二:白石自制词在南宋另为一派,盛行于时,学之而佳者有二人。王沂孙字圣与,号中仙,有《碧山乐府》二卷,一名《花外集》,盖取比《花间集》而名也。其词以韵胜,如《琐窗寒》起句云:"趁酒梨花,催诗柳絮,一窗春怨。"末句云:"夜月荼院。"皆倩丽宜人。同时张叔夏炎亦作《琐窗》词,自注云:"王碧山其诗清峭,其词闲雅,有姜白石意趣,今绝响矣。"余悼之句云:"自中仙去后,词笺赋笔,便无清致。"又:"料应也孤吟山鬼。那知人弹折素琴,黄金铸出相思泪。"可想见平生服膺矣。

江藩《词源跋》:玉田生词与白石齐名,词之有姜、张,如诗之有李、杜也。姜、张二君,皆能按谱制曲,是以《词源》论五音均拍,最为详赡。窃谓乐府一变而为词,词一变而为令,令一变而为北曲,北曲一变而为南曲。今以北曲之宫谱,考词之声律,十得八九焉。……近日大江南北,盲词哑曲,塞破世界,人人以姜、张自命者,幸无老伶俊倡窃笑之耳。

焦循《雕菰楼词话》:秦少游《品令》:"掉又罐,天然个品格",此正秦邮土音,用"个"字作语助,今秦邮人皆然也。《三百篇》如"其虚其邪,狂童之狂也且",古人自操土音,北宋如秦、柳,尚有此种。南宋姜白石、张玉田一派,此调不复有矣。

又:周密《绝妙好词》所选,皆同于己者,一味轻柔润腻而已。黄玉林《花庵绝妙词选》,不名一家,其中如刘克庄诸作,磊落抑塞,真气百倍,非白石、玉田辈所能到。可知南宋人词,不尽草窗一派也。近世朱彝尊所选《词综》,规步草窗,学者不复周览全集,而宋词遂为朱氏之词矣。

郭麐《灵芬馆词话》卷一:词之为体,大略有四:风流华美,浑然天成,如美人临妆,却扇一顾,花间诸人是也;晏元献、欧阳永叔诸人继之。施朱傅粉,学步习容,如宫女题红,含情幽艳,秦、周、贺、晁诸人是也;柳七则靡曼近俗矣。姜、张诸子，一洗华靡，独标清绮，如瘦石孤花，清笙幽磬，人其境者疑有仙灵，闻其声者人人自远；梦窗、竹屋或扬或沿，皆有新隽，词之能事备矣。至东坡以横绝一代之才，凌厉一世之气，间作倚声，意若不屑，雄词高唱，别为一宗；辛、刘则粗豪太甚矣。其余幺弦孤韵，时亦可喜，溯其派别，不出四者。

又：本朝词人以竹坨为至。一废草堂之陋，首阐白石之风。《词综》一书，鉴别精审，殆无遗憾。其所自为，则才力既富，采择又精，佐以积学，运以灵思，直欲平视花间，奴隶周、柳。姜、张诸子，神韵相同，至下字之典雅，出语之浑成，非其比也。

《灵芬馆词话》卷二：倚声家以姜、张为宗，是矣。然必得其胸中所欲言之意，与其不能尽言之意，而后缠绵委折，如往如复，皆有一唱三叹之致。

《灵芬馆集·无声诗馆词序》：词家者流，其源出于国风，其本沿于齐梁，自太白以至五季，非女儿之情不道也。宋立乐府，用于庆赏饮宴，于是，周、秦以绮靡为宗，史、柳以华缛相尚，而体一变。苏、辛以高世之才，横绝一时，而奋末广愤之音作。姜、张祖骚人之逸，尽洗铅艳，而清空婉约之旨深。自是以后，欲离去，其道无由。

许昂霄《词综偶评》：词中之有白石，犹文中之有昌黎。世固也以昌黎为穿凿生割者，则以白石为生硬也亦宜。（评姜夔《暗香》）

又：白石、梅溪，昔人往往并称。骤阅之，史似胜姜，其实则史稍逊尧章。昔钝翁尝问渔洋曰："王、孟齐名，何以孟不及王？"渔洋答曰："孟诗味之未能免俗耳。"吾于姜、史亦云。倚声者试取两家词熟玩之，当不以予为蚍蜉之撼。梅溪尝有骑省之戚，故此阕及《夜行船》一阕，全寓此意。（评史达祖《寿楼春》）

杜诏《山中白云词序》：词盛于北宋，至南宋乃举其工。姜尧章最为杰出，宗之者史达祖、高观国、卢祖皋、吴文英、蒋捷、周密、陈允平诸名家，皆具姜之一体，而张叔夏庶几全体具矣。仇仁近谓："叔夏词意度超玄，律吕协洽，多与白石老仙相鼓吹。"顾白石风骨清劲，诚如沈伯时所云，未免有生硬处，叔夏则和雅而精粹。读其《乐府指迷》一书，为古今填词准则，夫岂斥斤墨守尧章者。……两家（指姜夔、张炎）足以概南宋，从此溯源北宋，研味乎淮海、清真，一归诸和雅，则词之能事毕矣。其有功于词学岂浅哉！

汪筠《谦谷集·读〈词综〉书后》：南渡江山未可凭，诸君哀怨尽能情。一从白石箫声断，谁倚琼楼最上层。

陈撰《自跋白石词刊本》：南宋词人，浙东西特盛。若岳肃之、卢申之、张功甫、张叔夏、史邦卿、吴君特、孙季蕃、高宾王、王圣与、尹惟晓、周公谨、仇仁近及家西麓先生，先后辈出。而审音之精，要以白石为谐（按此当为"诣"）极。……先生事事精习，率妙绝无品。虽终身草莱，而风流气韵足以标映后世。当乾淳间俗学充斥，文献湮替，乃能雅尚如此，洵称豪杰之士矣。

《山中白云词疏证序》：词莫尚于南宋景淳、德祐间，要以白石为宗主。其嗣白石起者，无逾于玉田《白云》一集，可按而知也。

郑方坤《蔗尾实际·论词绝句》：红牙铁板画封疆，墨守输攻各挽强。莫向此间分左袒，黄金留待铸姜郎。（原注：东坡问幕士云：我词比柳如何？对曰：柳郎中词只好十七八女郎，执红牙拍，歌"杨柳岸、晓风残月"；学士词须关西大汉，持铁绰板，唱"大江东去"。姜尧章所著《石帚词》，戛玉敲金，得未曾有。）

夏秉衡《清绮轩词选自序》：至南北宋而作者日盛，如清真、石帚、竹山、梅溪、玉田诸集，雅正超忽，可谓词家上乘矣。

许宝善《自怡轩词选自序》：粤稽小令始于李唐，慢词盛于北宋，至南宋乃极其致。其时姜尧章最为杰出，他若张玉田、史梅溪、高竹屋、王碧山、卢申之、吴梦窗、蒋竹山、陈西麓、周草窗诸人，无不各号名家，相与鼓吹一时。然白石词中仙手，而沈伯时犹以为未免有生硬处。古人论词，不少宽假如此。洵乎词之难也。

江昱《松泉诗集·论诗绝句》：石帚高情自度工，孤云无迹任西东。乐书不赏张兄死，只有龠箫伴小红。

王昶《春融堂集·姚茞汀词雅序》：词，三百篇之遗也，然风雅正变，王者之迹，作者多名卿士大夫，庄人正士。而柳永、周邦彦辈不免杂于俳优。后惟姜、张诸人，以高贤志士，放迹江湖，其旨远，其词文，托物比兴，因时伤事，即酒食游戏，无不有《黍离》周道之感，与诗异曲而同工。

《春融堂集·江宾谷梅鹤词序》：姜氏夔、周氏密诸人，始以博雅擅名，往来江湖，不为富贵所熏灼，是以其词冠于南宋，非北宋之所能及。暨于张氏炎、王氏沂孙，故国遗民，哀时感事，缘情赋物，以写《闵周》、《哀郢》之思，而词之能事毕矣。世人不察，猥以姜、史同日而语，且举以律君。夫梅溪乃平原省吏，平原之败，梅溪因此受黥，是岂可与白石比量工拙哉！譬犹名倡妙伎姿首或有可观，以视瑶台之仙、姑射之处子，臭味区别，不可倍蓰算矣。

《春融堂集·琴画楼词钞自序》：唐之末造，诗人间以其余音绮语变为填词。北宋之季，演为长调，变俞甚，遂不能复合于诗。故词至白石、碧山、玉田，与诗分茅设蕝，各极其工。

吴锡麒《有正味斋全集·董琴南楚香山馆词钞序》：词之派有二：一则幽微要眇之音，宛转缠绵之致，戛虚响于弦外，标隽旨于味先，姜、史其渊源也，本朝竹垞继之，至吾杭樊榭而其道盛；一则慷慨激昂之气，纵横跌宕之才，抗秋风以奏怀，代古人而奋愤，苏、辛其圭臬也，本朝迦陵振之，至吾友瘦铜而其格尊。……岂得谓姜、史之清新为是，苏、辛之横逸为非？

沈初《兰韵堂诗集·论词绝句》：梅溪竹屋门清新，体物幽思妙人神。那及鄱阳姜白石，天然标格胜于人。

陈鸿寿《灵芬馆词序》：耆卿骞翮于津门，邦彦厉响于照碧，词至北宋而一变。石帚、玉田理定而擒藻，梅溪、竹山情密而引辞，词至南宋而又一变。

洪正治《自序白石词刊本》：白石自定诗一卷，世鲜流传，词五卷，所存止草窗、花庵撰录数十首而已……夫白石在渡江诸贤中，品目显著，然且若此，则夫单家孤帙，其为名湮绝响者知复何限。予幼耽倚声，于南宋诸家，最爱白石，今始获睹其合集。因不敢自秘，亟锓诸木，以广其传。庶几如昔人所云欲饮则人人适河，索照而家家取燧，讵不称愉快也耶。

吴淳还《序武唐俞氏白石词钞》：南宋词至姜氏尧章，始一变《花间》、《草堂》纤秾靡丽之习。野云孤飞，去留无迹，前人称之审矣。

陈叔峰《苍悟词序》：宋之能词者六十余家，如秦少游、高竹屋、姜白石、史邦卿、吴梦窗数子，始可称以新意合古谱者。杨诚斋论词六要：一曰按谱，二曰出新意是也。苟不按谱，则歌韵不协，则凌犯他宫，非曲非调；不出新意，则必蹈袭前人，即或炼字换句，而趣旨雷同，其神味亦索然易尽。

江炳炎《西江月》：笔染沧江虹月，思穿冷岫孤云。淡然南宋古遗民，抹煞词坛衮衮。就令秦郎色减，何嫌柳七声吞。将金铸像日三薰，舌底宫商细问。

姜虬绿《自跋姜忠肃祠堂白石词钞本》：公晚年用意之精，审律之细，于此道真有深入。

曹炳曾《书姜白石集后》：南宋词家推白石、玉田为领袖，而玉田实祖白石。所南郑氏叙张词，谓其仰扳尧章。山村仇氏亦云，与白石老仙相鼓吹。而玉田尝称白石为"野云孤飞，去留无迹。不惟清空，兼又骚雅"。两人之词，实属一家。

沈道宽《话山草堂诗钞·论词绝句》：白石清声自一家，尽刊雕饰洗铅华。流传衣钵归初祖，提唱宗风到竹垞。

包世臣《月底修箫谱序》：意内而言外，词之为教也；然意内不可强致，言外非学不成。是词说者，言外而已。言成则有声，声成则有色，色成而味出焉。三者具，则足以尽言外之才矣。若夫感人之速者莫如声，故词倚声。声之得者又有三：曰清、曰脆、曰涩。不脆则声不成，脆矣而不清则腻，清矣而不涩则浮。屯田、梦窗以不清伤气；淮海、玉田以不涩伤格；清真、白石则能兼三矣。六家于言外之旨得矣，以云意内，惟白石、玉田耳，淮海时时近之，清真、屯田、梦窗皆去之弥远。而俱不害为可传者，则以其声之幺眇铿盘，恻恻动人，无色而艳，无味而甘故也。（中有删节）

张惠言《词选序》：宋之词家，号为极盛，然张先、苏轼、秦观、周邦彦、辛弃疾、姜夔、王沂孙、张炎，渊渊乎文有其质焉。

　　周济《介存斋论词杂著》：近人颇知北宋之妙，然终不免有姜、张二字横亘胸中。岂知姜、张在南宋，亦非巨擘乎。论词之人，叔夏晚出，既与碧山同时，又与梦窗别派，是以过尊白石，但主清空。后人不能细研词中曲折深浅之故，群聚而和之，并为一谈，亦固其所也。

　　又：北宋词多就景叙情，故珠圆玉润，四照玲珑。至稼轩、白石，一变而为即事叙景，使深者反浅，曲者反直。吾十年来服膺白石，而以稼轩为外道，由今思之，可谓瞽人扪籥也。稼轩郁勃，故情深；白石放旷，故情浅。稼轩纵横，故才大；白石局促，故才小。惟《暗香》《疏影》二词，寄意题外，包蕴无穷，可与稼轩伯仲。余俱据事直书，不过手意近辣耳。白石词如明七子诗，看是高格响调，不耐人细思。白石以诗法入词，门径浅狭，如孙过庭书，但便后人模仿。白石好为小序，序即是词，词仍是序，反复再观，如同嚼蜡矣。词序序作词缘起，以此意词中未备也。今人论院本，尚知曲白相生，不许复沓，而独津津于白石词序，一何可笑。

　　《词辨自序》：白石疏放，酝酿不深。……自温庭筠、韦庄、欧阳修、秦观、周邦彦、周密、吴文英、王沂孙、张炎之流，莫不蕴藉深厚，而才艳思力，各骋一途，以极其致。譬如匡庐衡岳，殊体而并胜，南威西施，别态而同妍矣。

　　《宋四家词选目录序论》：白石脱胎稼轩，变雄健为清刚，变驰骤为疏宕。盖二公皆极热中，故气味吻合。辛宽姜窄，宽故容秽，窄故斗硬。白石号为宗工，然亦有俗滥处（《扬州慢》："淮左名都，竹西佳处。"）、寒酸处（《法曲献仙音》："象笔鸾笺，甚而今、不道秀句。"）、补凑处（《齐天乐》："幽诗漫与。笑篱落呼灯，世间儿女。"）、敷衍处（《凄凉犯》："追思西湖上"半阕。）、支处（《湘月》："旧家乐事谁省。"）、复处（《一萼红》："翠藤共、闲穿径竹。""记曾共、西楼雅集。"），不可不知。白石小序甚可观，苦与词复。若序其缘起，不犯词境，斯为两美已。……稼轩豪迈是真，竹山便伪；碧山恬退是真，姜、张皆伪。味在酸咸之外，未易为浅尝人道也。

《宋四家词选》眉批:赋物能将人景情思一齐融入,最是碧山长处。由其心细笔灵,取径曲,布势远故也。不减白石风流。(案此评王沂孙《花犯》"古婵娟"下片)

又:何尝不峭拔,然略粗壮,其所以为碧山之清刚也。白石好处,无半点粗气矣。(案此评王沂孙《无闷》"阴积龙荒")

冯金伯《词苑萃编》卷二:词以少游、易安为宗,固也。然竹屋、梅溪、白石诸公,极妍尽致处,反有秦、李所未到者。譬如绝句,至刘宾客、杜京兆,时出青莲、龙标一头地。(此录渔洋山人语)

《词苑萃编》卷五:白石,词家之申韩也。(此录赵子固语)

《词苑萃编》卷八:词于诗同源而殊体,风、骚、五、七字之外,另有此境。而精微诣极,惟南渡德祐、景炎间,斯为特绝。吾杭若姜白石、张玉田、周草窗、史梅溪、仇山村诸君所作,皆是也。吾友樊榭先生起而遥应之,清真雅正,超然神解,如金石之有声,而玉之声清越;如草木之有花,而兰之味芬芳。登培以览崇山,涉潢汙以观大泽。致使白石诸君,如透水月华,波摇不散。(此录陈玉几语)

吴衡照《莲子居词话》卷一:余姚邵二云晋涵拟作《南宋朝事略》,以续《东都事略》,本黄梨洲宗羲重修《宋史》志也,书未成而卒。窃意南宋朝如姜尧章,尤不可不立传。仪征阮云台中丞元所录《诂经精舍文集》中多拟作,可补旧史氏之缺,不特为东仙、白石小传搜遗而已。尧章葬杭之西马塍,在钱塘门外,今莫识其处。清明挈榼,欲仿花山吊柳会,不可得也。

又:白石自制曲,其旁注半字谱,共十七调,谱与朱子全集字样微不同,由涉笔时就各便也。半字之谱,昉自唐以来,陈氏《乐书》可证。黄泰泉佐因《楚辞·大招》"四上竞气"之语,谓即大吕四字,仲昌上字。寻摭穿凿,不若王叔师旧注为长。

又:歌家十六字外,别有疾徐重轻赴节合拍之字,见《梦溪笔谈》,亦半字也。白石此谱,有折有掣,折高半格,掣低半格,于毕曲处尤兢兢不苟,足见当时词律之细。

《莲子居词话》卷二:《姜白石集》,近刻凡四,以江都陆氏本为最善。

《道人歌曲》六卷,著录于贵与马氏者,久为《广陵散》矣。此本楼敬思购得陶南村手钞本传寄刊布,与知不足斋从书《张子野词》四卷,均为朱竹垞纂《词综》时所未及见。

《莲子居词话》卷四:苏辛并称,辛之于苏,亦犹诗中山谷之视东坡也。东坡之大,与白石之高,殆不可以学而至。

宋翔凤《乐府余论》:宋元之间,词与曲一也。以文写之则为词,以声度之则为曲。……在昔钱塘妙伎,改画阁斜阳;饶州布衣,谱桥边红药。文章通丝竹之微,歌曲会比兴之旨。使茫昧于宫商,何言节奏;苟灭裂于文理,徒类喝啾。爰自分驰,所滋流弊。兹白石尚传遗集,玉田更有成书。点画方迷,指归难见。惟先求于凡耳,藉通四上之原,还内度于寸心,庶有万一之得。

又:《草堂诗余》,宋无名氏所选,其人当与姜尧章同时。尧章白度腔无一登入者,其时姜名末盛。以后如吴梦窗、张叔夏俱奉姜为圭臬,则《草堂》之选,在梦窗之前矣。

又:词家之有姜石帚,犹诗家之有杜少陵,继往开来,文中关键。其流落江湖,不忘君国,皆借托比兴,于长短句寄之。如《齐天乐》,伤二帝北狩也;《扬州慢》,惜无意恢复也;《暗香》、《疏影》,恨偏安也。盖意愈切,则辞愈微,屈宋之心,谁能见之,乃长短句中,复有白石道人也。

谢元淮《填词浅说》:自度新曲,必如姜尧章、周美成、张叔夏、柳耆卿辈,精于音律,吐辞即叶宫商者,方许制作。若偶习工尺,遽尔自度新腔,甘于自欺而欺人,真不足当大雅之一噱。古人格调已备,尽可随意取填。自好之士,幸勿自献其丑也。

邓廷桢《双砚斋词话》:词家之有白石,犹书家之有逸少,诗家之有浣花。盖缘识趣既高,兴象自别。其时临安半壁,相率恬熙。白石来往江淮,缘情触绪,百端交集,托意哀丝。故舞席歌场,时有击碎唾壶之意。如《扬州慢》之"自胡马、窥江去后,废池乔木,犹厌言兵。渐黄昏,清角吹寒,都在空城";《齐天乐》之"候馆迎秋,离宫吊月,别有伤心无数。幽诗漫与。笑篱落呼灯,世间儿女";《凄凉犯》之"马嘶渐远,人归甚处,戍楼吹角。情怀正恶,更衰草寒烟淡薄。似当时、将军部曲,迤逦度沙漠";《惜红衣》之"维舟试望,故国眇天北",则周京《离黍》之感也。《疏影》前阕之"昭君不惯胡沙远,但暗忆、江南江北。想佩环、月夜归来,化作此花幽独",后阕之"还教一片随波去,又却怨、玉龙哀曲",《长亭怨慢》之"第一是、早早归来,怕红尊、无人为主",乃为北庭后宫言之,则《卫风·燕燕》之旨也。读者以意逆志,是为得之。至其运笔之曲,如"阅人多矣,谁得似、长亭树。树若有情时,不会得、青青如此";琢句之工,如"天涯情味,仗酒祓清愁,花销英气","二十四桥仍在,波心荡、冷月无声",则如堂下斫轮,鼻端施垩。若夫新声自度,筝柱旋移,则如郢中之歌,引商刻羽,杂以流徵矣。以此辉映湖山,指伪坛坫,百家腾跃,尽入环中。评者称其有缝云剪月之奇,戛玉敲金之妙,非过情也。

孙麟趾《词迳》:识见低则出句不超,超者出乎寻常意计之外。白石多清超之句,宜学之。

董士锡《齐物论斋文集·餐华吟馆词序》:昔柳耆卿、康伯可未尝学问,乃以其鄙嫚之辞,缘饰音律,以投时好,而词品以坏。姜白石、张玉田出,力矫其弊,为清雅之制,而词品以尊。虽然,不合五代、全宋以观之,不能极词之变也;不读秦少游、周美成、苏子瞻、辛幼安之别集,不能撷词之盛也。元明至今,姜、张盛行,而秦、周、苏、辛之传响几绝,则以浙西六家独尊姜、张之故。盖尝论之:秦之长,清以和;周之长,清以折,而同趋于丽。苏、辛之长,清以雄;姜、张之长,清以逸;而苏、辛不自调律,但以文辞相高,以成一格,此其异也。六子者,两宋诸家皆不能过焉。然学秦病平,学周病涩,学苏病疏,学辛病纵,学姜、张病肤。盖取其丽与雄与逸而遗其清,则五病杂见而三长亦渐以失。

李慈铭《越缦堂读书记·集部·词曲类》:白石以词名当家,律吕甚谐,不失分寸,而语意疏拙。其盛传者《暗香》、《疏影》二词,读之似幽咽可听,而情味索然,又多率句,予尝谓可与张玉田《春水》词并置不论。予初学倚声,颇似白石,人亦多以相拟,十年来屏不一观矣。

又:南宋百余年中,所号词中大家者,惟辛幼安为历城人,姜尧章为鄱阳人,余皆浙人耳。予尝论词固莫富于南宋,律亦日密,然语芜意浅,俚鄙百出,此事遂成恶道。……就中作者,惟稼轩最为清娇,不锢所溺;而石帚名最盛,业最下,实群魔之首出者。……今世填词家,方奉白石老仙为周孔,见予此论,有不骇而却走者哉。

樊增祥《樊山集·东溪草堂词选自序》:声音感人,回肠荡气,以李重光为君;演经和畅而有则,以周美成为极;清劲有骨,淡雅君宗,以姜尧章为最。至于长短皆宜,高下应节,亦无过于美成者。高、孝以来,词溢夥,翳惟门石,实长其照,于是史邦卿、吴君特羽翼于前,王圣与、张叔夏标映于后。此五君者,譬诸渥美驷,荆野明瑶,词学一日不湮,斯人亦一日不没。

丁绍仪《听秋声馆词话》卷六:词至南宋而极工,然如白石、梦窗、草窗、玉田,皆胥疏江湖,故语多婉笃,去北宋疏越之音远矣。

《听秋声馆词话》卷十九:顾丈兼塘尝言苏、辛二家词,如天仙化人,不可仿佛,最不易学,非若姜、史诸家,各有轨辙可循。

李佳《左庵词话》卷上:词家昉于宋代,然只柳屯田、周美成为解音律,其词犹未尽工。姜白石、吴梦窗诸人,尚为未解音律,而颇多佳作。以是知词固非乐工所能。

又:词以意趣为主,意趣不高不雅,虽字句工颖,无足尚也。意能迥不犹人最佳。东坡词最有新意,白石词最有雅意。

又:白石笔致骚雅,非他人所及,最多佳作。石湖咏梅二词,尤为空前绝后,独有千古。《暗香》云……《疏影》云……清虚婉约,用典亦复不涉呆相。风雅如此,老倩小红低唱,吹箫和之,洵无愧色。

江顺诒《词学集成》卷一:(前引述尤侗《词苑丛谈序》)诒按:比词于诗,原可以初、盛、中、晚论,而不可以时代后先分。如南唐二主似唐之初,秦、柳之琐屑,周、张之纤靡,已近于晚。北宋惟李易安差强人意。至南宋白石、玉田,始称极盛,而为词家之正规。以辛拟太白,以苏拟少陵,尚属闰统。竹山、竹屋、梅溪、碧山、梦窗、草窗，则似中唐退之、香山、昌谷、玉溪之各臻其极。晚唐之诗，未可厚非，元明之词不足道。本朝朱、厉步武姜、张，各有真气，非明七子之貌袭。

又：赵艮甫函《碎金词叙》云："宋词以清真、白石、草窗、玉田四家为正宗。清真典掌大晟，白石自订词曲，草窗词名笛谱，玉田《词源》一书所论律吕最精。凡此四家之词，无不可歌。其余则或可歌，或不可歌，不过按调填词，于四声不尽谐协，遑论九宫。"

《词学集成》卷三：万氏《词律》发凡云："自沈吴兴分四声以来，凡用韵乐府，无不调平仄者。……以迨白石、梦窗辈，各有所创，未有不悉音理而可造格律者。虽今音理失传，而词具在，学者但宜仿旧作，字字恪遵，庶不失其矩矱。"

又：竹西词客《词源跋》云："玉田生与白石齐名，词之有姜、张，犹诗之有李、杜也。二君皆能案谱制曲，是以《词源》论五音均拍，最为详赡。"

《词学集成》卷五：陈曼生鸿寿《衡梦词序》云："夫流品别则文体衰，摘句图而学诗蔽。《花庵》淫缛，争价一字之奇。《草堂》噍杀，矜惜片言之巧。缪道乖典，鲜能圆通。是以耆卿骞翮于津门，邦彦厉响于照碧。至北宋而一变。石帚、玉田，理定而摛藻。梅溪、竹山，情密而引词。词至南宋又一变矣。"诒案：论书者谓初写《黄庭》，恰到好处。词自太白创始，至南唐而极盛，温润绮丽，后鲜其伦。南北二宋，其文中之八家乎。

又：蔡小石宗茂《拜石词序》云："词胜于宋，自姜、张以格胜，苏、辛以气胜，秦、柳以情胜，而其派乃分。然幽深窅眇，语巧则纤；跌宕纵横，语粗则浅；异曲同工，要在各造其极。"诒案：此以苏、辛、秦、柳与姜、张并论，究之格胜者，气与情不能逮。

又：汪稚松云："茗柯《词选》，张皋文先生意在尊美成，而薄姜、张。至苏、辛仅为小家，朱、厉又其次者。其词贵能有气，以气承接，通首如歌行然。又要有转无竭，全用缩笔包举时事，诚是难臻之诣。"诒案：常州派近为词家正宗，然专尊美成。今取美成词读之，未能造斯境也。

《词学集成》卷六：《莲子居词话》云："词忌堆积，堆积近缛，缛则伤意。词忌雕琢，雕琢近涩，涩则伤气。"诒案：南宋以后诸家，率多此弊。此白石、玉田所以独有千古也。

又：贺黄公曰："词之最丑者，为酸腐，为怪诞，为粗莽。以险丽为贵矣，又须泯其镂刻痕乃佳。"诒案：酸腐者，道学语也。怪诞者，荒唐语也。至粗莽，则苏、辛之流弊，犯之甚易。若险丽而无镂刻痕，则仍梦窗一派，而未臻姜、张之绝诣也。

谢章铤《赌棋山庄词话》卷四：杨升庵……云："辛稼轩自非脱落故常者，未易闯其堂奥。刘改之所作《沁园春》，虽颇似其豪，而未免于粗。近日作词者惟说周美成、姜尧章，而以东坡为词诗，稼轩为词论。盖曲者曲也，固当以委曲为体，然徒狃于风情婉娈，则亦易厌。回视稼轩所作，岂非万古清风哉！"此说极恓当。

《赌棋山庄词话》卷五：今日浙派盛行，专以咏物为能事，胪列故实，铺张鄙谚，词之真种子，殆将湮没。不知诗词异其体调，不异其性情。诗无性情，不可谓诗，岂词独可以配黄俪白，摹风捉月了之乎？然则崇奉姜、史，卑视苏、辛者，非矣。第今之学苏、辛者，亦不讲其肝胆之轮困，寄托之遥深，徒以浪烟涨墨为豪，是不独学姜、史不之许，即学苏、辛，亦宜挥之门外也。

《赌棋山庄词话》卷七：夫咏物南宋最盛，亦南宋最工。然傥无白石高致，梅溪绮思，第取《乐府补题》而尽和之，是方物略耳，是群芳谱耳，便谓超凡入圣，雄长词坛，其不然欤！

《赌棋山庄词话》卷八：江郑堂藩曰："……近日大江南北，盲词哑曲，塞破世界，人人以姜、张自命者，幸无老伶俊倡窃笑之耳。"（《词源跋》）余谓郑堂之言过矣。宋人歌词，犹今人之歌曲，走腔落调，知者颇多。若论词于今人，则犹宋人论绝句，歌法虽极考究，终鲜周郎，而谓老伶俊倡能窃笑哉。声音既变，文字随之，正不得轩轻太甚。至今日词学所误，在局于姜、史。斤斤字句气体之间，不敢拈大题目，出大意义，一若词之分量不得不如是者。其立意盖已卑矣，而奚暇论及声调哉。

《赌棋山庄词话》卷九：竹垞曰："世人言词，必称北宋，然词至南宋始极其工，至宋季而始极其变。"此为当时孟浪言词者，发其实，北宋如晏、柳、苏、秦，可谓之不工乎？且竹垞之与李十九论词也，亦曰："慢词宜师南宋，而小令宜师北宋矣。"盖明自刘诚意、高季迪数君而后，师传既失，鄙风斯煽，误以编曲为填词。故焦弱侯《经籍志》备采百家，下及二氏，而倚声一道缺焉。盖以鄙事视词久矣，升庵、弇州力挽之，于是始知有李唐、五代、宋初诸作者。其后耳食之徒，又专奉《花间》为准的，一若非《金荃集》《阳春录》，举不得谓之词，并不知尚有辛、刘、姜、史诸法门。于是竹垞大声疾呼，力阐宗旨，而强作解事之讥，遂不禁集矢于杨、王矣。然二君复古之功，正不可没。至今日袭浙西之遗制，鼓秀水之余波，既鲜深情，又乏高格，盖自樊榭而外，率多自桧无讥，而竹垞又不免供人指摘矣。盖嗣法不精，能累初祖者率如此。

又：姜、史之清真，源于张志和、白香山。

《赌棋山庄词话》卷十一：雍正乾隆间，词学奉樊榭为赤帜，家白石而户梅溪矣。

《赌棋山庄词话》卷十二：北宋多工短调，南宋多工长调。北宋多工软语，南宋多工硬语。然二者偏至，终非全才。欧阳、晏、秦，北宋之正宗也。柳耆卿失之滥，黄鲁直失之伧。白石、高、史，南宋之正宗也。吴梦窗失之涩，蒋竹山失之流。若苏、辛自立一宗，不当侪于诸家派别之中。

又：词家讲琢句而不讲养气，养气至南宋善矣。白石和永，稼轩豪雅。然稼轩易见，而白石难知。史之于姜，有其和而无其永。刘之于辛，有其豪而无其雅。至后来之不善学姜、辛者，非懈则粗。

又：白石道人为词中大宗，论定久矣。读其《说诗》诸则，有与长短句相通者，节录一二于左，略以鄙意注之……：

"韵度欲其飘逸，其失也轻。"——词嫌重滞，故浑厚宏大诸说俱用不著。然使其飘逸而轻也，则又无绕梁之致，而不足系人思。

"雕刻伤气，敷衍露骨。若鄙而不精巧，是不雕刻之过；拙而无委曲，是不敷衍之过。"——此即疏密相间之说也。故白石字雕句刻，而必准之以雅。雅则气和而不促，辞隐而不浅，何患其不精巧委曲乎？

"僻事实用，熟事虚用。"——"那人正睡里，飞近蛾绿"，此即熟事虚用之法。

"说景要微妙。"——微妙则耐思而景中有情。"寒鸦数点，流水绕孤村"，"杨柳岸，晓风残月"，所以脍炙人口也。

"短章蕴藉，大篇有开阖乃妙。"——不蕴藉则吐露，言尽意尽，成何短章？无开阖则板拙，周草窗之词，或讥之为平矣。

"委曲尽情曰曲。"——竹垞赠钮玉樵："吾最爱姜、史，君亦厌辛、刘"，亦以其径直不委曲也。

"语贵含蓄。句中无余字，篇中无长语，非善之善者也；句中有余味，篇中有余意，善之善者也。"——填词有一定字数，但使填毕读之，短不可增，长不可节，已极洗伐操纵功夫矣。若余味余意，则词家率不留心，故讲之为尤难。

"体物不欲寒乞。"——今之搜讨冷僻者，其去寒乞亦无几矣，而奈何自以为淹博哉！

"一曰理高妙，二曰意高妙，三曰想高妙，四曰自然高妙。"——自然高妙，词家最重，所谓本色当行也。

《赌棋山庄词话续编》三：以诗譬之，慢词如七言，小令如五言。慢词北宋为初唐，秦、柳、苏、黄如沈、宋，体格虽具，风骨未遒。片玉则如拾遗，骎骎有盛唐之风矣。南渡为盛唐，白石如少陵，奄有诸家。高、史则中允、东川，吴、蒋则嘉州、常侍。宋末为中唐，玉田、碧山风调有余，浑厚不足，其钱、刘乎。草窗、西麓、商隐、友竹诸公，盖又大历派矣。稼轩为盛唐之太白，后村、龙洲亦在微之、乐天之间。……填词之道，须取法南宋，然其中亦有两派焉。一派为白石，以清空为主，高、史辅之。前则有梦窗、竹山、西麓、虚斋、浦江，后则有玉田、圣与、公瑾、商隐诸人，扫除野狐，独标正谛，犹禅之南宗也。一派为稼轩，以豪迈为主，继之者龙洲、放翁、后村，犹禅之北宗也。……又必以律调为先，辞藻次之。昔屯田、清真、白石、梦窗诸君，皆深论于律吕，能自制新声者，其用前人旧谱，皆恪守不敢失，况其下乎。(此录凌廷堪《梅边吹笛谱目录跋后》)

冯煦《蒿庵类稿·论词绝句》：垂虹亭子笛绵绵，吸露餐风解蜕蝉。洗尽人间烟火气，更无人是石湖仙。

《蒿庵类稿·和珠玉词序》：宋之为慢词者，美成首出，姜、张而极。片玉所甄率在大观、政和间，北宋之季也。白石、玉田连蹇不偶，《黍离》之歌，《橘颂》之章，比比有之，南宋之季也。慢为衰世之作，殆有征耶？

《嵩庵论词》：白石为南渡一人，千秋论定，无俟扬搉。《乐府指迷》独称其《暗香》、《疏影》、《扬州慢》、《一萼红》、《琵琶仙》、《探春慢》、《淡黄柳》等曲，《词品》则以咏蟋蟀《齐天乐》一阕为最胜。其实石帚所作，超脱蹊径，天籁人力，两臻绝顶，笔之所至，神韵俱到；非如乐笑、二窗辈可以奇对警句，相与标目，又何事于诸调中强分轩轾也。"野云孤飞，去留无迹"，彼读姜词者必欲求下手处，则先自"俗处能雅，滑处能涩"始。

沈曾植《海日楼丛钞》：叔耕（汪莘）词颇质木，其人盖学道有得者。其所标举，则南渡初以至光、宁士大夫涉笔诗余者。标尚如此，略如诗有江西派。然石湖、放翁、润以文采，要为乐而不淫，以自别为诗人旨格。曾端伯《乐府雅词》，是以此意裁别者。白石老人，此派极则，诗与词几合同而化矣。（《菌阁琐谈》附录）

蒋敦复《芬陀利室词话》卷一：浙派词，竹垞开其端，樊榭振其绪，频伽畅其风，皆奉石帚、玉田为圭臬，不肯进入北宋人一步，况唐人乎。冯柳东……所著《月湖秋瑟》、《花墩琴雅》诸词，亦以姜、张为宗，而旁涉中仙、草窗。

刘熙载《艺概・词概》：白石才子之词，稼轩豪杰之词。才子豪杰，各从其类爱之，强论得失，皆偏词也。

又：姜白石词幽韵冷香，令人挹之无尽，拟诸形容，在乐则琴，在花则梅也。

又：词家称白石曰白石老仙，或问毕竟与何仙相似？曰："藐姑冰雪，盖为近之。"

又：张玉田词清远蕴藉，凄怆缠绵，大段瓣香白石，亦未尝不转益多师。

又：评玉田词者，谓当与白石老仙相鼓吹。玉田作《锁寒窗》悼王碧山，序谓碧山其词闲雅，有姜白石意。今观张、王两家，情韵极为相近。如玉田《高阳台》之"接叶巢莺"，与碧山《高阳台》之"浅萼梅酸"，尤同鼻息。

又:《词品》喻诸诗:东坡、稼轩,李杜也;耆卿,香山也;梦窗,义山也;白石、玉田,大历十子也;其有似韦苏州者,张子野当之。

又:词中用事,贵无事障。晦也,肤也,多也,板也,此类皆障也。姜白石词用事入妙,其要诀所在,可于其《诗说》见之。曰:僻事实用,熟事虚用,学有余而约以用之,善用事者也。乍叙事而间以理言,得活法者也。

谭献《复堂词话》:阅黄燮清韵珊选《词综续编》。填词至嘉庆,俳谐之病已净,即蔓衍阐缓,貌似南宋之习,明者亦渐知其非。常州派兴,虽不无皮傅,而比兴渐盛。故以浙派洗明代淫曼之陋,而流为江湖。以常派挽朱、厉、吴、郭(原注:频伽流寓。)佻染恒饤之失,而流为学究。近时颇有人讲南唐、北宋、清真、梦窗、中仙之绪既昌,玉田、石帚渐为已陈之刍狗。周介存有"从有寄托入,以无寄托出"之论,然后体益尊,学益大。近世经师惠定宇、江艮庭、段懋堂、焦里堂、宋于庭、张皋文、龚定庵多工小词,其理可悟。(《复堂日记》丙子)

《箧中词》:浙派为人诟病,由其以姜、张为止境,而又不能如白石之涩,玉田之润。

陈廷焯《云韶集》卷二:宋人之词如唐人之诗,五色藻缋,八音和鸣,前无古人,后无来者,一代之盛,虽曰人力,亦天运攸关也。北宋晏、欧、王、范诸家,规模前辈,益以才思。东坡出而纵横排宕,扫尽纤浮。山谷掘强盘屈,另开生面。张、晁则摇曳生姿,才不大而情胜。秦、柳则风流秀曼,骨不高而情胜。自方回出,独辟机杼,尽掩古人。自美成出,开阖动荡,骨格清高,如羲之之书,伯玉之诗,永宜独步千古。词至北宋,亦云盛矣,犹然未极其变也。南宋而后,稼轩如健鹘摩天,为词坛第一开辟手。刘、陆两家效之,虽非正格,而飞扬跋扈直欲推倒古今。于是鄱阳姜白石出,炼骨炼格、炼字炼句,归于醇雅,而词品至是乃有大宗。史、高出而和之,张、吴、赵、蒋、周、陈、王、石诸家师之。自张叔夏出,斟酌古今,词品愈纯,大致亦不外白石词体。词至南宋正如诗至盛唐,鸣呼,至矣!北宋词极其高,南宋词极其变,两宋作者断以清真、白石为宗。

《云韶集》卷六:两宋作者,前推方回、清真,后推白石、梅溪、草窗。梦窗、玉田诸家,苏、辛横其中,正如双峰雄峙,虽非正声,自是词曲内缚不住者,独至处,美成、白石亦不能到。

又:白石词亦是祖述清真,而高者令美成却步。白石词神游象外,如白云在空,随风变灭,盖圣于词者。两宋作者,前推方回、清真,后推白石、梅溪,然方回、清真各极其盛,梅溪或稍逊焉。若白石神清意远,不独方回、清真不得专美于前,直欲合唐、宋、元、明诸家尽归笼罩矣。词至白石,而知词人之有总萃焉。清劲似美成,风骨似方回;骚情逸志,视晏、欧如舆台矣;高举远引,视秦、柳如傀儡矣;清虚中见魄力,直令苏、辛避席;刚健中含婀娜,是又竹屋、梅溪、梦窗、草窗、竹山、玉田以及元、明诸家之先声也。呜呼,至矣!

又:词有白石,犹史有马迁,诗有杜陵,书有羲之,画有陆探微也。

《云韶集》卷九:碧山学白石得其清者,他如西麓得白石之雅,竹山得白石俊快,梦窗、草窗得白石之神,竹屋、梅溪得白石之貌,玉田得其骨,仲举得其格。盖诸家皆有专司,白石其总萃也。

又:南宋白石出,诗冠一时,词冠千古,诸家皆以师事之。

《词则·大雅集》卷三:白石词清虚骚雅,前无古人,后无来者,真词中之圣也。

又:白石、梅溪皆祖清真。白石化矣,梅溪或稍逊焉。然高者亦未尝不化。

《词则·大雅集》卷四:南宋词家,白石、碧山,纯乎纯者也;梅溪、梦窗、玉田,大纯而小疵,能雅不能虚,能清不能厚也。

《词坛丛话》:古今词人众矣,余以为圣于词者有五家:北宋之贺方回、周美成,南宋之姜白石,国朝之朱竹垞、陈其年也。

又:词中之有姜白石,犹诗中之有渊明也。琢句炼字,归于纯雅,不独冠绝南宋,直欲度越千古。《清真集》后,首推白石。

又:白石,词中之仙也,惜其乐府五卷,今仅存二十余阕。自国初已然,今更无论矣。当于各书肆中,以及穷乡僻壤,遍访之。

又:白石词,如白云在空,随风变灭,独有千古。同时史达祖、高观国两家,直欲与白石并驱,然终让一步。他如张辑、吴文英、赵以夫、蒋捷、周密、陈允平、王沂孙诸家,各极其盛,然未有出白石之范围者。惟玉田词,风流疏快,视白石稍逊,当与梅溪、竹屋,并峙千古。

又:朱竹垞词,艳而不浮,疏而不流,工丽芊绵中而笔墨飞舞。其源亦出自白石,而绝不相似。盖白石之妙,正如大江无风,波涛自涌。竹垞之妙,其咏物诸作,则杯水可以作波涛,一篑可以成泰山。其感怀诸作,意之所到,笔即随之。笔之所到,信手拈来,都成异彩。是又泰山不辞土壤,河海不择细流也。与白石并峙千古,岂有愧哉。

又:贺方回之韵致,周美成之法度,姜白石之清虚,朱竹垞之气骨,陈其年之博大,皆词坛中不可无一,不能有二者。

《白雨斋词话》卷二:姜尧章词清虚骚雅,每于伊郁中饶蕴藉,清真之劲敌,南宋一人家也。梦窗、玉田诸人,未易接武。

又:南渡以后,国势日非,白石目击心伤,多于词中寄慨。不独《暗香》、《疏影》二章发二帝之幽愤,伤在位之无人也。特感慨全在虚处,无迹可寻,人自不察耳。感慨时事,发为诗歌,便已力据上游。特不宜说破,只可用比兴体,即比兴亦须含蓄不露,斯为沉郁,斯为忠厚。若王子文之《西河》,曹西士之和作,陈经国之《沁园春》,方巨山之《满江红》、《水调歌头》,李秋田之《贺新凉》等类,慷慨发越,终病浅显。南宋人词,感时伤事,缠绵温厚者,无过碧山,次则白石。白石郁处不及碧山,而清虚过之。

又:白石词以清虚为体,而时有阴冷处,格调最高。沈伯时讥其生硬,不知白石者也。黄叔旸叹为美成所不及,亦漫为可否者也。惟赵子固云:白石词家之申、韩也,真刺骨语。

又:美成、白石,各有至处,不必过为轩轾。顿挫之妙,理法之精,千古词综,自属美成。而气体之超妙,则白石独有千古,美成亦不能至。

又:美成词于浑灏流转中,下字用意,皆有法度;白石则如白云在空,随风变灭,所谓各有独至处。

又:白石词,如"无奈苕溪月,又唤我扁舟东下",又"冷香飞上诗句",又"高柳垂阴,老鱼吹浪,留我花间住"等语,是开玉田一派,在《白石集》中只算隽句,尚非复高之境。

又:彭骏孙云:"南宋词人如白石、梅溪、竹屋、梦窗、竹山诸家之中,当以史邦卿为第一,昔人标其'分镳清真,平睨方回,纷纷三变行辈,不足比数',非虚言也。"此论推扬太过,不当其实。三变行辈,信不足数;然同时如东坡、少游,岂梅溪所能压倒;至以竹屋、竹山与之并列,是又浅视梅溪。大约南宋词人,自以白石、碧山为冠,梅溪次之,梦窗、玉田又次之,西麓又次之,草窗又次之,竹屋又次之,竹山虽不论可也。然则梅溪虽佳,亦何能超越白石而与清真抗哉。

又:梅溪《东风第一枝》(立春),精妙处竟是清真高境。张玉田云:"不独措词精粹,又且见时节风物之感。"乃深知梅溪者。余尝谓白石、梅溪皆祖清真,白石化矣,梅溪或稍逊焉,然高者亦未尝不化,如此篇是也。

又:词法之密,无过清真;词格之高,无过白石;词味之厚,无过碧山,词坛三绝也。

又:白石词,雅矣正矣,沉郁顿挫矣。然以碧山较之,觉白石犹有未能免俗处。

又:词法莫密于清真,词理莫深于少游,词笔莫超于白石,词品莫高于碧山,皆圣于词者。而少游时有俚语,清真、白石间亦不免,至碧山乃一归雅正。后之为词者,首当服膺勿失,一切游词滥语,自无从犯其笔端。

《白雨斋词话》卷六:周、秦词以理法胜,姜、张词以骨韵胜,碧山词以意境胜,要皆负绝世才,而又以沉郁出之,所以卓绝千古也。

《白雨斋词话》卷七:古人词胜于诗则有之(如少游、白石皆然),未有不知诗而第工词者。

又:飞卿词大半托词帷房,极其婉雅而规模自觉宏远。周、秦、苏、辛、姜、史辈,虽姿态百变,亦不能越其范围。

又:熟读温、韦词,则意境自厚;熟读周、秦词,则韵味自深;熟读苏、辛词,则才气自旺;熟读姜、张词,则格调自高;熟读碧山词,则本原自正、规模自远。本是以求风雅,何必遽让古人。

《白雨斋词话》卷八:东坡、稼轩、白石、玉田高者易见,少游、美成、梅溪、碧山高者难见,而少游、美成尤难见。美成意余言外,而痕迹消融,人苦不能领略。少游则义蕴言中,韵流弦外,得其貌者,如鼹鼠之饮河,以为果腹矣,而不知沧海之外,更有河源也。乔笙巢谓:"他人之词词才也,少游词心也。"可谓卓识。

又：声名之显晦，身份之高低，家数之大小，只问其精与不精，不系乎著作之多寡也。……词中如飞卿、端己、正中、子野、东坡、少游、白石、梅溪诸家，脍炙人口之词，多不过二三十阕，少则十余阕或数阕，自足雄峙千古，无与为敌。……吾愿肆志于古者，将平昔应酬无聊之作，一概删弃，不可存丝毫姑息之意，而后真面目可见，而后可以传之久远，不为有识者所讥。

又：白石，仙品也；东坡，神品也，亦仙品也；梦窗，逸品也；玉田，隽品也；稼轩，豪品也。然皆不离于正，故与温、韦、周、秦、梅溪、碧山同一大雅，而无傲而不理之诮。后人徒恃聪明，不穷正始，终非至诣。

又：唐宋名家流派不同，本原则一。论其派别，大约温飞卿为一体（皇甫子奇、南唐二主附之），韦端己为一体（牛松卿附之），冯正中为一体（唐五代诸词人以暨北宋晏、欧、小山等附之），张子野为一体，秦淮海一体（柳词高者附之），苏东坡为一体，贺方回为一体（毛泽民、晁具茨高者附之），周美成为一体（竹屋、草窗附之），辛稼轩为一体（张、陆、刘、蒋、陈、杜合者附之），姜白石为一体，史梅溪为一体，吴梦窗为一体，王碧山为一体（黄公度、陈西麓附之），张玉田为一体。其间惟飞卿、端己、正中、淮海、美成、梅溪、碧山七家殊途同归，余则各树一帜而皆不养其正，东坡、白石尤为矫矫。

又：汪玉峰森之序《词综》云："言情者或失之俚，使事者或失之伉。鄱阳姜夔出，句琢字炼（此四字甚浅陋，不知本原之言），归于醇雅。于是史达祖、高观国羽翼之，张辑、吴文英师之于前，赵以夫、蒋捷、周密、陈允平、王沂孙、张炎、张翥效之于后，譬之于乐，舞簫至于九变，而词之能事毕矣。"此论盖阿附竹垞之意，而不知词中源流正变也。窃谓白石一家，如闲云野鹤，超然物外，未易学步。竹屋所造之境不见高妙，乌能为之羽翼！至梅溪则全祖清真，与白石分道扬镳，判然两途。东泽得诗法于白石，却有似处，词则取径狭小，去白石甚远。梦窗才情横逸，斟酌于周、秦、姜、史之外，自树一帜，亦不专师白石也。虚斋乐府较之小山、淮海则嫌平浅，方之美成、梅溪则嫌伉坠，似郁而不纡，亦是一病，绝非取径于白石。竹山则全袭辛、刘之貌而益以疏快，直率无味，与白石尤属歧途。草窗、西麓两家则皆以清真为宗，而草窗得其姿态，西麓得其意趣。草窗间有与白石相似处，而亦十难获一。碧山则源出风骚,兼采众美,托体最高,与白石亦最异。至玉田乃全祖白石,面目虽变,托根有归,可为白石羽翼。仲举则规模于南宋诸家,而意味渐失,亦非专师白石。总之,谓白石拔帜于周、秦之外,与之各有千古则可,谓南宋名家以迄仲举皆取法于白石,则吾不谓然也。

又:白石、梅溪、碧山、玉田词,修饰皆极工,而无损其真气,何也? 列子云:"有色者,有色色者。"知此,可以言词矣。

又:词有表里俱佳,文质适中者,温飞卿、秦少游、周美成、黄公度、姜白石、史梅溪、吴梦窗、陈西麓、王碧山、张玉田是也,词中之上乘也。(下列举"亦上乘"、"次乘"、"下乘"者。)

又:稼轩求胜于东坡,豪壮或过之,而逊其清超,逊其忠厚;玉田追踪于白石,格调亦近之,而逊其空灵,逊其浑雅。故知东坡、白石具有天授,非人力所可到。

又:东坡、稼轩,同而不同者也;白石、碧山,不同而同者也。

又:读白石、梅溪、碧山、玉田词,如饮醇醪,清而不薄,厚而不滞。

又:谓白石似渊明,大晟似子美,则吾尚不谓然。

胡薇元《岁寒居词话》:《白石道人歌曲》,姜夔尧章撰。词精深华妙,为诚斋所推。尤善自度腔,音节文采,冠绝一时,所谓"自制新腔韵最娇,小红低唱我吹箫",风致可想。歌曲皆注律吕,自制曲二卷及三卷之《霓裳中序第一》,皆记拍于字旁。《四库提要》以纪文达之博,谓似波似磔,婉转欹斜如西域旁行云云。薇元按:此宋人自记工尺四合上,非字也。

沈祥龙《论词随笔》:词宜清空,然须才华富、藻采缛,而能清空一气为贵。清者不染尘埃之谓,空者不著色相之谓。清则丽,空则灵,如月之曙,如气之秋。表圣品诗,可移之词。

又:古诗云:"识曲听其真。"真者,性情也,性情不可强。观稼轩词知为豪杰,观白石词知为才人,其真处有自然流出者。词品之高低,当于此辨之。

又:姜白石诗云:"自制新词韵最娇。""娇"者,如出水芙蓉,亭亭可爱也。徒以嫣媚为娇,则其韵近俗矣。试观白石词,何尝有一语涉嫣媚。

又：词之蕴藉，宜学少游、美成，然不可入于淫靡；绵婉宜学耆卿、易安，然不可失于纤巧；雄爽宜学东坡、稼轩，然不可近于粗厉；流畅宜学白石、玉田，然不可流于浅易。此当就气韵趣味上辨之。

张德瀛《词徵》卷五：太史公文，疏荡有奇气；吴叔痒文，清拔有古气。词家惟姜石帚、王圣与、张叔夏、周公谨足以当之。数子者感怀君国，所寄独深。非以曼辞丽藻，倾炫心魂者比也。

又：神不全，轧之以思，竹山是已。韵不足，规之以格，西麓是已。读石帚诸人所制，乃知姑射仙姿，去人不远，破觚为圜，要分别观之。

《词徵》卷六：汪蛟门谓宋词有三派：欧、晏正其始，秦、黄、周、柳、姜、史之徒极其盛，东坡、稼轩放乎其言之矣。

张文虎《舒艺室杂著剩稿·绿梅花龛词序》：往在金陵，尝与周缦云侍御论词，缦老曰："竹垞言南宋诸家皆宗白石，然窃谓梦窗实本清真，于子何如？"予曰："白石何尝不自清真出，特变其秾丽为淡远耳。自国初以来，以玉田配白石，正以其得淡远之趣。近时诸家，又桃姜、张而趋二窗，顾草窗深细而雅，门径稍宽，或易近似，未见能涉梦窗之藩篱者，此犹白石之于清真矣。"

《舒艺室杂著剩稿·索笑词序》：二十年前言长短句者，家白石而户玉田，使苏、辛不得为词，今则俎豆二窗而桃姜、张矣。

陈锐《裒碧斋词话》：词如诗，可模拟得也。南唐诸家，回肠荡气，绝类建安；柳屯田不着笔墨，似古乐府；辛稼轩俊逸，似鲍明远；周美成浑厚，拟陆士衡；白石得渊明之性情；梦窗有康乐之标轨。皆苦心孤造，是以被弦管而格幽明，学者但于面貌求之，抑末矣。

又：阳湖派兴，流宕忘返，百年以来，学者始少少讲求雅音。然言清空者喜白石，好秾艳者学梦窗，谐婉工致，则师公谨、叔夏。独柳三变，无人能道其只字已。

又：白石拟稼轩之豪快，而结体于虚。梦窗变美成之面貌，而炼响于实。南渡以来，双峰并峙，如盛唐之有李、杜矣。顾词人领袖，必不相轻，今

《梦窗四稿》中，屡和石帚，而姜集中不及梦窗，疑不可考。至《草堂诗余》不选石帚一字，则又咄咄一怪事。

张祥龄《词论》：周清真，诗家之李东川也；姜尧章，杜少陵也；吴梦窗，李玉溪也；张玉田，白香山也。诗至唐末，风气尽矣，词家起而争之，如文至齐梁，风气尽矣，古文家起而争之。争之者何也，非谓文至六朝，诗至五代，无文与诗也，豪杰于兹，踵而为之，不过仍六朝五代，故变其体格，犹绝千古，此文人狡狯也。词至白石，疏宕极矣，梦窗辈起，以密丽争之；至梦窗而密丽又尽矣，白云以疏宕争之。三王之道若循环，皆图自树之方，非有优劣。况人之才质限于天，能疏宕者不能密丽，能密丽者不能疏宕。片玉善言羁旅，白云善言隐逸，终身由之而不知其道者，天也。

郑文焯《大鹤先生论词手简》：沈伯时论词云："读唐诗多，故语多淡雅。"宋人有隐括唐诗之例。玉田谓："取字当从温、李诗中来。"今观美成、白石诸家，嘉藻纷缛，靡不取材于飞卿、玉溪，而于长爪郎奇隽语，尤多裁制。尝究心于此，觉玉田言不我欺。……白石以沉忧善歌之士，意在复古，进大乐议，率为伶伦所厄，其志可悲，其学自足千古。叔夏论其词，如"野云孤飞，去留无迹"，百世兴感，如见其人。

又：细绎《白石歌曲》，得其雅淡疏宕之致，一洗金钗钿合之尘。

又：词之难工，以属事遣词，纯以清空出之。务为典博，则伤质实；多著才语，又近昌狂；至一切隐僻怪诞、禅缚穷苦、放浪通脱之言，皆不得著一字，类诗之有禁体。然屏除诸弊，又易失之空疏，动则跼蹐。……所贵清空者，曰骨气而已。其实经史百家，悉在熔炼中，而出以高澹，故能骚雅，渊渊乎文有其质。如石帚之用"三星"，则取之《诗》"跂彼织女"之疏，梦窗之用"棠笏"，则取之《旧唐书》李謩之传，余类不可胜数。

况周颐《蕙风词话》卷二：词衰于元，当时名人词论，即亦未臻上乘。……如欲超轶王碧山、周草窗，伯仲姜白石、吴梦窗，而上企苏、辛，其必由性情学问中出乎。

夏敬观《蕙风词话诠评》：大凡学为文辞，入手门径，最为紧要，先入为主,既有习染,不易涤除。取法北宋名家,然后能为姜、张。取法姜、张,则必不能为姜、张之词矣。止庵谓问途碧山,历梦窗、稼轩,以还清真之浑化,乃倒果为因之说,无是理也。

又:转折笔圆,恃虚字为转折耳。意圆,则前后呼应一贯;神圆,则不假转折之笔,不假呼应之意,而潜气内转。方者,本质,天所赋也;圆者,功力,学所致也。方圆二字,不易解释。梦窗,能方者也;白石、玉田,能圆者也。知此可悟方圆之义。方中不见圆,盖神圆也,惟北宋人能之,子野、方回、耆卿、清真,皆是也。

又:学词不可从清初词人入手……清初词轻倩者多,未知词之品格高下者,最易喜轻倩一路,以轻倩易于动人耳。嘉道前词人,喜为姜、张,正是好轻倩之故,即有成就,所谓成就其所成就也。姜、张亦自有凝重之神韵,好轻倩者不知之。姜、张之圆,非轻倩,好轻倩者以为轻倩,此不善学姜、张也,姜、张岂任其咎。

又:浙派词宗姜、张,学姜、张,亦自有门径,自有堂奥。姜、张之格,亦不得谓非高格,不过与周、吴宗派异,其堂奥之大小不同耳。

又:勾勒者,于词中转接提顿处,用虚字以显明之也。即张炎《词源》所云:"用虚字呼唤,单字如正、但、任、甚之类,两字如莫是、还又、那堪之类,三字如更能消、最无端、却又是之类。"南宋清空一派,用此勾勒法为多。用之无不当者,南宋名家是也。乾嘉时词,号称学稼轩、白石、玉田,往往满纸皆此等呼唤字,不问其得当与否,遂成滑调一派。……白石、玉田一派,勾勒得当,亦近质实,诵之如珠走盘,圆而不滑。

蒋兆兰《词说》:南渡以后,尧章崛起,清劲逋峭,于美成外别树一帜。张叔夏拟之"野云孤飞,去留无迹",可谓善于名状。继之者亦惟《花外》与《山中白云》,差为近之。然论气格,迥非敌手也。

又:初学填词,勿看苏、辛,盖一看即爱,下笔即来,其实只糟粕耳。竹垞提倡姜、张,太鸿参之梅溪,阳湖推挹苏、辛,止庵揭橥四家,而以清真集其成,可谓卓识至论。

又:顾才高者或以词为小道,鄙不屑为。为之者或根柢不深,或昧厥本原，此词学之所以不振也。世有趣吾言者乎，盖试上探骚辨，下究徐庾，精思熟读，一以贯之，美成、白石容可几乎。

又：大抵才藻富、理路清，入手学梦窗尚可。否则，不如从姜、张入，植其骨干。迨格调既成，辞意相副，更进而求之可也。

蔡嵩云《柯亭词论》：词讲四声，宋始有之，然多为音律家之词。文学家之词，分平仄而已。音律家之词，原可歌唱，四声调叶，为可歌之一种要素。仇山村曰：词有四声、五音、均拍、轻重、清浊之别，即指可歌之词而言。北宋如屯田、方回、清真、雅言诸家，南宋如白石、梅溪、梦窗、草窗、玉田诸家，大都妙解音律，所为词，声文并茂。吾人学其词，多有应守四声者。且所谓音律家之词，亦惟独创之调、自度之腔，如清真《兰陵王》、白石《暗香》、《疏影》之类，须严守四声。至于通行之调，如《金缕曲》、《沁园春》、《水龙吟》之类，则无四声可守。《摸鱼子》、《齐天乐》、《木兰花慢》之类，一调中只有数处仄声须分上去，不必全守四声也。四声调叶之词，今虽以音谱失传而不可歌，然较之仅分平仄者，读时尚觉铿锵可听。故词家之守律者，必辨四声，分上去，以为不如是，不合乎宋贤轨范。浅学者流，每谓受四声如守桎梏，不能畅所欲言，认为汩没性灵。其实能手为之，依然行所无事，并无牵强不自然之病。观清末况蕙风、朱彊村诸家守四声之词，足证此语不诬。

又：词尚自然固矣，但亦不可一概论。无论何种文艺，其在初期，莫不出乎自然，本无所谓法。渐进则法立，更进则法密。文学技术日进，人工遂多于自然矣。词之进展，亦不外此轨辙。唐五代小令，为词之初期，故花间、后主、正中之词，均自然多于人工。宋初小令，如欧、秦、二晏之流，所作以精到胜，与唐五代稍异，盖人工胜于自然矣。宋初慢词，犹接近自然时代，往往有佳句而乏佳章。自屯田出而词法立，清真出而词法密，词风为之丕变。如东坡之纯任自然者，殆不多见矣。南宋以降，慢词作法穷极工巧。稼轩虽接武东坡，而词之组织结构，有极精者，则非纯任自然矣。梅溪、梦窗，远绍清真，碧山、玉田，近宗白石，词法之密，均臻绝顶。宋词至此，殆纯乎人工矣。总之，尚自然，为初期之词；讲人工，为进步之词。词坛上各占地位，学者不妨各就性之所近而习之。必是丹非素，非通论也。

246

《乐府指迷笺释引言》:《词源》论词,独尊白石;《指迷》论词,专主清真。张氏尊白石,以其古雅峭拔,特辟清空一境;沈氏主清真,则以其合乎上揭四标准也(按即音律欲其协、下字欲其雅、用字不可太露、发意不可太高)。由此可见宋末词风,除稼轩外,可分二派:导源白石而自成一体者,东泽、竹山、中仙、玉田诸家,皆其选也;导源清真而各具面目者,梅溪、梦窗、西麓、草窗诸家,皆其选也。降及清初,浙派词人,家白石而户玉田,以清空骚雅为归,其实即宋末张氏所主张之词派。迄清中叶,常州派兴,又尊清真而薄姜、张,一深美闳约为旨,其流风至今未替。其实清真词派,在南宋末年,沈氏早提倡于前,特见仁见智,古今微有不同耳。

又:白石词在南宋,为清空一派开山祖,碧山、玉田皆其法嗣。其词骚雅绝伦,无一点浮烟浪墨绕其笔端,故当时有词仙之目。野云孤飞,去留无迹,有定评矣。

刘毓盘《词史·第六章"论宋七大词家"》:戈载选宋词,以周邦彦、姜夔、史达祖、吴文英、周密、王沂孙、张炎为七大家,而其余不及焉。……戈选持论颇公。且不及他家,故示人以不广。其论词多可法,其校律尤精。有不协者,虽佳词亦不入选。……至所谓七家者,又古今不易之说,可从也。

又:姜夔……其词为南渡一人,论定久矣。

王国维《人间词话》:昭明太子称陶渊明诗:"跌宕昭彰,独超众类,抑扬爽朗,莫之与京。"王无功称薛收赋:"韵趣高奇,词义晦远,嵯峨萧瑟,真不可言。"词中惜少此二种气象,前者唯东坡,后者唯白石,略得一二耳。

又:白石写景之作,如"二十四桥仍在,波心荡、冷月无声","数峰清苦,商略黄昏雨","高树晚蝉,说西风消息",虽格韵高绝,然如雾里看花,终隔一层。梅溪、梦窗诸家写景之病,皆在一"隔"字。北宋风流,南渡遂绝,抑真有运会存乎其间耶?

又:古今词人格调之高无如白石,惜不于意境上用力,故觉无言外之味,弦外之响,终不能与于第一流之作者也。

又:南宋词人,白石有格而无情,剑南有气而乏韵,其堪与北宋人颉颃者,唯一幼安耳。近人祖南宋而祧北宋,以南宋之词可学,北宋不可学也。学南宋者,不祖白石,则祖梦窗,以白石、梦窗可学,幼安不可学也。

又:读东坡、稼轩词,须观其雅量高致,有伯夷、柳下惠之风。白石虽似蝉蜕尘埃,然终不免局促辕下。

又:苏、辛,词中之狂,白石犹不失为狷。若梦窗、梅溪、玉田、草窗,中(当作"西")麓辈,面目不同,同归于乡愿而已。

又:诗人对宇宙人生,须入乎其内,又须出乎其外。入乎其内,故能写之;出乎其外,故能观之。入乎其内,故有生气;出乎其外,故有高致。美成能入而不能出。白石以降,于此二事皆未梦见。

《人间词话删稿》:贺黄公谓:"姜论史词,不称其'软语商量',而赏其'柳昏花暝',固知不免项羽学兵法之恨。"然"柳昏花暝",自是欧、秦辈句法,前后有画工、化工之殊。吾从白石,不能附和黄公矣。

又:东坡之旷在神,白石之旷在貌。白石如王衍口不言阿堵物,而暗中为营三窟之计,此其所以可鄙也。

又:"纷吾既有此内美兮,又重之以修能。"文字之事,于此二者,不可缺一。然词乃抒情之作,故尤重内美。无内美而但有修能,则白石耳。

《词辨》眉批:白石尚有骨,玉田则一乞人耳。

樊志厚《人间词甲稿序》:词,于五代喜李后主、冯正中,于北宋喜永叔、子瞻、少游、美成,于南宋除稼轩、白石外,所嗜盖鲜矣。尤痛诋梦窗、玉田。(按:所谓樊序实为王国维自己所写,王幼安、赵万里、徐调孚等已有定论。)

《人间词乙稿序》:白石之词,气体雅健耳。至于意境,则去北宋人远甚。及梦窗、玉田出,并不求诸气体,而惟文字是务,于是词之道息矣。

王易《词曲史》:白石在南宋至负盛名,自誉多而毁少。今观其词,语无不隽,意无不婉,韵饶而气能运,字稳而情不沾,真词苑之当行,后生之膏馥也。其《暗香》、《疏影》二阕,张炎叹为绝唱,以为"用事不为事使";他如《扬州慢》、《一萼红》、《念奴娇》、《琵琶仙》、《长亭怨慢》、《淡黄柳》、《惜红衣》、《凄凉犯》、《齐天乐》等阕,皆格调高迥,吐属隽雅,读者咀嚼之若有余味。尤以词前小序之清妙,为诸家所无。或议其"堆砌典实,有损真情",或议其

"过尚清高,殆濒贵族",此以后世眼光妄度古人,不足为定论也。

吴梅《词学通论》第七章:白石词凡旧牌皆不注明管色,而独于自度腔十七支,不独书明宫调,并乐谱亦详载之。宋代乐谱,今不可见。惟此十七阕,尚留歌之法于一线。因悟宋人歌词之法,皆用旧谱。故白石于旧牌各词,概不申说,而于自作诸谱,不殚详录也。

又:南渡以后,国势日非,白石目击心伤,多于词中寄慨,不独《暗香》、《疏影》发二宋之幽愤,伤在位之无人也。特感慨全在虚处,无迹可寻,人自不察耳。盖词中感喟,只可用比兴体,即比兴中亦须含蓄不露,斯为沉郁。若慷慨发越,终病浅显。如《扬州慢》"自胡马、窥江去后,废池乔木,犹厌言兵",已包含无数伤乱语。又如《点绛唇·丁未冬过吴松作》,通首只写眼前景物,至结处云:"今何许,凭阑怀古,残柳参差舞。"其感时伤事,只用"今何许"三字提唱,无穷哀感,都在虚处。

薛砺若《宋词通论》第六编:由绍熙以后起,至淳祐间止约六十年,是姜夔时期的开始。在本期内的初叶,因稼轩尚健在,苏、辛一派词正值光辉的集结时期。同时因大词人姜夔的出现,遂使此风靡一世的作风,渐渐变了它的方向。……苏、辛一派词至稼轩已臻绝境,无能再继,故后此虽有刘过、岳珂、李昂英、方岳、陈经国、文及翁、王埜、刘克庄等人仍在仿效着他的风调,但只是一个末流,一种尾声,不足以代表他们的时期了。代表这个时期的,则为姜夔、史达祖、吴文英三个人,而尤以姜夔的地位更为重要。他以清超的诗人笔锋,写出了一种"体制高雅"的歌曲。他有极高的音乐天才,他能自制许多新谱,他能改正许多旧调。他继承了周邦彦一条路线,他从南渡后词风过于凌杂叫嚣的时期中,走上了一个风雅派正统派词人的平稳道路。他遂成为南宋词的唯一开山大师(辛弃疾只能算是一种结束,于后期的影响远无白石之伟异),也可以说是元、明、清以来的唯一词林巨擘。因为中国词学自南宋中末期一直到清代的终了,可以说完全是"姜夔的时期"。在此六百余年中,代表最大多数的作家与词风的,无不奉姜夔为唯一典范,以周邦彦为最后的指归。后期如张、周,入元如张翥,至清中叶,如朱彝尊、厉鹗等浙派词人,莫不守此衣钵,俨然造成一个最精密而完整的词学系统。此亦为中国词史上所仅见之例。朱彝尊的一部《词综》，不啻即为此派人说法。……

此派词人莫不祖述姜夔，至尊之为"白石词仙"。而其崇拜之因，则由于夔之词"句琢字炼"，最称"醇雅"。……白石在中国词坛上的影响，亦无异温庭筠与柳永。温庭筠由萌芽原始的时期，造成了真正的词，其精神为创造的；柳永由诗人与贵族的成熟歌曲，又转向民间文学上去，其精神为革命的；至于姜夔，则仅系周邦彦的一转，其精神只是继承的。他将以前雅俗共赏的词，变成一个纯粹文人吟唱的词，由诗人自然抒写的词，渐变成一种诗匠雕鐍藻绘的词了。所以自此以后，词的领域反而缩小，词的意义也日益偏狭了。……

所以自从有了姜、史、吴三个大作家互相辉映发明以后，遂替后来此派词人造了一个坚稳牢固的基础，而据有词坛上正统派的宝座了。

又：白石于自度的新词，如《鬲溪梅令》（仙吕宫）、《杏花天》、《醉吟商小品》、《玉梅令》（高平调）、《霓裳中序第一》、《扬州慢》（中吕宫）、《长亭怨慢》（中吕宫）、《淡黄柳》（正平调近）、《石湖仙》（越调）、《暗香》（仙吕宫）、《疏影》、《惜红衣》、《角招》（黄钟角）、《徵招》、《凄凉犯》、《翠楼吟》（双调）、《秋宵吟》（越调）十七支，不独注明宫调，并于词旁详载乐谱。所以宋词歌法，仅此尚可寻其迹兆，余均散佚无存了。

陈洵《海绡说词》：善乎，周氏之能言也。南宋诸家，鲜不为稼轩牢笼者，龙洲、后村、白石皆师法稼轩者也。二刘笃守师门，白石别开家法。白石立而词之国土蹙矣。至玉田演为清空，奉白石为祧庙。画江画淮，号令所及，使人遂忘中原，微梦窗谁与言恢复乎！

又：周止庵曰："近人颇知北宋之妙，然终不免有姜、张二字横亘胸中，岂知姜、张在南宋亦非巨擘乎。论词之人，叔夏晚出，既与碧山同时，又与梦窗别派，是以过尊白石，但主清空。后人不能细研词中浅深曲折之故，群聚而和之，并为一谈，亦固其所也。"洵按：自元以来，若仇仁近、张仲举皆宗姜、张者，以至于清，竹垞、樊榭极力推演，而周、吴之绪几绝矣。竹垞至谓梦窗亦宗白石，尤言之无理者。

250

陈匪石《声执》卷上：节拍则有所谓住掣揶打，又有所谓杀声，姜夔名以"住字"，正犯、侧犯等犯调，即以住字为关键。考之白石道人词曲旁谱，似即协韵所在。

又：以句法平仄言律，不得已而为之者也。在南宋时，填词者已不尽审音，词渐成韵文之一体。有深明音律者，如姜夔、杨缵、张枢辈，即为众所推许，可以概见。及声律无考，遂仅有句法平仄可循，如诗之五七言律绝矣。

又：沈义父、戈载二氏之词韵，固以名家为据，而亦斟酌于唐宋用韵之分合及古韵之分合，犹是陆氏遗法也。惟宋人用韵，每有例外。如真、庚、侵三部，寒、覃二部，萧、尤二部，及入声屋、质、月、药、洽五部，按之古今分部及音理，皆不相通，而有时互相羼杂。即知音之清真、白石、梦窗亦每见之。又如白石《长亭怨慢》，以"尢"字、"此"字叶鱼部。……更如入声屋部韵，清真《大酺》押"国"字，白石《疏影》押"北"字。……且方音相近者，在一部之中，或只某字某字而非全部皆通，与言古韵之某字入某部者相类。后人不知其故，援以为例，致有按诸古今韵部无一而合之韵，则学者之过也。吾人今日为词，既非应歌，即不应取以自便。如清真《齐天乐》、《绕佛阁》之"敛"，《华胥引》之"喷"、"怯"，《玲珑四犯》之"艳"、"脸"、"点"，《品令》之"静"、"影"、"病"，《南乡子》之"寻"，白石《踏莎行》之"染"，《眉妩》之"感"、"缆"，以及《鬲溪梅令》、《摸鱼儿》所用韵，梦窗《解连环》之"白"，《江南春》、《暗香》、《疏影》之"笔"，《法曲献仙音》之"点"、"染"，及《一寸金》之"猎"、"邑"、"牒"、"泣"、"入"、"业"、"篋"、"楫"、"帖"、"叶"，《水龙吟》之"定"、"影"、"兴"、"茗"、"紧"、"隐"、"近"、"信"，《洞仙歌》之"并"、"饼"、"胜"、"枕"、"饮"、"锦"，与夫《花心动》、《凄凉犯》、《蕙兰芳引》所用韵，皆不得资为口实，而转相仿效。……方音固不可为典要，借叶亦属曲说也。

又：凡词中无韵之处，忽填同韵之字，则迹近多一节拍，谓之"犯韵"，亦曰"撞韵"。守律之声家，悬为厉禁。近日朱、况诸君尤斤斤焉。而宋词于此，实不甚严。即清真、白石、梦窗亦或不免。

又：依律填词，尤有取于张炎《词源·制曲》之论，句意、字面、音声，一观再观，勿惮屡改，必无瑕乃已。白石所谓"过旬涂稿乃定，不能自已"者。弹丸脱手，操纵自如，读者视为自然合拍，实皆从千锤百炼来。况氏之

"乐",即左右逢源之境,成如容易却艰辛。彊村先生谓之"人籁",且曰:"勿以词为天籁。自恃天资,不尽人力,可乎哉！特以艰深文浅陋,不足语于研炼,且当切戒耳。"

又:《南史》所述,即诗之声响也。姜夔七音四声相应之说,似较周颙、沈约尤精。

又:读昔人词评,或曰"拗怒",或曰"老辣",或曰"清刚",或曰"大力盘旋",或曰"放笔为直干",皆施于屯田、清真、白石、梦窗,而非施于东坡、稼轩一派。故劲气直达,大开大阖,气之舒也;潜气内转,千回百折,气之敛也。舒、敛皆气之用,绝无与于本体。如以本体论,则孟子固云"至大至刚"矣。然而婉约之与豪放,温厚之与苍凉,貌乃相反,从而别之曰"阳刚",曰"阴柔"。周济且准诸《风》《雅》,分为正、变,则就表著于外者言之,而仍只舒、敛之别尔。苏、辛集中固有被称为摧刚为柔者,即观龙川,何尝无和婉之作？玉田何尝无悲壮之音？忠爱缠绵,同源异委;沉郁顿挫,殊途同归。谭献曰:"周氏所谓变,亦吾所谓正。"此言得之。故词之为物,固衷于诗教之"温柔敦厚",而气实为之母。但观柳、贺、秦、周、姜、吴诸家,所以涵育其气,运行其气者即知。东坡、稼轩音响虽殊,本原则一。倘能合参,益明运用,随地而见舒、敛,一身而备刚、柔,半塘、彊村晚年所造,盖近于此。若喧豗放恣之所为,则暴其气者,北宫黝、孟施舍之流耳。

又:词境极不易说。有身外之境,风雨山川花鸟之一切相皆是。有身内之境,为因乎风雨山川花鸟发于中而不自觉之一念。身内身外,融合为一,即词境也。仇述盦问词境如何能佳,愚答以"高处立,宽处行"六字……求其本,则宽在胸襟,高在身份。名利之心固不可有,即色相亦必能空。不生执着,渣滓净去,翳障蠲除,冲夷虚淡。虽万象纷呈,瞬息万变,而自能握其玄珠,不浅不晦不俗以出之。叫嚣儇薄之气皆不能中于吾身,气味自归于醇厚,境地自入于深静。此种境界白石、梦窗词中往往可见,而东坡为尤多。若论其致力所在,则全自养来,而辅之以学。

《声执》卷下:周济于嘉庆间作《词辨》十卷,今所存者前二卷。……至其纠弹姜、张,剟刺陈、史,芟夷卢、高,在举世竞尚南宋之时,实独抒己见,义各有当。惟其评论白石,似有失当之处。所指为俗滥、寒酸、补凑、敷衍、重复者,仍南宋末季之眼光,未必即白石之败笔,且或合于北宋之拙朴。又谓白石脱胎稼轩,则愚尤不敢苟同。野云孤飞,冲澹飘逸之致,决非稼轩所有。而稼轩苍凉悲壮之音,权奇倜傥之气,亦非白石所能。未可相附也。

《宋词举》卷上:选南宋词者,戈顺卿取史、姜、吴、周、王、张六家,周稚圭取姜、史、吴、王、蒋、张六家,周止庵则以辛、王、吴为领袖。夫张炎之妥溜,王沂孙之沉郁,吴文英极沉博绝丽之观,擅潜气内转之妙,姜夔野云孤飞,语淡意远,辛弃疾气魄雄大,意味深厚,皆于南宋自树一帜。流风所被,与之化者,各若干人。然蒋捷身世之感,同于王、张;雕琢之工,导源吴氏。周密附庸于吴,尤为世所同认。姑舍蒋、周,而录张、王、吴、姜、辛,意实在此。至此五家者,相因相成,往往可见。然各有千古,不能相掩也。史达祖步趋清真,几于笑颦悉合,虽非戛戛独造,然南渡以降,专为此种格调者,实无其匹。故效戈、周之选,不敢过而废之。初学为词者,先于张、王求雅正之音,意内言外之旨,然后以吴炼其气意,以姜拓其胸襟,以辛健其笔力,而旁参之史,藉探清真之门径,即可望北宋之堂室,犹是周止庵教人之法也。

又:词肇于唐,成于五代,盛于宋,衰于元。而南有乐笑之风流,北有东坡之余响。亡于明,则祧两宋而高谈五代,竞尚侧艳,流为淫哇。复兴于清,或由张炎入,或由王沂孙入,或由吴文英入,或由姜夔入,各尽所长。

柳亚子《词的我见》:我以为唐五代的词最好,北宋次之,而南宋为最下。理由呢,是唐五代的词纯任自然,虽有词藻,也还不至于雕琢;而一到南宋,便简直是雕章琢句的时代了;北宋处于过渡的地位,当然是比上不足,比下有余。还有,北宋的清真,南宋的梦窗,一般人都推为大家,而我则最不喜欢这两个人。……在南宋词人中,也有崛然奋起,好和北宋词家抗手的,却是稼轩。不过时代的潮流不许可,辛、刘的一派,终于敌不过姜、张罢了。

叶绍钧《周姜词·绪言》:读姜夔的词,觉有一种自然的音节,清新而超妙。只这样低回抑扬地读着,就仿佛与之会,悠然意远。……意境的好处在淡远,在清空。用画来比,他不爱用繁多的色彩,不爱作致密的勾勒,只用轻红淡墨,疏疏地来这么几笔。

胡适《词选》第六编:姜夔精通音律。庆元五年(1199),他进《大乐议》于朝廷,今载于《宋史·乐志》;又进上他自作的《圣宋铙歌鼓吹曲》十四首,诏付太常收掌。他的歌曲颇为当时所称赏。他自己制曲颇多。……

他的词长于音调的谐婉,但往往因音节而牺牲内容,有些词读起来很可听,而其实没有什么意义。如他的《暗香》、《疏影》二曲,张炎称为"前无古人,后无来者,自立新意,真为绝唱"(《词源》),但这两首词只是用了几个梅花的古典,毫无新意可取,《疏影》一首更劣下,故我们都不采取。

姜夔是一个诗人,他的诗与词序皆有诗意。但他的词往往不如他的小序。如《扬州慢》一首序云:

> 淳熙丙申至日,余过维扬。夜雪初霁,荠麦弥望。入其城则四顾萧条,寒水自碧,暮色渐起,戍角悲吟。予怀怆然,感慨今昔。……

但那首词的本身远不如这几句小序能使我们想像当日扬州的荒凉景象。又如《凄凉犯》的序云:

> 合肥巷陌皆种柳,秋风夕起,骚骚然。予客居阖户,时闻马嘶;出城四顾,则荒烟野草,不胜凄黯。……

那首词也远不能达出此种荒凉意境。一个有诗意的词人,所作词乃远不如词序,我们所以不能不说他牺牲意境而迁就音乐了。

他的词最用功夫,如《庆宫春》自序说"过旬涂稿乃定"。我们选的几首,大概可以代表他的好处,而很少他的短处。〔按:所选为《鹧鸪天》(巷陌风光纵赏时;忆昨天街预赏时;肥水东流无尽期;辇路珠帘两行垂)、《玉梅令》(疏疏雪片)、《庆宫春》(双桨莼波)、《念奴娇》(闹红一舸)、《淡黄柳》(空城晓角)、《湘月》(五湖旧约)9 首。〕

《国语文学史·第三编第五章"南宋的白话词"》:现在且略说宋词的第二派——那古典主义的一派。这一派的词,在我们看来实在没有什么文学价值,只可以代表文学史上一个守旧的趋势。我们不爱多举例来糟蹋我们有用的篇幅,只举姜夔、吴文英两个人罢。姜夔与杨万里、范成大等同时,他的诗也很近白话,但他的词却是古典主义的居多。他是精通音乐的人,一字一句都不肯放过,故不知不觉的趋向雕琢的路上去了。我们且来举他自己制作的《暗香》与《疏影》两阕(词略)。这两首都是咏梅花的。我们读了，和不曾读一样，竟不知道他说了些什么。《疏影》一首更不成东西了，全篇用了杜甫咏明妃冢的诗和寿阳公主的故事，说到末了，又没有话说了，只好说到画上的梅花！这种毫无意思的词，偏有人说是"前无古人，后无来者，自立新意，真为绝唱"，我真不懂了。

……南宋词人如姜夔、吴文英、张炎、王沂孙都是精通音乐的，他们制了许多词调，都是可歌的。但他们自有他们的"家乐"，如姜夔的"小红低唱我吹箫"，已变成贵族式的赏鉴，故与民间的白话作品分手了。

顾随《顾随论学精要·说竹山词》：南宋末词家多走入纤细、用典之路。……宋末词路由北宋清真一直便至南宋白石，其后则梅溪、梦窗、碧山、草窗、玉田，此为一条路子。南宋除此六家外，无大作者。清人戈载辑《宋七家词选》，即收此七家之词。江西诗派有一祖（杜甫）三宗（黄庭坚、陈师道、陈与义），南宋词一祖（周邦彦）六宗（白石、梅溪、梦窗、碧山、草窗、玉田）。如果算上竹山，则是一祖七宗。自清以来，词人多走此路子。余不喜此路。

《中国古典诗词感发·宋诗词短说三章》：姜白石是太"干净"。其《扬州慢》写黍离之悲，云："过春风十里，尽荠麦青青。"白石太爱修饰，没什么感情。白袜子不踩泥，此种人不肯出力，不肯动情。姜白石太干净，水清无大鱼。人太干净了，不能干大事，小事留心，大事不成。《西游记》猪八戒过稀柿同，不干净，真出力，可佩服。"春风十里"、"荠麦青青"句后，写战后扬州："自胡马窥江去后，废池乔木，犹厌言兵。"此时动心了，可是依然是太干净。"自胡马窥江去后"，挑得好，但"废池乔木，犹厌言兵"，多少兵灾乱离不敢说，而说"废池乔木"。别的不敢说，太干净。

老杜诗句杈杈枒枒，有时毛躁而可爱：

　　　　麻鞋见天子，衣袖露两肘。朝廷愍生还，亲故伤老丑。（《述怀》）

天下之丑有多种，老即其一。未有老而不丑者，老而不丑，不是妖怪就是神仙，非常人也。"亲故伤老丑"，老杜敢说，老杜不干净而好。老杜如树木之老干，有力。姜白石没劲，就因为干净。

邵祖平《词心笺评》：白石以前诸家之词，不归于秾丽，即依于醇肆，以风韵胜也。白石老仙之作，则矫秾丽为清空，变醇肆为疏隽，以意趣胜也。

白石以前之作，尚有唐调；白石以下之作，纯为宋腔。此亦大关键矣。然白石亦豪杰之士哉！

夏承焘《月轮山词论集·姜夔的词风》：白石的诗风是从江西派走向晚唐的，他的词正复相似，也是出入于江西和晚唐的，是要用江西派的诗来匡救晚唐温(庭筠)韦(庄)以及北宋柳(永)周(邦彦)的词风的。……

晚唐以来温、韦一派词，内容十之八九是宫体和恋情，它的色泽格调是绮丽婉弱的，不如此便被视为"别调"。这风气牢笼几百年，两宋名家，只有少数例外。白石写了不少合肥恋情词，却运用比较清刚的笔调，像：

淮南皓月冷千山，冥冥归去无人管。(《踏莎行》)

金陵路，莺吟燕舞，算潮水知人最苦。满汀芳草不成归，日暮，更移舟向甚处?(《杏花天影》)

阅人多矣，谁得似长亭树，树若有情时，不会得青青如此!(《长亭怨慢》)

旧游在否，想如今翠凋红落。漫写羊裙，等新雁来时系着。怕匆匆不肯寄与，误后约。(《凄凉犯》)

这些词用健笔写柔情，正是合江西派的黄、陈诗和温、韦词为一体。沈义父作《乐府指迷》，评白石"清劲知音，亦未免有生硬处"，以"生硬"不满白石，就由于他以温、韦、柳、周的尺度衡量白石，并且不了解白石词与江西诗的关系。

……白石用辞多是自创自铸，如"数峰清苦，商略黄昏雨"、"冷香飞上诗句"等意境格局和北宋词人不同，分明也出于江西诗法。白石一方面用晚唐诗修改江西派，另一方面又用江西诗修改晚唐北宋词。

又：张炎拿"质实"和"清空"作对比，并用"古雅峭拔"四个字来解释"清空"，其实这只是张炎自己作词的标准……是不能概括白石词风的。白石没有留下论词的著作，但他所著的《诗说》却也可作他的词论读(清代谢章铤《赌棋山庄词话》已有此说法)。《诗说》里主张：诗要"有气象、韵度"，要"沉着痛快"，要"深远清苦"，我们若拿这些标准来读白石词，都有可以相通之处。又我们读他的《庆宫春》"双桨莼波，一蓑松雨"，《满江红》"仙姥来时,正一望千顷翠澜",《念奴娇》"闹红一舸,记来时尝与鸳鸯为侣",《琵琶仙》"双桨来时,有人似旧曲桃根桃叶"诸首,知道它既不是温、韦一派,而又与苏、辛不同,也明显地可以看出,它原不像沈义父所说的"生硬",也绝不是张炎的"清空"说所能包括。

五代北宋的婉约一派词,到了南宋的吴文英,渐由密丽而流为晦涩。张炎由于不满文英而服膺白石,所以拈出"清空"二字作为作词的最高标准,这本来是他补偏救弊的说法。但是如果以为这二字可概括白石词风,那就偏而不全了。

又:文学作品反映现实程度的深浅广狭,是估定这作家成就高下的主要标准。……

宋词从苏轼到辛弃疾这一段中,出现了许多正视现实的作家,把词从温、韦的末流颓风里,从脂粉气和笙箫细响中,提向有阳光有鼙鼓笳鼓的境界。但是到了白石,又逐渐走向下坡,变成为西风残蝉、暗雨冷蛩的气息。由于这个文学倾向的发展,也由于南宋末年士气的颓落,到了王沂孙、张炎诸人的作品里,便只有像萤火、孤雁那样的光焰和声调,白石这一派词也就自然走向没落之途了。(王有咏萤词,张有孤雁词。)

又:他的"自制曲"、"自度曲"二卷,共有《扬州慢》、《长亭怨慢》、《淡黄柳》、《石湖仙》等十二首,都是他自制的新腔。他说"初率意为长短句","前后阕多不同",可见他这些词是以内容情感为主,和其他词人依调死填,因乐生文,因文造情者不同。所以我们读他的词,大都舒卷自如,如所欲言,没有受音乐牵制的痕迹。……

白石词的字声,有守有不守(按:上曾举《秋宵吟》、《疏影》、《翠楼吟》等上下片字句相同相对而平仄却不相同之例),因为他深明乐律,所以能辨识其必须守的和可守可不守的地方(元人说曲里的"务头",一支曲里须严守阴阳四声的,只有少数的字句;宋词音律大抵也是如此)。有人也许认为他是词乐专家,必定很重视格律声调,因之把他和一般盲填死腔的作家等量齐观,而忽略他一部分词以情感为主"先率意为长短句"的作法。所以我这里特意为举例指出。

又:在南宋词坛上,白石词的影响,还是不应忽视的。白石在婉约和豪放两派之外，另树"清刚"一帜，以江西诗瘦硬之笔，救温庭筠、韦庄、周邦彦一派的软媚；又以晚唐诗绵邈风神，救苏、辛派粗犷的流弊，这样就吸引了一部分作家。……白石在苏、辛与周、吴两派之外，是自成一宗的。

唐圭璋《词学论丛·评〈人间词话〉》：白石天籁人力，两臻高绝，所写景物，往往体会入微，而王氏以'隔'少之，殊为皮相。'二十四桥仍在，波心荡、冷月无声'，极写扬州乱后荒凉景象，令人哀伤，何尝有隔？'数峰清苦，商略黄昏雨'，则写云山幽寂境界，'清苦'、'商略'皆从山容、云意体会出来，极细切，极生动，岂能谓之为隔？'高树晚蝉，说西风消息'，以一'说'字拟人，何等灵活，而王氏概以'隔'字少之，是深刻精炼之描写皆为隔矣。王氏知爱白石'淮南皓月冷千山，冥冥归去无人管'两句，而顾不爱其他佳处，殊不可解。即如'千树压、西湖寒碧'之咏梅，'冷香飞上诗句'之咏荷，亦何尝非妙语妙境，不同凡响。……

王氏极诋白石，不一而足，有谓'白石有格而无情'者，有谓白石'无言外之味、弦外之响'者，有谓'白石之旷在貌。白石如王衍口不言阿堵物，而暗中为营三窟之计，此所以可鄙'者，有谓'白石《暗香》、《疏影》格调虽高，然无一语道着'者。余谓王氏之论列白石，实无一语道着。白石以健笔写柔情，出语峭拔俊逸，最有神味，如《鹧鸪天》云：'春未绿，鬓先丝。人间久别不成悲。谁叫岁岁红莲夜，两处沉吟各自知。'写得何等深刻！何等沉痛！又如《长亭怨慢》写别词云：'日暮。望高城不见，只见乱山无数。韦郎去也，怎忘得、玉环分付。第一是、早早归来，怕红萼、无人为主。算空有并刀，难剪离愁千缕。'亦深情缱绻，笔妙如环。其他自度名篇，举不胜举。而《暗香》、《疏影》两词，借梅寄意，怀念君国，尤为后世所传诵。……戈顺卿、陈亦峰俱誉白石为"词圣"，固不免过当，然王氏率意极诋，亦系偏见。

《词学论丛·姜白石评传》：昔人评白石词者，不一而足。在宋时，辛弃疾即深服其词。黄昇亦谓其词之高处，周邦彦所不能及。至张炎则更比之为"野云孤飞，去留无迹"。至清代，有以为南宋一人者，有以为诗中之杜者，有以为词圣者，有以为词仙者。

又：白石词重音律，崇典雅。语语精炼，敲打俱响。虽蛾眉淡扫，然丰神独绝。情深韵胜处,似少游,亦似方回。特少游以柔笔写柔情,方回、白石俱以健笔写柔情耳。而白石之褪尽铅华,又与方回之浓妆有异。东坡评西湖,所谓"淡妆浓抹总相宜"者,庶可以评二人之词矣。

龙榆生《龙榆生词学论文集·论常州词派》:折衷浙、常两派及晚近谭、朱诸家之说,小令并崇温、韦,辅以二主、正中、二晏、永叔;长调则于北宋取耆卿、少游、东坡、清真、方回,南宋取稼轩、白石、梦窗、碧山、玉田。以此十八家者,为倚声家之轨范,又特就各家之源流正变,道学者以从入之途,不侈言尊体以漓真,不专崇技巧以炫俗,庶几涵濡深厚,清气往来,重振雅音,当非难事矣。

詹安泰《詹安泰词学论稿·宋词研究——风格、流派及其承传关系》:骚雅(清空、精妙、清劲、清刚、疏宕)以姜夔为代表。自周邦彦来而有新变。间中也学东坡之高旷,而无其襟抱;也学稼轩之劲健,而无其魄力。极意清新,力扫浮滥,运质实于清空,以健笔写柔情,自成一种风格。精乐律,有十七首自注工尺旁谱,为流传下来的宋词中所仅见,在音乐史上有重大贡献。宋人评他的词,或说"精妙"(黄昇),或说"清空"、"骚雅"(张炎),或说"高远"(陈郁),或说"清劲"(沈义父),各有所得,不能偏废,就中似"骚雅"含义更广,更切合实际。姜氏后期的词,也有部分受辛词的影响。

姜词在当时以至后代,都有很大的影响。朱彝尊谓:"词莫善于姜夔,宗之者张辑、卢祖皋、史达祖、吴文英、蒋捷、王沂孙、张炎、周密、陈允平、张翥、杨基,皆具夔之一体。"(《黑蝶斋诗余序》)虽系浙派词人有意抬高姜词的说法,但姜词的影响之大却是事实。大抵受姜词影响的,除唯一推重姜词的张炎外,都是原本周邦彦,因而也受到周词的影响。

按:詹氏讲风格流派,分"真率"(自然、森秀、高浑。以柳永为代表)、"疏快"(高旷、清雄、明丽。以苏轼为代表)、"婉约"(和婉、清丽、清新。以秦观、李清照为代表)、奇绝(冶艳、秾丽、奇丽。以张先、贺铸为代表)、"典丽"(和雅、富艳、工巧、浑成。以周邦彦为代表)、"豪放"(以辛弃疾为代表)、"骚雅"(清空、精妙、清劲、清刚、疏宕。以姜夔为代表)、"密丽"(险涩、破碎、险丽、秾挚。以吴文英为代表)八种,姜词为宋词八种流派风格之一。

缪钺《诗词散论·姜白石之文学批评及其作品》：姜白石为南宋重要词人，与辛稼轩风格殊异，而平分词坛。南宋诸词人，大抵不入于辛，即入于姜，此世人所共知者。……

白石词之特点，即在以江西派诗人作诗之法作词。……沈伯时评姜词曰："姜白石清劲知音，亦未免有生硬处。"（《乐府指迷》）此语虽简而极中肯綮。江西诗派之长在"清劲"，而其短在"生硬"。白石用江西诗法作词，故长短亦相同。所谓"清"者，即洗尽铅华，屏弃肥醲；所谓"劲"者，即用笔瘦折，气格紧健。黄、陈之诗如此。白石之词如……诸作皆清空如话，一气旋折，辞句隽澹，笔力遒健，细玩味之，与黄、陈诗有笙磬同音之妙。（周尔镛曰："白石小令，独不肯朦胧逐队，作花间语，所谓豪杰之士。"盖花间秾艳，白石以清劲易之，白石小令之于《花间集》，如黄、陈七律之于大历十子也。）此在当时为新风格，与传统仅贵婉媚幽约者有殊。若以传统之标准衡之，则"亦未免有生硬处"，然其生硬，正其独诣也。

白石深通音律，作词精美，与周清真相近，故论者或以白石上拟清真。然周词华艳，姜词清淡；周词丰腴，姜词瘦劲；周词如春圃繁英，姜词如秋林疏叶。姜词清峻劲折，格淡神寒，为周词所无，黄昇谓白石词"其高处有美成所不能及"，殆指此欤。

白石性情孤高，襟怀冲淡，故于花中最喜梅与莲，屡见于词，盖二花能象征其为人也。白石咏梅……咏莲……非从实际上写其形态，乃从空灵中摄其神理。换言之，白石词中所写之梅与莲，非常人所见之梅与莲，乃白石从梅与莲之中摄取其特性，而又以自己之个性融透于其中，谓其写梅与莲可，谓其借梅与莲以写自己之襟怀亦无不可，故意境深远，不同于泛泛写物之什。然白石所以独借梅与莲以发抒，而不借它花者，则以莲花出淤泥而不染，其品最清，梅花凌冰霜而独开，其格最劲，与自己之性情相符，而白石之词格清劲，亦可谓即其性格之表现也。……

白石才情与稼轩殊异，譬之音乐，稼轩如钟鼓铿锵之声，白石则箫笛悠扬之韵。白石词中亦有感时伤事之篇，然皆出以叹喟……与稼轩之雄豪悲壮者不同。

《灵谿词说·论姜夔词》：姜白石作词，虽然开创新途，影响后世，有其独特的造诣,但亦有不足之处。刘熙载评江西派诗时说:"杜诗雄健而兼虚浑,宋西江名家学杜,几于瘦劲神通,然于水深林茂之气象则远矣。"(《艺概》卷二)姜白石词亦有类似情况。五代北宋词中,如柳永《八声甘州》(对潇潇暮雨洒江天)、苏轼《水调歌头》(明月几时有)、《八声甘州》(有情风万里卷潮来)之超浑自然、兴象高妙;又如冯延巳、晏殊、欧阳修诸令词之含蓄丰融,烟水迷离,能兴发读者,使其从中参悟宇宙人生之哲理。这些境界,在《白石道人歌曲》中是难以遇到的。……即是说,姜词中缺少北宋词人佳作中的义蕴丰融、精光四射,能兴发读者的远想遐思而从多方面有所领悟也。

吴世昌《词林新话》:静安曰:"无内美而但有修能,则白石耳。"真刺心之语。

又:亦峰以为南宋词人以白石碧山为冠。胡说!复堂则以为白石涩,其实白石未尝涩,晦则有之。

《诗词论丛·宋词作家论》:咏物词,虽然《清真集》中已有,但精雕细琢,刻意研炼,分析入微的,要算白石与梅溪。

陈迩冬《宋词纵谈》:姜夔的词有时也还借径于苏词。

姜夔……其词多自度曲,因为他是音乐家,又是诗人,所以他制作了许多音律上和文字上两皆精美的"雅词"。这种"雅词"就文字上看,它们确达到自有"诗客曲子词"(文人词)以来一个新的高度。但几乎完全割弃了民间曲子词的"俗"。于是这一派系的词不再是"雅俗共赏"的东西。……

因为求雅,同时也求"刚"一点、"生"一点,姜词极力摆脱晚唐、五代到北宋以来那种浮浊、柔媚、甜熟的词风,这一点他和苏、辛有共同处。但他的词又避开苏、辛那种"横放杰出"、"大声镗鞳"的基调,而树立一种"清空"(或曰"清劲"、"清刚"、"清新")的风格。这风格为姜词所独有,后来学姜者,往往落到"空虚"上去,言之无物。其实姜词还是言之有物的。他所处的时代,他看到的屠杀,使得他这样的山林高士不仅不能避世,而且也曾写出了像《扬州慢》这样的词,来记录金兵焚杀破坏,一座名城被蹂躏的情景。

胡云翼《词学研究·下篇十五"词人姜白石"》：白石词的几个要点：第一，白石词的格调是很高的，诚如王国维所言："古今词人格调之高，莫如白石。"因为白石词主清空，清空则古雅峭拔，故格调甚高。第二，白石词用典用事是很巧妙的……可是因为白石词的格调很高，用事巧妙，所以第三：描写不深入，不逼真。因为白石词太主清空，便不落实际，不入具体。如《暗香》《疏影》没有一句道着梅花，专卖弄很巧妙的代名词，堆砌成词，即算格调甚高，亦如雾里看花一样，不能捉住真实的具体，这是白石词的大缺点。

又：姜词竟生这样大的影响，自是很可惊异的。我想白石既通音律，复以典雅词相号召，自最容易博得一般文人的同情，而生出伟大的效果。若只就词而论，除了格调高旷、音律和谐以外，论意境，论描写，姜词也不值得怎样的受我们称道吧。

《中国词史略·第四章三"南宋乐府词"》：姜夔一生的生活是这样闲适而富有诗意（按：指与范、杨等交往及小红事）。他的词在当代最负盛名，只因过于雕琢，有时反不如他的诗，例如他的《雪后夜过垂虹桥》诗云：

> 笠泽茫茫雁影微，玉峰重叠护云衣。长桥寂寞春寒夜，只有诗人一舸归。

这首诗是绍熙辛亥除夕做的，过了五年，他又当着冬天的雪夜过垂虹桥，因赋《庆宫春》词：

> 双桨莼波，一蓑松雨，暮愁渐满空阔。呼我盟鸥，翩翩欲下，背人还过木末。那回归去，荡云雪、孤舟夜发。伤心重见，依约眉山，黛痕低压。　采香径里春寒，老子婆娑，自歌谁答？垂虹西望，飘然引去，此兴难遏。酒醒波远，正凝想、明珰素袜，如今安在？惟有阑干，伴人一霎。

这是同样境地做的诗和词，而且据姜夔说，他的这首词是"过句涂稿乃定"的作品，可是词仍不如诗。

罗忼烈《词学杂俎·略论白石词》：陈亦峰《白雨斋词话》云："词舍沉郁之外，更无以为词。盖篇幅狭小，倘一直说去，不留余地，虽极工巧之致，识者终笑其浅矣。"陈氏颇推白石，此语非为白石发，然与止庵所谓"据事直书，不过手意近辣耳"暗合。手意近辣则造语清劲峭拔，亦工巧之一端，非纤新柔丽之可拟，"数峰清苦，商略黄昏雨"，"天涯情味，仗酒祓清愁，花消英气"之类是也，白石集中多有之。……据事直书，不留余地者，柳耆卿、李易安其选也，而逊白石不止一筹者，在一"辣"字。白石不辣处每见小疵。……

白石《诗说》云："语贵含蓄。东坡云：'言有尽而意无穷者，天下之至言也。'山谷尤谨于此……若句中无余字，篇中无长语，非善之善者也。句中有余味，篇中有余意，善之善者也。"余读其诗，颇如其说，五言尤深致，词则未尽如此。

试举数例言之。如《长亭怨慢》云："阅人多矣，谁得似长亭树，树若有情时，不会得青青如此。"有似曲折，却非层深，虽觉卉巧可爱，然话已说尽，便无余味。同用桓温语，而稼轩《水龙吟》云："可惜流年，忧愁风雨，树犹如此！"寥寥数语，顿觉百感交集，积郁胸中，不知从何处说起。此沉郁、清泚之别也。

《月下笛》下阕云："凝贮，曾游处，但系马垂杨，认郎鹦鹉。扬州梦觉，彩云飞过何处？多情须倩梁间燕，问吟袖弓腰在否？怎知道，误了人，年少自恁虚度。"追忆旧欢，平添新恨，词意俱尽，不免水清无鱼。稼轩《念奴娇》之"曲岸持觞，垂杨系马，此地曾轻别，楼空人去，旧游飞燕能说"，情景略同，至"飞燕能说"咽住，而无限往事皆包举其中矣。此是何笔力？……

清真《应天长》寒食词云："青青草、迷路陌，强载酒、细寻前迹。"不言强载酒出游之故，然合上下文观之，故知其有无限往事堪追忆矣。白石《淡黄柳》效之云："正岑寂，明朝又寒食，强携酒、小桥宅。"若就此顿住，则含蓄不减清真矣；然又惟恐人不知其强携酒之故也，紧接一句作注脚云："怕梨花落尽成秋色。"画蛇添足，不留余地，遂索然矣。幸两结俱好，尚不失为佳作。……

白石小令多惋丽，如《小重山》（人绕湘皋阕）、《隔溪梅令》（好花不与阕）、《鹧鸪天》（京洛风流、肥水东流两阕）、《踏莎行》（燕燕轻盈阕）、《点绛唇》（燕雁无心阕）、《淡黄柳》（空城晓角阕），于小山、淮海外，别是一种面目。慢曲清雅峭拔，若《扬州慢》、《探春慢》、《翠楼吟》、《庆宫春》、《琵琶仙》、《暗香》、《疏影》诸篇,赏音多在是。

叶嘉莹《唐宋词十七讲》:姜白石这个人写得清新、清奇,一点渣滓都没有;也写得有力量、不平凡、不庸俗,这就是"清劲"。……"江西诗派"……的特色,是要炼字造句,迥不犹人,要自己锻炼字句,不说别人说过的话。而且黄山谷的诗歌,喜欢用拗折的声律。"拗折",就是平平仄仄跟一般的诗律不相合的这样的声律。而把江西诗派作诗的方法用到词里边去的,就是姜白石。他也不是没有他的道理,因为这个词一向都是"婉约"一派,一向都是写男女柔情的,像柳永这样的词,就未免有时叫人觉得是"柔靡"。所以姜夔就想用江西诗派这种拗折的、清劲的、有力量的、不平凡的、不庸俗的笔法来救那"婉约"一派的柔靡,而且姜夔这个人果然在早年学过江西诗派作诗的,他作词也是受了江西诗派的影响。……"脱胎换骨",就是把别人说的话,变一个方法说出来,让他新奇、不庸俗、不平凡。姜白石就是用这种方式来写词。

又:姜白石的词写得清空骚雅,既没有柳永淫靡的缺点,也没有刘过这种外表的豪放而内容却是空疏的缺点。于是当时的词论家就既反对柳永一派的淫靡,也反对那些个学苏辛之末流的人的空疏。至于那能避免空疏和淫靡的一个作者,就是……姜夔。

又:周邦彦……长调是用思力来安排,不是用直接的感动,是想一想然后找一个合适的句子,找一个恰当的典故来安排,是用勾勒描绘来写词;也有的时候还用空间和时间的跳接,是错综的,不是按照顺序直接写下去的;还有的时候要用语言里面的符码,用一些典故暗中点明我要说的是什么,而不直接地说。这是周邦彦作风里面的三点重要的特色,影响了姜、吴他们两个人。

又:一般人赞美姜夔的词说他是"清空"的。"清空"是什么呢? 是要摄取事物的神理而遗其外貌。

又:姜白石果然写得很美,真的是清空骚雅。不沾滞于所写之物,都是跳起来写的,用了这么多典故,从梅花的前后左右周围的这样说下来,写得委婉曲折。而且他所用的一些典故的词汇,有时还包含有如西方符号学所说的"语码"的性质，就像这首词中所用的"昭君"、"胡沙"、"深宫旧事"等字样，还可以给读者一种"以二帝之愤发之"，或是"乃为北庭后宫言之"的联想。这是姜白石词的特色。这类词是属于受周邦彦影响的一派词人，不是以直接传达的感发取胜，而是以思力安排精美工致取胜的。所以虽然有人不欣赏姜词，如王国维；但也有人特别欣赏姜词，如张炎等人。

吴熊和《唐宋词通论·第四章"词派"·第十一节"姜夔句琢字炼，归于醇雅"》:什么是姜夔词的特点？为什么辛弃疾以至清初的浙派一致"深服其长短句"？

姜夔词与周邦彦有着渊源关系，但亦有因有革。……张炎标举的"清空"、"骚雅"，就是姜词所长、周词所短。……"清空"便有意趣，"骚雅"便有格调。尤其是"骚雅"，是南宋倡导"雅词"的词人们一直孜孜以求的一个目标。《词源》说:"清空则古雅峭拔。"清空与骚雅，两者实亦相通。姜夔于周邦彦多所取法，但变其软媚为骚雅，变其秾丽为空淡深远，在这基础上另开宗派，这是反映了南宋词坛的新风尚与新趋向的。朱彝尊《词综发凡》:"填词最雅，无过石帚(白石)。"清代浙派心折于姜夔的，也是"骚雅"这一点。

又:以江西诗风入词，合黄(庭坚)、陈(师道)与温、韦、柳、周为一体，这种作法就是姜夔的首创，并使他的词形成和加强了骚雅的特点。……冯煦《宋六十家词选例言》说:"读姜夔者，必欲求下手处，则自'俗处能雅，滑处能涩'始。"沈祥龙《论词随笔》说:"观白石词，何尝有一语涉于嫣媚?"就指出了姜夔词中斑斑可见的江西诗派的影响，说明姜夔词与黄、陈诗秘响相通。陆辅之《词旨》举及姜夔词中的名句:

属对:虚阁笼寒，小帘通月。(《法曲献仙音》)

　　池面冰胶，墙腰雪老。(《一萼红》)

　　枕簟邀凉，琴书换日。(《惜红衣》)

警句:波心荡、冷月无声。(《扬州慢》)

　　千树压、西湖寒碧。(《暗香》)

　　昭君不惯胡沙远，但暗忆、江南江北。(《疏影》)

　　墙头唤酒，谁问讯、城南诗客。岑寂。高树晚蝉，说西风消息。

（《惜红衣》）

冷香飞上诗句。（《念奴娇》）

这些词句，既不施朱傅粉如柳、周，又不逞才使气似苏、辛，韵度高绝，辞语尔雅，为宋词带来了新的意境格调。南宋后期，对姜夔一时靡然从风，主要就是被他这种词风所吸引。……

合肥情词，不作婉娈艳体，而是以健笔写出柔情，词意生新刻至，同样表现了从周邦彦入、从江西诗出的特点。

恨入四弦人欲老，梦寻千驿意难通。当时何似莫匆匆。（《浣溪沙》）

淮南皓月冷千山，冥冥归去无人管。（《踏莎行》）

阅人多矣，谁得似、长亭树。树若有情时，不会得、青青如此！（《长亭怨慢》）

春未绿，鬓先丝，人间别久不成悲。谁教岁岁红莲夜，两处沉吟各自知。（《鹧鸪天》）

又：姜夔词派，光焰复起，一是在宋元之际，张炎可为代表。……二是在清初至清中叶，朱彝尊、厉鹗等浙派词人瓣香姜夔、张炎，出现了"家白石而户玉田"的盛况。清代白石词的重要刊本，即有十余种之多。

乔力《论姜夔的创作心理与艺术表现》：尽管同样地"以诗为词"，他并不沿循苏轼扩大表现范围题材的横向开拓途径，而是别引江西诗法入词，刻意讲求境界形象的深层穿越力；同样地"即事叙景"、"以文为词"，他也有异于辛弃疾的致力于多角度反映闲适生活、强调事功性社会价值的实现，而是假自我心绪意念规范对象化的客观事物，使之浸润了浓厚的主观色彩，因为它们多经理性意识调节炼铸而不是纯任情绪的奔流迸发。（《词学》第十辑）

又："阅人多矣，谁得似、长亭树。树若有情时，不会得、青青如此。"这里不作具体形象的描摹刻画，不用暗示、譬喻、象征等手法，却只以高调硬笔，推出了直率的评论，将自我的特定感受认知观念化；它固然不能脱离直觉式的感性联想，但更多地还是求同于理性判断。

266

……它不偏重于抒发描写而多在议论叙述上落笔,好用理性的、直露硬峭的形式表现感性的、隐曲绵邈的内蕴,另具一番飞宕拗折意趣。白石说诗,大力推许四种"高妙",其居首位的便是"碍而实通"的"理高妙",恰恰可用来印证其词中的同等境界。

又:姜白石论诗,有"精思"而后始能"工"的主张,依照他自己的具体解释,就是"沉著痛快,天也;自然与学到,其为天,一也","雕刻伤气,敷衍露骨。若鄙而不精巧,是不雕刻之过;拙而无委屈,是不敷衍之过"。所以把这种理论同样运用到词的创作中,也就形成自己的独特风貌。不同于辛弃疾的任情仵兴、触物神飞,全凭纵横气势以运思落笔;白石则覃思精虑,追求的是沈涤推敲后复归于浑成自然的精工,即所谓"句琢字炼,归于醇雅"。因为他能以饱悦社会忧患、世态炎凉而重还于明达的目光审视人生,从而阑入俯仰古今的哲理性思考,生出洒脱峻健的情致韵味来;所以,白石也有异于吴文英的秾丽密致,总是纠绕萦滞在哀绪绮思的纷繁里解脱不开。

又:姜白石终身布衣,以江湖游士的身份托衣食生计于萧德藻、范成大、张鉴等名公巨卿;青年时代虽到过江、淮边区,"徘徊望神州,沉叹英雄寡"(《昔游诗》),颇有黍离之悲;但三四十岁以来,足迹便只在以苏、杭为中心的太湖流域一带。这种生活环境,很大程度上限制了他的视野,使之缺乏更广阔的社会人生阅历。然而他又具备多方面的卓越艺术才能,工诗词、精书画、善鉴赏、通审音律,时贤名流皆称许其"翰墨人品皆似晋宋之雅士"。也正出于上述原因,使白石在较狭隘却具极精巧工细的社会文化背景笼罩下,远离现实,更趣内向,日渐沉潜到自我心理涵纳中作深邃的品察体辨——高度的文化教养培植了雅正的审美趣味,从而构成异常敏锐的艺术感受素质与非常的表现能力。

村上哲见《姜白石词序说》:说到宋词中存在两种不同流派,在南宋,就词人的社会地位而言,应该注意到也有截然相反的两种:即有相当地位、作为官僚活动的人们属于所谓的官僚文人,与几乎和官职无缘、由于专心文事——以现在的话说即从事文学艺术方面的活动——而获得名声的人们,也可以说是与官僚文人相反的专业文人。前者可以举辛弃疾、陆游、刘克庄等人为例,后者可以举姜夔、吴文英为例。而且其间的区别与上文提到的音乐素养的差异有密切的关系。进一步也容易推想,如龙沐勋所说与在词风上"别派、当行"的差异有关连。另外,"婉约、豪放"的说法,如后所述,存在各种各样的问题,虽然不能照搬,但是我认为那也可能包含有这样对立的两种词风,而且可以说那与词人们不同的社会地位有很深的关系。

……北宋的官僚文人如苏轼、黄庭坚等与南宋的陆游、刘克庄等相比,很难指出他们阶层的本质差异。但是专业文人,也就是不仅仅诗文,在书画音乐等方面也出色、与官职完全无缘、专心从事文学艺术并在社会上拥有相应地位的人们,这在北宋以前是很难找到的。如果简单地以非官僚文人来称呼,如像林逋(和靖)那样是属于所谓隐士行列的。但此处所说的专业文人绝不是隐士,毋宁说是由于积极地参加社交界的活动而获得名声,只是无官,反而与权贵们作为朋友平等交往,并受到社会的敬重。但这种人可以说到了南宋才开始登场吧!也许到了宋代,文学艺术等中国传统文化最精华的部分,由于一味追求优雅,到南宋达到了烂熟的阶段,其结果则产生了这样一个特殊的阶层。在南宋姜夔属于最早的专业文人,吴文英、周密则继其后。又,在周密编的《绝妙好词》(后出)里列名的词人中有不少是这种文人,可以看出是形成了一种阶层。而且后世在明清时代,作为传统的阶层之一被继承下来了。这样历史性全面考察的话,可以说,姜夔是这种专业文人第一个卓越人物。(陈雪军译,《词学》第十三辑)

《南宋词纵论》:在北宋,作为文人名字留存下来的几乎是官僚,所谓的官僚文人已经形成了社会上的一个阶层。……即使到了南宋,前节提到的词人仍然全部是同样的官僚文人,占据社会中枢地位的官僚阶层,即使在文学领域,也创造出很多的成果,这种状况在整个两宋可以说基本上没变化。但到了南宋,与此性格有相当差异的人们作为文学的承担者重新登场。他们与仕途几乎无缘,另一方面不仅诗文而且连书画音乐等艺术也精通。从文人这一点来说,超过了通常意义的官僚文人,可以说是纯粹的文人或者也可以说是专业的文人。从与官职无缘这点来说,与所谓的隐者是共通的,但是与权贵们频频交往,以文事参与社会上的重大活动,这一点是与隐者有决定性的差异,可以说是到了南宋才产生的新阶层吧?……正因为词是歌词艺术,由于这些精通音乐的人们,与在官僚文人阶层手里相比有了不同的新的发现。

……作为这一类人物,姜夔可以说是典型的。他终身无官,但是与范成大、杨万里等高级官僚,与整个南宋都是临安第一名族的张家的张镃、张鉴兄弟们有亲密的交往,互相用"号"或"字"称呼。……即使对曾经是参知政事的范成大也没有像"范参政"这样的叫法。即使是被认为得到范成大、张鉴等人照顾的时期,原则上也始终是风雅的朋友。……

像这样以专心文事立身社会的人们,被当时所谓的上流社会接受、重视,我认为显示了南宋的文化到了成熟或者烂熟的阶段,经济上也十分富裕了。(陈雪军译,《词学》第十七辑)

附录

姜尧章自叙①

某早孤不振②,幸不坠先人之绪业③。少日奔走,凡世之所谓名公巨儒④,皆尝受其知矣。

内翰梁公⑤,于某为乡曲⑥,爱其诗似唐人⑦,谓长短句妙天下。

枢使郑公⑧,爱其文,使坐上为之,因击节称赏。

参政范公⑨,以为"翰墨人品,皆似晋宋之雅士⑩"。

待制杨公⑪,以为"于文无所不工,甚似陆天随⑫"。于是为忘年友。

复州萧公⑬,世所谓千岩先生者也,以为"四十年作诗,始得此友"。

待制朱公⑭,既爱其文,又爱其深于礼乐。

丞相京公⑮,不独称其礼乐之书⑯,又爱其骈俪之文。

丞相谢公⑰,爱其乐书,使次子来谒焉。

稼轩辛公⑱,深服其长短句。

如二卿孙公从之⑲、胡氏应期⑳,江陵杨公㉑,南州张公㉒,金陵吴公㉓,及吴德夫㉔、项平甫㉕、徐渊子㉖、曾幼度㉗、商翚仲㉘、王晦叔㉙、易彦章㉚之徒,皆当世俊士,不可悉数,或爱其人,或爱其诗,或爱其文,或爱其字,或折节交之㉛。

若东州之士㉜,则楼公大防㉝、叶公正则㉞,则尤所赏激者。

嗟乎!四海之内知己者不为少矣,而未有能振之于窭困

273

无聊之地者㉟。

旧所依倚,惟有张兄平甫㊱。其人甚贤,十年相处,情甚骨肉。而某亦竭诚尽力,忧乐同念。平甫念其困踬场屋㊲,至欲输资以拜爵㊳,某辞谢不愿;又欲割锡山之膏腴㊴,以养其山林无用之身。惜乎,平甫下世,今惘惘然若有所失。人生百年有几,宾主如某与平甫复有几㊵?抚事感慨,不能为怀。平甫既殁,稚子甚幼,入其门则必为之凄然,终日独坐,逡巡而归㊶。思欲舍去,则念平甫垂绝之言,何忍言去!留而不去,则既无主人矣,其能久乎?

【注释】

①见周密《齐东野语》卷十二。自叙:亦作自序,自述生平事迹的文章。

②某早孤:姜夔 14 岁丧父。不振:不兴旺,即下文"困踬场屋"。

③绪业:犹遗业,前人传下来的功业。司马迁《报任安书》:"仆赖先人绪业,得待罪辇毂下,二十余年矣。"

④名公巨儒:即高官硕学,一时名流。

⑤内翰:宋代为翰林学士别称。梁公:不详。

⑥乡曲:乡里,此指同乡。

⑦爱其诗:开篇"某早孤"为第一人称叙述,此处"其"字转换人称,指姜夔自己,下"爱其"、"称其"皆是。

⑧枢使:枢密院长官,与中书省同平章事合称"宰执",主管军事机密、边防等。郑公:郑侨,宁宗时知枢密院事。

⑨参政:宋代参知政事的简称。宋在宰相外,另设参知政事,相当于副宰相。范公:范成大(1126—1193),吴县(今江苏苏州)人,孝宗淳熙间拜参知政事。

⑩晋宋雅士:指魏晋、晋宋时期为玄学风气熏染的士人,如竹林七贤之类,他们向慕老庄之学,喜为清谈,言论简隽而有风度。

⑪待制:宋皇宫各殿阁设待制官,以备顾问;也给文臣正式官职外,加

待制衔。杨公:杨万里(1127—1206),吉州吉水(今江西吉水)人,宁宗时曾为焕章阁待制、宝文阁待制、宝谟阁学士等。

⑫陆天随:陆龟蒙(? —约881),长州(今江苏苏州)人,举进士不第,遂不复应试,曾为湖州、苏州从事,后隐于松江甫里,诗篇清丽,名振江左。

⑬复州萧公:萧德藻,闽清(今属福建)人,曾知乌程县,后曾隐居乌程弁山,自号千岩老人。为长沙别驾时与姜夔相识,将侄女嫁给姜夔,姜夔依之10年(淳熙十四年至庆元二年,时夔33至42岁)。

⑭待制朱公:朱熹(1130—1200),婺源(今属江西)人,曾知南康军、知漳州,宁宗初任焕章阁待制、侍讲。

⑮丞相京公:京镗,宋宁宗庆元中为左丞相。南宋孝宗时改尚书省左右仆射为左右丞相。

⑯礼乐之书:此指姜夔所著上呈朝廷的《大乐议》、《琴瑟考古图》、《圣宋铙歌十二章》等。

⑰丞相谢公:谢深甫,庆元中参知政事,拜右丞相。

⑱稼轩辛公:辛弃疾(1140—1207),号稼轩居士,历城(今山东济南)人,22岁聚众两千投耿京起义军,后绑缚叛徒张安国南归,颇有建树,但多次被劾废。词名甚高,传世有六百多首。

⑲孙公从之:孙逢吉,字从之,曾官吏部侍郎。"二卿"指孙、胡二人,此处"卿"指高级官员。

⑳胡氏应期:胡纮,字应期,官至吏部侍郎。

㉑江陵杨公:杨冠卿(1138—?),曾知广州,以事罢职,侨居临安,诗词文皆有名于时。

㉒南州张公:不详。

㉓金陵吴公:吴柔胜,字胜之,淳熙进士,为太学博士。

㉔吴德大:吴猎,字德夫,曾以秘阁修撰知江陵府。

㉕项平甫:项安世(? —1208),字平甫,括苍(今浙江丽水)人,迁江陵,曾任户部员外郎。诗作甚丰,有名于时。

㉖徐渊子:徐似道,字渊子,少负才名,曾官秘书少监,闻被弹劾,辞官泛舟翩然引去。杨万里《诚斋诗话》将之与张镃、姜夔、项安世等并称为当

275

时诗坛后起之秀。

㉗曾幼度:曾丰,字幼度,乾道时进士,官至德庆知府。真德秀曾受业于丰。

㉘商翚仲:商飞卿,字翚仲,淳熙进士,官至户部侍郎。

㉙王晦叔:王炎,字晦叔,乾道进士,曾知湖州。著作甚多,与朱熹交好,有《题白石昔游诗序后》。

㉚易彦章:易祓,字彦章,曾官礼部尚书等。

㉛折节交之:降低身份结交朋友。储光羲《贻鼓吹李丞,时信安王北伐,李公王之所器者也》:"折节下谋士,深心论客卿。"

㉜东州:下举楼、叶皆为浙江东部人,此"东州"系相对于杭州而言。

㉝楼公大防:楼钥,字大防,鄞县(今浙江宁波)人,隆兴进士,官至参知政事。

㉞叶公正则:叶适,字正则,永嘉(今浙江温州)人,淳熙进士,宁宗时为宝文阁待制。晚年杜门著述,自成一家,人称水心先生。

㉟窭困无聊:生活贫穷困顿。窭,贫穷。无聊,穷困。

㊱张兄平甫:张鉴,字平甫,张镃之弟,白石挚友。白石结交张鉴约在绍熙四年(1193)至嘉泰二年(1202),前后十年。自庆元二年(1196)移居杭州,至嘉泰二年张鉴下世,前后六七年依张鉴而居(42 至 48 岁),是白石生活比较安稳的时期,曾自谓"数年以来,始获宁处"。

㊲场屋:科举时代的考场,也称科场。王禹偁《谪居感事》:"空拳入场屋,拭目看京师。"

㊳输资以拜爵:指买官。爵,此泛指官位。

㊴锡山之膏腴:指无锡肥沃的田产。张鉴在无锡有庄园和田产,曾欲赠与部分给姜夔,未及行而逝。

㊵宾主:犹主客,旧时投靠主家为其所用者为客卿,这里泛指姜夔依赖张鉴的关系。

㊶逡巡:彷徨,不知何从的样子。

论周、姜是词学的"铁门槛"

提出"周、姜是词学的铁门槛",不是因为特别喜好和推崇周、姜词,也不是出于某种学术宗派或家法的考虑,而主要是周、姜词在唐宋词研读和教学中都是难点,而周、姜词派的创作占唐宋词至少三分之一的比重,不能进入周、姜词,唐宋词小半片疆域里山雄水渺、杂花生树的景致也就无缘领略;周、姜又是词学专业化的集中体现,曲尽词体艺术表现的形式奥秘——由此才可以建立一套反映词之独特艺术形式的批评范畴,使词之为"学"真正成为一门专门学问。因此,不论是从词的欣赏接受,还是从词学的精进造诣来说,周、姜都是一道我们必须迈过的"铁门槛"。

一、词学格、气、情三分天下

> 词胜于宋,自姜、张以格胜;苏、辛以气胜;秦、柳以情胜,而其派乃分。①

在某种意义上,整个词学都可以用格、气、情三分法②加以理解和把握。《花间》、南唐、北宋词以情胜,以本色自然为特长;苏、辛一派以气胜,以豪放顿挫为特长;周、姜、吴、王一派以格胜,以醇雅精深为特长。其后元主苏、辛,尚慷慨之气;明效《花》、《草》,极绮靡之情;清初尚沿明季;稍后浙西派推姜、张,法南宋,求醇雅;继起之常州派改变思路,不主一宗,而以幽约怨悱、比兴寄托重立家法,扩大词学解释的张力空间,但从其以比兴蕴义

---

①江顺诒《词学集成》卷五引蔡小石《拜石词序》,见唐圭璋编:《词话丛编》(第四册),第 3272 页,中华书局 1986 年版。 ②与上述蔡小石观点相类的还有谢章铤《赌棋山庄词话》:"宋词三派:曰婉丽、曰豪宕、曰醇雅。"见《词话丛编》(第四册),第 3443 页。又张德瀛《词徵》:"汪蛟门谓宋词有三派,欧、晏正其始,秦、黄、周、柳、姜、史之徒极其盛,东坡、稼轩放乎其言之矣。"见《词话丛编》(第五册),第 4184 页。

读《花间》，以浑厚、贵留（反对以疏、纵、粗犷）读苏、辛，以思力和勾勒读清真等来看，他们实际上是建立了一套词学艺术法则，客观上于周、姜为近。可以说，南宋中后期、清代前中期迄于近代，都是周、姜、吴、王以醇雅精深为特长的格胜派词学的天下，其势力之大可以想见。

以情胜的作品，可以情感本身的自然形态动人，直接的感发力很突出，容易为人理解和喜爱。《花间》、南唐、北宋词都有这个特点。叶嘉莹说："五代和北宋初年的一些名家"，"可以说都是以直接的情意之感发取胜的"。① 明代王世贞说：《花间》、《草堂》一类词，"婉娈而近情，足以移情而夺嗜"。"一语之艳，令人魂绝；一字之工，令人色飞。"②焦循说："人本阴阳之气以生者也，性情中必有柔委之气寓之。有时感发，每不可遏，有词曲一途以分泄之。"（《雕菰楼词话》）人天生有一段柔情，《花间》、北宋的情胜之词直接表现了这种柔情，同质同构，最易于产生共鸣。

"以气胜"的苏、辛，打破诗词文的界限，"慷慨以任气，磊落以使才"，将士大夫的性情人格、怀抱心胸、遭际感慨等一寓于词，内容本身就足以动人。所以初读浅尝，即易受其感动。蒋兆兰说："苏辛盖一看即爱。"（《词说》）若久研深玩，则可更进一层，于苏词，不独赏其豪放，进而赏其"韶秀"（周济《介存斋论词杂著》），体会其"刚健含婀娜"的境界；于辛词，不独赏其英雄语、感慨语，而能"于豪迈中见精致"，于横放杰出中见"缠绵悱恻"（谢章铤《赌棋山庄词话》卷一、卷九）。总之，苏、辛一派虽然也有易入难深的情形，但容易带给读者直接的审美感动和愉快，一如谢章铤所说："稼轩易见，白石难知。"③陈廷焯也说：东坡、稼轩等，"高者易见"；美成、碧山等，"高者难见"（《白雨斋词话》）。

王国维为上述审美现象提供了一个著名的理论："不隔"。根据叶嘉莹的研究，词之"妙处唯在不隔"，是偏重于从读者审美的角度对境界说的补充。而其"境界说之基础原是专以'感受经验'之特质为主的"，所以他所谓

---

①叶嘉莹：《迦陵论词丛稿·代序》，河北教育出版社 1997 年版，第 13、15 页。
②王世贞：《艺苑卮言》，见《词话丛编》（第一册），第 385 页。 ③谢章铤：《赌棋山庄词话》卷十二，见《词话丛编》（第四册），第 3470 页。

的"不隔"就包括："其一是作者对其所写之景物及情意须具有真切之感受，其二是对于此种感受又须具有能予以真切表达之能力"，其三是"能使读者亦可获致同样真切之感受"。"直接的感发力"是王国维《人间词话》说词的基本依据。① 因此他推崇五代、北宋而贬抑南宋，重炼句而忽视炼章，欣赏直致与明白而不喜惨淡经营、曲折回环，对周、姜一派以艺术的工力造诣取胜的创作颇有批评。《人间词话》对周邦彦有肯定，将之与柳、苏、辛并列，承认其"不失为第一流之作者"，但认为是"创调之才多，创意之才少"，而在读周济《词辨》的眉批中，却说了坚决否定、贬低周邦彦等人的话。北宋"不喜美成；南宋只爱稼轩一人，而最恶梦窗、玉田"。"美成词多作态，故不是大家气象；若同叔、永叔，虽不作态，而一笑百媚生矣。此天才、人力之别也。"对于姜夔，更是肯定少而否定多。肯定大旨指其韵趣、格调高，有些狷介超旷的风格，气体雅健；否定则在根本上判定他"终不能与于第一流之作者"，又说他"不于意境上用力，故觉无言外之味，弦外之响"；"有格而无情"；"无内美而但有修能"，其"旷在貌"——"白石如王衍口不言阿堵物，而暗中为营三窟之计，此其可鄙也。"话说得很重。"格调"有精神和技术（格律声调）两方面，王国维实际否定了姜夔词真正的精神格调，肯定的只是其格律声调之高超。总之，王国维《人间词话》评论周、姜，批评其无创意、无意境、无情、无内美，更多的是在艺术内容上给予否定；而肯定其善于创调、长于人力、气休雅健、格调高超，基本是在艺术形式上着眼。因为艺术内容是一种具有"直接的感发力"，容易使读者直接产生共鸣的东西，所以"不隔"；而艺术形式具有一定的抽象性，是一种专门技术，需要下工夫掌握，将之变为主体心理感应结构，才能真正欣赏，所以易使人感到"隔"。

王国维是崇尚天才的文学家，年轻时尤其如此。发表《人间词话》时，他才三十余岁，所以对周、姜一派格律派词人未能入乎就里，说了一些意气而简单的话（对梦窗、梅溪、玉田、草窗、中麓等，更是以儒学之"乡愿"视之）。后来他对周邦彦等下了专门功夫，就对自己早年纯任感觉的批评颇有悔意。廖辅叔说："张尔田说过：'先生之论，未为精审，晚年亦颇自悔。'

————————
① 叶嘉莹：《王国维及其文学批评》，河北教育出版社1997年版，第220、225页。

龙榆生也曾亲口对我说过：王先生对他的《人间词话》的广泛流传，颇有驷不及舌的感慨。因为其中的确存在他对于词的不够成熟的见解。"①三年后发表《清真先生遗事》，对周邦彦作了极高的评价，说："北宋人如欧、苏、秦、黄，高则高矣，至精工博大，殊不逮先生。"说他是"词人甲乙"，"两宋之间，一人而已"，"词中老杜，非先生不可"。肯定他能写常人能感而不能写的"境界"，"故其入于人者至深，而行于世者尤广"。实际上既肯定了周邦彦在表现技巧和声律等方面（即"人力"）的杰出建树，也肯定了他能写出有"境界"的感人之作。由于王国维此后再未作宋词专题研究，所以他对姜夔、吴文英等没有新的评价。但 1919 年他用吴文英所创《霜花腴》词调为朱彊村作寿词，并标明"用梦窗韵"，虽然不无投合朱氏接步梦窗之好的做人礼貌的因素，但他也说吴文英"隔江人在雨声中，晚风菰叶生秋怨"的景象，令人"抚玩无极，追寻已远"等，说明他对周、姜一派格律派词的观点是有所改变的。这种改变，就在于对于词的工力、技巧等有了不同的看法，再不将之看作美学上的"隔"。

歌德说：艺术作品的内容人人都看得见，其含义则有心人得之，而形式却对大多数人是秘密。② "以格胜"的周、姜一派词，其美学价值有相当一部分隐藏在格调、手法等艺术形式中，若对这些艺术形式缺乏理解，常常会陷入仅凭一己之感受与兴趣，而对其审美价值无见无得，弃而不顾，作出一些简单、主观的判断。王国维犯过这种错误③，胡适也犯过这种错误④。王国维对自己的错误有所认识和纠正，所以更具有典型意义，为我们进行

①廖辅叔：《谈词随录》，广东人民出版社 1986 年版，第 112 页。按：本文是笔者为"第五届宋代文学国际学术研讨会"提供的论文，会上王水照先生《况周颐与王国维：不同的审美范式》第四节也讲到龙榆生转述张尔田之语、朱东润转述罗根泽之语，表示王国维"晚年自悔少作"之意，并认为这样的"传闻是可以据信的"。王文发表于《文学遗产》2008 年第 2 期，可以参看。　②转引自《李泽厚哲学美学文选·谈美》，湖南人民出版社 1985 年版，第 472 页。　③王国维所师事的沈曾植曾批评他"以欣厌之情"即一己之爱憎评词。参见前注王水照。　④参见《词选》的选词处理及《序》与姜夔、史达祖、吴文英、王沂孙、张炎等的小传评价，商务印书馆 1927 年版。以及谢桃坊：《宋词辨·评胡适的词学观点和方法》，上海古籍出版社 1999 年版；朱惠国：《中国近世词学思想研究》第十章《"新文化"思潮与词学的重新组合》，上海古籍出版社 2005 年版。

词学的有关教学和研究提供了直接的借鉴。

二、"第二形式"与周、姜

王国维曾关注和研究了具有古典主义特性、通过修养和功力而成就的一种美——古雅，并因之提出了美的"第一形式"与"第二形式"一对范畴。在论述"第二形式"的时候，他举了姜夔为例。王国维"第二形式"的观念，对于我们深入认识周、姜一派的作品，提供了一种理论方法。

为简明起见，先将王氏的思路列表于下：

优美
宏壮 ｝第一形式之美——超功利、先天判断
　　　　（"一切之美，皆形式之美也"）

　古雅——第二形式之美——修养与人力、经验判断

　　　　　（"形式之美之形式之美也"）

把美分为优美和崇高（宏壮）来源于康德。王国维对于康德美学下了一番功夫后，认为还有一种美不能为优美和崇高所包含，那就是：古雅。王国维对美的认识也取自康德，"一切之美皆形式之美也"，就是康德思想的转述。康德"美的分析"有四大基本原理，其中的关键是：无功用、利害却有价值，无逻辑概念却有普遍性、必然性，无目的性却合乎目的。王国维对康德美学的吸收似乎只在无利害无目的的一面（因为中国传统艺术观特别重视社会功能和政教目的，这决定着王国维的思维兴奋点）。所以康德下面的话似乎更直接地为王国维所取用：

一个自然美是一个美的物品，艺术美是物品的一个美的表象。

（对于美的判断）我不需要知道那物质的合目的性，而是单纯的形式——不必知道他的目的——在评判里自身令人愉快满意。

涉及客观的合目的性……因此那判断也不再是纯美即单纯的鉴赏判断了。

一个对象的美的表象……在本质上只是一个概念的表述的形式。

基于此，王国维说："一切之美，皆形式之美也。"即"美＝形式"。这个"形式"，不是一般意义上与内容相对的形式，而是指艺术欣赏、审美判断的对象，即美的作品。其所以称为"形式"，就在于它不是一个实际物质功能或

社会目的功用对象,而只是这对象的一个"美的表象"。"美的表象"相对于实际事物而言,在理论上用形式一词来指称和把握。所以:

优美、宏壮＝美＝第一形式

"古雅"也是一种美,而又与一般的美不同,有其特殊性,在"第一形式"之上增加了新的东西。王国维用质朴的文字复叠方式,表述为"形式之美之形式之美",后一个"形式之美"就是增加的特殊要求。为表述的方便并与"第一形式"相区别,又称为"第二形式"。举例来说:戏曲小说之人物形象与故事情节为"第一形式"(非真实人生情事),特定作家的笔调风格(如《红楼梦》的诗意笔法)则为第二形式。

王国维的"第二形式",重点包括两方面的内涵:

首先它与俗、朴相对,在于文、雅。"茅茨土阶,与夫自然中寻常琐屑之景物,以吾人之肉眼观之,举无足与于优美与宏壮之数,然一经艺术家之手,而遂觉有不可言之趣味,此等趣味,不自第一形式得之,而自第二形式得之,无疑也。"如数枝芦苇的一幅画,在简练萧疏中传达出一种特别的意味;"彼黍离离,彼稷之苗。行迈靡靡,中心摇摇"的诗句,在今昔景象的悲剧性比照中进行叹唱。他们不仅与河滩上的数枝芦苇、残垣断壁间的庄稼地本身不同,而且是一种特殊的文化心境——简朴、怀旧——的表现方式,所以真正的世俗之人或弃之不取,而偏为文明的雅士(艺术家、鉴赏家)所乐求,因而"第二形式"的美就在于"雅"。

其次,"第二形式"与"天才"相对,在于人力。艺术中之古雅部分,不必尽俟天才,而亦得以人力致之。苟其人格诚高,学问丰博,则虽无艺术上之天才者,其制作亦不失为古雅。"古雅之能力,能由修养得之",甚至"非藉修养之力不可"。艺术作品的"第二形式"既然是藉修养之力而得到的,那就应该是一定的艺术种类中圆融成熟的、专门精深的形式和技巧,它在本质上不属于天才与生俱来的创造力,而属于依靠丰富的经验与深厚的功力而获得的专业水准。这样,"王氏让艺术'工力'取得美学上之相对独立的价值,以此肯定形式美在艺术创造中的重要地位……对传统的一贯重'质'

轻'文'的观点,不能不是一次勇敢的突破。"①这样就有了肯定周、姜格律派的理论基础。所以王国维说:"姜夔之于词,且远逊于欧、秦,而后人小嗜之者,以雅故也。"他对于古雅及第二形式之美评价不高,这牵涉到别的复杂问题。我们在这里要说的是,第二形式是具体深入地认识周、姜一派词的一个十分恰当的观点。

以"格"取胜的周、姜一派词,其美学特色,和不可取代、无可企及的价值,可以说就在于完全实现了词体艺术的"第二形式"的创造。根据上面对王国维"第二形式"之美的叙述,他是在一般的优美、宏壮基础上增加的特殊的东西,如笔致、风格等;增加了这些(第二形式)东西,就达到了离俗入雅,同时不仅依赖天才,而更得力于专门的修养造诣。

> 清真最为知音,且无一点市井气,下字运意,皆有法度。……吾辈当以古雅为主,如有嘌唱之腔,不必作。(沈义父《乐府指迷》)

> 西蜀、南唐而后……言情者或失之俚,使事者或失之伉。鄱阳姜夔出,句琢字练,归于醇雅。(汪森《词综序》)

> 东坡词最有新意,白石词最有雅意。(李佳《左庵词话》)

周、姜一派,以雅正和格律工技见称词林,相关评述,数不胜数。这样的评述,在思想方法上,首先是将周、姜的雅正相对于词的俚俗、伉直而言的。俚俗之词,如《花间》、《草堂》、柳三变;伉直之词,如苏辛、辛刘一派,都可以说是以"第一形式"取胜。因为他们都主要是从生活的情事中直接提取意象、结构,所以创作出了优美、宏壮之词,以"新意"取胜。而周、姜一派,追求和雅、浑厚,要在歌酒宴会娱乐、男女调情缠绵的词体中写出讲"意趣"、遵"法度"、无浮烟浪墨、无嘌唱之腔的作品,形成词体所专有的一种形式表现力。

周、姜词的形式表现力是一个有多种因素的系统:从字法、句法,到章法、结构;从情与景的处理,到历史事件的联想和典故的运用;从即事抒情的叙述,到炼实为虚的比兴;从空间的跳跃处理,到时间进退闪回的灵活剪接;最后是文字与乐曲表现力的配合,对文字声音表现力的高度运用,等

---

① 佛雏:《王国维诗学研究》,北京大学出版社 1987 年版,第 107-108 页。

等。总之,在对词的创作中种种艺术技巧的调动和使用方面,他们造诣精深,得心应手,因而被称为"格律派"或"工力派",是词学的专门行家。

另外,到了南宋晚期,史、吴、王、张等结合危亡的国势和自身的命运,用烟水迷离的笔法,写黍离麦秀的感怆和低徊缠绵的心曲,与"工力"一起构成了王国维所谓"第二形式"的美。

具体说,最突出的,如周、姜词文字与乐曲高度配合,对文字声音表现力的高度运用,而形成了特殊的形式美。周邦彦自度曲《六丑》是一个典型,据说周氏自述:"此犯六调,皆声之美者,然绝难歌。"(周密《浩然斋词话》)因乐调不存,今不复知其歌法。不过此词文字音调就有一种特殊的表现力。全词十七韵皆押入声。入声发音短促,气流具有爆发力;加上词中实际押韵句数超过例当用韵句数,又还有不少句中韵字(句中韵在歌唱时叶韵应拍有重要表现力,见《乐府指迷》"句中韵");密集的韵字更加强了一种跌宕梗概的节奏。另外一个十分重要的方面:全词140字。有30字用去声(尚不包括"掷"、"堕"、"渐"、"静"十余个古读上声等,而今读去声的字):正、试、恨、愿、暂、过、去、为、问、在、夜、葬、钿、处、乱、为、正、暗、叹、故、似、话、似、颤、向、处、断、尚、字、见。

"去声劲而纵"(《词律》杜文澜校勘记),发音尤为有力。据有关研究,此词是周邦彦五十七岁知潞州后所作,盖自叹年老远宦,意境落寞,飘零之感满纸皆是,尤其人生没有依凭、短暂脆弱,蹉跎即过的深情感慨,藉蔷薇花凋谢,倾泻而出。30个去声字,念唱起来,一片凄厉。开头、结尾,去声较密,中间去声字稍疏,形成篇章上的音调起伏。还有句首(正、愿、为、似等为领字)用去声、句尾用去声、句尾或韵上一字用去声等,在歌唱的节拍中当有一种特殊的表现力。沈义父说:"句中用去声字,最为紧要。"(《乐府指迷》)万树说:词中声情,"当用去声者,非去则激不起"。又说:"上声舒徐和缓,其音低;去声激厉清远,其腔高。相配用之,方能抑扬有致。"(《词律》)总之是用"声情"能很好地表现"事情"与"感情",形成一种很特别的艺术美。因此周邦彦不只是写了一种真实的事情与感情,他还创造一种艺术存在的形式——将真实的事情感情凝铸融化到艺术存在的形式之中。不嚼破其艺术形式的坚壳,你可能轻易地忽略它,而不能体会其中巨大的艺

术力量。王国维在对周邦彦下了专门的功夫后,推其"精工博大",特赏其音调之美:

> 先生之词,文字之外,须兼味其音律……今其声虽亡,读其词者犹觉拗怒之中,自饶和婉。曼声促节,繁会相宜;清浊抑扬,辘轳交往。两宋之间一人而已。(《清真先生遗事》)

姜夔的《扬州慢》的声调运用,也极具表现力。陈邦炎说:"全词九十八个字,其中平声字有五十五个之多,声调极其哀抑;特别是结拍两句十一个字中连用了八个平声字,声调愈加低沉迂缓,使篇终余音袅袅,情意不尽。"所以他主张将最后一句,"断作上七下四,而在上句的第三字一顿"。读作"念桥边、红药年年,知为谁生"。理由是:若断作上五下六,"把前一句断在'约'字上,用一个短促的入声字作句脚,则与整首词的义情、声请有所不合。"①

再如对情事、时空的灵活处理,形成跌宕摇曳的章法结构。此亦为周、姜词派一种极为突出的形式美。陈廷焯说:"美成词,浑灏流转","开阖动荡,独绝千古"(《词坛丛话》)。叶嘉莹说清真一派词人"不以直接感发取胜。而以安排之精工见长"②。此一问题论者已夥,不复赘述。在此要说的是,矜于思力结构,这种"第二形式"的美,有长有短,短处是可以技巧的盘旋掩盖情思的空乏,或因过于曲折动荡而流于深晦。长处是使作品具有浑厚的风致。故龙榆生说:讲求技巧、方法,可以避免"粗犷径露"③。我们将周、姜等优秀的咏物词如《六丑》《疏影》等和苏轼的《水龙吟》(似花还似非花)对读,就会发现,虽然各有特色,但是苏词比托过于直露,意脉贯串而下但缺少顿挫,用笔不无滑易,所以风格轻而浅,缺乏厚重的滋味。吴世昌说它"没意思",只是"次品",甚至是咏物词的一个"恶例",过于苛刻。但说他是"对物应酬"的"游戏之作","拟人太过"而反失深厚④,是有道理的。此词确有游戏于文字的轻滑,缺乏周、姜精心安排之深致。

---

①陈邦炎:《说词百篇》,上海古籍出版社 2010 年版,第 151 页。 ②缪钺、叶嘉莹:《灵谿词说》,上海古籍出版社 1987 年版,第 294 页。 ③《龙榆生词学论文集》,上海古籍出版社 1997 年版,第 396 页。 ④吴世昌:《诗词论丛》,第 144—146 页;《词林新话》,第 155 页,均为北京出版社 2000 年版。

三、周、姜与词学批评范畴

《花间》情胜,苏、辛气胜,周、姜格胜的不同趣尚,带来了不同的理论批评取向,相应也就形成了不同的话语方式和范畴系统。《花间》和苏、辛都有一套词学观念和批评话语,此处不论。周、姜走《花间》与苏、辛两者之中间路线,对两方面皆有取法又皆有避免,与两方面都有联系而又自成一系,因而在理论上取径较宽,为词学提供了一套阐释张力比较大的专业批评话语与范畴。陈匪石说:"昔人评词或曰'拗怒',或曰'老辣',或曰'清刚',或曰'大力盘旋',或曰'放笔为直干',皆施于屯田、清真、白石、梦窗,而非施于东坡、稼轩一派。"①这虽有一定道理,但事实上有许多词学家致力于打通周、姜与苏、辛(陈匪石自己实亦如此),如况周颐说:"梦窗与苏辛二公,实殊流而同源。"其所同者,即"莫不有沉挚之思,灏瀚之气,挟之以流转。令人玩索而不能尽,则其中之所存者厚"(《蕙风词话》卷二)。即以批评范畴而论,董士锡、赵尊岳等要人重视苏、辛词之"清雄",尤其强调"清",这与周济说白石之"清刚"思路不无相交;陈廷焯重视辛词之"顿挫盘郁"、"多少曲折"、"如健鹘摩天",与"大力盘旋"也可相通。

周、姜一派的词学理论,可以李清照的《词论》为缘起。李清照生卒都比周邦彦差约 30 年,中间有 20 年左右的创作重叠时间。崇宁间设立大晟乐府,大晟乐曲颁行天下,兴起重视乐律的风气,"《词论》提到的晁端礼,就是大晟府制撰官;周邦彦还因妙解音律,得提举大晟府,谨守四声是清真词在音律上的明显特色……李清照的《词论》作于其时,自然不能不受到影响"②。夏承焘先生则认为:李清照的词论与周邦彦的创作是"如此不谋而合","若拿她的这些议论、见解来解读周邦彦的《清真词》,却正是'波澜莫二'"。③ 清理受周邦彦为代表的大晟词风影响的《词论》,可得如下重要范畴:

> 词别是一家;协音律(可歌、分平仄、分五音、分清浊轻重);铺叙;

---

①陈匪石:《声执》(卷上),见《宋词举》,江苏古籍出版社 2002 年版,第 189 页。
②吴熊和:《吴熊和词学论集·两宋词论述略》,杭州大学出版社 1999 年版,第 84 页。
③夏承焘:《月轮山词论集·评李清照的词论》,中华书局 1979 年版,第 10 页。

故实;典重;情致。

从文体、风格到技术、方法,的确都与周邦彦的创作"不谋而合"。可以说,它在理论上概括了周、姜格律词派的基本特征及趋向。

周邦彦以"顾曲"自命其堂,以"清真"自命其集,可见其重音律、尚雅丽的词学宗旨;后人则从他的创作中总结出了"下字运意,皆有法度"(沈义父),"浑厚和雅,善于融化前人诗句"(张炎),"思力独绝……愈勾勒愈浑厚"(周济)等一系列法则。姜夔无词学著作,但"其说诗诸则,有与长短句相通者"①。有许多观念和范畴为其后之词学采用。如:

意格欲高,句法欲响,只求工于句、字,亦末矣。故始于意格,成于句、字。句意欲深、欲远,句调欲清、欲古、欲和。

波澜开阖……出入变化,不可纪极,而法度不可乱。

短章蕴藉,大篇有开阖。又:作大篇,尤当布置。

学有余而约以用之,善用事者也;意有余而约以尽之,善措辞者也;乍叙事而间以理言,得活法者也。

僻事实用,熟事虚用;说理要简切,说事要圆活,说景要微妙。

意中有景,景中有意。

语贵含蓄……句中有余味,篇中有余意。

美刺箴怨皆无迹,当以心会心。

气象欲其浑厚,其失也俗;体面欲其宏大,其失也狂;血脉欲其贯穿,其失也露;韵度欲其飘逸,其失也轻。(上皆《白石道人诗说》)

所论极重方法,如字句之法、开阖布置之法,情景配合之法,用典之法,以及虚实、寄托等。但执着于法"亦末矣",用方法是要表现独特的审美效果,所以要用"活法",用之"无迹",蕴藉含蓄,气象浑厚。其中句意欲深、欲远,句调欲清、欲古、欲和,韵度欲飘逸等,与姜夔自己独特的词学风格有关,其他则是格律派词人及其追慕者的基本观念。

南宋后期词人,大都远祧清真,近师白石,形成重视格律法度,一线绵延的强大趋势。

---

①谢章铤:《赌棋山庄词话》卷十二,见《词话丛编》第四册,第3478页。

吴文英、沈义父、杨缵、张炎、陆辅之等，均有词学理论行世，把他们的创作宗旨，"像江西诗派以诗法相传而形成师友关系和宗派渊源一样"①表达出来了。吴文英《论词四标准》、杨缵《作词五要》，分别为沈义父和张炎所传述，陆辅之是张炎的学生，其《词旨》也大体祖述师说，所以我们以影响最大的《乐府指迷》和《词源》为代表，梳理其中的概念和范畴如下：

> 知音协律；去声紧要；字法(字面)；句法(炼句)；虚字；代字；用事；起、过、结；运意；意脉；相应；婉转回互；收纵绵密；意趣；言外意(有余不尽之意)；风流蕴藉；婉曲；骚雅；雅正；清丽；清空；质实；疏快；涩；浑成；清劲；古雅峭拔；融化；调感怆于融会；软媚中有气魄；景中带情；情景交炼；浑厚和雅；法度(法)；笔力；铺叙；锻炼；精思；命意；说情不可太露；格调……

至清代，词学中兴，与周、姜一派有绝大关系。浙西主姜、张，常州出而矫之，但周济"问途碧山，历梦窗、稼轩，以还清真之浑化"，所推四人，虽然有意摘掉了姜夔，但其中三人都是格律派词人，而所以推崇稼轩亦是"敛雄心，抗高调，变温婉，成悲凉"，即以调寄心、酝酿悲情的独特表现。

所以，常州派其实是融合了重视讽喻寄托的传统诗学，和讲求调法、章法、句法、字法、笔法等艺术形式建构而成的；而且其讽喻寄托不可直致，须寓于调法、章法、句法、字法、笔法等艺术形式之中。他们是经由传统诗学讽喻寄托的门径，而进入倚声词学的艺术法则建构——这样，常州派的两个轮子，至少一个轮子同周、姜词学是同一轨道的，或者说他们与周、姜词学有相当部分是彼此融合了。

陈匪石说："念远如张炎、沈义父、陆辅之，近如周济、刘熙载、陈廷焯、谭献、冯煦、况周颐、陈锐、陈洵，其论词皆示人以门径。"②龙榆生说："晋卿措意于清真之'沉着拗怒'，渐就运笔遣声以求词，实开止庵《四家词选》之先路。"③就是将南宋后期重视格律法度的词学，与常州派词学打通了来理

---

①吴熊和：《吴熊和词学论集》，杭州大学出版社 1999 年版，第 89 页。　②陈匪石：《声执》(卷上)，见《宋词举》，江苏古籍出版社 2002 年版，第 189 页。　③《龙榆生词学论文集》，上海古籍出版社 1997 年版，第 396 页。

解。周济说：

> 美成思力独绝千古，如颜平原书，虽未臻两晋，而唐初之法，至此
> 大备，……钩勒之妙，无如清真；他人一钩勒便薄，清真愈钩勒愈浑厚。
> （《介存斋论词杂著》）

讲"思力"，讲"法"，具体讲"钩勒"之法，又要用思用法而无迹，钩勒而增加"浑厚"的力量。我们也将周济精深讲求艺术方法和审美品格的概念和范畴，梳理如下：

> 讲色泽，音节；下语镇纸；领句单字；曲折深浅；顺逆反正；脉络；筋
> 节；空际转身；脱、复（无垂不缩）；换笔；换意；讲片段、讲离合；吞吐之
> 妙，全在换头煞尾；虚实并到（求空而后求实）；味在咸酸之外；深远；含
> 蓄；隽永；雅（雅操）；真；清刚；峭劲；穷高极深；沈著在和平中见；意思
> 感慨而寄情闲散；寄意题外而包蕴无穷；敛雄心，抗高调，变温婉，成悲
> 凉；融情入景；融景入情；寄托；蕴酿最深；深美阂约；忠爱缠绵；和婉醇
> 正；浑厚（浑涵、浑化）；法；工；思笔；思力；用笔；钩勒；铺叙委婉；驰骤；
> 疏宕；门迳……

将上面所列的一些观念和范畴，分类加以比较，可以发现它们基本上是相通的，不过周济在沈、张的基础上又有发展。

（1）音律：

沈、张：知音协律（如去声紧要等）。

周济：讲色泽，音节（如东真韵宽平，支先韵细腻，鱼歌韵缠绵，萧尤韵感慨；阳声字多则沈顿，阴声字多则激昂；重阳间一阴，则柔而不靡，重阴间一阳，则高而不危等）。

（2）字句：

沈、张：字法（字面）；句法（炼句）；虚字；代字；用事。

周济：下语镇纸；领句单字。

（3）结构：

沈、张：起、过、结；运意；意脉；相应；婉转回互；收纵绵密。

周济：脉络；筋节；脱、复（无垂不缩）；换笔；换意；讲片段、讲离合；吞吐之妙，全在换头煞尾；空际转身；曲折深浅；顺逆反正。

(4)意味:

沈、张:意趣;言外意(有余不尽之意);风流蕴藉;婉曲;骚雅;雅正;清空;清丽;涩。

周济:味在咸酸之外;深远;含蓄;隽永。

(5)力度:

沈、张:清劲;古雅峭拔。

周济:清刚;峭劲;穷高极深。

(6)融会:

沈、张:融化;景中带情;情景交炼;调感怆于融会;软媚中有气魄;浑厚和雅。

周济:融情入景;融景入情;意思感慨而寄情闲散;沈著在和平中见;寄意题外而包蕴无穷;酝酿最深;深美闳约;浑厚(浑涵、浑化)。

(7)总论:

沈、张:法度(法);笔力;铺叙;锻炼;精思。

周济:法;工;用笔;钩勒;铺叙委婉;驰骤;疏宕;思笔;思力;门迳。

将上述范畴罗列,结合沈、张与周济的词学著作加以比较,可得出如下结论:

音律、字句,两者都很讲究,但沈、张讲究得更细一些。

意味、融会,两者的观念一致,如都讲含蓄蕴藉、深远不尽。都讲情景交融,都追求浑厚。"软媚中有气魄"与"沈著在和平中见"、"调感怆于融会"与"意思感慨而寄情闲散",意旨相通。但周济将感情融会于艺术表达的思想更为突出,"沈著在和平中见"与"软媚中有气魄"立足点也有不同:前者基点在"沈著"力度的处理,后者基点在"软媚"力度的增加。"酝酿最深"、"深美闳约"的"深"字,就是要有多层次的深度结构,如"寄意题外而包蕴无穷",寄意题外中间就包含了两层:直接写的主题是一层、题外是一层;包蕴无穷则又是一层,即不能胶柱鼓瑟地将题意与题外意对应,而是随读者所感可以作各种理解。沈、张还是一般地讲艺术融会,周济则增加了常州派的宗旨。

结构、力度,两者都讲,但周济更多地把运动变化的观念引入结构,所以强调"空际转身"、"脱"、"复"(无垂不缩)、"换笔"、"换意"等,突出了作品力度美的追求("空际转身非具人神力不能"),讲融会酝酿、穷高极深、又以"清刚"论白石,表扬稼轩"郁勃"、"纵横"、"情深"、"才大",对力度美的追求,远超过沈、张,奠定了后来以"大力盘旋"及"重、拙、大"论词的基础。

总论,是指对法的重视,两者都重视方法技巧,重视精思与用笔,不过周济讲"门迳",更突出了对家法的认识。

沈义父最尊清真、梦窗,张炎推崇白石,两家词论其实"大同小异,在尚雅、尚修辞协律方面是其大同"①,周、姜词派的基础正于此奠定。周济是常州派词学巨擘,理论别有胜境,但他也以清真为极致,评论作家颇重结构和艺术表现,《宋四家词选目录序论》下半篇专论。周济后学如陈洵等也是推崇梦窗、清真,其《海绡说词》大讲词法,所以常州派词学的"两个轮子",有一个"轮子"是与周、姜一派词学同一轨道。因而其词学批评所使用的方法和范畴,与周、姜词学具有路径相同的一面,他们共同成就了一套专门的词学理论和话语系统。而常州派词学两百年来影响深远,在现代有成就的词学家的一些理论观念与分析技术中,仍然清晰可见,如陈匪石的《宋词举》和唐圭璋的《唐宋词简释》,注重作法与意脉分析,融会周、姜和常州词学之两长,仍对周济有所继承。尤其是《宋词举》,篇幅精炼(选析宋词十二家53首),分析有法,是现代学者进入词之学问极好的津梁。青年学子跨过周、姜这道词学的"铁门槛",以《宋词举》为入门书②,然后恢宏以讲,可以避免以一己之感受和兴趣模糊词学之"学问"的缺陷,可于整个词学往来无碍焉。

---

①顾易生等:《宋金元文学批评史》(下),上海古籍出版社1006年版,第С58页。
②这几年在研究生教育中,我重点推荐学生读《宋词举》,从讨论课的效果看,此书对中文系的许多硕士研究生都深奥了些。因此,词学程度还不够高的青年学子跨过周、姜这道词学的"铁门槛",可改用沈祖棻的《宋词欣赏》,及陈邦炎《说词百篇》(选读其中部分篇章,因此书还涉及词史、社会情况等,不纯用艺术分析法),作为上佳之入门书,其表述方式更适合现代阅读习惯。

后　记

　　《姜夔词全集》是 2014 年 4 月签的出版合同,当年暑假着手编写,大约做到百分之六七十的样子,先后有两个集体项目插进来,即主编收录四百多人、230 万字的大型华侨"三亲"史料《五邑侨胞耀中华》(人民出版社 2017 年 8 月出版),和主持整理地方抗战文献《四邑兵灾踏查记》、《抗战八年的台山》(团结出版社 2016 年 3 月出版),所以就把本书的编写停了下来。今年年初,我与接手的编辑通邮件,问逾期太久合同能否作数,得到肯定的回答,于是用几个月将剩余部分补写完成。复核工作十分繁琐费时,加之又不愿像从前那样熬夜拼赶,所以又拖了一些时日。作为一个作者,工作拖了四年(合同交稿日期是 2014 年 10 月底),真是太惭愧了!

　　我在大学讲授"唐宋词研究"这门专业选修课二十来年,对周邦彦、姜夔、吴文英、张炎等格律派或醇雅派的词,下过一点研读功夫,自己感觉尚能识其好丑。对于常州派词学经过一百多年所形成的,通过艺术形式和表现手法来表达情感与兴寄、来进行文本分析与评论的词学建树,也有点个人的体会。而且,这本书我也做得比较认真和仔细。这些合起来,我希望给读者提供一个有专业质量的姜夔词读本。读者若能将不同的注评本对读,我相信一定能感受到本书在文本解释和宏观把握上所呈现的特色,对把握姜夔词风和深入了解词学有所帮助。

　　本书参考了时贤的著作,不论相同相异,许多释读理解都来自在其中所受到的,或正面或反面的启发。思维是必须在一定的牵引、碰撞之下,才能有好的发挥和成绩,所以,我对所有我所经眼的校注、论著、论文,心怀感激!

　　本书的约稿,是由陈文新先生介绍的。这使我有机会对姜夔词学作一个集中的学习和总结,在此我要特别表达对陈先生的谢忱。同时,感谢家人的支持,使我能花大量时间在本书的编写上。感谢女儿为我专门到北京图书馆复制相关资料。感谢王重阳、陈春阳两位编辑的耐心与悉心。最后,感谢每一位阅读本书的读者!

由于水平、条件所限,本书难免会有不足与错漏,敬希方家与读者指正。

李 旭

2018 年 9 月 18 日

图书在版编目（CIP）数据

姜夔词全集 / 李旭校注 . -- 武汉 ：崇文书局，
2019.6（2024.10 重印）
　　（中国古典诗词校注评丛书）
　　ISBN 978-7-5403-5363-6

　　Ⅰ . ①姜… Ⅱ . ①李… Ⅲ . ①宋词－选集 Ⅳ .
① I222.844

中国版本图书馆 CIP 数据核字 (2019) 第 099731 号

选题策划　王重阳
项目统筹　程可嘉
责任编辑　陈春阳
责任校对　董　颖
封面设计　甘淑媛
责任印制　李佳超

姜夔词全集【汇校汇注汇评】

JIANGKUI CI QUANJI

出版发行　　长江出版传媒｜崇文书局
地　　址　武汉市雄楚大街 268 号 C 座 11 层
电　　话　(027)87677133　邮政编码　430070
印　　刷　中印南方印刷有限公司
开　　本　880mm×1230mm　　1/32
印　　张　10.625
字　　数　320 千
版　　次　2019 年 6 月第 1 版
印　　次　2024 年 10 月第 3 次印刷
定　　价　48.00 元

（如发现印装质量问题，影响阅读，请与承印厂调换）

中国古典诗词校注评丛书

（已出书目）